KB160926

전쟁과 기억속의 한일관계

전쟁과 기억속의 한일관계

한일관계사학회
동북아역사재단 편

景仁文化社

발간사

이번에 발간한 『전쟁과 기억 속의 한일관계』는 작년 12월 한일관계사학회에서 주최한 국제학술회의「전쟁과 기억의 표상으로서의 한일관계」의 발표문을 수정, 보완한 것이다.

한일간에는 상대에 대한 우호적 기억보다는 갈등과 대립, 불신과 부정적 기억들이 더 많이 남아 있다. 이러한 기억들이 언제 어떠한 사건에 의해 나타나고 변화되어 가는지를 밝히는 것이 본서 발간의 목적이다. 사실은 사실 그대로 전해지지 않고 정치적 목적과 시대적 상황에 따라 굴절되고 때론 신화화되어 사람들의 기억 속에 남아 상대에 대한 고정관념, 선입견적 사고를 형성하게 된다.

본서는 고대로부터 근대에 이르는 한일간에 일어난 전쟁 등 주요 사건, 인물을 선정하여 이에 대한 기억의 역사를 추적하고 있다. 이는 한일간의 상호 대립과 갈등으로 점철된 기억의 표상들을 학문적으로 문제의 본질을 밝히는 작업이기도 하다.

坂上康俊 교수의「고대한일관계 속에서의 전쟁과 기억」은 고대한일관계는 사실이 어떠한가라는 事件史이기 보다는 상대에 대한 이미지의 형성과 그것이 어떻게 대응을 규정하고 변화해 갔는가에 대해 조망한다. 8~11세기 奈良平安時代의 일본이 품고 있던 한반도제국에 대한 이미지를 들어 그렇게 된 이유에 대해서 고찰한다. 특히 신동황후전승의 현실정치에서 어떻게 이용되었는가를 일본지배층의 대외의식 속에서

논한다.

中村修也 교수의 「동아시아세계에 있어서 白村江 전투의 자리매김」은 기존의 학설과는 달리 신라삼국통일 전쟁인 이른바 백촌강전투에 김춘추라는 인물의 정보와 계략을 추적하여 백촌강 전투는 실은 日本이 스스로 선택한 출병이 아닌 금춘추가 세운 계획이라 하고, 당과 일본군의 전투력을 최대한 소모시키고 신라의 전력을 온전시키고자 했던 의도가 있었음을 밝히고 있다.

김보한 교수의 「왜구의 表象－공포와 기억 속의 고려인－」는 왜국의 출현에서 창궐에 이르는 시기별 특징과 고려인들이 느낀 왜구상에 대해 고찰한다. 초기의 경제적 약탈 왜구의 성격과 고려의 유화정책으로 적개심과 친밀감이라는 2중적 인식이 있었으나 왜국과 창궐하는 14세기 후반 이후는 납치, 살해 등의 공포적 행위로 변화하고 있다고 한다.

池享 교수의 「도요토미 히데요시像의 창출」은 일본에서의 히데요시상이 어떻게 전해지고 있는지를 고찰한다. 히데요시의 조선침략의 패배에도 '일본형 화이의식'은 계승되어 그 우월 의식을 지지하는 것으로 히데요시의 조선 침략이 기억되고 있다고 하고, 그것은 근대 일본의 식민지 정책의 특징인 동화(황민화) 정책에까지 계속 이어졌다고 한다. 교과서에서는 새로운 국가·질서 형성자라고 하는 '내향의 얼굴'과 침략자라고 하는 '외향의 얼굴'이 통일되어 있지 않고 전체적으로는 침략자로서의 측면이 뒷면에 자리잡고 있음을 논하고 있다.

방광석 교수의 「侵略의 表象－한국에서 본 伊藤博文」는 1905년 이후 이토 히로부미에 대한 한국 측 인식과 대응을 고찰한다. 한국인에게 이토는 일본의 한 개인정치가가 아니라 한반도를 장악, 지배하려는 일본정책을 전면에서 주도하는 인물이었고, 일본정부 내의 문치파와 무관파의 구별은 '피보호국' 한국에서는 거의 의미를 갖지 않았던 것으로 판단한다.

남상구 박사의 「조선인 특공대원의 기억」은 조선인 특공대원들의 죽음이 아시아태평양전쟁 종결 후 한국과 일본에서 어떻게 기억되어져 왔는지를 현재적인 관점에서 고찰한다. 이것은 특공대원의 문제를 과거의 역사 문제만이 아닌 현재를 살아가고 있는 우리의 문제로 인식하게 하고, 오늘날 한일관계와 한일의 역사인식의 문제로 사사하는 바가 크다.

본서의 발간이 한일양국간의 갈등의 요인이 되고 있는 문제점들을 이해하고 관련 연구를 촉진시키는데 도움이 되었으면 한다. 학술회의에 참여하여 귀중한 원고를 보완하여 주신 집필자 여러분과 출판을 배려해 주신 경인문화사측에 감사의 말씀을 드린다.

2008. 8

한일관계사학회 회장 **연 민 수**

目 次

조선인 특공대원의 기억 / 남상구(동북아역사재단)

기조강연

古代 한일관계 속에서의 戰爭과 記憶

坂上康俊
(日本 九州大學)

1. 序 言

고대의 한일관계에 대해서 생각할 때, 사실이 어떠한가라는 事件史이기 보다는 상대에 대해서 어떠한 이미지를 갖고 그것이 어떻게 해서 만들어지고, 어떻게 대응을 규정하고 또 어떠한 경위에서 변화해 갔는가에 중점을 두고 사료를 조망하면, 어떠한 풍경이 떠오를 것인가.

한일관계가 긴장하고, 마침내 전쟁상태에 빠질 때, 양국은 종종 과거의 사례를 인용하여 적개심을 부추기기도 하고, 국가방위의식의 고양을 꾀한다. 예를 들면 부산박물관에 임진왜란 때에 국왕 선조가 내린 萬曆 24년(1596) 9월 15일 「敎慶尙右道兵馬節度使金応瑞以下諸陣宣諭犒賞書」가 전시되어 있는데,[1] 이 교서에는 '爾將士'에게 '復旧境使我三韓之

民復奠厥居'할 것을 명하고, '庾信之劍自躍出'을 祈念하고 있다. '三韓'도 '庾信'도 한반도의 삼국시대를 수습한 신라의 통일전쟁을 상기시키는 자구이고 그때 왜의 군대와 같이 새롭게 침략해 온 豊臣秀吉의 군대를 한반도에서 내쫓을 것을 명하고 있는 것이다. 한편 일본에 있어서도 풍신수길의 조선침략과 메이지시대 초기의 정한론, 한국병합에 대해서도 神功皇后의 '신라정토이야기'가 상기되고 있다.[2)]

고대에 있어서도 사태는 동일하다. 제각기 국면에 따라서 어느 시기는 적대적, 어느 시기는 우호적인 과거의 사례, 사건을 상기하여 그것이 상호 대응책을 마련할 때 크게 작용하는 일이 있고, 혹은 명목상 작용되는 경우가 있다. 본 발표는 주로 奈良平安時代의 日本이 품고 있던 한반도제국에 대한 이미지를 들어 그 복잡함과 그렇게 된 이유에 대해서 묘사해 보고자 한다.

2. 高麗의 의사요청 사건 시기의 한일관계 인식

平安時代後期 承曆 3년(1079) 11월, 고려국 예빈성은 大日本國 大宰府에 첩장을 보내, 그 때 중풍으로 고생하고 있던 고려국왕 文宗을 위해 일본의 우수한 의사를 선발하여 파견해 줄 것을 의뢰했다(『朝野群載』 卷20異國, 己未(承曆三)年 十一月日高麗國禮賓省牒). 일본과 고려를 오가며 교역하는 상인을 매개로 이를 접수한 大宰府는 스스로의 판단으로는 처리할 수 없어 이듬해 3(2?)월 5일자 大宰府의 解(上申文書)를 太政官에 진상하여 고려의 첩장의 내용을 전달했다(『朝野群載』 卷20異國, 承曆四年 三月 五日 大宰府解). 고려국 예빈성 첩장의 내용을 파악한 白

---

1) 『釜山의 歷史와 文化』, 釜山博物館, 2002, 108~109쪽.

2) 北島萬次, 「豊臣秀吉の對外認識と朝鮮侵略」, 校倉書店, 1990.

河天皇은 동년 4월 19일에 이를 안건으로 공경회의에 올려 자문을 구했다. 회의는 3번에 걸쳐 개최되었고 그때마다 공경들은 각자의 의견을 내었다. 결국 이 안건에 대해서는 후보로 거론된 의사들이 극히 소극적이었던 일도 있고 그때 關白인 藤原師實의 지도하에 의사 파견요청을 거부하게 되었고, 당시 유명한 문인관료였던 大江匡房이 大宰府에서 고려국 예빈성 앞으로 보낸 답서를 기안하였다.

이러한 경위에 대해서는 그 大江匡房이 기안한 답서에 명료히 엿볼 수 있는 고려국 멸시와,[3] 역으로 고려국 예빈성첩에 포함되어 있는 고려측의 중화의식[4] 등을 둘러싸고 많은 연구가 있고, 또 사건 그 자체의 경위에 대해서는 필자도 대략적으로 검토하여 해설을 집필한 바 있다.[5] 확실히 고려국 예빈성첩에는 약간의 존대와 스스로를 상위에 두는 문자・양식이 이용되어 있고, 그 점에서 심의 도중에 공경들에 의해 지적되었고, 또 마지막에 大江匡房이 기안한 답신은 이들 제 사항을 세세히 비판하는 내용으로 되어 있다. 그러나 최근에 渡邊誠氏가 지적하고 있듯이,[6] 공경회의에 있어서는 그러한 제 사항은 특별히 문제되지 않고 도리어 당초는 인도적인 견지에서 파견에 적극적인 의견이 다수를 점하고 있었지만, 결국은 만일 치료에 실패할 때에 치욕을 두려워했고, 또 무리하게 의사를 파견할 정도의 국가간의 관계가 아니라고 하는 医師, 白河天皇, 關白 등의 의향이 파견을 단념시켰다고 보아야 할 것이다.

이와같이 11세기 말 단계에서 공경들 자체는 고려에 대해 짐짓 멸시하기도 하고 공포감을 가져서는 안된다고 하는 것이 명확해졌는데, 그

3) 石母田正, 「日本古代における國際意識について－古代貴族の場合－」『石母田正著作集 第四巻』, 岩波書店, 1989, 初發表 1963.

4) 奥村周司, 「医師要請事件に見る高麗文宗朝の對日姿勢」『朝鮮學報』117, 1985.

5) 『太宰府市史 古代資料編』, 太宰府市, 2003, 916~940쪽.

6) 渡邊誠, 「平安貴族の對外意識と異國牒問題」『歷史學研究』823, 2007, 6~7쪽.

럼 그들은 고려국에 대해서 기본적으로는 어떠한 인식을 갖고 있었던 것인가. 承暦 4년 윤8월 5일에 개최된 2번째 회의에 참가한 당시 정2위 權中納言이었던 源経信(66세)는 그 日記『帥記』에 스스로의 발언을 다음과 같이 기록하고 있다.

> 抑高麗之於本朝也, 歷代之間, 久結盟約, 中古以來朝貢雖絶, 猶無略心(A). 是以若有可牒送者, 彼朝申牒, 本朝報示. (中略) 所送大宰府方物等納否之條, 忽雖定申. 其故者, 天慶年中, 高麗國使下神秋連陳狀, 彼國王愁忽被停朝貢之事者(B). 以件方物可准朝貢者, 忽乖前議, 可難容納歟.

하선부(A)에 보이는 '歷代之間'는 어느 시기를 가리키는가. 渡邊誠氏는 文中에 보이는 '盟約'에 대해서『속일본기』천평승보 5년(753) 6월 8일조에 "尋高麗旧記, 國平之日, 上表文云 (中略) 或乞援兵, 或賀踐祚"라는 기록을 참조하여, '高麗'는 고구려・발해를 포함하고 고려국만을 가리키는 것은 아니라고 하면서도 같은『帥記』윤8월 25일조에 "上古彼國申請事等, 不被必裁許時候云々, 天慶年中, 彼國王愁申由, 其間記等所見候也"라고 하여 経信이 關白에게 상신하고 있기 때문에 앞서의 '中古以來'라고 하는 바는 고려국을 포함한 의식을 표명한 것으로 보아도 문제는 없다고 하는데,[7] 좀 더 대상 시기를 엄밀히 해석해 보자.

천경연간의 고려의 견사에 대해서는 上記(B)에 있어서 천경연간에 온 고려사가 조공관계의 정지를 국왕이 한탄하고 있다고 전하고 있는 것이 참고가 된다. 여기에서 말하는 천경연간은 구체적으로는 천경 2년(939)에 고려국사가 同國 廣評省의 첩장을 가져왔는데, 귀국한다는 사건[8]을 가리킨다고 해도 좋다. 源経信이 이용하고 있는 '朝貢'이라는 표현은 우선 11세기 말 공경의 1인이 고려를 포함한 한반도의 제왕조와

---

7) 渡邊誠 注(5) 論文 9쪽.

8)『日本紀略』天慶 2년 3월 11일조에 "大宰府牒高麗國廣評省, 却歸使人",『貞信公記抄』동년 2월 15일조에 "高麗牒付(大江)朝綱"이라고 되어 있다.

일본과의 통교를 그렇게 이해하고 있음을 보여주는 것이고, 10세기 전반에 건국한 고려가 어떻게 契丹과의 관계에 고민하고 있었다고는 할 수 있지만, 일본에 조공을 구하러 왔다고는 생각하기 어렵다. 또 정말로 조공을 구하러 왔다고 한다면 그것은 당시의 일본이 함부로 거부했던가 어떤가는 미묘하다. 사실은 고려가 일본과의 통교를 구했지만, 일본 측은 조공관계 이외의 통교를 인정하지 않고 따라서 국교는 성립하지 않았던 것은 아닐까.

이를 전제로 하선부(A)에 대해서 생각한다면, '中古以來朝貢雖絶'이라고 할 때의 '中古以來'라는 것은 고려왕조의 건국 이래가 되는 것이고, 그보다 전시기에 대해 기록한 '歷代之間, 久結盟約'이라는 시기는 '高麗之於本朝也'라고 기록하고는 있지만 실제는 이른바 고려국의 일이 아니고 신라 혹은 발해, 더욱 거슬러 올라가 高句麗의 시기를 가리킨다고 우선은 해석해야 할 것이다. 다만 신라와의 국교에 대해서는 후술하듯이 11세기 후반의 공경들이 '中古以來朝貢雖絶, 猶無略心'라고 인식하고 있었다고는 생각하기 어렵다. 따라서 여기서는 주로 발해와의 교섭을 가리키고 거슬러 올라가 고구려까지 포함한다고 해석하는 것이 타당할 것이다. '上古', '中古'라고 하는 표현은 엄밀한 시대구분이라기보다는 그 문맥 중에서의 표현이고, 필자는 동일하다고 말할 수 있고, 윤8월 5일조의 '中古'는 그 기술 이전에 보다 오랜 시기에 대해서의 기재가 있는 일로부터 사용한 표현, 윤8월 25일조의 '上古'는 '以前', '昔'라는 정도의 의미로 해석해야 할 것은 아닐까.[9]

---

9) 훨씬 후인 貞治 6年(1367)에 일본에 온 高麗使에의 대응을 위해 기록한 『異國牒狀記』(『大日本史料』 第六編二八所收)에, 高麗國은 神功皇后 三韓을 퇴치한 이래 오랫동안 本朝에 귀의하여 西藩이 되고 군신의 예를 다하였고, 朝貢을 每年 배 80척을 보낸 일, 上古에는 끊이질 않았고, 그런데도 中古 이래 太元國에 복종하여 그의 藩臣이 되었다고 할 때의 '上古', '中古'도 동일하게 해석할 수 있다.

이상의 해석을 뒷받침하는 것이 전술한 의사 요청사건의 때, 최후에 大江匡房이 기안한 返牒(『本朝續文粹』 11, 承暦四年日本國大宰府牒) 중에, '如牒者, 貴國懽盟之後, 數逾千祀, 和親之義, 長垂百王'라는 부분이다. 여기에서는 '貴國'을 '懽盟', 즉 즐겁게 맹약을 맺은 후에 '千祀'(=千年)를 헤아리고 '百王'에 걸쳐 화친관계에 있다고 표현하고 있다.10) 이 표현에서는 고려왕조 성립 후만을 가리킨다고 보기에는 너무나도 장기간에 걸친 관계를 서술하고 있고, 따라서 '귀국'이라고 하는 것은 고려왕조만을 가리킨다고는 생각하기 어렵다. 그 이전에 일본이 교섭을 갖고 있던 발해도 포함하는 것은 우선 확실하고, 더욱이 소급하여 고구려도 가리킬 가능성이 있다. 대개 고려는 신라 말기에 궁예의 부장으로 그의 뒤를 이어 후백제왕 견훤의 후예를 타도한 태조 왕건을 시조로 한다. 고려는 국호가 고구려의 계승자를 의식한 것 외에 世子 大光顯을 시작으로 해서 926년에 契丹에게 멸망당한 발해의 지배층을 수용했기 때문에(『高麗史』 太祖 17年 7月條他), 역대 일본과의 통교를 기대해 온 발해, 나아가 고구려의 후계자라는 견해가 일본측에 있었던가, 혹은 太祖의 遣日本使가 그렇게 주장했을 것이다.11)

다만 평안시대 일본의 귀족들은 고려국에 대해 가지고 있던 이미지는 앞서 거론한 11세기의 한 공경이 '歷代之間, 久結盟約, 中古以來朝貢雖絶, 猶無略心'이라고 정리했듯이 그렇게 단순하지 않았다. 관인 3년(1019), 이른바 '刀伊의 入寇'라는 사건이 일어난다. 연해주 부근에 있던 여진족이 고려국을 거쳐 對馬・壹岐 양섬 및 博多湾 연안에 습격하여 일본국 정부가 파악하고 있는 것만으로도 살해된 자가 360명 이상이라

10) 同 返牒의 文言에 대해서는 小峯和明, 「大江正房の高麗返牒」 『中世文學硏究』 7, 1981 참조.

11) 『宋史』 卷487 高麗伝 冒頭에도 "高麗, 本曰高句麗. (中略) 長興中(930~934), 權知國事王建, 承高氏之位, 遣使朝貢"이라고 하여 이 인식은 중국에서도 공유되고 있다.

는 큰 피해를 가져왔다. 너무나도 도발적인 일이라 습격한 자들의 정체를 몰랐고, 刀伊의 포로가 되어 일본에 끌려온 고려인을 심문한 바, '高麗國爲禦刀伊賊, 遣彼辺州, 而還爲刀伊被獲也', 즉 (나는) 고려국이 도이를 격퇴하려고 해서 邊州에 파견된 사람인데, 도리어 도이의 포로가 되었다, 즉 刀伊는 고려국에 있어서도 敵이었다는 대답을 얻었지만, '其疑難決'(아직 의심스럽다)라는 일로(『朝野群載』 卷20異國, 寬仁 3年 4月 16日 大宰府解), 비로소 고려국에 대해 품고 있던 의심은 쉽게 해소되지 않았던 것 같다.

이즈음 對馬島 判官代 長峰諸近이라는 하급 지방장관과 일본국 정부의 허가를 얻지 않은 채 刀伊에게 끌려간 母・妻・子 등 십수인을 찾으러 고려국에 건너갔는데, 자신이 通敵 행위를 한 것은 아니라는 증거로서 고려국에 보호되어 있던 일본인 여성 여러 명을 데리고 온 일이 있다(『小右記』 寬仁 3년 8월 3일조에 裏書된 동년 7월 13일부의 大宰府解와 內藏石女等解). 여기서 흥미 깊은 것은 長峰諸近의 보고를 들은 大宰府는,

> 異國賊徒刀伊高麗其疑未決. 今以刀伊之被擊, 知不高麗之所爲. 但新羅者元敵國也. 雖有國号之改, 猶嫌野心之殘. 縱送虜民, 不可爲悅. 若誇勝戰之勢, 僞通成好之便.

라고 판단을 내리는 일이다. 지금은 고려라는 국호를 쓰고 있지만, 원래 신라이기 때문에 아직 야심을 품고 있을 지도 모르기 때문에 포로를 송환해 주었다고 해서 즐거워해서는 안된다. 불쑥 이를 호기로 보고 일본과의 통교를 기도하고 있을지도 모르기 때문이라고 하는 것이다. 여기에서는 고려국은 발해 내지 고구려의 계승자라기보다는 신라의 계승자로 보는 경향이 있다. 실제로 刀伊의 入寇의 때에 그들을 추격한 九州의 武士団에 대해 그 지휘를 담당했던 大宰權帥 藤原隆家는 '但先可到壹

岐・對馬等島, 限日本境可襲擊. 不可入新羅境'이라고 지시하고 있고(『小右記』 寬仁 三年 四月 二五日條), 동일한 한반도에 세운 왕조인 고려를 신라라고 부르고 있었음을 알 수 있다.

그 신라는 신라하대 말기인 9세기 후반에는 정관 11년(869) 5월 22일에 2척의 해적선을 준비하여 博多港에 습격하고 豊前國의 연공인 絹綿을 약탈해 가는(『日本三代實錄』 同年 六月 一五日條) 등 그 후 일본의 신국사상을 형성하는 계기가 되는 사건을 일으키고 있다.[12] 특히 寬平 5년(893) 5월(『日本紀略』 同月 22日條)에서 6년에 걸쳐서는 종종 신라와의 사이에 긴장이 높아가고 또 그 습격에 두려워하기도 하고, 貞觀 12년(870)의 大宰少貳 藤原元利万呂와 같이 신라와의 通謀를 의심받기도 했다(『日本三代實錄』 同年 11月 13日條). 한편 시기는 약간 올라가지만 같은 9세기 중, 847년의 円仁과 같이 신라의 상선에 동승해서 귀국한 일이 있고, 그 円仁의 일기인 『入唐求法巡禮行記』 중에, 円仁의 중국에서의 체재에 어떻게 신라인이 협력했는가를 담담한 필치로 여러 곳에 기록하고 있다. 그러나 그보다 앞선 弘仁 4년(813)에는 5척의 배에 신라인 110인이 五島列島에 상륙해 왔기 때문에 주민들이 그 중 9인을 살해하고 나머지는 붙잡아 두는 사건이 일어난 일에서 알 수 있듯이(『日本紀略』 同年 三月 辛未條), 신라와의 관계는 9세기를 통해서 기본적으로는 긴장상태에 있었다고 보아도 좋을 것이다. 이러한 것으로부터 신라와의 사이에는 '略無略心'이라고 할 수 있는 시기는 존재하지 않았다고 말할 수 있다. 일본의 대신라관에 대해서는 고려국보다도 훨씬 엄격하였고 또 시기도 크게 올라가기 때문에 다음 장에서 고찰해 보기로 한다.

---

12) 村井章介, 「王土王民思想と九世紀の轉換」 『思想』 847, 1995.

3. 8~9世紀 日本의 對新羅國觀

7세기 후반에서 9세기에 걸쳐 일본과 신라 관계를 개략하면 다음과 같다.[13)]

주지하듯이 6세기 말 隋의 중국통일과 이를 이은 7세기 초의 唐帝國의 성립, 특히 수와 당의 고구려원정을 계기로 동아시아제국에 긴장이 높아갔다. 飛鳥에 궁을 조영하고 있던 일본조정은 특히 불교수용의 측면에서 알 수 있듯이 백제만 아니고 고구려, 신라와도 교섭을 갖고 있었다.[14)] 당의 고구려 원정을 계기로 당과 손잡은 신라와, 이와 대립하는 백제·고구려라는 관계가 선명해지고, 일본은 이 중 후자와 밀접한 관계를 맺게 된다. 이 시기에 있어서 종래에도 점차 고구려의 遣日使가 활발히 도래하는 것은 이러한 국제관계를 반영하고 있고, 거의 확실한 고구려 본국으로부터의 사자는 668년에 越國(北陸地方)에 도착하여 調를 헌상한 것을 최후로 한다(『日本書紀』 天智 元年 七月條). 7세기 후반 고구려 멸망까지 일본과 고구려의 관계는 이러한 국제정세로부터 보아 '懽盟', '結盟約'이라고 말해도 이상한 것이 아니라고 생각한다.

그럼 660년 백제의 멸망, 663년 백촌간전투에 있어서 백제부흥군과 일본군의 패퇴, 668년 9월의 고구려의 멸망 후, 한반도에서의 당의 점령군과 신라의 대립이 격화되고 당은 676년 안동도호부를 遼東故城에, 더욱이 이듬해에는 요동신성으로 옮기는 일로서 한반도에서 철퇴하여 결국 신라에 의한 한반도가 통일된다고 하는 과정을 살펴본다.

이 시기에 일본은 669년을 최후로 견당사의 파견을 일시 정지하고

---

13) 이하의 기술에 대해서는 특히 田中健夫他編, 『對外關係史總合年表』, 吉川弘文館, 1999에 의거한 바를 명기한다.

14) 曾根正人, 『聖德太子と飛鳥仏教』, 吉川弘文館, 2007.

(이 견당사의 귀국시기는 불명), 국내의 방비체제를 공고히 하고, 율령 체제에의 길을 걷는다. 한편 당과의 사이에 긴장상태가 계속되고 있던 신라는 일본에 자주 사자를 보내고, 특히 고구려의 선왕의 아들인 安勝(후에 報德王)을 고구려왕에 봉하는 등 그 명의를 이용하여 신라 스스로가 送使로서 딸려 일본에 遣使・貢 '調'시키고(예를 들면, 『日本書紀』 天武 元年(672) 5월 28일조, 동2년 8월 20일조, 天武 5년 11월 23일조, 天武 8년 2월 1일조, 天武 9년 5월 13일조, 天武 11년 6월 1일조), 일본과의 관계회복에 노력한다. 이 고구려에 대해서는 天武 10년, 天武 13년에는 일본에서 遣高句麗大使를 파견하고 있고, 특히 문제가 발생해서는 안되기 때문에 신라측도 이들 사절에의 대응에는 신경을 쓰고 있었다고 추측해도 좋다. 일본측에서 보면, 이 시점의 고구려와의 교섭도 '懽盟', '結盟約'의 기간에 편입해도 좋을 것이다.

어디까지나 『일본서기』에 보이는 표현이지만, 이 기간에 신라는 '調'를 지참하는 등(『日本書紀』 天智 10년(671) 6월조, 동년 10월 7일조, 天武 4년(675) 3월조, 天武 5년 11월 3일조, 天武 8년 10월 17일조, 天武 9년 11월 24일조, 天武 10년 10월 20일조, 天武 12년 11월 13일조, 天武 14년 11월 27일조, 朱鳥 元年(686) 4월 19일조, 일본에 대해 꽤 저자세였음을 알 수 있다. 특히 天武 4년(675) 2월에는,

> 新羅遣王子忠元・大監級飡金比蘇・大監奈末金天沖・弟監大麻朴武麻・弟監大舍金洛水等, 進調. 其送使奈末金風那・奈末金孝福, 送王子忠元於筑紫.

라고 하여 王子 金忠元을, 또 持統元年(687) 9월 23일에는,

> 新羅遣王子金霜林・級飡金薩擧・及級飡金仁述・大舍蘇陽信等, 奏請國政, 且獻調賦. 學問僧智隆附而至焉. 筑紫大宰便告天皇崩於霜林等. 卽日, 霜林等皆著喪服東向三拜, 三發哭焉.

라고 하여 왕자 金霜林을 파견하여 '調'를 공진시키고 있는 것이 주목된다. 물론 이것이 진짜 신라왕자인지 어떤지는 현재로서는 확정짓기 어렵지만 지금은 그것을 논할 일이 아니다. 일본측에서 그렇게 생각한 점이 중요하다. 신라가 20년 정도 건너와 계속적으로 '調'를 바치고 때로는 왕자를 보내고 있다는 기억, 이것이 大宝律令 시행 이후 본격적인 율령체제로 이행한 후의 일본의 대신라관을 규제한다.

더구나 이 시기 일본이 신라에 공상시키고 있다고 하는 '調'는 일본에서는 '츠키'라고 읽고 '미츠기모노'의 의미로 복속의 증거로서 하위자가 상위자에 대해 제공하는 물품의 의미로 이용되는 말이다.[15] 이 어감을 신라가 공유하고 있었던가 어떤가에 대해서는 의문시하는 견해도 최근 나오고 있지만,[16] 그러나 신라도 新羅도 '調'가 아닌 '土毛'라는 표현으로 진상품을 표시하려고 하고 있던 것으로 보아(『續日本紀』 天平 15년 4월 25일조, 同宝龜 5년 3월 4일조), '調'라고 하는 한자는 일본과 신라와의 사이에서는 지배・복속관계를 가시화하는 것이라는 공통이해가 있었다고 해도 좋다.

한편 古畑徹氏에 의하면, 675~711년에 걸쳐 신라・당관계는 대체로 아래와 같은 추이가 있다고 한다.[17]

1) 675~680년 당・신라전쟁의 연장선상의 대립시대. 당은 신라 재공격을 계획하고 신라도 이에 대비하여 일본과 손잡고 있는 시기. 이는 678년을 경계로 당이 토번에 의해 침략 받는다고 하는 국제정세의 변화에 동반하여 새로운 관계로 이행되어 간다.

15) 石上英一, 「古代における日本の税制と新羅の税制」 『朝鮮史研究會論文集』 11, 1974.

16) 大町健, 「東アジアのなかの日本律令國家」 歷史學研究會・日本史研究會編, 『日本史講座2 律令國家の展開』 所收, 東京大學出版會, 2004, 233쪽.

17) 古畑徹, 「七世紀末から八世紀初にかけての新羅・唐關係」 『朝鮮學報』 107, 1983, 60~61쪽.

2) 680년대 당・신라 모두 상대에 관심을 나타내지 않는 시기. 당은 정책전환을 했지만, 신라와 융화해 가지는 않고 신라도 그때의 중심과제인 旧百濟領 통치문제가 당과 관계없는 일이고, 특히 당에 접근하려고 하지 않는 시기. 단지 이 시기 책봉이라는 기본적 관계에서 연결되고 있다.

3) 690년대 당・신라가 관계를 밀접화하는 시기. 당은 국제정세가 더욱 악화했기 때문에 신라에의 유화적으로 권유하는 자세를 표시하고, 신라는 중심과제가 중진책으로 변화한 것에 동반하여 재차 당에의 관심이 환기된다. 이 시기 신라는 일본과의 관계를 점차 약화하려고 한다.

4) 700년대 703년을 경계로 신라・당관계는 친밀화를 명확히 하고 양국관계의 회복기라고 부를 수 있는 시대. 당은 동북정책의 일환으로 신라를 강하게 권유하고, 신라도 종래로부터의 북진책에 대일문제가 더해져 이에 호응하는 시기.

3)・4)의 시기 즉 당과의 관계가 어느 정도 원활하게 돌아가게 된 이후의 신라에 있어서는 대일관계는 중요성이 저하되고 굳이 일본에 대해서 외교상의 배려를 필요로 하지 않게 된다. 여기에 8세기 이래의 일본의 대신라관과 신라의 대일본관과의 괴리의 근본원인이 있다고 해도 좋다.

신라가 대당관계를 회복시킴에 따라 그 대일저자세 외교를 수정해 나가려고 하는 것을 최후로 일본측에서 문제로 삼은 것은 다음 인용사료에 보이듯이 持統 3년(689) 5월의 일이다(『日本書紀』 同月 22日條).

五月癸丑朔甲戌. 命土師宿禰根麻呂. 詔新羅弔使級瀆金道那等曰. 太政官卿等奉勅奉宣. (持統) 二年遣田中朝臣法麻呂等, 相告大行天皇喪. 時新羅言. 新羅奉勅人者, 元來用蘇判位. 今將復爾. 由是法麻呂等, 不得奉宣赴告之詔. 若言前事者, 在昔難波宮治天下天皇 (孝德天皇) 崩時, 遣巨勢稻持等告喪之日, 翳瀆金春秋奉勅. 而言用蘇判奉勅, 卽違前事也. 又於近江宮治天下天皇 (天智天皇) 崩時, 遣一吉瀆金薩儒等奉弔. 而今以級? 奉弔, 亦遣前事. 又新羅元來奏云. 我國自日本遠皇祖代, 並舳不干楫奉仕之國. 而今一艘, 亦乖故典也. 又奏云. 自日本遠皇祖代, 以清白心仕奉. 而不惟竭忠, 宣揚本職. 而傷淸白, 詐求幸媚. 是故, 調賦與別獻, 並封以還之. 然自我國家遠皇祖代, 廣慈汝等之德不可絶之. 故彌勤彌謹, 戰戰兢兢, 修其職任, 奉遵法度者, 天朝復益廣慈耳. 汝道那等奉斯所勅. 奉宣汝王.

다만 이 시기에 있어서도 신라는 '調'를 공상하고 있고(持統 6년 11월 18일조, 文武 2년(698) 정월 3일조), 또『일본서기』지통 9년(695) 3월 20일조에는,

新羅遣王子金良琳・補命薩湌朴强國等, 及韓奈麻金周漢・金忠仙等, 奏請國政, 且進調獻物.

라고 하듯이 王子 金良琳를 파견하여 '調'를 공상하는 등 아직은 상당히 자세를 낮추고 있다.

이후 일본은 중단된 이후 처음으로 견당사를 보냈는데, 이때 처음으로 측천무후가 당왕조를 찬탈한 이른바 武周革命의 정보를 얻는 등 신라가 제공하는 중국정보에 대해서 일본은 일정의 의심을 품었던 일이 상상된다.[18] 한편으로는 일본 쪽에서도 일본이 대당 隣國意識을 담당한 견당사를 재개했기 때문에, 대항상 더욱이 당에 접근해 갔다고 추측된다.[19] 다만 이 후도 경운 2년(705)에 내일하여 이듬해 귀국한 신라사(『續日本紀』慶雲 3년 정월 4일조), 또 양로 3년의 신라사(『續日本紀』養老 3년 윤7월 7일조) 및 신구 3년의 신라사가「調」를 바치는 등(『續日本紀』神龜 3년 7월 13일조), 신구 3년에 좌대신 長屋王이 자택으로 신라사를 불러 향연을 여는 등(『懷風藻』), 신라는 일본측의 요청에 어느 정도 응

18) 坂上康俊,「大宝令制定前後における日唐間の情報伝播」池田温・劉俊文編『日中文化交流史叢書2法律制度』, 大修館書店, 1997.

19) 古畑徹注(16) 論文, 58~59쪽.

하고 있고, 양로 7년, 신구 3년에 신라사가 왔을 때에는 좌대신 長屋王이 자택으로 신라사를 초대해서 향연을 여는 등[20] 일본측도 우호관계를 유지하려고 했다.

이후의 일본과 신라와의 외교관계는 일본측의 외교사료에 기초하여 요약 정리해 보자.

天平 4년(732)에는 그 해에 정월에 일본에 온 신라사의 요청에 따라 파견연한을 전하기로 하고, 이를 3년에 1번으로 정했다(『續日本紀』 天平 4년 5월 21일조). 우선 신라와 일본은 조공관계를 맺고 있다고 간주할 수 있다고 하는 것이 그 때 일본측의 인식이라고 해도 좋다. 다만 동년 8월에 제정되어 천평 6년 4월에 정지된 東海・東山・山陰・西海諸島의 절도사체제는 6일전에 귀국한 견신라사 角家主의 귀국보고에 의거한 것일 가능성이 있고, 신라와의 군사적 긴장의 산물이라는 견해가 유력하다.[21]

다음의 천평 7년에 파견된 신라사는 스스로를 '王城國'이라고 칭했기 때문에 일본으로부터 귀국당하고 있다(『續日本紀』 天平 7년 2월 27일). 신라가 이 시점에서 일본에 대해 존대한 자세로 전환한 그 배경으로 중요한 것은 천평 4년(唐 開元 20년, 732)에 발해가 登州를 공격한 것에 대해 당은 신라에 파병을 요청하여 함께 발해를 공격했지만 패퇴한다고 하는 사건이다. 이 때 당과 신라의 동맹관계는 확립하고 이를 이어 천평 7년(開元 23년, 735) 2월에는 당이 신라에 大同江 이남의 영유를 인정한다고 하는 사태가 발생했기 때문이다. 이 시점에서는 신라는 일본에 대한 대등한 관계의 주장을 일거에 강요했다고 보아도 좋다.

이후는 기본적으로는 부자연스러운 관계로 계속되지만, 천평승보 4

---

20) 鈴木靖民, 「養老期の對新羅關係」, 115쪽 ; 同 「天平初期の對新羅關係」, 163쪽, 모두 『古代對外關係史の研究』 所收, 1985, 초발표는 각각, 1967·1968.
21) 鈴木靖民, 「日本律令制の成立・展開と對外關係」, 28~29쪽, 전게주 20) 책 所收.

년(752)에 내조한 「신라왕자」로 자칭한 金泰廉과 貢調使大使가 「調」를 바치고 신라국왕의 말로서,

> 新羅國者, 始自遠朝, 世世不絶, 舟楫並連, 來奉國家, 今欲國王親來朝貢進御調. 而顧念, 一日無主, 國政絶亂. 是以, 遣王子韓阿飡泰廉, 代王爲首, 率使下三百七十余人入朝, 兼令貢種種御調.

라고 표명했다(『續日本紀』 天平勝宝 4년 6월 1일조). 이에 대해 일본은,

> 新羅國來奉朝廷者, 始自氣長足媛皇太后平定彼國, 以至于今, 爲我藩屛. 而前王承慶・大夫思恭等, 言行怠慢, 闕失恒禮. (中略) 自今以後, 國王親來, 宜以辭奏. 如遣余人入朝, 必須令齎表文.

라고 하여 신공황후의 신라정토이야기가 상기된 위에 신라국왕 자신이 내일인가 혹은 타자를 파견하는 경우에 상표문의 지참을 요구하고 있다(『續日本紀』 天平勝宝 4년 6월 17일조). 神功皇后의 신라정토이야기는 물론 『일본서기』, 『고사기』에 기록되어 있지만, 奈良時代의 외교관계 중에서 신라에 대해 제기한 것은 현존사료 중에서는 이것이 최초이다.

이듬해 신라에 파견된 小田野守는 경덕왕으로부터 '無禮'함을 질책받아 접견이 거부되었다. 한편으로는 후에 거론되듯이 당의 원단 접견시에 신라와 일본의 쟁장사건이 일어났다. 일본에서는 천평승보 8년에 이토성이 축조되는 등 서서히 긴장이 높아갔다. 바로 그런 시기인 천평보자 2년에 발해에서 귀국한 소야전수가 당에서의 안록산의 난이 일어났다는 소식을 전했다. 여기에서 당이 신라를 구원할 수 없다는 것을 상정한 일본은,[22] 藤原仲麻呂 가 주도해서 천평보자 3년부터 시작하여 3년간, 내지는 천평보자 7년의 절도사 정지에 걸친 신라정토계획의 방

---

22) 和田軍一, 「淳仁朝天における新羅征討計劃について」 『史學雜誌』 35-10·11, 1924.

침을 세웠다. 이 긴장상태에서 天平宝字 4년(760)에 내일한 金貞卷이,

> 不脩職貢, 久積年月. 是以, 本國王令齎御調貢進. 又無知聖朝風俗言語者. 仍進學語二人.

라고 한 것에 대해서는,

> 凡是執玉帛行朝聘, 本以副忠信通禮儀也. 新羅既無言信, 又闕禮儀. 棄本行末, 我國所賤.

이라고 비난하고 금후는 '專對之人, 忠信之禮, 仍旧之朝, 明驗之言'을 갖추라는, 국왕 내조의 조건을 명시했다(『續日本紀』 天平宝字 4년 9월 26일조).

그러나 신라가 일본의 요구에 응한 일은 없고 天平宝字 7년(763)에 來日한 신라국사 金体信에 대해 金貞卷에게 말한 앞서의 4개조를 구비하고 있는지를 물었을 때, 금체신은 '承國王之教, 唯調是貢. 至于余事, 非敢所知'라고 대답했기 때문에 그 말을 무례로 받아들인 태정관은 재차 '自今以後, 非王子者, 令執政大夫等入朝. 宜以此狀, 告汝國王知'라고 명했다(『續日本紀』 天平宝字 7년 2월 10일조).

게다가 보구 10년(779)에 일본에 온 신라 貢調使 김난손 등이 이듬해 정월 5일에,

> 夫新羅開國以降, 仰賴聖朝世々天皇恩化, 不乾舟楫, 貢奉御調, 年紀久矣. 然近代以來, 境內奸寇, 不獲入朝 (下略).

라고 하여 신라국왕의 인사말을 전한 것에 대해 光仁天皇은,

> 新羅國世連舟楫, 供奉國家, 其來久矣. 而泰廉等還國之後, 不修常貢, 每

事無禮. 所以頃年, 返却彼使, 不加接遇.

라고 비난하면서도 이번의 사자에 대해서는 그 노고가 많다고 했는데(『續日本紀』 宝龜 11년 정월 5일조), 이듬해 귀국에 즈음하여 전한 신라 국왕에의 爾書(慰勞詔書)에서는,

王自遠祖, 恒守海服, 上表貢調, 其來尚久. 日者虧違蕃禮, 積歲不朝. 雖有輕使, 而無表奏. 由是, 泰廉還日, 已具約束. 貞卷來時, 更加諭告. 其後類使, 曾不承行.

라 하여, 이제까지 몇 번이나 교시했는데 적합한 체제가 정비되어 있지 않은 것을 회고하고 금후는,

必須令齎表函, 以禮進退.

할 것을 명하고 있다(『續日本紀』 宝龜 11년 2월 5일조). 이러한 고자세는 安史의 난 후의 당제국이 신라의 방패가 될 수 없다는 것을 알고, 동시에 신라 자체가 780년 4월의 혜공왕 암살사건에 이르는 혼란상태에 있다는 것을 알고 있었다고 상상된다.[23] 그러나 결국 이 때를 마지막으로 신라사의 파견은 단절되어 버린다.

이상 奈良時代의 일본에 있어서 대신라국관을 검토해 봤다. 그것은 『일본서기』에 기록된 신공황후가 신라를 복속시켰다고 하는 전승을 배경으로 하고, 게다가 신라가 당과 대립관계에 놓여져 있던 시기의 '王子' 파견과 '調'의 貢上을 前例로 한 것이고, 당연 신라는 일본에 대해 복속의 증거로서 '調'를 바쳐야 하고 국왕 자신이 국왕의 상표문이라고 하는, 신하가 군주에 대해 제출하는 양식의 국서의 제출을 구하는 것이

23) 坂上康俊, 『律令國家の轉換と「日本」』 第三章, 講談社, 2001.

당연하다고 하는 것이다. 이에 대해 신라는 김태렴의 來日과 같이 때때로 일본이 주장을 어느 정도 인정하는 듯한 자세를 취해도 결국은 그와 같은 조공관계는 거부하는 방향으로 나갔던 것이다. 그렇게 해도 일본이 이제까지의 고자세로 신라에 대해 조공을 구할 수 있었고, 이에 대해 신라가 대응하려고 했던 것은 신라측에도 일본과의 국교를 유지하여 얻는 것이 있었기 때문이라는 것은 의심의 여지가 없다. 당과의 관계가 어느 정도 안정되고 나서는 일본 자체에의 경계는 물론이거니와(『三國史記』에는 聖德王 21년(722) 10월 '築毛伐郡城, 以遮日本賊路', 同王 30년 4월 '日本國兵船三百艘, 越海襲我東過, 王命將出兵大破之'라 하여 일본의 병선의 신라침공을 경계하고, 또 실제로 교전하고 있던 모습이 기록되어 있다), 7세기 종말기에 건국한 발해와의 관계가 작용하고 있었을 것은 이 역시 의심의 여지가 없다.

신라는 보구 10년의 사절을 마지막으로 일본에 사자를 보내지 않게 되고 일본이 견당사 왕래의 보장을 구한 것에 대해서도 그 사자를 모욕하는 등 일본과 신라의 외교관계는 완전히 단절했다고 해도 좋다. 단지 바로 사실상 최후의 견당사가 된 承和의 견당사가 출항하는 전후에서 신라상인의 일본 왕래가 빈번해지기 시작한다.

이러한 상태에 있던 承和 9년(843), 大宰大貳 藤原衛는 4개조의 제안을 정부에 제출했다. 그 제1조에,

> 新羅朝貢, 其來尙矣. 而起自聖武皇帝之代, 迄于聖朝, 不用旧例, 常懷姦心. 苞苴不貢. 寄事商賈, 窺國消息. 望請, 一切禁斷, 不入境內.

라고 하였다(『類聚三代格』 卷18 承和 9년 15일 官符. 『續日本後紀』 동년 8월 15일조에도 약간 자구의 이동이 있지만 거의 동일).[24] 이에 대

---

24) 山﨑雅稔, 「承和の変と大宰大貳藤原衛四條起請」 『歷史學硏究』 751, 2001 ; 渡邊誠, 「承和・貞觀期の貿易政策と大宰府」 『ヒストリア』 184, 2003 참조.

한 정부의 방침은 귀화를 바라는 자는 돌려보내고 민간교역은 허가한다고 하듯이 제안을 수정한 것이다. 여기에서 주의해놓고 싶은 것은 藤原衛에게 있어서 신라는 이미 사실상 국교가 단절되어 있었음에도 불구하고 본래 일본에 조공해야 할 존재이고, 그 본래의 모습이 무너졌던 것은 8세기 전반 聖武朝(724~749)이고, 그로부터 현재에 이르기까지 이쪽의 틈을 엿보는 위험한 존재라는 인식으로 받아들여지고 있다고 하는 것이다. 藤原衛가 가리키는 聖武朝라는 것은 구체적으로는 언제인가. 그것은 필히도 명확하지 않지만, 이제까지 서술해 온 일본과 신라와의 관계사를 참조하면, 우선은 天平 7년, 신라국사가 스스로의 본국을 '王城國'이라 명명해서 귀국당한다고 하는 사건을 가리킨다고 봐야할 것이다. 그때까지도 천황 사후에 동반한 喪中이라는 하는 이유로 신라사가 大宰府에서 귀국조치 되는 일은 있었지만, 신라사 자신의 언동이 원인으로 귀국한 것은 이때가 처음이라고 해도 좋을 것이다. 한편으로는 같은 聖武朝의 신구 4년(727)에 최초의 발해사절단이 파견되어 왔다.

4. 日本의 對渤海國觀

발해의 遣日使節은 처음에는 무관이 파견되었고, 또 '結援'을 구하고 있는 것으로 보아 군사적인 목적으로 시작하여, 760년대에는 문관의 사절이 파견되고 있어 군사보다도 도리어 교역으로 비중이 옮겨간 것 같다.[25)]

발해 측 史料는 거의 남아있지 않기 때문에 여기서도 어디까지나 일본 사료에 나타난, 일본 정부 당국자에 비친 한도에서의 발해상을 살펴

25) 石井正敏, 「初期日本・渤海交涉における一問題」『日本渤海關係史の研究』所收, 吉川弘文館, 2001, 初發表 1974.

보기로 한다.

발해의 최초의 사절이 도착한 해의 연말, 발해의 유래에 대해 『續日本紀』는,

> 渤海郡者旧高麗國也. 淡海朝廷七年冬十月, 唐將李勣伐滅高麗. 其後朝貢久絶矣. 至是渤海郡王遣寧遠將軍高仁義等廿四人朝聘. 而着蝦夷境. 仁義以下十六人並被殺害. 首領齊德等八人僅免死而來.

라고 기록하고, 발해는 고구려의 계승자라는 인식을 표시하고 있다(神龜 4년 12월 29일조).

이듬해 정월 17일조에는 渤海國王 大武芸로부터의 국서를 게재하고 있다.

> 高齊德等上其王書幷方物. 其詞曰. 武藝啓. 山河異域, 國土不同. 延聽風猷, 但增傾仰. 伏惟, 大王, 天朝受命, 日本開基, 奕葉重光, 本枝百世. 武芸, 忝当列國, 濫惣諸蕃. 復高麗之旧居, 有扶餘之遺俗. 但以天崖路阻, 海漢悠悠, 音耗未通, 吉凶絶問. 親仁結援, 庶叶前經, 通使聘隣, 始乎今日. 謹遣寧遠將軍郎將高仁義・游將軍果毅都尉德周・別將舍航等廿四人, 齎狀, 幷附貂皮三百張奉送. 土宜雖賤, 用表獻芹之誠. 皮幣非珍, 還慚掩口之誚. 主理有限, 披瞻未期. 時嗣音徽, 永敦隣好.

여기에서는 발해로부터는 일본 천황을 '大王'이라고 칭하고 있고, 보내 온 것은 일본 측 표기로는 '方物'이지만, 발해 측 표기로는 '土宜'였다. 이는 특히 스스로를 하위에 위치시키는 것은 아니다. 우선 대등관계였지만, 단지 고구려의 계승자라고 자기소개한 점, 예전에 일본과 교류가 있던 고구려를 상기시킨 저의에 의한 것이라 해도 동시에 그것은 예전 대당전쟁 중에 일본에 조공해 온 국으로서의 고구려를 일본측에 상기시키는 계기가 된 것이다.[26] 사실 앞서 게재한 『속일본기』 신구 4년

---

26) 石井正敏, 「神龜四年, 渤海の日本通交開始とその事情」 注(21)著所收, 初發表

12월 29일조에는 『類聚國史』에 나오는 글이지만, '朝聘'이라는 언어를 사용하고 있다. 따라서 앞서 발해왕의 국서에 대한 천황의 답신인 慰勞詔書에서는,

> 天皇敬問渤海郡王. 省啓具知. 恢復旧壤, 聿修曩好, 朕以嘉之. 宜佩義懷仁, 監撫有境. 滄波雖隔, 不斷往來. 便因首領高齊德等還次. 付書幷信物綵帛一十疋・綾一十疋・絁廿疋・絲一百絇・綿二百屯. 仍差送使發遣歸鄕. 漸熱. 想平安好.

라 하여 옛 땅을 회복한 것을 축하하고 있다. 이는 발해가 고구려의 계승자라고 하는 인식을 확인하고 있는 것이고, 고구려는 예전에 조공해 온 상대인 이상, 이제부터는 조공관계를 수립하고 싶다고 하는 복선으로도 이해할 수 있다. 이때 문서양식에는 慰勞詔書를 이용하고 있고, 渤海郡王으로부터의 '啓'에 대해 분명히 상위자로부터의 下達文書의 양식이다. 다만, '渤海郡王'이라고 하는 칭호 자체는 당이 사여한 것을 추인한 것이기 때문에 동시에 2국에 조공할 수 없는 이상, 발해와의 관계를 조공이라고 간주하는 일도 원리적으로는 불가능하다고 하는 딜레마도 일본측은 품고 있었던 것이 된다.

다음의 발해사는 천평 11년에 왔다. 이때에도 渤海郡王 大欽茂는 그 '啓' 중에서 자신의 선물의 물품명을 거론했는데, 총칭을 기록하고 있지 않다는 것에 주의를 집중한다(『續日本紀』 天平 11년 12월 10일조). 『續日本紀』 天平勝宝 5년(753) 5월 25일조에는,

> 渤海使輔國大將軍慕施蒙等拝朝, 幷貢信物. 奏稱, 渤海王言日本照臨聖天皇朝. 不賜使命, 已経十余歲. 是以, 遣慕施蒙等七十五人, 齎國信物, 奉獻闕庭.

1975.

라고 하듯이 발해로부터는 '調'가 아니고 '國信物'을 가져왔고, 이 후도 발해로부터는 '方物'이 진상된 것이 일반적이다. 일본은 발해로부터는 '調'를 취하는 일보다는 '表'를 제출시키는 일에 역점을 두었다. 앞의 사절에 대해 천황이 보낸 慰勞詔書에는 다음과 같이 술하고 있다(『續日本紀』 天平勝宝 5년 6월 8일조).

天皇敬問渤海國王. 朕以寡德, 虔奉宝図. 亭毒黎民, 照臨八極. 王僻居海外, 遠使入朝. 丹心至明, 深可嘉尚. 但省來啓, 無稱臣名. 仍尋高麗旧記, 國平之日, 上表文云, 族惟兄弟, 義則君臣. 或乞援兵, 或賀踐祚. 修朝聘之恒式, 効忠款之懇誠. 故先朝善其貞節, 待以殊恩. 榮命之隆, 日新無絶. 想所知之, 何仮一二言也. 由是, 先廻之後, 旣賜勅書. 何其今歲之朝, 重無上表. 以禮進退, 彼此共同. 王熟思之. 季夏甚熱. 比無恙也. 使人今還. 指宣往意. 幷賜物如別.

요컨대 이제부터는 '啓'가 아니고 예전의 고구려와 같이 '臣某'와 國王의 명을 기록한 '表'를 지참하라, 이것은 앞서 명해 놓은 것인데 이번에도 종래와 같은 문서를 갖고 온 것은 옳지 않다는 것이다. 이후 천평보자 3년부터 천평보자 6년 11월의 香椎 봉폐, 내지는 천평보자 7년 8월의 절도사 정지까지 3년에 걸쳐 일본과 발해의 대신라동맹과,[27] 藤原仲麻呂의 신라정토계획을 전개한다.

앞서 요청에 따라 발해는 일단 '表'를 제출했지만,[28] 『續日本紀』 宝龜 3년(772) 정월 16일조에,

先是, 責問渤海王表無禮於壹萬福. 是日, 告壹萬福等曰. 萬福等, 實是渤

27) 酒寄雅志, 「八世紀における日本の外交と東kアジアの情勢」 『渤海と古代の日本』 所收, 校倉書房, 2001, 초발표는 1977.

28) 浜田久美子, 「渤海國書にみる八世紀日本の對外認識」 『國史學』 185, 2005. 이에 의하면 발해가 국서에 표를 사용한 것은 天平宝字 2년(758)까지이고, 浜田氏는 이 배경에 安史의 난을 생각하고 있다.

海王使者. 所上之表, 豈違例無禮乎. 由茲不收其表. 萬福等言. 夫爲臣之道, 不違君命. 是以不誤封函, 輒用奉進. 今爲違例, 返却表函. 萬福等, 實深憂慄. 仍再拝據地, 而泣更申. 君者彼此一也. 臣等歸國, 必応有罪. 今已參渡, 在於聖朝. 罪之輕重, 無敢所避.

라고 하고, 그 다음에 인용한 慰勞詔書에 지적되고 있듯이 일본측이 구한 양식이 아니었기 때문에 동월 25일에는 '渤海使壹萬福等, 改修表文代王申謝'라는 일로서 사태는 수습되었고, 2월 28일에는 다음과 같은 慰勞詔書가 내려졌다.

天皇敬問高麗國王. 朕継体承基, 臨馭區宇. 思覃德澤, 寧濟蒼生. 然則率土之濱, 化有輯於同軌. 普天之下, 恩無隔於殊隣. 昔高麗全盛時, 其王高武, 祖宗奕世, 介居瀛表. 親如兄弟, 義若君臣. 帆海梯山, 朝貢相續. 逮乎季歲, 高氏淪亡. 自爾以來, 音問寂絶. 爰洎神龜四年, 王之先考左金吾衛大將軍渤海郡王遣使來朝, 始修職貢. 先朝嘉其丹款, 寵待優隆. 王襲遺風, 纂修前業. 獻誠述職, 不墜家聲. 今省來書, 頓改父道. 日下不注官品姓名, 書尾虛陳天孫僣号. 遠度王意, 豈有是乎. 近慮事勢, 疑似錯誤. 故仰有司, 停其賓禮. 但使人萬福等, 深悔前咎, 代王申謝. 朕矜遠來, 聽其悛改. 王悉此意, 永念良図. 又高氏之世, 兵亂無休. 爲仮朝威, 彼稱兄弟. 方今大氏曾無事. 故妄稱舅甥, 於禮失矣. 後歲之使, 不可更然. 若能改往自新, 寔乃継好無窮耳. 春景漸和, 想王佳也. 今因廻使, 指此示懷. 并贈物如別.

여기에서도 일본측이 강조하고 있는 것은 국왕이 高氏에서 大氏로 바뀌었다고 하고, 고구려, 발해는 계승관계에 있고 예전의 고구려는 일본에 조공해 온 일을 상기시킨 위에, 高氏의 멸망 후는 조공관계가 끊어졌지만, 신구 4년에 재개되었음을 기뻐하고 있던 바, 최근에는 書式의 違例로 받아들이기 어렵다고 하는 것이다.

이 이후도 表函 내지 啓의 書式의 違例라는 사건이 자주 일어나지만(예를 들면 續日本紀』 宝龜 4년(773) 6월 24일조, 宝龜 10년 11월 9일조, 『日本後紀』 逸文延曆 15년 10월 15일조(『類聚國史』), 발해측에서는 '渤

海使史都蒙等貢方物. 奏曰. 渤海國王, 始自遠世供奉不絶. 又國使壹萬福歸來, 承聞, 聖皇新臨天下, 不勝歡慶. 登時遣獻可大夫司賓少令開國男史都蒙入朝. 并戴荷國信, 拝奉天闕'(『續日本紀』宝龜 8년(777) 4월 22일)이라고 하고, '遠祖'로부터의 供奉이라는 표현으로 일본의 환심을 사려고 하고 있음을 알 수 있다. 宝龜 4년의 발해국왕은 文王 大欽茂이고, 神龜 4년(727)의 왕은 武王 大武芸로 양자는 부자관계이기 때문에 발해의 견사가 '遠祖'로부터라고 하는 것은 도저히 말할 수 없고 분명히 고구려의 대일교섭을 바탕에 깔고 있는 것이다.[29)]

이후 얼마간은 日本・발해관계의 상호인식을 간취할 수 있는 사료가 단절되고, 延暦 15년에 재개할 즈음에는 발해로부터 '啓'가 전해졌다. 그때의 기사를 게재한『日本後紀』逸文延暦 15년 4월 27일조(『類聚國史』)에는,

> 渤海國者, 高麗之故地也. 天命開別天皇 (天智天皇) 七年, 高麗王高氏, 爲唐所滅也. 後以天之眞宗豊祖父天皇 (文武天皇) 二年, 大祚榮始建渤海國, 和銅六年, 受唐册立其國. 延袤二千里, 無州縣館驛, 處處有村里. 皆靺鞨部落. 其百姓者, 靺鞨多, 土人少. 皆以土人爲村長. 大村曰都督, 次曰刺史. 其下百姓皆曰首領. 土地極寒, 不宜水田. 俗頗知書. 自高氏以來, 朝貢不絶.

라고 기록하고 있다. 이것은『日本後紀』에서 최초로 발해가 등장했기, 기록된『類聚國史』의 글 속에 나오기 때문에 그 奏上의 시점인 承和 7년(840)의 인식이지만, '自高氏以來, 朝貢不絶' 즉 고구려 시대부터 조공해 온 국이라고 하는 인식에 단절은 없었다고 생각해도 좋다. 발해측도 '結交貴國, 歲時朝覲'라고 하는 延暦 15년의 王啓[『日本後紀』逸文延暦 15년 10월 2일조(『類聚國史』)]에 보이듯이 관계를 유지하려고 했다.『日本後紀』逸文延暦 17년 5월 19일조(『類聚國史』)에 게재된 慰勞詔書에도,

---

29) 渤海의 高句麗継承意識에 대해서는 특히 石井正敏,「日本・渤海交涉と渤海高句麗継承國意識」注(21)著所收, 初發表 1975 참조.

天皇敬問渤海國王. 前年廣岳等還, 省啓具之. 益用慰意. 彼渤海之國, 隔以滄溟, 世脩聘禮, 有自來矣. 高氏繼緖, 每慕化而相尋, 大家復基, 亦占風而靡絶. 中間書疏傲慢, 有乖旧儀. 爲此, 待彼行人, 不以常例. 王追蹤曩烈, 脩聘于今. 因請隔年之裁, 庶作永歲之則. 丹定款誠所著, 深有嘉焉.

라고 하듯이, 발해의 大氏는 고구려의 高氏의 계승자로서 인식되고 있다. 『日本後紀』 逸文弘仁 5년 5월 9일조(『日本紀略』)에는 '新羅王子來朝之日, 若有朝獻之志者, 准渤海之例. 但願修隣好者, 不用答禮, 直令還却. 但給還粮'라고 기록하고 있어 당시 발해의 사절은 단지 '修隣好'라는 명목이 아니었다라는 추측이 가능하다. 이후 때로는 '渤海客徒, 旣違詔旨(=12年 1期라는 年期制), 濫以入朝. 偏容拙信, 恐損旧典. 實是商旅, 不足隣客. 以彼商旅, 爲客損國, 未見治体'라고 비판하면서도(『日本後紀』 逸文天長 3년 3월 1일조(『日本紀略』)의 藤原緖嗣의 上言), 발해로부터는 '啓'와 '信物' 내지 '方物'이 전해지고, 일본에서는 '璽書', '勅書'(實은 慰勞詔書)와 '信物'이 전달된다고 하는 관계로 年期制를 지키고 있는가 어떤가의 논의는 있지만,

今更遣使, 誠非守期. 雖然, 自古隣好, 憑禮相交. 曠時一歲, 猶恐情疎. 况玆, 星律轉廻, 風霜八変. 東南向風, 瞻慕有地. 寧能恬寂, 罕續音塵. 謹備土物, 隨使奉附. 色目在於後紙.

라는 정도의 변명을 기록한 王啓에서도(『續日本後紀』 嘉祥 2년(849) 3월 14일조), 특별히 문제되지 않고 기본적으로는 안정된다. '隣好'라 하고, '相交'라 하고 '土物'이라 하여 모두가 조공관계에는 어울리지 않는다고 생각하지만, 隼人・蝦夷問題에 일단 결착을 보고, 신라사의 來日도 단절된 일본정부는 外蕃에 조공을 요구하는 小帝國이라는 격식에는 구애받지 않은 시기로 들어갔던 것이다.[30]

---

30) 注(19)拙著, 第三章.

9세기 말 貞觀 15년에 일어난 다음의 사건은, 그 대책이라는 것은(『三代實錄』 貞觀 15년(873) 5월 27일조), 이러한 긴 교섭 끝에 도달한 일본의 대발해관, 대신라관의 총체적 평가라고 할 수 있다.

先是. 大宰府言. 去三月十一日, 不知何許人, 舶二艘載六十人, 漂着薩摩國甑嶋郡. 言語難通. 問何用, 其首崔宗佐・大陳潤等自書曰. 宗佐等, 渤海國人. 彼國王差入大唐, 賀平徐州. 海路浪險, 漂盪至此. 國司推驗事意, 不公驗. 所書年紀, 亦復相違. 疑是新羅人, 僞稱渤海人, 來竊窺辺境歟. 領將二舶, 向府之間, 一舶得風, 飛帆逃遁. 是日, 勅. 渤海遠蕃歸順於我. 新羅爾久挾禍心. 宜令府國官司, 審加推勘, 實是渤海人者, 須加慰勞粮發歸. 若新羅凶党者, 全禁其身言上, 兼令管內諸國, 重愼警守.

5. 결어 – 고구려・발해와 신라 –

이상 장장 8~11세기의 일본정부의 대신라・고구려・발해・고려인식에 대해서 거의 알고 있다고 생각되는 사료를 제시해 봤다. 마지막으로 이제까지 서술해 온 바와 같은 인식에 엿볼 수 있는 특징에 대해 주목되는 몇 가지를 언급하면서 본고를 맺고자 한다.

우선 주목되는 것은 日本의 대신라・고구려인식의 표명에 있어서 戰爭의 記憶, 특히 패전의 기억은 표면으로는 거론하고 있지 않다. 신라에 대한 시의심, 경계심은 자주 표명되고 있지만, 그 원인으로서는 일본측이 거론하고 있는 일본측에서 볼 때 약속위반이라고 할 만한 신라의 대응과, 平安時代에 들어가고 나서 신라의 구체적인 해적행위라고 보아도 좋다. 고구려에 대해서는 발해가 비교적 온건, 실리주의적인 외교방침을 채용했기 때문인지, 일본측에서도 강한 자세로 임하지 않는 일이 많고 따라서 고구려를 계승한 발해와의 관계에 대해 일본이 상위의 동맹관계를 강조하게 되었다. 이 경우 일본측에서 상기하고 있는 '戰爭'은 스스로가 승자가 되었다고 하는 전설에 기초해서 神功皇后의 '新羅征討物語'로 시종하고 있다고 해도 좋다.

그러나 생각해 보면, 이는 이상한 현상이기도 하다. 일본측이 신공황후전설을 이용한 논리를 조합해 보면, 그것이 한반도제국에 설득력을 갖는 것인가 하는 문제가 있기 때문이다. 물론 현실적인 목적이 있어 일본에 견사해 온 양국은 그 현실적인 목적조차 달성된다면 좋다고 하면 일본측이 제시하는 신공황후전설의 틀 속에 들어간다고 하는 선택도 채용할 수 있다. 그러나 현실적인 목적이 변화하고 혹은 그 중대성이 없어지고 양국에 있어 명분이 중요하게 될 때에 일본의 자국의 전설에 고집해도 설득력을 갖을 수 없다는 것은 명백할 것이다.

명분상에서 어느 쪽이 위인가라는 문제에 있어서 가장 간단한 해결책은 유력한 제3자에 의한 판단이다. 唐朝에 있어서 爭長事件,[31] 바로 이러한 사정에서 발생한 것이고 遣唐副使 大伴古麻呂가 含元殿에서의 元日朝賀 때에 일으켰다고 전하는 신라에 대해 상위에 있는 일본이라는 주장도[32] 그 하나라고 하는 것은 말할 것도 없다.

이러한 사실을 알면, 일본과 한반도제국 간의 전쟁의 기억으로서 우리에게 잘 알려져 있는 4~5세기 전쟁의 기억이 일본측에서는 완전히 결락되어 있다는 것에 관심이 향하지 않을 수 없다. 『일본서기』 편자는 神功皇后紀에 있어서 『삼국지』를 인용하여 『위지』 東夷伝 倭人條에 보인는 卑弥呼는 『日本書紀』에서 말하는 神功皇后라는 것을 명시하고 있다고 해도 좋다(『日本書紀』 神功皇后 39년 是年條, 同40年條, 43年條). 그런데 그 한편으로는 『일본서기』 웅략기 전후에는 『송서』 이하에 기록되어 있는 '倭의 五王'에 대해서 일체 관심을 기울이지 않는다. 3세기

---

31) 濱田耕策, 「唐朝における渤海と新羅の爭長事件」 『新羅國史の研究－東アジア史の視点から』 所收, 吉川弘文館, 2002, 초발표는 1978 참조.

32) 石井正敏, 「大伴古麻呂奏言について－虛構說の紹介とその問題点」 『法政史學』 33, 1993 참조.

말에 편찬된『삼국지』가 일본에 들어온 것은『일본서기』 편찬 종료보다는 전이라는 점은 확실하다고 해도 6세기 초까지는 완성된『宋書』는 어떤 이유로 720년에 완성된『일본서기』 편찬시에 인용되지 않았던가.[33] 이 의문에 대해서는 몇 개의 가설은 제기할 수 있지만, 명확히는 답할 수 없을 것이다. 다만 '東征毛人五十五國, 西服衆夷六十六國, 渡平海北九十五國'이라고 기록된 상표문을 제출한 倭王武를, '使持節都督倭·新羅·任那·加羅·秦韓·慕韓六國諸軍事'에 임용했다는 기술은 일본이 신라보다 상위라고 할 때의 좋은 근거가 될 수 있을텐데, 8~9세기를 통해 이를 이용해서는 안된다고 하는 점이 머리 속에서 떠나지 않았던 것이다. 혹은 이미 책봉을 구하지 않고 중국을 중심으로 하는 동아시아지역에 있어서 고립된 國의 하나로서의 입장을 채용하려고 결정하고 있던 일본이 분명히 책봉된 '倭의 五王'의 기술을『일본서기』에서 일체 배제했던 것이라고도 생각할 수 있지만, 그렇다면 어떤 이유로 신공황후라면 卑彌呼와 결부시켜도 좋다는 것인지, 그 사정은 아직 검토의 여지가 있다. 더욱이『수서』 왜국전의 '新羅·百濟皆以倭爲大國, 多珍物, 並敬仰之, 恒通使往來'라는 기록도 전통적으로 일본과 신라 관계를 강조할 때에 자주 이용하는 근거사료로 될 수 잇는데, 이를 거론한 흔적은 없다.

하여튼 이러한 절호의 근거를 사용하는 일은 스스로 중화의식에 의해 닫아버린 이상 일본이 신라에 대해 고압적으로 나오는 근거는 7세기 말의 한 시기의 신라의 저자세라고 하는 전례만이라고 해도 좋고 그것이 파탄된 시기에는 신라로부터 보면, 설득력을 결하는 신공황후전설을 끄집어낼 수밖에 없었던 것이다.

---

33)『宋書』는 9世紀末에 편찬된『日本國見在書目錄』에서는「正史家」에「宋書百卷(梁尙書僕射沈約撰)」이라 著錄되어 있는데, 수입시기는 불명이다. 다만 9세기까지는 수입되어 있었음은 틀림없음을 알 수 있다.

다음에 주위하지 않으면 안 되는 것은 이제까지 외교담당자에 의한 신라・고구려・발해인식을 다뤄왔지만, 또 다른 일이 있다고 하는 것이다. 본문 중에서도 술했지만, 遣唐使의 일원으로서 入唐한 円仁의 중국체재와 귀국이라고 하는 것은 신라인의 도움이 없으면 도저히 이룰 수 없는 것이었다. 華嚴教學 등 신라로부터 많은 것을 배운 일본고대의 불교계에 있어서는 신라에 대해서 위정자와는 다른 관점도 있었을 것이라고 하는 것은 당연하다. 더구나 불교의 세계관은 동아시아제국이 제각기 갖고 있던 자존의식・중화사상과는 차원을 달리하는 것이기 때문에 승려의 세계에 있어서 대외인식은 진호국가이라고 하는 직무는 직무로서, 또 스스로 다른 논리로 배양되어 있다고 해도 이상하지 않을 것이다.

잡다한 논리로 일관해 버렸지만, 이상으로 고찰을 마친다. 諸賢의 질정을 받는다면 다행으로 생각한다.

古代の日韓關係のなかでの戰爭と記憶

坂上康俊
(日本・九州大學)

1. はじめに

古代の日韓關係について考えるに際し，事實が如何にあったかという事件史というよりは，相手に對してどのようなイメージを持ち，それは如何にして作られ，それが如何に對応を規定し，また如何なる経緯で変化していったかということに重点を置いて史料を眺めると，どういう風景が見えてくるだろうか．

日韓關係が緊張し，ついには戰爭狀態に陥る時，兩國は往々にして過去の事例を引き合いに出して敵愾心を煽ったり，國家防衛意識の高揚を図る．例えば釜山博物館には，壬辰倭亂に際して時の國王宣祖が發出した萬暦24年(1596) 9月 15日「教慶尙右道兵馬節度使金応瑞以下諸陣宣諭犒賞書」(慶尙右道兵馬節度使金応瑞以下の諸陣に宣諭しねぎらい賞する教書)が, 展示されているが,[1] この教書では「爾將士」(おまえたち將軍・兵士たち)に向けて,「復旧境使我三韓之民復奠厥居」(もともとの領土を取り戻し, 我々三韓の民たちがまたその本來の住所に住めように)させることを命じ,「庾信之劍自躍出」(金庾信の劍が自ずから飛び出してくる)を祈念している.「三韓」も「庾信」も, 朝鮮半島の三國時代を收束させた新羅の統一戰爭を想起させる字句であり, その時の倭の軍隊と同様に, 新たに侵略してきた秀吉の軍隊を半島から追い落とせと命じているのであった. 一方, 日本においても豊臣秀吉の朝鮮侵略や明治時代初期の征韓論, 韓國併合に際して, 神功皇后の「新羅征討物語」が回想されている.[2]

古代においても, 事態は同様である. それぞれの局面に応じて, ある時は敵對的, ある時は友好的な過去の事例・事件が想起され, それが互いの對応策を練る際に大きく作用することがあるし, あるいは名目上作用したことにされる場合がある. 今回は主として奈良平安時代の日本において抱かれていた朝鮮半島諸國に對するイメージを取り上げることによって, その複雑さと, よってきたる所以について, 簡單な素描を試みようと思う.

2. 高麗の醫師要請事件の際の日韓關係認識

平安時代後期の承暦3年(1079)11月, 高麗國の礼賓省は, 大日本國大宰府に牒を發し, 折から風疾(中風)に悩んでいた高麗國王文宗のために, 日本の上等の医人を選んで派遣してくれるようにと依頼した(『朝野群載』巻20

1) 『釜山の歷史と文化』, 釜山博物館, 2002年, 108~9頁.
2) 北島万次, 『豊臣政權の對外認識と朝鮮侵略』, 校倉書房, 1990年 等.

異國, 己未(承曆3)年11月日高麗國禮賓省牒). 日本と高麗との間で交易する商人を介してこれを受け取った大宰府は, 自らの判斷では處理できないので, 翌年3(2カ)月5日付けの大宰府の解(上申文書)を太政官に進上し, 高麗の牒狀の內容を伝達した(『朝野群載』巻20異國, 承曆4年3月5日大宰府解). 高麗國禮賓省の牒の內容を知った白河天皇は, 同年4月19日にはこの案件を陣定(公卿會議)に諮問した. 陣定は, 合計三度にわたって開催され, そのたびに公卿たちは各自の意見を提出した. 結局この案件については, 候補に擧がった医師たちが極めて消極的だったこともあり, 時の關白藤原師實の指導のもと, 医師派遣要請を拒否することになり, 当時有名な文人官僚であった大江匡房が, 大宰府から高麗國禮賓省に宛てた返牒の起草にあたった.

こういった経緯については, その匡房が起草した返牒に明瞭に窺える高麗國蔑視や,[3] 逆に高麗國禮賓省牒に含まれる高麗側の中華意識[4]などをめぐって多くの研究があり, また事件そのものの経緯については, 筆者も大まかながら検討を加えて, 解説を執筆したことがある.[5] 確かに高麗國禮賓省牒にはやや尊大な, 自らを上位に置くような文字・様式が用いられており, その点は審議の途中で公卿たちによって指摘され, また最後に大江匡房が起草した返牒は, それらの諸点を事細かに批判する內容とはなっている. しかし, 最近も渡邊誠氏が指摘しているように,[6] 公卿たちの會議においては, そうした諸点はとりたてて問題とされておらず, むしろ当初は人道的な見地から派遣に積極的な意見が多數を占めていたようであるが, 結局は, 万一治療に失敗した際の恥辱を恐れ, また無理に医師を派遣するほどの國家間

3) 石母田正,「日本古代における國際意識について－古代貴族の場合－」『石母田正著作集』 第4巻, 岩波書店, 1989, 初發表 1962.

4) 奥村周司,「医師要請事件に見る高麗文宗朝の對日姿勢」『朝鮮學報』117号, 1985.

5) 『太宰府市史 古代資料編』, 太宰府市, 2003, 916～940頁.

6) 渡邊誠,「平安貴族の對外意識と異國牒狀問題」『歷史學硏究』823号, 2007, 6～7頁.

の關係ではないとする医師, 白河天皇, 關白等の意向が, 發遣を思いとどまらせたというべきである.

このように, 11世紀末の段階での公卿たち自体は, 高麗に對して殊更に蔑視したり, 恐怖感を抱いたりはしていないことが明らかになったわけであるが, では彼らは高麗國に對して基本的にはどういった認識を持っていたのだろう. 承暦4年閏8月5日に開催された二回目の陣定に參加した, 当時正二位權中納言だった源経信(66歳)は, その日記『帥記』に自らの發言を以下のように記している.

抑高麗之於本朝也, 歷代之間, 久結盟約, 中古以來朝貢雖絶, 猶無略心(A). 是以若有可牒送者, 彼朝申牒, 本朝報示. (中略) 所送大宰府方物等納否之條, 忽雖定申. 其故者, 天慶年中, 高麗國使下神秋連陳狀, 彼國王愁忽被停朝貢之事者(B). 以件方物可准朝貢者, 忽乖前議, 可難容納歟.

(そもそも高麗國は日本との間に, 歷代の間にわたって, 長い間盟約を結んでいた. 中古以降は高麗からの朝貢が絶えたとはいうものの, こちらを侵略してくるような氣配は無かった. だからもし連絡を取りあうようなことが生ずれば, 高麗の方から牒が送られてきて, これに對し日本から返答がなされてきた. (中略) 今回大宰府に送られてきた「方物」を受け取って良いかどうかという問題は, 簡單には決められない. なぜならば, 天慶年間(938～947)に高麗國の使者下神秋連が, 高麗國王は日本が突然朝貢を受けない事になったのを憂えていると言ってきたことがあるが(そのころ日本國は高麗からの朝貢を受けないと決めているようだから), 今回問題になっている「方物」がもしも朝貢に当たるとすれば, それを受け取ることは昔の決定を覆すことになるので容認できないだろう)

下線部(A)に現れている「歷代之間」とはどの時期を指すのか, これがまず問題となろう. 渡邊誠氏は, 文中に見える「盟約」について, 『續日本紀』天平勝宝5年(753)6月8日條に「尋高麗旧記, 國平之日, 上表文云 (中略) 或乞援兵, 或賀踐祚」(高句麗＝渤海の旧記を検討してみると, 國家が安定していたとき, その國からの上表文に次のように言ってきた (中略) ある時は援兵を求め, ある時は踐祚を祝ってきた)とあることを參照して, 「高麗」は高句麗・渤海を含み高麗國のみを指すものではないと思われるとしながらも, 同じ『師記』閏8月25日條に「上古彼國申請事等, 不被必裁許時候云々, 天慶年中, 彼國王愁申由, 其間記等所見候也」(上古には, かの國が申請してきた事に關して, いつも認可していた譯ではない. 天慶年中に, かの國(高麗)の國王が, (朝貢停止解除を) 訴えてきたことについて(それを認めなかったことが)当時の記録に見えている)と経信が關白に申上しているので, 先の「中古以來」とするところは, 高麗國を含めた意識を表明するものと見ても問題ないとしたが,7) もう少し對象とする時期を嚴密に解釋してみたい.

天慶年中の高麗の遣使については, 上記(B)において, 天慶年中に來た高麗使が, 朝貢關係の停止を國王が嘆いている, と伝えていることが參考になる. ここでいう天慶年中とは, 具体的には天慶2年(939)に高麗國使が同國廣評省の牒をもたらしたが, 歸國させせられるという事件8)を指すとみて良い. 源経信が用いている「朝貢」という表現は, 取り敢えずは11世紀末の公卿の一人が, 高麗を含む朝鮮半島の諸王朝と日本との通交をそう捉えていたことを示していると見るべきであって, 10世紀前半の, 建國したばかりの高麗が, 如何に契丹との關係に悩んでいたとはいえ, 日本に朝貢を求めてきたとは考えにくいし, また本当に朝貢を求めてきたのだとすれば, それを当時の日本が, むげに拒否したかどうかは微妙であろう. 事實は, 高麗が日本との通交を求めたが, 日本側は朝貢關係以外の通交を認めず, 従って國交は成立しなかったということではなかったろうか.

これを前提に下線部(A)について考えるならば, 「中古以來朝貢雖絶」と

---

7) 渡邊誠注(6)論文9頁.

8) 『日本紀略』天慶 2年 3月 11日條に「大宰府牒高麗國廣評省, 却歸使人」とあり, 『貞信公記抄』同年 2月 15日條に「高麗牒付(大江)朝綱」とある.

いう時の「中古以來」とは，高麗王朝の建國以來ということになり，それより前の時期について記した「歷代之間，久結盟約」という時期は，「高麗之於本朝也」と記されてはいても，その實はいわゆる高麗國のことではなく，新羅ないし渤海，あるいは更に遡って高句麗の時期を指すと，まずは解釋するべきである．ただし，新羅との國交については，後述するように11世紀後半の公卿たちが「中古以來朝貢雖絶，猶無略心」と認識していたとは考えにくい．従ってここは，主としては渤海との交涉を指し，遡れば高句麗まで含むと解釋するのが妥当であろう．「上古」「中古」という表現は，嚴密な時代區分というよりは，その文脈の中での表現であり，筆者が同じであるとはいえ，閏8月5日條の「中古」は，その記述以前に，より古い時期についての記載があることから用いた表現，閏8月25日條の「上古」は，「以前」「昔」というぐらいの意味と解釋するべきではなかろうか．[9)]

以上の解釋を裏付けるのが，前述の医師要請事件の際，最後に大江匡房が起草した返牒(『本朝續文粹』11，承曆4年日本國大宰府牒)の中の，如牒者，貴國懽盟之後，數逾千祀，和親之義，長垂百王．

という部分である．ここでは「貴國」を，「懽盟」すなわち喜んで盟約を結んだ後に「千祀」(＝千年)を數え，「百王」にわたって和親關係にあると表現している．[10)] この表現では，高麗王朝成立後のみを指すにしてはあまりに長期間にわたる關係を述べているように見え，従って「貴國」とは高麗王朝のみを指すとは考えにくい．それ以前に日本が交涉を持っていた渤海をも含むことは，まず確實であるし，更には遡って高句麗をも指す可能性がある．そも

9) はるか後の貞治 6年(1367)年に來日した高麗使への對応のために記された『異國牒狀記』(『大日本史料』第6編28所收)に，高麗國は，神功皇后三韓を退治せられてより，長く本朝に歸して，西藩となりて君臣の礼を致し，朝貢を每年舟八十艘を送りし事，上古は絶えず，しかるに中古以來，太元國に従えられて彼の藩臣となる．という時の「上古」「中古」も，同様に解釋することができる．

10) 同返牒の文言については，小峯和明「大江正房の高麗返牒」『中世文學研究』第7号，1981年，を参照．

そも高麗は，新羅末期に弓裔の部將として彼の後を承け，後百濟王甄萱の後裔を倒した太祖王建を始祖とする．高麗は國号が高句麗の継承者を意識したものであることのほか，世子大光顯を初めとして，926年に契丹に滅ぼされた渤海の支配者層をも收容したため(『高麗史』太祖17年7月條他)，歴代日本との通交を維持してきた渤海，ひいては高句麗の後継者であるという見方が日本側にあったか，あるいは，太祖の遣日本使がそう主張したのであろう.[11)]

ただし，平安時代の日本の貴族たちが高麗國に對して抱くイメージは，先に擧げた11世紀末の一公卿が「歴代之間，久結盟約，中古以來朝貢雖絶，猶無略心」とまとめたような，そういった單純なものではなかった．寛仁3年(1019)，いわゆる「刀伊の入寇」という事件が起こる．沿海州付近にいた女眞族が，高麗國を経て對馬・壹岐兩島および博多湾沿岸に襲來し，日本國政府が把握しているだけでも，殺された者360人以上，捕虜になった者1,300人以上という大きな被害をもたらした．あまりに突然のことだったので，來襲した者たちの正体がわからず，刀伊の捕虜となって日本に連れてこられた高麗人を尋問したところ，「高麗國爲禦刀伊賊，遣彼辺州，而還爲刀伊被獲也」，すなわち(私は)高麗國が刀伊を撃退しようとして辺州に遣わした者だが，逆に刀伊に捕虜にされた，つまり刀伊は高麗國にとっても敵であるという返答を得たが，「其疑難決」(まだ疑わしい)ということで(『朝野群載』巻20異國，寛仁3年4月16日大宰府解)，初めに高麗國に對して抱いた疑いは，なかなか晴れなかったようである．

このときに当たって，對馬島判官代長峰諸近という下級地方官吏が，日本國政府の許可を得ないまま，刀伊に連れ去られた母・妻・子ら十數人を

---

11) 『宋史』巻487高麗伝の冒頭にも「高麗，本曰高句麗．(中略) 長興中，權知國事王建，承高氏之位，遣使朝貢」(高麗はもともと高句麗と称していた (中略) 長興年間(930～934)に權知國事となった王建が(高句麗の王の姓である)高氏の地位を引き継いで，宋に遣使・朝貢してきた)とあり，この認識は中國でも共有されている．

探しに高麗國に渡ったが，自分が通敵行爲をしているのではないという証據として，高麗國に保護されていた日本人女性數名を連れ歸るということがあった(『小右記』寛仁3年8月3日條に裏書きされた同年7月13日付の大宰府解と內藏石女等解). ここで興味深いのは，長峰諸近の報告を聞いた大宰府が，異國賊徒刀伊高麗其疑未決. 今以刀伊之被擊，知不高麗之所爲. 但新羅者元敵國也. 雖有國号之改，猶嫌野心之殘. 縱送虜民，不可爲悅. 若誇勝戰之勢，僞通成好之便.

(異國からの賊徒は刀伊なのか高麗なのか，その其の疑いは未だ解決していなかった. しかし今，刀伊が高麗から攻擊されたようなので，今回の襲來は，高麗がやったことではないことがわかった. 但し，新羅はもともと敵國である. 國号は新羅から高麗に改まったとはいえ，なお野心が殘っているのではないか心配である. たとえ捕虜を送還してきたとしても，悅んではならない. ひょっとすると戰勝の勢いに乘って，通交の契機にしようとしているかもしれないから)

という判斷を示していることである. ここでは高麗國を，渤海ないし高句麗の継承者というよりは，新羅の継承者と見ている樣子が知られる. 實際，刀伊の入寇の際，彼らを迎擊した九州の武士団に對して，その指揮に当たっていた大宰權帥藤原隆家は，「但先可到壹岐・對馬等島，限日本境可襲擊. 不可入新羅境」(ただし，まず壹岐・對馬等の島まで行け，日本の領域內で敵を襲擊せよ，新羅の領域に入ってはならない)と指示しており(『小右記』寛仁3年4月25日條)，同じ朝鮮半島に建てられた王朝である高麗を，新羅と呼んでいることが分かるのである.

その新羅は，その下代末期の9世紀後半には，貞觀11年(869)5月22日に2艘の海賊船を仕立てて博多港に來襲し，豊前國の年貢の絹綿を奪取して逃げ去る(『日本三代實錄』同年6月15日條)など，その後の日本の神國思想を形づくる契機となるような事件を起こしている.[12] 特に寛平5年(893)5月(『日本紀略』同月22日條)から6年にかけては，しばしば新羅との間に緊張が高まっており，また，その來襲におびえたり，貞觀12年(870)の大宰少貳藤原元利万呂のように，新羅との通謀が疑われたりもしている(『日本三代實錄』同年11月13日條). その一方で，時期はやや遡るものの同じ9世紀のうちに，847年の円仁のように，新羅の商船に便乘して歸國するものもあり，その円仁の日記『入唐求法巡礼行記』の中には，円仁の中國での滯在に，いかに新羅人が協力してくれたかが，例によって淡々とした筆致ではあるが，隨所に記されている. しかしそれより前の弘仁4年(813)には，5艘の船に乘った新羅人110人が五島列島に上陸してきたので，住民たちがそのうちの9人を殺し，殘りを捕獲するという事件も起こっていることからも分かるように(『日本紀略』同年3月辛未條)，新羅との關係は，9世紀を通じて基本的に緊張狀態にあったと見て良い. こうしたことから，新羅との間には「略無略心」と言いうる時期は存在しなかったと言えるのである. 日本の對新羅觀については，高麗國に對するよりも遙かに嚴しいものがあり，また時期も大きく遡るので，章を改めて考えてみよう.

3. 8～9世紀日本の對新羅國觀

7世紀後半から9世紀にかけての日本と新羅との關係の概略を示せば，おおよそ次のようになる.[13)]

周知のように，6世紀末の隋の中國統一とそれを引き継いだ7世紀初頭の唐帝國の成立，特に隋と唐の高句麗遠征を契機に，東アジアの諸國に緊張

12) 村井章介,「王土王民思想と九世紀の轉換」『思想』847号，1995.

13) 以下の記述においては，特に田中健夫他編,『對外關係史總合年表』，吉川弘文館，1999，の恩惠をこうむったことを明記する.

がたかまる. 飛鳥に宮を構えていた日本の朝廷は, 特に仏教の受容の側面で明らかなように, 百濟のみでなく, 高句麗・新羅とも交流を持っていた.[14) 唐の高句麗遠征を契機に, 唐と結ぶ新羅と, これと對立する百濟・高句麗という關係が鮮明になり, 日本はこのうちの後者と密接な關係を結ぶことになる. この時期においては, 従來にも增して高句麗の遣日使が盛んに到來するのは, こういった國際關係を反映しており, ほぼ確實な高句麗本國からの使者は, 668年に越國(北陸地方)に來着して調を献上しているのをもって最後とする(『日本書紀』天智元年7月條). 7世紀後半の高句麗滅亡までの日本と高句麗との關係は, こういった國際情勢から見て, 「懽盟」「結盟約」と言ってもおかしくないものと考えられる.

さて, 660年の百濟の滅亡, 663年の白村江の戰闘における百濟復興軍と日本軍との敗退, 668年9月の高句麗の滅亡の後, 朝鮮半島における唐の占領軍と新羅との對立が激化し, 唐は, 676年には安東都護府を遼東故城に, 更に翌年には遼東新城に移すことで實質的に朝鮮半島から撤退し, 結局は新羅によって半島が統一されるという経過をたどる.

この間にあって日本は, 669年を最後に遣唐使の派遣を一時停止し(この遣唐使の歸國時期は不明), 國内の防備体制を固め, 律令体制への道を歩む. 一方, 唐との間に緊張狀態が續いた新羅は, 盛んに日本に遣使し, 特に, 高句麗の先王の嗣子あるいは庶子という安勝(のち報德王)を高句麗王に封ずるなどして, その名義を用いて新羅自らは送使として付き従い, 日本に盛んに遣使・貢「調」させて(例えば『日本書紀』天武元年(672)5月28日條, 同2年8月20日條, 天武5年11月23日條, 天武8年2月1日條, 天武9年5月13日條, 天武11年6月1日條), 日本との關係の修復に努力する. この高句麗に對しては, 天武10年, 天武13年には日本から遣高句麗大使を派遣しており, 特に問題が起こってはいないことから見て, 新羅側もこれらの使節への對応

14) 曾根正人, 『聖徳太子と飛鳥仏教』, 吉川弘文館, 2007.

には神経を使っていたと推測してよい. 日本側から見れば, この時点の高句麗との交渉も,「懽盟」「結盟約」の期間に算入されて良いものだろう.

あくまでも『日本書紀』に見られる表現ではあるが, この間の新羅は,「調」を持參するなど(『日本書紀』天智10年(671)6月條, 同年10月7日條, 天武4年(675)3月條, 天武5年11月3日條, 天武8年10月17日條, 天武9年11月24日條, 天武10年10月20日條, 天武12年11月13日條, 天武14年11月27日條, 朱鳥元年(686)4月19日條), 日本に對してかなり低姿勢であったことがうかがわれる. 特に天武4年(675)2月には,

新羅遣王子忠元・大監級飡金比蘇・大監奈末金天沖・弟監大麻朴武麻・弟監大舍金洛水等, 進調. 其迸使奈末金風那・奈末金孝福, 迸王子忠元於筑紫.

(新羅が王子忠元と大監の級飡金比蘇, 大監の奈末金天沖, 弟監の大麻朴武麻と弟監の大舍金洛水等を派遣してきて, 調を進めた. 其の迸使の奈末金風那と奈末金孝福は, 王子忠元を筑紫に迸ってきた)

と王子金忠元を, また持統元年(687)9月23日には,

新羅遣王子金霜林・級飡金薩擧・及級飡金仁述・大舍蘇陽信等, 奏請國政, 且獻調賦. 學問僧智隆附而至焉. 筑紫大宰便告天皇崩於霜林等. 卽日, 霜林等皆著喪服東向三拝, 三發哭焉.

(新羅が王子金霜林と級飡金薩擧, 及び級飡金仁述, 大舍蘇陽信等を派遣してきて, 國政を奏請し, また調賦を獻上した. 學問僧智隆も一緒に來た. 筑紫大宰はすぐに天皇が崩じたことを霜林等に告げた. 卽日, 霜林等は皆, 喪服を着て東に向かって三度拝し, 三度哭した)

と王子金霜林を派遣して,「調」を貢進させていることが注目される. もちろんこれが本当に新羅の王子であったかどうかは現在では確かめようもないが, 今はそれは問うところではない. 日本側にそう思わせた点が重要なのであり, 新羅が20年ほどに渉って「調」を順調に貢進し續け, 時には王

子を日本に派遣していたという記憶, これが大宝律令施行以後, 本格的な律令体制に移行した後の日本の對新羅観を規制する.

なお, この時日本が新羅に貢上させていたとされている「調」とは, 日本ではツキと讀み, ミツギモノの意味で, 服屬の証據として下位の者が上位の者に對して提供する物品の意味に用いられる語であった.[15] もっとも, この語感を新羅が共有していたかどうかについては, 疑問とする見解も最近提出されたが,[16] しかし新羅も「調」ではなく「土毛」という表現で進上物を表そうとしていたことから見て(『續日本紀』天平15年4月25日條, 同宝龜5年3月4日條), 「調」という漢字は, 日本と新羅との間では支配・服屬關係を可視化するものという共通理解があったものと考えて良い.

さて, 古畑徹氏によれば, 675～711年にかけての新羅・唐關係は, おおよそ以下のように推移するという.[17]

1) 675～680年 唐・新羅戰爭の延長線上の對立時代. 唐は新羅再攻擊を計畫し, 新羅もそれに備えて日本と結んでいる時期. これは678年を境に, 唐が吐蕃によって侵略されるという國際情勢の変化に伴い, 新たな關係に移行していく.

2) 680年代 唐・新羅ともに特に相手に關心を示さない時期. 唐は政策轉換をしたものの, 新羅と融和していこうとはせず, 新羅もその時の中心課題である旧百濟領統治問題が唐と關わらないことから, 特に唐と接近しようとはしない時期. ただし, この間も册封という基本的關係で繋がっている.

3) 690年代 唐・新羅が關係を密接化させる時期. 唐は國際情勢が更に

15) 石上英一, 「古代における日本の税制と新羅の税制」『朝鮮史研究會論文集』11, 1974.

16) 大町健, 「東アジアのなかの日本律令國家」歴史學硏究會・日本史硏究會 編, 『日本史講座2 律令國家の展開』所收, 東京大學出版會, 2004, 233頁.

17) 古畑徹, 「七世紀末から八世紀初にかけての新羅・唐關係」『朝鮮學報』107輯, 1983, 60～61頁.

悪化したため，新羅への姿勢を和らげ，折に触れて勸誘する姿勢を示し，新羅は中心課題が北進策に変化したことに伴い，再び唐への關心が喚起される．この時期，新羅は日本との關係を次第に弱めようとしている．

4) 700年代 703年を境に新羅・唐關係は親密化を明確にし，兩國關係の回復期と呼びうる時代．唐は東北政策の一環として新羅を強く勸誘し，新羅も從來からの北進策に對日問題が加わって，これに呼応する時期．

3)・4)の時期，すなわち，唐との關係がある程度円滑に運ぶようになって以後の新羅にとっては，對日關係は重要性を低め，敢えて日本に對して外交上の配慮を必要とはしなくなる．ここに8世紀以降の日本の對新羅觀と新羅の對日本觀とのズレの根本原因があると言って良い．

新羅が對唐關係を修復させるにつれて，その對日低姿勢外交を修正していこうとしたことを最初に日本側で問題としたのは，次に掲げた史料に見えるように，持統3年(689)5月のことであった(『日本書紀』同月22日條)．

五月癸丑朔甲戌．命土師宿禰根麻呂，詔新羅弔使級飡金道那等曰．太政官卿等奉勅奉宣．(持統)二年遣田中朝臣法麻呂等，相告大行天皇喪．時新羅言．新羅奉勅人者，元來用蘇判位．今將復爾．由是法麻呂等，不得奉宣赴告之詔．若言前事者，在昔難波宮治天下天皇(孝德天皇)崩時，遣巨勢稻持等告喪之日，翳飡金春秋奉勅．而言用蘇判奉勅，卽違前事也．又於近江宮治天下天皇(天智天皇)崩時，遣一吉飡金薩儒等奉弔．而今以級飡奉弔，亦違前事．又新羅元來奏云．我國自日本遠皇祖代，並舳不干楫奉仕之國．而今一艘，亦乖故典也．又奏云．自日本遠皇祖代，以淸白心仕奉．而不惟竭忠，宣揚本職．而傷淸白，詐求幸媚．是故，調賦与別獻，並封以還之．然自我國家遠皇祖代，廣慈汝等之德不可絶之．故彌勤彌謹，戰々兢々，修其職任，奉遵法度者，天朝復益廣慈耳．汝道那等奉斯所勅．奉宣汝王．

(五月癸丑朔甲戌．土師宿禰根麻呂に命じて，新羅からの弔使である級飡金道那等に天皇の言葉を以下のように伝えさせた．太政官の卿たちが勅を奉って, 以下のように宣する.「(持統)二年に田中朝臣法麻呂等を新羅に派遣して, 大行天皇(天武)が死去したことを伝えさせた. その時新羅は『新羅の奉勅人は, 元來は蘇判位の者を用いてきた. 今もまたそのようにしようと思う』と言った. そこで法麻呂等は, 使者としての目的である天皇の言葉を伝えることができなかった. もしも前例を擧げるならば, むかし難波宮治天下天皇(孝徳天皇)が亡くなった時には, 巨勢稻持たちを派遣して死去の報を伝え, その時には翳飡の金春秋がその言葉を承った. しかし, 今後は蘇判の者に聞かせようとしているのは, 前例と異なっている. また近江宮治天下天皇(天智天皇)が亡くなったときには, 一吉飡の金薩儒等を派遣してきて弔問してきた. しかし今度は級飡の者に弔問させようとしており, これも前例と異なる. また新羅はそもそも以下のように申し上げてきたはずだ.『我が國は, 日本の遠い皇祖の代より, 舳を並べ, 楫を乾かさないように奉仕してきた國だ』と. ところが今は一艘のみ派遣してきており, この点もまた前例と異なっている. また新羅は次のようにも申し上げていた.『日本の遠い皇祖の代から, 淸白な心をもって仕えまつってきた』と. しかしながら忠誠心を盡くして, 職務を立派に果たすことを考えようとせず, 淸白とは異なるありさまで, 詐って幸媚を求めようとしている. こういう次第なので, 今回の調賦と別獻とは, ともに封をしたまま還すことにする. けれども我が國家の遠い皇祖の代以來, 廣くお前たちを慈しんできた徳を絶やすわけにはいかない. そこでこれからはいっそう眞面目に, いっそう謹んで, 戰々兢々として, 職務を遂行し, 法度をよく守るならば, 天朝もまた廣く慈しもうと思う. 汝道那たちは, 今述べた天皇の言葉をよく承って, お前たちの王に伝えよ」と.)

ただ, この時期になっても, 新羅はまだ「調」を貢上し續けており(持統6年11月18日條, 文武2年(698)正月3日條), また,『日本書紀』持統9年(695)3月20日條には,

新羅遣王子金良琳・補命薩飡朴强國等, 及韓奈麻金周漢・金忠仙等, 奏

請國政，且進調獻物.

(新羅は王子の金良琳に加えて薩飡の朴强國たち，及び韓奈麻の金周漢や金忠仙たちを派遣してきて，國政を奏政し，また調を進め，物を獻じてきた)

とあるように，王子金良琳を派遣して「調」を貢上するなど，まだかなりへりくだった姿勢を取っていた.

この後に日本は中絶後初の遣唐使を派遣したが，この時初めて則天武后が唐王朝を簒奪した，いわゆる武周革命の情報を得るなど，新羅の提供する中國情報について，日本は一定の疑念を懷いたことが想像される.[18] 一方で新羅の方でも，日本が唐に對する隣國意識を担った遣唐使を再開したため，對抗上更に唐に接近していったと推測される.[19] ただしこの後も，慶雲2年(705)來日，翌年歸國の新羅使が(『續日本紀』慶雲3年正月4日條)，また養老3年の新羅使(『續日本紀』養老3年閏7月7日條)，及び神龜3年の新羅使が「調」を貢ずるなど(『續日本紀』神龜3年7月13日條)，新羅は日本側の要請にある程度応えようとしており，養老7年・神龜3年の新羅使來日の際には，左大臣長屋王が自邸に新羅使を招いて饗宴を催しているなど,[20] 日本側も友好關係を維持しようとしていた.

以後の日本と新羅との外交關係を，日本側の史料に基づいてかいつまんで述べておこう.

天平4年(732)には，その年正月に來日した新羅使の要請に応えて，來日の年期を定めることになり，これを3年に一度とした(『續日本紀』天平4年5月21日條). まずは新羅と日本とは朝貢關係を結んでいると見なしうるというの

18) 拙稿,「大宝令制定前後における日唐間の情報伝播」池田溫・劉俊文編,『日中文化交流史叢書2 法律制度』, 大修館書店, 1999.

19) 古畑徹注(17)論文58～9頁.

20) 鈴木靖民,「養老期の對新羅關係」155頁, 同「天平初期の對新羅關係」163頁, ともに『古代對外關係史の研究』所收, 吉川弘文館, 1985年, 初發表はそれぞれ1967·1968.

が, その時の日本側の認識と見て良い. ただし, 同年8月に制定され, 天平6年4月に停止された東海・東山・山陰・西海諸道の節度使体制は, 6日前に歸國したばかりの遣新羅使角家主の歸朝報告によるものである可能性があり, 新羅との軍事的緊張の產物という見方が有力である.[21)]

次の天平7年に來日した新羅使は, 自らを「王城國」と名乘り, 日本から歸國させられている(『續日本紀』天平7年2月27日條). 新羅がこの時点で日本に對して尊大な姿勢に轉じたその背景として重要なのは, 天平4年(唐の開元20年, 732)に渤海が唐の登州を攻擊したのに對して, 唐は新羅に派兵を要請して共に渤海を攻めたが敗退するという事件である. この時唐と新羅の同盟關係は確立し, これを承けて天平7年(735, 開元23年)2月には, 唐が新羅に, 浿江(大同江)以南の領有を認めるという事態が生じたからである. この時点で新羅は, 日本に對する對等な關係の主張を一氣に强めたと見てよい.

以後は, 基本的にぎくしゃくとした關係が續くが, 天平勝宝4年(752)に來朝した「新羅王子」と自称する金泰廉と貢調使大使が, 「調」を貢進しつつ, 新羅國王の言として, 新羅國者, 始自遠朝, 世々不絶, 舟楫並連, 來奉國家, 今欲國王親來朝貢進御調. 而顧念, 一日無主, 國政絶亂. 是以, 遣王子韓阿飡泰廉, 代王爲首, 率使下三百七十余人入朝, 兼令貢種々御調.

(新羅國は, はるか昔から, 世々絶えず, 舟の楫を並べ連ねて, 日本に來朝してきた. 今, 新羅國王がみずから來朝して御調を貢進したいと思ったが, 考えてみると, 我が國に一日とて主がいないことがあると, 國政が混亂してしまうだろう. そこで, 王子の韓阿飡泰廉を派遣して, 王のかわりに首席として, 三百七十余人を率いて入朝し, また種々の御調を貢進させることにした)

と表明した(『續日本紀』天平勝宝4年6月14日條). これに對して日本は, 新羅國來奉朝廷者, 始自氣長足媛皇太后平定彼國, 以至于今, 爲我藩屛. 而

21) 鈴木靖民, 「日本律令制の成立・展開と對外關係」, 28~9頁, 前揭注(20)書所收.

前王承慶・大夫思恭等, 言行怠慢, 闕失恒礼. (中略) 自今以後, 國王親來, 宜以辭奏. 如遣余人入朝, 必須令齎表文.

(新羅國が日本の朝廷にやってくるのは, 氣長足媛皇太后(神功皇后)が彼の國を平定して以來, 今に至るまで, 日本の藩屛であるからである. ところが前王の承慶と大夫の思恭たちは, 言行が怠慢で, 恒礼を闕失するありさまである. (中略) これからは, 國王がみずから來て, 奏上するように. もし他の人を派遣して入朝させるならば, 必ず表文を持參させるように)

と, 神功皇后の新羅征討物語を想起させた上で, 新羅國王自身の來日か, 他の者を派遣した場合の上表文の持參を求めている(『續日本紀』天平勝宝4年6月17日條). 神功皇后の新羅征討物語は, もちろん『日本書紀』『古事記』に記載はされているが, 奈良時代の外交關係の中で新羅に對して持ち出されたのは, 現存の史料の中ではこれが初めてである.

翌年新羅に派遣された小野田守は, 景德王から「無礼」をとがめられて會見が拒否された. その一方では, 後に取り上げるように, 唐の元日朝賀の際の新羅と日本との爭長事件が起きている. 日本では天平勝宝8歲に怡土城が築かれるなど, 徐々に緊張が高まっていた. ちょうどそういう時期の天平宝字2年に渤海から歸國した小野田守が, 唐での安祿山の亂の勃發を伝えた. ここに唐が新羅を援護できないことを想定した日本は,[22] 藤原仲麻呂が主導して, 天平宝字3年から始めて3年間, ないしは天平宝字7年の節度使停止までにわたる新羅征討計畫を打ち出す. この緊張のさなか, 天平宝字4年(760)に來日した金貞卷が, 不脩職貢, 久積年月. 是以, 本國王令齎御調貢進. 又無知聖朝風俗言語者. 仍進學語二人.

(職貢を納めないままに, 久しく年月が過ぎてしまった. そこで, 本國の王が御調を持たせて貢進しようとしています. また聖朝の風俗言語がわからないので, 學語二人を留學させようと思う)

---

22) 和田軍一, 「淳仁朝に於ける新羅征討計畫について」『史學雜誌』35－10·11, 1924.

と言ってきたのに對しては,

凡是執玉帛行朝聘, 本以副忠信通礼儀也. 新羅既無言信, 又闕礼儀. 棄本行末, 我國所賤.

(そもそも玉帛を持って朝聘しようとする者は, 忠信であって礼儀に従っていなければならない. 新羅は既に言葉に信がおけず, また礼儀も欠けている. 本を棄てていながら末を行うというのは, 我が國では賤しまれている)

と非難し, 今後は「專對之人, 忠信之礼, 仍旧之朝, 明驗之言」を備えよと, 國使來朝の條件を明示した(『續日本紀』天平宝字4年9月26日條).

しかし新羅が日本の要求に応える筈もなく, 天平宝字7年(763)に來日した新羅國使金体信に對して, 金貞巻に示した先の四條を具備しているかと尋ねた際, 金体信は「承國王之教, 唯調是貢. 至于余事, 非敢所知」(國王の教旨を承って, ただ單に調を貢上しようとしているだけだ. 他の事については, 知るところではない)と答えたので, その言を無礼ととらえた太政官は, あらためて「自今以後, 非王子者, 令執政大夫等入朝. 宜以此狀, 告汝國王知」(これからは, 王子でなければ政府高官に來朝させるように. この点をお前の國の國王に知らせよ)と命じた(『續日本紀』天平宝字7年2月10日條).

更に宝龜10年(779)に來日した新羅國の貢調使金蘭孫らが, 翌年正月5日に, 夫新羅開國以降, 仰賴聖朝世々天皇恩化, 不乾舟楫, 貢奉御調, 年紀久矣. 然近代以來, 境內奸寇, 不獲入朝. (下略)

(新羅は國が起こって以降, 聖朝の世々の天皇の恩化を仰いで頼っており, 舟の楫を乾かさないほどに頻繁に, 長い年月にわたって御調を貢上してきた. ところが近代以來, 新羅の境內に奸寇が起こり, 入朝することができなかった)

という新羅國王の挨拶を伝えたのに對し, 光仁天皇は,

新羅國世連舟楫, 供奉國家, 其來久矣. 而泰廉等還國之後, 不修常貢, 每事無礼. 所以頃年, 返却彼使, 不加接遇.

(新羅國は代々舟の楫を並べて，ずっと昔から日本に仕えてきた. ところが泰廉等が歸國して以來，常貢を持って來ず，いつも無禮なことをしている. だから最近では，使者を追い返しており，接遇をしていない)

と非難しつつも，今回の使者に對してはその勞を多としたが(『續日本紀』宝龜11年正月5日條)，翌年の歸國に際して与えた新羅國王への爾書(慰勞詔書)では，王自遠祖，恒守海服，上表貢調，其來尙久. 日者虧違蕃禮，積歲不朝. 雖有輕使，而無表奏. 由是，泰廉還日，已具約束. 貞卷來時，更加諭告. 其後類使，曾不承行.

(新羅王は，遠い祖先以來，いつも海服を守って，表文をたてまつり，また調を貢上してきたのであって，それはずっと昔からのことであった. ところが最近では蕃國としての禮儀を欠くようになり，何年も朝貢しないことが續いている. 輕い使者は來ることがあるが，表奏も持ってこない. だから，泰廉が還る日に，すでに細かく約束しておいたし，貞卷が來た時にも，更に諭告を加えておいた. ところが其の後の似たような使者たちは，それを守ろうとしていない)

と，これまで何度も教示したのに然るべき体裁が整っていなかったことを回顧し，今後は，必須令齎表函，以禮進退.(必ず上表文を入れた函を持ってきて，禮に適った進退をするように)

と命じている(『續日本紀』宝龜11年2月5日條). このような高姿勢は，安史の亂後の唐帝國が新羅の後ろ盾とはなりえないことを知り，かつ新羅自体が780年4月の惠恭王暗殺事件に至る混亂狀態にあることを知ってのことかと想像される.[23] しかし結局，この時を最後に新羅使の來日は途絶えてしまうのであった.

以上，奈良時代の日本における對新羅國觀をざっとたどってきた. それは『日本書紀』に記された神功皇后が新羅を服屬させたという伝承を背景と

---

23) 拙著，『律令國家の轉換と「日本」』，講談社，2001年，第3章.

し, 更に新羅が唐と對立關係に置かれていた時の「王子」來日や「調」の貢上を前例としたものであって, 当然新羅は日本に對して服屬の証としての「調」を貢進すべきであり, 國王自身か國王の上表文という, 臣下が君主に對して提出する様式の國書の提出を求めるのが当然というものであった. これに對して新羅は, 金泰廉の來日時のように, 時折日本の主張をある程度認めるかのごとき姿勢を示しつつも, 結局はそのような朝貢關係を拒否する方向へと向かったのであった.

それにしても, 日本がここまで居丈高に新羅に對して朝貢を求めることができ, それに對してのらりくらりと新羅が對応しようとしたのは, 新羅の側にも, 日本との國交を維持することによって得るものがあったからであることは疑いない. 唐との關係がある程度安定してからは, 『三國史記』聖德王21年(722)10月に「築毛伐郡城, 以遮日本賊路」, 同書地理志一に「臨關郡, 本毛火郡. 聖德王築城, 以遮日本賊路. 景德王改名. 今合屬慶州」, また『三國遺事』卷2孝成王條に「開元十年(722)壬戌十月, 始築關門於毛火郡. 今毛火村, 屬慶州東南境, 乃防日本塞垣也」とあるように關門城(毛伐城)が築かれ, 同王30年4月「日本國兵船三百艘, 越海襲我東過, 王命將出兵大破之」と, 日本の兵船による新羅侵攻が警戒され, また實際に交戰している様子が記されているように, 日本自体への警戒もさることながら, 7世紀最末期に建國した渤海との關係が作用しているだろう事は, これもまた疑いない.

新羅は, 宝龜10年の使節を最後として, 日本に使者を遣わさなくなったし, 日本が遣唐使の往來の保障を求めたのに對しても, その使者を侮辱するなど, 日本と新羅の外交關係は完全に斷絕したと言ってよい. ただし, ちょうど事實上最後の遣唐使となった承和の遣唐使が出航する前後から, 新羅商人の日本來航が頻繁になり始める.

こういう状態にあった承和9年(842), 大宰大貳藤原衛は, 四箇條の提案を政府に申し出た. その第一條には, 新羅朝貢, 其來尙矣. 而起自聖武皇帝之

代, 迄于聖朝, 不用旧例, 常懐姦心. 苞苴不貢. 寄事商賈, 窺國消息. 望請, 一切禁斷, 不入境内.

(新羅が朝貢してくる, その由來は古い. しかながら聖武皇帝の代以降, 現在に及ぶまで, 旧例を守ろうとせず, 常によこしまな心を抱いている. 規定された品物を貢ずることはせずに, 商人にかこつけて, わが國の消息を窺おうとしている. だから, 新羅人の來日を一切禁斷して, 日本の領域に入れないように, 方針を決めてもらいたい)

とあった(『類聚三代格』巻18承和9年15日官符. 『續日本後紀』同年8月15日條も若干字句の異同があるが, ほぼ同じ).[24] これに對する政府の方針は, 歸化を望む者は歸國させ, 民間交易は許可するというように, 提案を修正したものであった. ここで注意しておきたいのは, 藤原衛にとっての新羅とは, 既に事實上國交が斷絶しているにもかかわらず, 本來日本に朝貢すべきものであり, その本來の姿が崩れたのは8世紀前半の聖武朝(724～749)であって, それ以來現在にいたるまで, こちらの隙を窺う危險な存在だという認識でとらえられているという事である. 藤原衛が指す聖武朝とは, 具体的には何時のことなのか, それは必ずしも明らかではないが, これまでに述べてきた日本と新羅との關係史を參照すれば, 先ずは天平7年, 新羅國使が自らの本國を「王城國」と名乘って歸國させられるという事件を指すと見るべきだろう. それまでも天皇死去に伴う服喪中といった理由で新羅使が大宰府から歸國させられたことはあったが, 新羅使自身の言動が原因での歸國は, この時が初めてと言って良いからである. 一方でその同じ聖武朝の神龜4年(727), 初の渤海使節団が來日したのであった.

---

24) 山﨑雅稔, 「承和の変と大宰大貳藤原衛四條起請」 『歷史學研究』 751号, 2001年 ; 渡邊誠, 「承和・貞觀期の貿易政策と大宰府」 『ヒストリア』 184号, 2003年, 參照.

3. 日本の對渤海國觀

渤海の遣日使節は, 初めは武官が遣わされており, また「結援」を求めていることからみて, 軍事的な目的に始まり, 760年代には文官の使節が派遣されるようになることからみて, 軍事よりもむしろ交易の方に比重が移ったとされている.[25)]

渤海側の史料は殆ど殘されていないので, ここでもあくまでも日本の史料にあらわれた限りでの, 日本の政府当局者に映じた限りでの渤海像をみていく事にする.

渤海の最初の使者が到着した年の暮れ, 渤海の由來について『續日本紀』は, 渤海郡者旧高麗國也. 淡海朝廷七年冬十月, 唐將李勣伐滅高麗. 其後朝貢久絶矣. 至是渤海郡王遣寧遠將軍高仁義等廿四人朝聘. 而着蝦夷境. 仁義以下十六人並被殺害. 首領齊德等八人僅免死而來.

(渤海郡は昔の高麗國である. 淡海朝廷(天智天皇)7年の冬10月に, 唐の將軍の李勣が高麗を滅ぼした. その後, 日本への朝貢は久しく絶えていた. このたび渤海郡王が寧遠將軍高仁義ら24人を派遣してきて朝聘したが, 蝦夷の領域に到着してしまい, 仁義以下16人は殺害されてしまった. 首領齊德ら8人が僅かに死をのがれてやって來た)

と記し, 渤海は高句麗の継承國であるという認識を示している(神龜4年12月29日條).

翌年正月17日條には, 渤海國王の大武芸からの國書を掲載しているが, そこには, 高齊德等上其王書幷方物. 其詞曰. 武藝啓. 山河異域, 國土不同. 延聽風猷, 但增傾仰. 伏惟, 大王, 天朝受命, 日本開基, 奕葉重光, 本枝百

25) 石井正敏, 「初期日本・渤海交涉における一問題」『日本渤海關係史の研究』所收, 吉川弘文館, 2001年, 初發表1974年.

世. 武芸, 忝当列國, 濫惣諸蕃. 復高麗之旧居, 有扶餘之遺俗. 但以天崖路阻, 海漢悠悠, 音耗未通, 吉凶絶問. 親仁結援, 庶叶前經, 通使聘隣, 始乎今日. 謹遣寧遠將軍郎將高仁義・游將軍果毅都尉德周・別將舍航等廿四人, 齎狀, 幷附貂皮三百張奉送. 土宜雖賤, 用表獻芹之誠. 皮幣非珍, 還慚掩口之誚. 生理有限, 披瞻未期. 時嗣音徽, 永敦隣好.

(高齊德らが渤海王の書と方物とを奉った. 王の書には以下のようにあった. 武藝が啓す. 山河は域を異にしており, 國土は同じではありません. 日本が天子の德によってよく教化された國であることを聞いて, 仰ごうという氣持ちが增してまいりました. 伏して思うに, 天皇の朝廷が天帝の命を受けて日本國が始まり, 代ごとに盛んになり, 本枝ともに百世になろうとしています. わたくし武芸は, 大國の王として册封され, 諸蕃を統治しています. また高麗の旧居を回復し, 扶餘の遺俗も保っています. ただ遠く困難な道のりを隔て, 海原が廣々としているので, たよりを届けることもなく, また, 吉凶を問うこともありませんでした. 親しく交わって, 昔の教えに適うようにし, 使を派遣して隣國どうしの交わりを, 今日から始めようではありませんか. 謹んで寧遠將軍郎將高仁義と游將軍果毅都尉德周, 及び別將舍航ら24人を派遣して, 手紙を持って行かせ, あわせて貂の皮300張をお送りしようと思います. つまらないものではありますが, 心からのプレゼントのつもりです. このプレゼントは珍しくもありませんので, お笑いになられるかも知れません. 人生は有限であり, 眞心を打ち明け盡くすことは難しいものです. 時々連絡しあって, 永く隣好を續けましょう)

とあった. ここでは渤海からは日本の天皇を「大王」とは称しているものの, 送ってきたものは, 日本側の表記では「方物」だが, 渤海側の表記では「土宜」であって, これはことさらに自らを下位に位置づけるものではない. まずは對等の關係であったが, ただ高句麗の継承者と自己紹介した点は, かつて日本と交流のあった高句麗を想起させる狙いによるものとしても, 同時にそれはかつて對唐戰爭の最中に日本に朝貢してきた國としての高句麗を日本側に思い起こさせる契機ともなるものであった.[26] 事實, 先に掲げた『續日本紀』神龜4年12月29日條では, 國史の地の文ではあるが,「朝聘」という言葉を用いている. 從って先の渤海王の國書に對する天皇の返書としての慰勞詔書(神龜5年4月壬午條)では, 天皇敬問渤海郡王. 省啓具知. 恢復旧壤, 聿修曩好, 朕以嘉之. 宜佩義懷仁, 監撫有境. 滄波雖隔, 不斷往來. 便因首領高齊德等還次. 付書幷信物綵帛一十疋・綾一十疋・絁廿疋・絲一百絇・綿二百屯. 仍差送使發遣歸鄕. 漸熱. 想平安好.

(天皇が謹んで渤海郡王にご機嫌をうかがいます. お手紙は拝讀しました. もとの領土を恢復なさり, 以前からの付き合いを再開なさりたいとのこと, 私も嬉しく思います. 正義を重んじつつも慈しみの氣持ちを持ち, よくお國を治めてください. 海原が兩國を隔ててはいますが, 絶えず往來しましょう. お國の使者である首領高齊德らが歸國するのにあわせて, この國書と, プレゼントとしての綵帛11疋・綾10疋・絁20疋・絲100絇・綿200屯を送ります. また, こちらから送使を指名して發遣し, お國の使者たちを歸鄕させようと思います. 熱くなってまいりましたが, どうぞお元氣で)

と, 旧國土を回復したことを祝賀しているが, これは渤海が高句麗の継承國であるとする認識を確認しているものであり, 高句麗はかつて朝貢してきたものである以上, これからは朝貢關係を樹立したいという伏線とも理解できる. この時の文書様式には慰勞詔書を用いており, 渤海郡王からの「啓」に對して明らかに上位者からの下達文書の様式であるが, ただ,「渤海郡王」という称号自体は唐が与えたものであるのを追認したものであるので, 同時に二國に朝貢できない以上, 渤海との關係を朝貢とみなすことも原理的には不可能であるというジレンマをも, 日本側は抱え込むことになる.

---

26) 石井正敏,「神龜四年, 渤海の日本通交開始とその事情」(注(25)著所收, 初發表1975年.

次の渤海使は天平11年(739)に來日した. この時にも渤海郡王大欽茂は, その「啓」の中で自らのプレゼントの物品名は擧げるが, 總称を記していないという注意深さを見せる(『續日本紀』天平11年12月10日條). 『續日本紀』天平勝宝5年(753)5月25日條には,

渤海使輔國大將軍慕施蒙等拜朝, 幷貢信物. 奏稱, 渤海王言日本照臨聖天皇朝. 不賜使命, 已経十余歲. 是以, 遣慕施蒙等七十五人, 齎國信物, 奉獻闕庭.

(渤海使の輔國大將軍慕施蒙等が天皇にあいさつし, また信物を捧げた. 使者が奏して以下のように言った『渤海王が申し上げます. 日本に照臨しておられる聖天皇の朝廷に, 使者を派遣しなくなってから, すでに十余歲を経ています. そこで, 慕施蒙ら75人を派遣して, 國信物を持って行かせ, お國の朝庭に獻じようと思います』と)

とあるように, 渤海からは「調」ではなく「國信物」がもたらされており, この後も渤海からは「方物」が進呈されるのが一般的である. 日本は渤海からは「調」を取ることよりは「表」を出させることに力点を置いた節がある. 先の使節に對して天皇が發した慰勞詔書は, 以下のように述べている(『續日本紀』天平勝宝5年6月8日條).

天皇敬問渤海國王. 朕以寡德, 虔奉宝図. 亭毒黎民, 照臨八極. 王僻居海外, 遠使入朝. 丹心至明, 深可嘉尚. 但省來啓, 無稱臣名. 仍尋高麗旧記, 國平之日, 上表文云, 族惟兄弟, 義則君臣. 或乞援兵, 或賀踐祚. 修朝聘之恒式, 効忠款之懇誠. 故先朝善其貞節, 待以殊恩. 榮命之隆, 日新無絶. 想所知之, 何仮一二言也. 由是, 先廻之後, 既賜勅書. 何其今歲之朝, 重無上表. 以礼進退, 彼此共同. 王熟思之. 季夏甚熱. 比無恙也. 使人今還. 指宣往意. 幷賜物如別.

(天皇が謹んで渤海國王にご機嫌をうかがいます. 私は德が少ないにもかかわらず, この國を治めることになり, 万民を育て養って, 世界に臨んで

います. 渤海王は海の向こうにいながら, 遠く使者を入朝させてきました. その忠誠な心はまことに明らかで, 私はこれを深く喜び讚えたいと思います. しかしながら, 受け取った啓には, 臣・名を記しておりません. そこで高麗の旧記を検討してみましたところ, 國が平らかな日の上表文では, 次のように言っております.『親族にたとえれば兄弟關係だけれども, 義の上では君臣關係にある』と. 或るときは援兵を乞い, 或るときは踐祚を賀してきました. 規定通りに朝聘し, 忠款の懇誠を盡くしてもきました. そこで当時の天皇は, 其の貞節を褒め称えて, 特別な恩寵を施したのです. このような渤海王の榮えある運命は, よくご存じのことでしょう. いちいち細かく申し上げるまでもないでしょう. こういうわけで, そのころ歸國する際には, 勅書を賜っています. それなのにどうして今回の來朝に際しても, またもや上表文を持ってこないのでしょうか. お互いに礼をもって進退すべきです. 王はよくこの事情を考えなさい. 夏の終わりではありますが, まだ殘暑が嚴しいようです. 最近では, いかがお過ごしですか. お國の使人が, 今歸國しようとしていますので, 伝えたいことを口頭で伝え, また, いつものようにプレゼントを差し上げます)

要するに, これからは「啓」ではなくして, かつての高句麗と同様に「臣某」と國王の名を記した「表」を持參せよ, このことは前回命じておいたはずなのに, 今回も從來通りの文書を持ってきたのは良くない, というのであった. この後の天平宝字3年より天平宝字6年11月の香椎奉幣, ないしは天平宝字7年8月の節度使停止までの三カ年にわたって, 日本と渤海との對新羅同盟と,[27] 藤原仲麻呂の新羅征討計畫が展開する.

先の要請に応えて渤海は, 一応「表」を提出してきたが,[28]『續日本紀』

27) 酒寄雅志,「八世紀における日本の外交と東アジアの情勢」『渤海と古代の日本』所收, 校倉書房, 2001年, 初發表 1977.

28) 浜田久美子,「渤海國書にみる八世紀日本の對外認識」『國史學』185号, 2005年, によれば, 渤海が國書に表を用いたのは天平宝字2年(758)から宝龜10年(779)

宝龜3年(772)正月16日條に, 先是, 責問渤海王表無禮於壹萬福. 是日, 告壹萬福等曰. 萬福等, 實是渤海王使者. 所上之表, 豈違例無禮乎. 由茲不收其表. 萬福等言. 夫爲臣之道, 不違君命. 是以不誤封函, 輙用奉進. 今爲違例, 返却表函. 萬福等, 實深憂慄. 仍再拝據地, 而泣更申. 君者彼此一也. 臣等歸國, 必応有罪. 今已參渡, 在於聖朝. 罪之輕重, 無敢所避.

(これより先, 渤海王の表が無禮であると壹萬福を責め立てた. 是の日, 壹萬福らに以下のように告げた.「萬福らは, 本当に渤海王の使者であるのに, 奉ってきた表文は, どうして違例で無禮なのだろうか. こういう次第であるから, 其の上表文は受け取らない」と. そこで萬福らは以下のように述べた「そもそも臣下の道としては, 君主の命に背く譯にはいきません. そこで封函を間違いなく進上した次第です. 今, これが違例とされて, 表の入った函が, わが方に返却されてしまいました. 萬福らは, 實に深く憂えおそれております」と. そして再拝してうずくまり, 泣きながら更に以下のように申しあげた.「君主は, 彼も此も同じです. 臣らが歸國すれば, 必ず罪を問われるでしょう. 今, すでにこちらにやってきており, 天皇のもとにおります. 輕重の罪は, これを避けるわけにはいかないでしょう」と)

とあるように, また, 次に掲げる慰勞詔書に指摘されているように, 日本側が求める様式ではなかったため, 同月25日には「渤海使壹萬福等, 改修表文代王申謝」(渤海使の壹萬福らが, 表文を改め作り, 王に代わって謝罪した)ということで事態が收拾され, 2月28日には, 次のような慰勞詔書が出された.

天皇敬問高麗國王. 朕継体承基, 臨馭區宇. 思覃德澤, 寧濟蒼生. 然則率土之濱, 化有輯於同軌. 普天之下, 恩無隔於殊隣. 昔高麗全盛時, 其王高氏, 祖宗奕世, 介居瀛表. 親如兄弟, 義若君臣. 帆海梯山, 朝貢相續. 逮乎季歲, 高氏淪亡. 自爾以來, 音問寂絶. 爰泪神龜四年, 王之先考左金吾衛大

までであり, 浜田氏はこの背景に安史の亂を考えている.

將軍渤海郡王遣使來朝, 始修職貢. 先朝嘉其丹款, 寵待優隆. 王襲遺風, 纂修前業. 獻誠述職, 不墜家聲. 今省來書, 頓改父道. 日下不注官品姓名, 書尾虛陳天孫僭号. 遠度王意, 豈有是乎. 近慮事勢, 疑似錯誤. 故仰有司, 停其賓礼. 但使人萬福等, 深悔前咎, 代王申謝. 朕矜遠來, 聽其悛改. 王悉此意, 永念良図. 又高氏之世, 兵亂無休. 爲仮朝威, 彼稱兄弟. 方今大氏曾無事. 故妄稱舅甥, 於礼失矣. 後歲之使, 不可更然. 若能改往自新, 寔乃継好無窮耳. 春景漸和, 想王佳也. 今因廻使, 指此示懷. 幷贈物如別.

(天皇が謹んで高麗國王にご機嫌をうかがいます. 私は先祖から皇位を受け継いで, この國に臨んでいます. 德澤を廣く施して, 万民を安心させようと思っています. そこでこの國內では, 同じように教化を廣げ, またこの世界では, 隣國であろうと分け隔てなく恩を施しております. 昔高句麗が全盛の時, 其の王の高氏は, 歷代にわたって, 海のかなたにあり, 親族にたとえれば兄弟關係のようでありながら, 義としては君臣關係を結んでいました. 海を越え, 山を越えて, 頻繁に朝貢してきたものです. しかし, その末期になって, 高氏が滅んでしまいました. それより以來, 音信不通となりましたが, 神龜4年になって, あなたの父である左金吾衛大將軍渤海郡王が遣使して來朝してきて, それ以來朝貢關係ができました. 聖武天皇はその眞心を褒め称えて, 特に優待しました. あなたはその遺風を受け継ぎ, 先王の仕事を引き継いできました. 熱心に自らの役割を果たし, あなたの家の聲望を落とさないように努めてきました. ところが今, いただいた書簡を拝見しましたところ, 突然父王のやり方を変更し, 日付の下に官品や姓名を記入することなく, また書簡の末尾には天孫の僭号すら記しているではありませんか. あなたのお氣持ちを察しましても, こういうことではいけないはずですし, 現狀を考えてみても, 何かの間違いとしか思えません. そこで有司に命令して, 使者として当然受けるべき賓礼を, とどめさせました. 但し使人の萬福らは, 深くその罪を悔いており, 王に代わって謝罪しました. 私は遠くから來たことを氣の毒に思いましたので，彼らの改悛を認めた次第です．あなたはこの私の氣持ちを察して，今後の長い前途をよく考えなさい．また高氏の時代には，兵亂が休まることがなかったため，我が國の勢威を借りようとして，兄弟關係と称したことがありました．しかし今や，大氏はずっと平和に國を治めてきておりますのに，わざわざ妄りに舅甥關係にあると言い出すのは，失禮というものです．今後の使者は，二度とそうしてはいけません．もしよく悔い改めたならば，これからもずっと隣好關係を續けられるでしょう．春になりようやく和やかになって參りましたが，あなたはお元氣ですか．今お國の使者に歸國させますので，考えるところを伝え，またプレゼントを託する次第です)

ここでも日本側が强調しているのは，國王が高氏から大氏に替わったとはいえ，高句麗・渤海は継承關係にあり，かつての高句麗は日本に朝貢していたことを想起させた上で，高氏の滅亡後は朝貢關係が途絶えたものの，神龜4年に再開したと喜んでいたところ，最近は書式が違例であって，受け入れがたいものがある，というものであった．

これ以後も表函ないしは啓の書式の違例といった事件がしばしば起こるが(たとえば『續日本紀』宝龜4年(773)6月24日條，同宝龜10年11月9日條，『日本後紀』逸文延暦15年10月15日條(『類聚國史』)，渤海側からは，渤海使史都蒙等貢方物．奏曰．渤海國王，始自遠世供奉不絶．又國使壹萬福歸來，承聞，聖皇新臨天下，不勝歡慶．登時遣獻可大夫司賓少令開國男史都蒙入朝．幷戴荷國信，拝奉天闕．

(渤海の使の史都蒙らが方物を貢進し，以下のように奏した．「渤海國王は，遠い昔からずっと日本に供奉してきました．また國使の壹萬福らが歸り來たったが，聞くところによると，聖皇が新たに天下に臨まれたとのこと，お慶びを申し盡くせません．そこでさっそく獻可大夫司賓少令開國男史都蒙らを入朝させ，また國信を持たせてご挨拶申し上げます」と)

と(『續日本紀』宝龜8年(777)4月22日條),「遠祖」からの供奉という表現で,日本の歡心を買おうとしていることがわかる. 宝龜4年の渤海國王は文王大欽茂であり, 神龜4年(727)の王は武王大武芸であって兩者は親子であるから, 渤海の遣使が「遠祖」からのものとは到底言えず, 明らかに高句麗の對日交渉を下敷きにしているのであった.29)

以後しばらく日本・渤海關係の相互認識を讀み取ることのできる史料が途絶え, 延暦15年に再開した際には, 渤海からは「啓」がもたらされていた. その時の記事を載せた『日本後紀』逸文延暦15年4月27日條(『類聚國史』)には, 渤海國者, 高麗之故地也. 天命開別天皇七年, 高麗王高氏, 爲唐所滅也. 後以天之眞宗豊祖父天皇二年, 大祚榮始建渤海國, 和銅六年, 受唐册立其國. 延袤二千里, 無州縣館驛, 處々有村里. 皆靺鞨部落. 其百姓者, 靺鞨多, 土人少. 皆以土人爲村長. 大村曰都督, 次曰刺史. 其下百姓皆曰首領. 土地極寒, 不宜水田. 俗頗知書. 自高氏以來, 朝貢不絶.

(渤海國は, 高句麗の故地である. 天命開別天皇(天智天皇)7年に, 高句麗王の高氏は, 唐に滅ぼされてしまった. 後に天之眞宗豊祖父天皇(文武天皇)2年に, 大祚榮が始めて渤海國を建國し, 和銅6年には, 唐の册を受けて, 其の國を立てた. 方二千里ほどで, 州縣館驛は無く, 處々に村里があり, それらはみな靺鞨の部落である. その百姓は, 靺鞨が多く, 土人は少ないが, みな土人を村長としている. 大きな村では都督と言い, 次は刺史と言い, 其の下の百姓のことを, みな首領という. 土地は極寒であって, 水田には向かない. 俗は頗る書を知っている. 高氏以來, 日本への朝貢が絶えることがない)

とあり, これは『日本後紀』で初めて渤海が登場したために記された國史の地の文であるから, その奏上の時点である承和7年(840)の認識ではあ

---

29) 渤海の高句麗継承意識については, 特に石井正敏「日本・渤海交渉と渤海高句麗継承國意識」(注(25)著所收, 初發表1975年)參照.

るが,「自高氏以來, 朝貢不絶」, すなわち高句麗の時代から連綿と朝貢してきた國という認識に斷絶は無かったと考えてよい. 渤海側も「結交貴國, 歲時朝覲」という延曆15年の王啓(『日本後紀』逸文延曆15年10月2日條(『類聚國史』)に見えるような關係を維持しようとしていた. 『日本後紀』逸文延曆17年5月19日條(『類聚國史』)に掲げる慰勞詔書にも, 天皇敬問渤海國王. 前年廣岳等還, 省啓具之. 益用慰意. 彼渤海之國, 隔以滄溟, 世脩聘礼, 有自來矣. 高氏継緒, 每慕化而相尋, 大家復基, 亦占風而靡絶. 中間書疏傲慢, 有乖旧儀. 爲此, 待彼行人, 不以常例. 王追蹤曩例, 脩聘于今. 因請隔年之裁, 庶作永歲之則. 丹定款誠所著, 深有嘉焉.

(天皇が謹んで渤海國王にご機嫌をうかがいます. 前年, 廣岳らが歸國し, いただいた啓も詳しく拝讀し, お氣持ちをよく理解いたしました. 彼の渤海の國は, 大海原を隔てているのに, 代々聘礼を盡くしてきております. 高氏の歷代は, いつも教化を慕ってやってきましたし, 大家が復興させてからは, またわが國の德を慕って絶えずやってきております. 途中で傲慢な書簡が届けられ, 旧來の儀に背くことがあり, このため, そちらからの使者に對して, 常例をもって応接できないことがありました. あなたは以前の方式を踏襲し, このたび朝貢して參りました. そして隔年に朝貢することを, 永歲の規則にしようと言ってきました. 眞心がこもっておりますので, 深く褒め称えたいと思います)

とあるように, 渤海の大氏は高句麗の高氏の継承者として認識されている. 『日本後紀』逸文弘仁5年5月9日條(『日本紀略』)には「新羅王子來朝之日, 若有朝獻之志者, 准渤海之例. 但願修隣好者, 不用答礼, 直令還却. 但給還粮」(新羅の王子が來朝した際, もし朝獻の志があるならば, 渤海の例に準じなさい. ただ單に願修隣好を願うだけならば, 答礼を用いる必要はなく, 直ちに歸國させなさい. 但し, 還りの食粮だけは支給しなさい)とあることから, 当時渤海の使節は, 單に「修隣好」という名目ではなかったと推測可能である.

以後は時に「渤海客徒, 既違詔旨, 濫以入朝. 偏容拙信, 恐損旧典. 實是商旅, 不足隣客. 以彼商旅爲客, 損國未見治体」(渤海の客徒は, 既に詔旨(＝12年一期という年期制. 延暦15年に6年一期制, 天長元年に12年一期制が定まった)に違反し, 濫りに入朝してくる. 適当に對応していると, 恐らくは法規を損なうことになるだろう. 彼らは實は商人であって, 隣客というようなものではない. あの商人たちを客として扱ったならば, 國に損害を与えてしまい, 好ましくないだろう)と批判されながらも(『日本後紀』逸文天長3年3月1日條(『日本紀略』)の藤原緒嗣の上言), 渤海からは「啓」と「信物」ないし「方物」がもたらされ, 日本からは「璽書」「勅書」(實は慰労詔書)と「信物」とが伝達されるという關係で, 年期制を守っているかどうかの議論はあるものの, 今更遣使, 誠非守期. 雖然, 自古隣好, 憑礼相交. 曠時一歳, 猶恐情疎. 況玆, 星律轉廻, 風霜八変. 東南向風, 瞻慕有地. 寧能恬寂, 罕續音塵. 謹備土物, 隨使奉附. 色目在於後紙.

(今, ふたたび遣使するのは, 誠に年期を守っているとは言えない. しかしながら, 昔から隣好關係にあり, 礼をもって相交わっている. 一年の無沙汰も, 情が疎かになることが心配だ. いわんや今度は, 年月が隔たって, 八年もたってしまった. 東南方向に教化を望んでおり, 御地を慕わしく思う. どうしたらこの寂しさを伝え, 音信を通ずるのに隙間ができないようにできるだろうか. こういう次第で, 謹んで土物を準備し, 使を派遣して奉ります. そのリストは別紙の通りです)

という程度の言い譯を記した王啓でも(『續日本後紀』嘉祥2年(849)3月14日條), 取り立てて問題とされず, 基本的には安定する. 「隣好」といい, 「相交」といい, 「土物」といい, いずれも朝貢關係には相応しくないように思うが, 隼人・蝦夷問題に一応の決着を付け, 新羅使の來日も途絶えてしまった日本の政府は, 外蕃に朝貢を求める小帝國という格式には拘らない時期に入っていたのである.[30)]

9世紀末の貞觀15年におこった次の事件と，その對策とは(『日本三代實錄』貞觀15年(873)5月27日條)，このように長い交涉の末にたどり着いた日本の對渤海觀，對新羅觀の總合評価とも言えよう.

先是. 大宰府言. 去三月十一日，不知何許人，舶二艘載六十人，漂着薩摩國甑嶋郡. 言語難通. 問何用，其首崔宗佐・大陳潤等自書曰. 宗佐等，渤海國人. 彼國王差入大唐，賀平徐州. 海路浪險，漂盪至此. 國司推驗事意，不公驗. 所書年紀，亦復相違. 疑是新羅人，僞稱渤海人，來竊窺辺境歟. 領將二舶，向府之間，一舶得風，飛帆逃遁. 是日，勅. 渤海遠蕃歸順於我. 新羅爾久挾禍心. 宜令府國官司，審加推勘，實是渤海人者，須加慰勞粮發歸. 若新羅凶党者，全禁其身言上，兼令管內諸國，重愼警守.

(是より先，大宰府が申し上げてきた「去る3月11日にどこの人とも知れない人が，舶2艘に60人を乘せ，薩摩國甑嶋郡に漂着してきた. 言語は通じにくかった. 何の用なのかを尋ねたところ，其の人々のリーダーであった崔宗佐と大陳潤らが，自ら次のように書いた.『宗佐らは渤海國の人である. 彼の國王が私たちを大唐に派遣して，徐州を平定したことの祝意を伝えさせようとしたのである. ところが海路の波が高く，ここに漂着してしまったのである』と. 薩摩の國司が事情を検討してみたが，公文書を持っておらず，また書かれた年紀も相違している. そこで新羅人なのに僞って渤海人と称し，密かに辺境に來て窺っているのかも知れないと疑っている. 2隻を引っ張って大宰府に連れて行こうとしている間に，1隻が風を得て，帆をかけて逃遁してしまった」と. 是の日に，以下のような勅を出した.「渤海は遠蕃で我が國に歸順している. しかし新羅はずっと長い間よこしまな心を抱いている. 大宰府以下の官司に命令して，詳しく調査し，本当に渤海人であるならば，慰勞を加えて歸國させなさい. もし新羅の凶党であるならば，全員の身体を拘束して言上し，同時に大宰府管內の諸國に命令して，嚴重に警守させな

---

30) 注(23)拙著，第3章.

さい」と).

4. おわりに－高句麗・渤海と新羅－

以上長々と，8～11世紀の日本政府の對新羅・高句麗・渤海・高麗認識について，殆ど周知かとも思える史料をも敢えて掲示してみた. 最後に，これまでに述べてきたような認識に窺える特徵について，氣が付いたところを若干記して，本稿を閉じたい.

まず注目されるのは，日本の對新羅・高句麗認識の表明にあたって，戰爭の記憶，特に敗戰の記憶は，表だって取り上げられていないことである. 新羅に對する猜疑心・警戒感はしばしば表明されているが，その原因として日本側が擧げているのは，日本側から見た際の約束違反ともいうべき新羅の對応と，平安時代に入ってからの新羅の具体的な海賊行爲と見て良い. 高句麗に對しては，渤海が比較的穩健・實利主義的な外交方針を採用したためか，日本側からも強い姿勢では臨まないことが多く，從って渤海が継承した高句麗との關係についても，日本が上位の同盟關係を強調することになった. これらの場合，日本側で想起されている「戰爭」は，自らが勝者になったという伝説に基づく神功皇后の「新羅征討物語」に終始していると言ってよい.

しかし，考えてみればこれは不思議な現象でもある. 日本側が神功伝說を用いて論理を組み立てても，それが朝鮮半島の諸國に說得力を持ち得たのかという問題があるからである. もちろん現實的な目的があって日本に遣使してくる兩國は，その現實的な目的さえ達成されれば良いとすれば，日本側の提示する神功伝說の枠に入るという選擇も採りうる. しかし，現實的な目的が変化し，あるいはその重みが無くなり，兩國にとって名分の方が重要になってきた時に，日本が自國の伝説に固執しても説得力を持ちえないことは明らかであろう.

名分の上でどちらが上かという問題にとって，最も簡単な解決策は，有力な第三者による裁定である. 唐朝における爭長事件[31]は，まさにこういう事情から發生するのであって，遣唐副使大伴古麻呂が含元殿での元日朝賀の際に引き起こしたと伝える，新羅に對して上位に立つ日本という主張も,[32] その一つであることは言うまでもない.

こういった事實を知ると，日本と朝鮮半島の諸國との間の戰爭の記憶として，我々には良く知られている4～5世紀の戰爭の記憶が，日本側ではすっぽりと落ちていることに關心が向かわざるを得ない.『日本書紀』の編者は，神功皇后紀において『三國志』を引用し，『魏志』東夷伝倭人條に見える卑弥呼は，『日本書紀』でいうところの神功皇后であることを明示しているといってよい(『日本書紀』神功皇后39年是年條，同40年條，43年條). ところがその一方で，『日本書紀』雄略紀前後には，『宋書』以下に記されている「倭の五王」について，一切關心が拂われていない. 3世紀末に撰述された『三國志』が日本にもたらされたのが『日本書紀』編纂終了よりは前だということは明らかであるとして，6世紀初頭までには完成した『宋書』は，何故720年完成の『日本書紀』の編纂に際して引用されなかったのか.[33] この疑問については，幾つもの仮説は提唱できるが，明確には答えられないだろう. ただ，「東征毛人五十五國，西服衆夷六十六國，渡平海北九十五國」と記した上表文を提出してきた倭王武を，「使持節都督倭・新羅・任那・加羅・秦

31) 濱田耕策,「唐朝における渤海と新羅の爭長事件」『新羅國史の研究－東アジア史の視点から』所收，吉川弘文館，2002年，初發表1978年 參照.

32) 石井正敏,「大伴古麻呂奏言について－虚構説の紹介とその問題点」『法政史學』33号，1983年 參照.

33)『宋書』は，9世紀末に編纂された『日本國見在書目錄』では「正史家」に「宋書百卷(梁尚書僕射沈約撰)」と著錄されているが，輸入の時期は不明である. ただし，9世紀までに輸入されていたことは間違いないことが分かる.

韓・慕韓六國諸軍事」に任じたという記載は，日本が新羅より上位だという時の格好の根據になった筈なのに，8・9世紀を通じてこれを用いてはいないという点が腑に落ちないのである．あるいは既に，册封を求めず，中國を中心とする東アジア地域において，絶域の國の一つとしての立場を採ろうと決めていた日本が，明らかに册封されていた「倭の五王」の記述を，『日本書紀』から一切排除したのかとも考えられるが，ならば何故神功皇后なら卑弥呼と結びつけられても良かったのか，そのあたりの事情は，まだまだ檢討の余地があろう．更に近くは，『隋書』倭國伝の「新羅・百濟皆以倭爲大國，多珍物，並敬仰之，恒通使往來」も，伝統的な日本と新羅の關係を强調する際に用いやすい根據史料となり得ただろうが，これも取り上げた形跡が無い．

ともあれ，こういった格好の根據を使うことを，自らの中華意識によって封じてしまった以上，日本が新羅に對して高壓的に出る根據は，7世紀末の一時期の新羅の低姿勢という前例のみと言って良く，それが破られた時には，新羅からみれば説得力を欠く神功皇后伝説を持ち出すしかなかったのであった．

次に注意しておかなければならないのは，これまでは外交当事者による新羅・高句麗・渤海認識を扱ってきたが，そうではない人々にとっての認識は，また異なることがあると言うことである．本文中でも触れたが，遣唐使の一員として入唐した円仁の中國滯在と歸國とは，新羅人の援助がなければ到底成し遂げられないものであった．華嚴教學など，新羅から多くのものを學んだ日本古代の仏教界においては，新羅について爲政者とは異なる觀点もあったであろうことは当然である．まして仏教の世界觀は，東アジアの諸國がそれぞれ抱く自尊意識・中華思想とは次元を異にするものであるから，僧侶の世界における對外認識は，鎭護國家という職務は職務として，また自ずから異なる論理で醸成されていたとしておかしくないだろう．

雑駁な議論に終始してしまったが，以上で蕪雑な考察を閉じる．諸賢のご批正をいただくことができれば幸である．

주제발표

東아시아 世界에 있어서 白村江 전투의 자리매김

中村修也
(文教大學)

1. 百濟救援軍 파견에 대한 의문

7세기는 東아시아 세계가 대변동을 초래한 세기이다. 中國에서는 隋가 통일왕조를 수립했으나 불과 2代로 멸망하고 대신 唐이 장기정권을 수립했다. 한반도에서는 고구려・백제・신라가 각각 영토확장정책을 전개하여 최후엔 신라가 통일왕조의 패자가 되었다. 日本에서는 乙巳의 變과 그 반전이 있었고 백제 구원군의 파병, 近江 천도, 壬申의 亂을 거쳐 마침내 律令國家의 성립을 보았다. 이렇게 동아시아 세계를 볼 때,

일종의 통일정권을 향한 전단계로서의 대변혁기가 각국에서 7세기 중반에서 후반에 걸쳐 발생했다고 말할 수 있을 것 같다.

그런데 여기서 한 가지 의문이 생긴다. 그것은 日本에 의한 백제구원군의 파병이다. 과연 이 백제구원군 파병은 日本의 변혁에 있어 반드시 필요한 일이었던 것일까? 불가피한 사건이었던 것인가 하는 점이다. 상식적으로 생각하면, 大唐帝國을 상대로 전쟁을 한다는 것은 日本의 파멸을 의미한다. 백제구원이 한반도 내에서의 사건이라면 對戰 상대는 신라나 고구려가 되는 것으로 어떤 의미에서는 극동의 국지전이라고 이해하지 못할 것도 없다. 또한 日本의 영토확대정책으로서 교두보를 구축하기 위한 하나의 전략으로서의 파병이라 생각하는 것도 가능하다.

그러나 對戰國이 당이라고 한다면 이야기는 달라진다. 간단히 말하자면 승리의 가능성이 낮은 전쟁에 왜 돌입했는가 하는 의문이 생기는 것이다. 지금까지의 연구에서는 다음과 같은 이유를 생각해 왔다. 鬼頭淸明 씨는, 658년에 일본이 坂合部連石布 등을 당에 파견하고 있다는 점에서 구원군의 파견은 658년 이후이고, 백제가 멸망하기 직전까지 '당·신라와의 결정적인 대립'을 가능한 한 회피해 왔는데, "일본이 백제, 신라에 대해 갖고 있었던 공납관계를 위험한 군사적 출병을 감행해서라도 유지하려고 했던 데에서 백제에의 군대파견이 이루어진 것일 것이다"[1] 라고 말한다.

鬼頭씨는 고구려 광개토왕비문에 묘사된 '倭'와 그 이후의 大和朝廷을 구별해 생각하는 등 신중한 태도를 취하고 있다. 그러한 전제 위에서 四, 五世紀의 倭가 한반도에서 군사 활동을 했고, 그로 인해 무언가의 권익을 얻고 있었다. 그것이 소위 '任那日本府'로 표현되었다고 이해한다. 그리고 大和朝廷이 그러한 倭의 권익을 계승하려고 하여 가야지역을 지배하에 둔 신라로부터 '調'라는 형식으로 공납을 받고 있었는데,

---

1) 鬼頭淸明, 『日本古代國家の形成と東アジア』, 校倉書房, 1976, 140쪽.

642년의 大耶城 함락으로 가야지역 북부가 백제영역이 되자 이번에는 백제로부터 '신라의 調'를 획득하려고 했다. 그것이 신라・당 연합군의 침공으로 말미암아 공납에 위기를 맞게 되었고, 그 권익을 유지하고자 하여 백제구원에 참전했다고 이해하고 있는 셈이다.[2)]

鬼頭 씨의 견해는 4세기 이래 반도와 倭의 관계를 시야에 넣은 폭넓은 시점에서의 논의여서 설득력이 있는데, 거기에는 대당전에서의 승리 가능성이 전제되어 있다. 그러나 역으로 생각해 보면, 대당전 승리의 가능성이 없다면 鬼頭 씨의 論은 와해되게 된다. 전쟁에는 절대라는 것은 없는 것이기 때문에 승리에 대한 가능성이 제로라고는 말할 수 없으나, 제2차 세계대전에의 참전 이상으로 이 경우는 그 가능성이 낮은 것은 아닐까?

제2차 세계대전의 경우에는 독립국인 독일과 이탈리아가 동맹국으로서 존재했다. 그러나 백제구원군의 경우는 중요한 상대인 백제는 이미 멸망했고, 고구려도 수・당전쟁으로 피폐해 있었으며 신라는 적대국으로 존재했다. 그 어디를 보아도 대당전에서 승리할 요소는 보이지 않는 것이다. '新羅의 調'가 어느 정도의 것이었는지는 명확하지 않으나, 일본이라는 일국의 운명을 걸 정도의 것이었다고는 생각되지 않는다.

다음으로 森公章 씨의 견해인데, 森 씨는 기본적으로 일본은 동아시아의 정세에 어두웠다는 입장에서 논의를 전개하고 있다. "왜국에 있어서 660년의 백제멸망은 예측하지 못한 사태였다. 백제부흥운동에 대한 지원을 결정했던 것도 왕자 豊璋이 '質'로서 왜국에 체재하고 있었기 때문이며, 아무래도 수동적인 형태로 참전했다는 느낌이 강하다"라고 하여 "왜국은 백제의 전쟁에 대해서 한반도에의 출병, 신라와의 전투라는 인식이 강하고, 당과 자웅을 겨룬다고 하는 심각한 상황을 충분히 이해하지 못했던 것은 아닐까 하는 의구심이 든다"[3)]고 말한다.

---

2) 鬼頭清明, 『白村江 東アジアの動亂と日本』, 教育社歷史新書, 1981.

그러나 孝德朝 이래, 일본이 한반도나 중국대륙의 동향에 대해 주의를 기울이고 있었다는 점은 『日本書紀』의 기술에서 알 수 있다. 예를 들면, 孝德이 難波에 천도했던 것도 대외교섭의 편의를 고려했기 때문이라고 생각된다. 게다가 孝德은 유학승인 旻과 高向玄理를 國博士로 기용하여 唐의 정보를 많은 호족의 자제들에게 공유시키려고 하고 있다.

『日本書紀』에 의하면, 大化 3年 是歲條에,

> 新羅遣上臣大阿飡金春秋等. 送博士小德高向黑麻呂. 小山中中臣連押熊. 來獻孔雀一隻. 鸚鵡一隻. 仍以春秋爲質. 春秋美姿顔善談咲.

라 보인다. 신라에서 金春秋가 내방하여 高向黑麻呂와 中臣連押熊가 함께 귀국하고 있다. 高向黑麻呂는 玄理를 말하는 것이다. 玄理는 大化 2年에 신라에 파견되어 있었는데, 이때에 歸朝한 것이다. 나아가 김춘추가 어느 정도의 정확한 정보를 개진했는지는 불명이나 김춘추로부터도 신라의 정보를 얻었고, 그것을 보충할 수 있는 정보를 玄理와 押熊로부터도 얻었을 것임은 틀림없다.

孝德은 그에 그치지 않고 다음 해인 4年 2月 壬子朔에 "於三韓 '三韓, 謂高麗・百濟・新羅' 遣學問僧"이라 하여 朝鮮三國에 학문승을 파견해서 보다 많은 정보를 얻으려 하고 있다. 이에 대해 '新羅遣使貢調'라 하여 이 해에는 신라가 貢調使를 파견해 와 있었다. 나아가 5年 5月癸卯에는 小花下三輪君色夫・大山上掃部連角麻呂 등을 신라에 파견하고 있다. 이는 단순한 사교사령으로서의 使者가 아니었던 듯한데, 是歲條를 보면,

> 是歲. 新羅王遣沙喙部沙飡金多遂爲質. 從者卅七人. '僧一人. 侍郎二人.

---

3) 森公章, 『「白村江」以後 國家危機と東アジア外交』, 講談社選書メチエ, 1998, 134~135쪽.

丞一人. 達官郞一人. 中客五人. 才伎十人. 譯語一人. 雜傔人十六人. 幷卅七人也.'

라 하여 신라로부터 金多遂를 맞이하기 위한 것이었던 것 같다. 후술하지만, 大化 3年의 金春秋의 來朝로 인해 孝德政權은 신라와 교류할 필요성을 느낀 것이다. 지금까지 와는 전혀 다르게 활발하게 신라와의 교류를 행하고 있다.

그렇지만 孝德의 대외교섭은 對新羅만은 아니었다. 예를 들면, 白雉五年(654) 2月에는 高向玄理를 押使로 삼아 遣唐船 2艘를 파견하고 있다. 노년임에도 불구하고 玄理를 押使로 삼았던 것은 중국에서의 생활이 길고 중국어에 능통한 玄理를 파견함으로써 보다 정확한 唐의 정보를 얻기 위함이었을 것이다. 그러나 玄理는 당에서 객사하고 만다. 孝德의 의도는 약간 벗어나고 만 셈이 되었지만, 孝德 자신도 그로부터 8개월 후에 崩御해 버린다.

孝德의 崩御로 다시 대두하게 된 齊明은 重祚한 女帝의 위엄을 보여주기 위함이었을까 大土木工事를 계속적으로 감행함에도 '狂心의 溝'라 평가되어 도리어 人臣의 評判을 떨어뜨리게 된다. 齊明의 입장에서 가장 중요한 관심사는 中大兄의 즉위였고, 有間王子의 동향은 신경이 쓰였어도 신라와의 교류는 관심 밖이었는지도 모른다.

그러나 皇極朝와는 달리 齊明朝에는 中大兄의 정치참여가 있어서 대외교섭을 전혀 돌보지 않았던 것은 아니다. 그 증거로 齊明 3年(657)에 沙門智達 등을 신라를 중개로 唐에 파견하려 시도했으나 실패하고 있다. 그렇지만 한 번의 실패에도 아랑곳하지 않고 다음 해 다시 智達 등을 파견하여 당에 보내고 있다.

또한 唐에 억류되긴 했지만 당의 정세를 전하고자 했던 伊吉連博德 등의 존재도 잊어서는 안 된다. 그리고 『日本書紀』의 기술이 정확하다면 齊明 6년 9월 癸卯에서 同 10月에 이르는 백제로부터의 사자에 의해 전해진 정보는 그야말로 新羅·唐 연합군의 전광석화와 같은 내습을 전한 것이었다.

이렇게 본다면 도저히 森 씨가 말하는 것과 같은 한가로운 전황파악은 생각하기 어렵고, 일본도 일찍부터 대륙과 半島의 정세에 대한 정보를 수집하고 있었으며 당군의 강력함도 충분히 숙지하고 있었다고 이해해야 할 것이다.

마지막으로 遠山美都男 씨의 『白村江』을 살펴보자. 이 책에서 遠山 씨는 白村江 전투의 이유를 仮想帝國主義에서 구하고 있다. 이는 石母田正 씨 이래의 小中華主義를 바탕에 두고 있는 것이다. 遠山 씨는 齊明朝의 阿倍氏에 의한 東北遠征을 국내적 夷狄征伐로 위치하게 하고 일본열도 내부에 있어서 조공하는 夷狄의 존재를 설정하는 것을 마친 大王의 정권이 다음으로 착수하는 것은 열도외부에 있어 조공을 행하는 이민족으로서의 諸蕃을 창출하는 일이었다고 생각된다. 멸망한 백제의 부흥을 원조하여 재생한 백제를 지배하에 포함시킨다는 백제구원전쟁에 돌입할 필연성은 실로 이점에 있었다고 말할 수 있을 것이라고 한다.[4]

틀림없이 齊明紀에 몇 차례나 기술되어 있는 阿倍(比羅夫)의 東北遠征 기사는 국내의 北狄征伐이라는 이미지를 만들어내고 있다. 이것이 遠山 씨가 말하는 것처럼 '水軍의 규모나 戰力의 진보·발달을 배경으로 한 일종의 軍事演習으로서의 측면'이 있었는지 여부는 불분명하지만, 百濟救援軍의 後將軍에 阿倍引田比邏夫가 들어가 있는 점은 주목해야만 할지도 모른다. 다만, 阿倍比羅夫를 東北遠征에 파견시킨 이유에는 有間王子의 문제를 처분함에 있어서 有間의 母方인 유력씨족으로서 또한 군사력을 지닌 阿倍氏를 大和로부터 멀리 떨어지게 한다는 측면도 있었을 것이다.

그런데 遠山 씨의 논의의 본질에는 백제구원군이 성공한다는 점을

---

4) 遠山美都男, 『白村江 古代東アジア大戰の謎』, 講談社現代新書, 1997, 107쪽.

전제로 하고 있다. 그 가능성이 낮았다는 점은 이미 언급한 바이다. 역으로 齊明朝에 겨우 군사연습을 하지 않으면 안 될 정도의 경험밖에 없는 大和朝廷軍에게 몇 차례나 고구려원정을 경험하고 中國의 통일전쟁을 승리로 이끈 唐軍과 싸워 승리한다는 전제가 어떻게 해서 나온 것인지, 그저 신기하다고 밖에 생각되지 않는다.

이상, 鬼頭論은 그저 '新羅의 調'라는 실리를 추구했다는 論이고, 森論은 전쟁에 대한 정보부족에 기인한다는 論이며 遠山論은 仮想小中華主義를 전제로 한 論이라 말할 수 있다. 이러한 이해는 論으로서는 성립하지만, 실제문제로서 지나치게 패전의 가능성을 낮게 본 論이라 할 수 있으며 당시의 日本의 군사력과 唐의 군사력 격차를 등한시한 논의라 할 수 있을 것이다.

그럼에도 史實로서는 일본은 대당 전쟁에 발을 내딛고 있다. 삼자의 論이 성립되지 않는다고 한다면, 도대체 왜 일본이 참전했는가, 새로운 論을 전개할 필요가 있다.

지금까지 동아시아사 속에서 이 백촌강 전투를 이해하려고 하면서도 실은 지나치게 일본중심으로 이해해 온 것이 문제점이었던 것은 아닐까 생각한다. 이 백제멸망, 부흥운동 실패의 원인을 생각할 때 일본은 주역이 아니고 실은 신라야말로 주역이 아닌가 생각한다. 이하, 신라를 일련의 전쟁의 주역이라 보는 입장에서 논의를 진행하고자 한다.

2. 白村江 전투의 記錄

신라를 중심으로 할 경우, 긴 시간의 흐름 속에서 白村江 전투를 이해하지 않으면 안 되는데, 우선은 각 기록에 백촌강 전투가 어떻게 묘사되어 있는지를 검증해 보고 싶다.

가장 상징적으로 묘사되고 있는 것으로 거론되는 것이『旧唐書』卷八十三 列伝 第三十四의 劉仁軌伝이다.

> 俄而餘豊襲殺福信, 又遣使往高麗及倭國請兵, 以拒官軍, 詔右威衛將軍孫仁師率兵浮海以爲之援, 仁師旣與仁軌等相合, 兵士大振, 於是諸將會議, 或曰, 加林城水陸之衝, 請先擊之, 仁軌曰, 加林險固, 急攻則傷損戰士, 固守則用日持久, 不如先攻周留城, 周留, 賊之巢穴, 群兇所聚, 除惡務本, 須拔其源, 若克周留, 則諸城自下, 於是仁師, 仁願及新羅王金法敏帥陸軍以進, 仁軌乃別率杜爽, 扶餘隆率水軍及糧船, 自熊津江往白江, 會陸軍同趣周留城, 仁軌遇倭兵於白江之口, 四戰捷, 焚其舟四百艘, 煙焰漲天, 海水皆赤, 賊衆大潰, 餘豊脫身而走, 獲其寶劍, 僞王子扶餘忠勝, 忠志等率士女及倭衆并耽羅國使, 一時並降, 百濟諸城, 皆復歸順, 賊帥遲受信據任存城不降,

이를 보면, 백제부흥군의 余豊璋과 鬼室福信 사이에 마찰이 있었고 그 결과 豊璋은 福信을 살해하여 전력이 저하되고 말았기 때문에 고구려와 왜국에 원병을 요청했다. 이에 대해 唐・新羅軍이 陸・海 양면으로 周留城을 공격하는 작전을 취했는데, 해군인 劉仁軌軍이 우연히도 熊津江에서 백촌강으로 향하는 도중에 '白江之口'에서 왜국군과 조우하여 네 차례의 해전에 이르렀다는 식으로 표현되어 있다. 여기에 기록된 왜국군의 병력은 '舟四百艘'이다.

같은 장면이『日本書紀』에서는 다음과 같이 기록되어 있다. 天智 2年 3月에서 8月에 걸친 일련의 기사이다.

> 三月. 遣前將軍上毛野君稚子. 間人連大蓋. 中將軍巨勢神前臣譯語. 三輪君根麻呂. 後將軍阿倍引田臣比邏夫. 大宅臣鎌柄. 率二萬七千人打新羅.
>
> 夏五月癸丑朔. 犬上君 <闕名> 馳告兵事於高麗而還. 見糺解於石城. 糺解仍語福信之罪.
>
> 六月. 前將軍上毛野君稚子等. 取新羅沙鼻岐. 奴江二城. 百濟王豊璋嫌福信有謀反心. 以革穿掌而縛. 時難自決. 不知所爲. 乃問諸臣曰. 福信之罪旣如此焉. 可斬不. 於是. 達率德執得曰. 此惡逆人不合放捨. 福信卽唾於執得

曰. 腐狗癡奴. 王勒健兒. 斬而醢首.

秋八月壬午朔甲午. 新羅以百濟王斬己良將. 謀直入國先取州柔. 於是. 百濟知賊所計. 謂諸將曰. 今聞. 大日本國之救將廬原君臣率健兒萬餘. 正當越海而至. 願諸將軍等應預圖之. 我欲自往待饗白村.

戊戌. 賊將至於州柔繞其王城. 大唐軍將率戰船一百七十艘. 陣烈於白村江.

戊申. 日本船師初至者. 與大唐船師合戰. 日本不利而退. 大唐堅陣而守.

己酉. 日本諸將與百濟王不觀氣象. 而相謂之曰. 我等爭先彼應自退. 更率日本亂伍中軍之卒進打大唐堅陣之軍. 大唐便自左右夾船繞戰. 須臾之際. 官軍敗績. 赴水溺死者衆. 艫舳不得廻旋. 朴市田來津仰天而誓. 切齒而嗔殺數十人. 於焉戰死. 是時百濟王豐璋與數人乘船逃去高麗.

『일본서기』의 기술도 그 골자는 마찬가지이다. 백제부흥군 내부에서 마찰이 있어서 鬼室福信이 배제되었으며 고구려에도 사자가 파견되었고, 일본군과 당군이 백촌강에서 해전을 치렀다는 것이다. 다만, 신기하게도 일본 측 사료에는 일본 수군의 규모가 기재되어 있지 않고, 당의 수군이 170척이라는 사실이 기록되어 있다. 그 점은 앞서 본 『旧唐書』에서도 마찬가지로 중국 측 사료에는 중국수군의 규모가 아닌 대전 상대인 왜국군의 규모가 기재되어 있다.

그 어느 쪽도 상대편의 선단은 얼마나 많았는지, 이에 자국군은 얼마나 力戰했는지를 전하기 위해서일 것이다. 奈良時代 遣唐使船의 규모가 1隻 당 백 수십 명이라는 점을 참고로 하여 양쪽 사료의 人數를 가령 믿는다고 한다면, 일본군은 약 4~5만 명이 해전에 참가한 것이 되고, 당군은 약 1만7천 명~2만1천 명이 되게 된다.

그러나 이 경우는 양쪽 모두 병력이 너무 커진다. 『일본서기』 天智 2年 3月條의 기사에서는 일본군 전체 규모는 2만7천 명이라 되어 있다. 이를 陸과 海로 나누면, 많아야 1만3, 4천 명이라는 계산이 된다. 한편, 同 8년 甲午上에는 '大日本國之救將廬原君臣率健兒萬餘'라 하여 駿河國의 豪族 廬原君臣이 健兒 1만여 명을 이끌고 백촌강으로 향했다고 되어 있다. 이 廬原君臣部隊와 唐水軍이 뜻밖에 조우하여 백촌강 전투가 되었다고 이해하면 日本軍의 전력은 1만여 명이 되어 1척 당 25인의 小船이 된다. 굳이 이해하자면 主船이 수 척 있고 그에 부수된 형태로 小戰船이 400척 남짓 있었던 것으로 생각할 수 있지 않을까.

그렇다고 한다면, 日本戰船과 唐의 전선은 단순히 같은 규모로 생각할 수는 없다. 日本船 400척에 대해 唐船 170척이라 한다면 唐船의 규모는 日本船보다도 훨씬 컸다고 예상할 수 있다.

다만 이것도 어디까지나 숫자상의 이야기에 불과하다. 『日本書紀』에 기록된 日本船의 數로 명기되어 있는 것은 天智 元年 五月條에,

> 大將軍大錦中阿曇比邏夫連等. 率船師一百七十艘. 送豊璋等於百濟國.

라는 기재뿐이다. 이 기사는 어디까지나 余豊璋을 백제에 돌려보낼 때의 기사로서 반드시 최종적인 백제구원군의 수군에 관해 기술한 내용은 아니다. 그러나 수군의 實數가 기록된 것은 이곳뿐이라는 점을 생각하면, 그냥 170척이라는 숫자를 무시할 수도 없다. 그리고 우연인지는 모르지만, 이 170척이라는 수는 白村江에 집결한 唐船의 수와도 일치하고 있다. 『일본서기』 가운데 일본선인지 당선인지 그 여부가 확실하지 않지만 170艘라는 숫자만이 전해져 그 수를 양쪽에 서로 다른 장면에서 이용했는지도 모른다.

이렇게 이해한다면, 170척이나 400척이라는 숫자를 믿고 日唐 간의 해전을 예상하는 일은 어려운 작업이라 생각된다. 아무튼 양쪽 數百 艘의 전선이 백촌강에서 서로 맞붙어 전투를 거듭했다고 한다면 그야말로 '海水皆赤'라는 地獄図가 전개되었다고 생각해도 좋을 것이다.

그럼 백제나 신라의 사료에서는 白村江 전투는 어떻게 기술되어 있는 것일까. 우선, 『삼국사기』「백제본기」(以下 「백제본기」라 약칭함)를 보기로 하자.

> 於是, 仁師仁願及羅王金法敏帥陸軍進, 劉仁軌及別帥杜爽扶餘隆帥水軍及粮船, 自熊津江往白江, 以會陸軍, 同趍周留城, 遇倭人白江口, 四戰皆克, 焚其舟四百艘, 煙炎灼天, 海水爲丹, 王扶餘豊脫身而走, 不知所在, 或云奔高句麗,

「백제본기」의 이 부분은 『旧唐書』를 바탕으로 하고 있어서 전혀 오리지널 기사는 찾아볼 수 없다.

다음으로 『삼국사기』「신라본기」(以下 「新羅本紀」라 약칭함)를 보자.

> 五月, 震靈廟寺門, 百濟故將福信及浮圖道琛, 迎故王子扶餘豊立之, 圍留鎭郎將劉仁願於熊津城, 唐皇帝詔仁軌, 檢校帶方州刺史, 統前都督王文度之衆與我兵, 向百濟營, 轉鬪陷陣, 所向無前, 信等釋仁願圍, 退保任存城, 旣而福信殺道琛, 幷其衆, 招還叛亡, 勢甚張, 仁軌與仁願合, 解甲休士, 乃請益兵, 詔遣右威衛將軍孫仁師率兵四十萬, 至德物島, 就熊津府城, 王領金庾信等二十八, 一云三十, 將軍, 與之合攻豆陵一作良尹城・周留城等諸城, 皆下之, 扶餘豊脫身走, 王子忠勝・忠志等, 率其衆降, 獨遲受信, 據任存城不下,

여기에서는 문무왕이 금유신 등 장군 28인과 함께 웅진성에 합류하여 '尹城・周留城等諸城'을 공략한 사실만이 기록되어 있고, 백촌강 해전에 대해서는 일행도 기재되어 있지 않다. 이를 사실로 이해한다면, 백촌강 전투에는 신라군은 참가하지 않았고 당군과 일본군의 전투였던 것으로 추측된다.

주목되는 것은 扶余豊(余豊璋)이 단신으로 탈출했다는 기사가 네 사료에 공통되어 있다는 점이다. 扶余豊은 백제부흥군의 상징적인 존재이기 때문에 그의 신병이 구속되었는지의 여부로 승패의 귀추가 결정되는 것이기에 어느 사료도 기록하고 있는 것일 것이다.

부여풍은 아무래도 백촌강 해전에는 참가하지 않고 周留城(州柔城)에서 陸戰을 치르고 그곳에서 탈출한 듯하다. 만약 그렇다고 한다면, 백촌강에서 싸운 것은 想定과는 달리 唐軍과 우연히 마주친 '廬原君臣率

健兒萬餘'였을 가능성이 높다. 그러나 이에 대해서는 더 이상 천착하는 것은 그만두기로 한다.

오히려 중요한 것은 이 백촌강 해전이 唐에게 어떻게 의식되었는가 하는 점이다. 백촌강의 패전은 일본에게는 충격으로 天智는 그 대책에 부심하여 近江으로까지 천도하기에 이르기 때문이다.

그런데, 『旧唐書』 卷四 本紀 第四 「高宗(上)」에는 이에 관한 기사는 단 한자도 보이지 않는다. 참고로 龍朔三年八月條를 인용해 보면 다음과 같다.

> 秋八月癸卯, 彗星見於左攝提, 戊申, 詔百僚極言正諫, 命司元太常伯竇德玄, 司刑太常伯劉祥道等九人爲持節大使, 分行天下, 仍令內外官五品已上各擧所知.

彗星의 星占과 9人의 持節大使 임명에 관한 기사뿐이다.

그렇다면 唐은 本紀에는 한반도 정세에 관한 기사를 싣지 않는 것인가 하면 반드시 그렇지는 않다. 이 전후의 기사를 적기해 보면 다음과 같다.

> 顯慶五年 八月庚辰, 蘇定方等討平百濟, 面縛其王扶余義慈, 國分爲五部, 郡三十七, 城二百, 戶七十六萬, 以其地分置熊津等五都督府, 曲赦神丘, 禺夷道總管已下, 賜天下大酺三日.
>
> 顯慶五年 十一月戊戌朔, 邢國公蘇定方獻百濟王扶余義慈, 太子隆等五十八人俘於則天門, 責宥之, 乙卯, 狩於許, 鄭之郊.
>
> 龍朔元年 夏五月丙申, 令左驍衛大將軍, 涼國公契苾何力爲遼東道大總管, 左武衛大將軍, 邢國公蘇定方爲平壤道大總管, 兵部尙書, 同中書門下三品, 樂安縣公任雅相爲□江道大總管, 以伐高麗.
>
> 龍朔元年 是歲, 新羅王金春秋卒, 其子法敏嗣立.
>
> 龍朔二年 三月甲申, 自東都還京, 癸丑, 幸同州, 蘇定方破高麗于葦島, 又進攻平壤城, 不克而還.
>
> 麟德二年 冬十月 (中略) 癸亥, 高麗王高藏遣其子福男來朝.

唐은 고구려정벌이나 백제멸망에 관해서 本紀에 기재하고 있는 것처럼, 관심을 보이고 있었다. 그런데 왜국에 대한 기사는 없다. 顯慶 5年에 熊津道大總管이었던 蘇定方 列伝에도 백촌강 해전에 관한 기록은 없다. 직접 일본수군과 싸웠던 '監統水軍' 劉仁軌의 列伝에만 기록되어 있다. 이것만으로는 어떠한 판단도 불가능하나, 당왕조로서는 일본이 이 백제멸망전에 참전하리라고는 예상하지 못했던 것은 아닐까. 唐의 입장에서 半島問題는 일차적으로 고구려문제였다.

高宗이 백제전에 발을 내딛게 된 이유는 두 가지. 하나는 백제가 대신라전을 위해 고구려와 동맹관계가 된 점이다. 『旧唐書』 卷119 列伝 第149 「東夷百済」를 보면,

> 十六年, 義慈興兵伐新羅四十餘城, 又發兵以守之, 與高麗和親通好, 謀欲取党項城以絶新羅入朝之路, 新羅遣使告急請救, 太宗遣司農丞相里玄奬齎書告諭兩蕃, 示以禍福, 及太宗親征高麗, 百濟懷二, 乘虛襲破新羅十城, 二十二年, 又破其十餘城, 數年之中, 朝貢遂絶.

이라 되어 있다. 백제 의자왕은 고구려와 '和親通好'함으로써 北으로부터의 위협을 없애고 全 세력을 가야지방의 침략에 쏟아 신라령이 되어 있던 40여성을 탈취한 것이다.

이 唐 貞觀 16年(642)은 고구려에서는 莫離支 蓋蘇文이 榮留王을 살해하고 보장왕을 추대한 해였다. 唐 太宗에게는 이러한 非道한 蓋蘇文의 행동은 대당제국의 질서로서는 허용되지 않는 것이었다. 그 고구려와 백제가 동맹을 맺었다는 사실은 직접은 아니라 하더라도 백제도 당의 질서에서 괴리된 존재로 간주되는 요인을 지녔음을 의미한다.

두 번째 이유로서는 신라가 당에 대해 순종하는 자세를 계속 취해왔다고 하는 점이다. 한반도 삼국 가운데에서 오직 신라만이 당에 대해 순종적인 입장이었다고 한다면 신라의 파병요구를 언제까지나 무시하

는 일은 중국황제에게도 불가능한 일이었던 것이다. 또한 신라도 그 점을 기대하고 있었다고 할 수 있다.

3. 金春秋의 外交戰略

唐 高宗이 고구려정토를 기도하면서 그 도중에 백제전에 신라 원조를 위한 군대를 파견한 것은 파격적인 사건이라 말할 수 있을 것이다. 그 이유에 대해서는 전절에서 간단히 언급했으나 여기서 다시 신라의 대당외교에 대해 검토하기로 한다.

원래 신라와 隋·唐의 관계는 그다지 친밀했다고는 말할 수 없다. 물론 수왕조의 성립, 당왕조의 성립 시에는 견사하여 각 왕조로부터 책봉을 받고 있으나 그 점은 다른 나라인 백제·고구려의 경우도 마찬가지로 신라만의 특별한 경우는 아니었다.

신라의 친당정책이 활발하게 되는 것은 表1을 보면 眞德 2年(648)부터이다. 그러나 이 이전에 김춘추로 하여금 대백제전 정책을 전개하도록 만든 사건이 있었다고 이해되고 있다. 그것은 善德 11年(642)의 大耶城陷落 사건이다.5) 「新羅本紀」에 의하면,

> 十一年, 春正月, 遣使大唐獻方物, 秋七月, 百濟王義慈大擧兵, 攻取國西四十餘城, 八月, 又與高句麗謀, 欲取党項城, 以絶歸唐之路, 王遣使, 告急於太宗, 是月, 百濟將軍允忠, 領兵攻拔大耶城, 都督伊飡品釋, 舍知竹竹·龍石等死之,

라고 되어있다. 이는 앞에 본 『旧唐書』 卷199 列伝第149 「東夷百濟」 기사에 대응하는 것이다. 이 때 백제에 함락된 대야성의 都督 品釋의 妻

5) 森公章, 『東アジアの動亂と倭國』, 吉川弘文館, 2006, 227~230쪽.

는 김춘추의 딸이었다. 이어지는 기사를 보면,

> 冬, 王將伐百濟, 以報大耶之役, 乃遣伊飡金春秋於高句麗, 以請師, 初大耶之敗也, 都督品釋之妻死焉, 是春秋之女也, 春秋聞之, 倚柱而立, 終日不瞬, 人物過前而不之省, 旣而言曰, 嗟乎, 大丈夫豈不能呑百濟乎, 便詣王曰, 臣願奉使高句麗, 請兵以報怨於百濟, 王許之,

라 하여 春秋는 딸의 원수를 갚기 위해 善德王에 진언하여 고구려에 대 백제전에의 협력참가를 얻어내기 위한 교섭에 나서겠다고 청원하여 허락되고 있다.

그러나 고구려 교섭은 실패로 끝나고 있다. 다시 이어지는 기사를 보면,

> 高句麗王高臧, 素聞春秋之名, 嚴兵衛而後見之, 春秋進言曰, 今百濟無道, 爲長蛇封豕, 以侵軼我封疆, 寡君願得大國兵馬, 以洗其恥, 乃使下臣致命於下執事, 麗王謂曰, 竹嶺本是我地分, 汝若還竹嶺西北之地, 兵可出焉, 春秋對曰, 臣奉君命乞師, 大王無意救患以善鄰, 但威劫行人, 以要歸地, 臣有死而已, 不知其他, 臧怒其言之不遜, 囚之別館, 春秋潛使人告本國王, 王命大將軍金庾信, 領死士一萬人赴之, 庾信行軍過漢江, 入高句麗南境, 麗王聞之, 放春秋以還, 拜庾信爲押梁州軍主.

라 하여 고구려 보장왕이 「竹嶺西北之地」를 반환한다면 出兵할 것이라고 답한데 대해, 春秋가 '但威劫行人, 以要歸地, 臣有死而已'이라 말해 거부했기 때문에 오히려 별관에 갇히고 마는 신세가 되어버렸다.

> 春秋가 大耶城 함락으로 인한 딸의 죽음을 심히 아파했던 점은 武烈 7年(660)에 唐・신라연합군으로 百濟를 멸망시켰을 때에 法敏이 百濟王子・隆에게 말한 다음의 말에서도 알 수 있다.

> 十三日, 義慈率左右, 夜遁走, 保熊津城, 義慈子隆與大佐平千福等, 出降,

法敏跪隆於馬前, 唾面罵曰, 向者, 汝父枉殺我妹, 埋之獄中, 使我二十年間, 痛心疾首, 今日汝命在吾手中, 隆伏地無言,

오빠인 法敏이 20년간이나 마음을 아파했다고 한다면 아버지인 春秋의 경우는 더 말할 나위가 없으리라 생각한다. 그러나 정말로 백제전에 대한 정열을 개인적 감상에 기인한 것이라고 순수하게 인정해버려도 좋은 것일까? 春秋 정도의 인물이 공사를 혼동하여 분노와 슬픔이 지나쳐 고구려에 사자로 가서 오히려 포로의 몸이 되었다는 것은 너무나도 단순한 이야기로 쉽게는 믿기 어렵다.

첫째로, 大耶城을 비롯한 신라의 40여 성을 백제가 공격할 수 있었던 것은 고구려와 동맹을 맺어 후고의 염려를 없앴기 때문이다. 그럼에도 백제의 동맹국인 고구려에 대백제전에의 협력을 구하기 위해 간다는 것은 너무나도 생각이 부족하다고 말하지 않을 수 없다.

과연 금춘추가 그러한 행동을 취할까? 실로 의문이다. 大耶城 함락이 8月, 春秋의 고구려행이 겨울로 되어있다. 「高句麗本紀」에 따르면 蓋蘇文에 의한 영류왕 살해는 冬 10月로 되어있다. 이 세 가지 사건이 어떤 순서로 일어났는지가 참으로 미묘하다. 만약 대야성 함락→영류왕 살해→춘추의 고구려내방의 순서였다고 한다면, 春秋는 백제와 동맹한 영류왕의 死를 계기로 지금이야말로 고구려를 설득할 기회라 생각해 건곤일척의 도박에 나섰다고 이해할 수도 있다.

春秋로서는 딸이 죽은 슬픔은 슬픔으로 간직한 채 정권을 지탱하는 몸으로서 금후의 신라의 방향성을 생각하기 위해서도 정권이 교체된 고구려의 상황을 직접 견문할 필요가 있다고 생각했을 가능성이 있다. 만약 고구려가 이대로 백제와 연대하여 신라를 압박하게 된다면 신라의 운명은 풍전등화가 되지 않을 수 없다. 위험은 충분히 예상하면서도 외교교섭의 형태로 고구려에 몸소 가지 않으면 안 되는 상황에 몰려 있었다고도 말할 수 있을 것이다.

金春秋는「新羅本紀」에,

> 太宗武烈王立, 諱春秋, 眞智王子伊飡龍春【一云龍樹】之子也, 【唐書以爲眞德之弟, 誤也】, 母天明夫人, 眞平王女, 妃文明夫人, 舒玄角飡女也, 王儀表英偉, 幼有濟世志, 事眞德, 位歷伊飡, 唐帝授以特進, 及眞德薨, 羣臣請閼川伊飡攝政, 閼川固讓曰, 臣老矣, 無德行可稱, 今之德望崇重, 莫若春秋公, 實可謂濟世英傑矣, 遂奉爲王, 春秋三讓, 不得已而就位.

이라 보이는 것처럼 眞智王의 孫이고 龍春의 子이다. 母는 天明夫人이며 眞平王의 딸이었다. 즉 父·母 모두 왕족출신이다. 일본이라면 문제없이 왕위에 올랐겠지만, 신라는 聖骨이 아니면 왕위에 오를 수 없었다. 春秋는 왕족이라도 眞骨신분일 수밖에 없었던 것이다. 때문에 신라에서는 善德王·眞德王이라는 二代가 계속된 女帝가 탄생했다고 말해진다.[6)]

이 김춘추에 관한 연구는 일본에서는 아직 적은데, 7세기 후반의 동아시아 세계를 생각할 때 매우 중요한 인물의 한사람이라고 말할 수 있을 것이다. 三池賢一 씨의 연구에 의하면, 금춘추의 출생은 진평왕 15년(603)으로 '신라가 저미기에 들어가고 있었던 시기'[7)]에 해당하게 된다. 春秋의 젊은 시절의 기록은 남겨있지 않아서 善德 11년(642)의 40세가 될 때까지의 이력은 불분명하다. 그러나 그와 함께 신라를 통일국가로 성장시킨 金庾信이 春秋의 父·龍春과 함께 高句麗 娘臂城 攻略戰에 참가한 사실이 확인되기 때문에,[8)] 그도 또한 아버지나 庾信과 함께 硏鑽

---

6) 今西龍,「新羅骨品考」(『史林』711, 1925. 후에『新羅史研究』에 所收, 國書刊行會, 1970, 202쪽), 武田幸男,「新羅の骨品制社會」(『歷史學研究』299, 1965).

7) 三池賢一,「金春秋小伝」(『駒澤史學』15·16·17, 1968~1970, 후에 旗田巍·井上秀雄編,『古代の朝鮮』에 所收, 學生社, 1974). 단 三池 씨의 行論에는 문제도 있고 私見과 다른 부분도 많다.

8)「新羅本紀」眞平王 五十一年八月條에
王遣大將軍龍春, 舒玄, 副將軍庾信, 侵高句麗娘臂城, 麗人出城列陣, 軍勢甚

에 힘쓰고 있었을 가능성을 상정할 수 있을 것이다.

오히려 여왕이 이어지는 왕가에 있어서 재능 있는 남자왕족으로서 春秋는 일단의 지지 세력을 지니고 있었다고 말해야 하지 않을까. 앞의 무렬왕 즉위전기에도 진덕여왕이 사망했을 때에 군신이 閼川 伊飡에게 섭정을 부탁한 바, 閼川은 고사하고 '今之德望崇重, 莫若春秋公, 實可謂濟世英傑矣'라 하여 春秋를 추천하고 있다. 알천을 섭정에 추대하려는 세력이 존재했음과 동시에 그 세력이 추대하려 했던 알천 자신이 春秋의 실력을 인정하고 있었다는 사실도 존재했다고 말해야 할 것이다.

善德 11年의 大耶城 함락 시에 春秋의 위계는 伊飡이었는데, '高句麗王高臧, 素聞春秋之名'이라 보이는 것처럼 春秋의 이름은 고구려왕에게까지 이르러 있었다. 물론 『삼국사기』의 기사를 모두 그대로 믿을 수는 없지만, 이후의 春秋의 활약을 감안한다면 그 개연성은 높다고 할 수 있을 것이다. 공사 어느 쪽이든, 春秋의 활발한 외교활동은 642년부터 시작되는 것은 확실하다.

그러나 결과적으로는 642년의 고구려와의 외교교섭은 실패로 끝나고 있다. 「高句麗本紀」 第九・宝藏王・上에는,

> 建武王在位第二十五年, 蓋蘇文弑之, 立臧繼位, 新羅謀伐百濟, 遣金春秋乞師, 不從.

라 보일 뿐이다. 『三國史記』 列伝第九 「蓋蘇文」에도 특별한 기재는 없다. 중국 측 사료에도 금춘추가 고구려에 억류되었다는 기사는 보이지 않는다. 이 기사는 「신라본기」에서만 보이는 기사이다. 그렇다고 한다

盛, 我軍望之, 懼殊無闘心, 云々.라 보인다. 龍春과 庾信의 구체적인 관계에 대해서는 기재되어 있지 않으나, 龍春이 大將軍, 庾信이 副將軍이라는 관계를 보면 兩者는 서로 협력하는 사이이고, 더욱이 전투에서 승리하고 있는 점을 생각하면 그 관계는 良好했다고 말할 수 있을 것이다.

면, 금춘추의 고구려방문 기사는 약간 의심해 볼 필요가 있다. 春秋와 보장왕이 회견하는 장면에 莫離支인 蓋蘇文이 등장하지 않는 것도 이상하다. 정리하면,

(1) 眞德 11年의 金春秋의 高句麗訪問記事는 「新羅本紀」에만 기재되어 있고 「高句麗本紀」・列伝第九, 중국 측 사료에는 등장하지 않는다.

(2) 「新羅本紀」에 보이는 기술의 경우도 宝藏王을 추대한 진짜 실력자인 蓋蘇文이 등장하지 않는다.

(3) 억류되었음에도 불구하고 金庾信의 출동으로 그냥 春秋는 해방되고 있다.

등의 제문제를 감안하면, 금춘추가 고구려를 방문했을 가능성은 있으나 그것은 공식방문이 아니며, 억류라는 사건도 없었을 가능성이 있다.

즉 김춘추는 大耶城 이하 40성의 함락이라는 비상사태에 대해 금후의 방침을 정하고자 정권이 교체된 고구려의 정치상황을 탐색하기 위해 고구려에 잠입해 약간 위험한 경우에도 처했지만 금유신의 호위를 받아 무사하게 귀국했다고 하는 정도가 사실에 가까운 것은 아닐까.

고구려로서는 唐의 침공이 예상되는 이상, 인국인 백제와 손을 잡는 것은 절대요건이었다. 그 점은 「高句麗本紀」 宝藏王三年條의 唐使에 대한 蓋蘇文의 대답에도 여실히 나타나 있다.

蓋蘇文謂玄奬曰, 我與新羅, 怨隙已久, 往者, 隋人入寇, 新羅乘釁, 奪我地五百里, 其城邑皆據有之, 自非歸我侵地, 兵恐未能已, 玄奬曰, 既往之事, 焉可追論, 今遼東諸城, 本皆中國郡縣, 中國尙且不言, 高句麗豈得必求故地, 莫離支竟不從,

여기에는 엄연한 고구려의 외교자세가 관철되어 있다. 고구려에게는 신라와도 唐과도 타협할 의사는 없었다고 할 수 있을 것이다. 그렇다면 고구려의 금후의 방침이 분명해진 이상, 신라가 취해야할 방도는 하나

밖에 남아있지 않았다. 백제・고구려 연합에 신라 혼자 대항하는 것은 불가능하다. 여기서는 무슨 일이 있어도 唐을 자기편으로 끌어들일 수 밖에 방법은 없었던 것이다.

즉시 신라는 당에 어려움을 호소하러 간다. 「신라본기」 선덕왕 12년 9월조에,

> 秋九月, 遣使大唐上言, 高句麗・百濟侵凌臣國, 累遭攻襲數十城, 兩國連兵, 期之必取, 將以今茲九月大擧, 下國社稷必不獲全, 謹遣陪臣歸命大國, 願乞偏師, 以存救援,

작년의 百濟의 침략사실에 관한 보고, 금년 9월에는 재차 대규모 침공이 있을 것이라는 예측을 전함과 동시에 '偏師'를 간청하여 '救援'을 의뢰하고 있는 것이다. 그러나 당은 쉽게는 승낙하지 않는다. 太宗은 唐이 변경의 契丹, 靺鞨의 兵을 요동에 투입하면 일시적으로는 신라가 해방되겠지만 시간이 지나면 다시 원상태가 된다. 또한 신라군에 唐軍이 사용하는 朱色의 군복과 幟를 내려줘도 좋다. 이것을 보면 고구려나 백제의 군이 도망칠 것이다. 이와 같은 두 가지 의견을 말한 뒤,

> 爾國以婦人爲主, 爲鄰國輕侮, 失主延寇, 靡歲休寧, 我遣一宗支, 以爲爾國主, 而自不可獨王, 當遣兵營護, 待爾國安, 任爾自守, 此爲三策,

라 하여 "신라가 '婦人'을 王으로 추대하고 있기 때문에 근린제국으로부터 무시당하는 것이다. 때문에 내 宗族 가운데 1인을 보낼 것이니 그를 국왕으로 삼아라. 그러면 당으로서도 그 한사람만을 보낼 수는 없기에 병을 파견하여 그를 호위시킬 것이다"라고 제안하고 있다.

당연한 말이지만, 이는 실질적인 唐에 의한 신라탈취책이다. 신라가 이 제안을 받아들일 수는 없었다. 다만 이 太宗의 제안은 단순한 제안으로는 끝나지 않았다. 4年 후에 眞德女王이 즉위할 때에 毗曇의 亂으

로 분출한 것이다. 「新羅本紀」 善德 16년(647)條에 '春正月, 毗曇·廉宗等謂, 女主不能善理, 因謀叛擧兵, 不克'이라 보이고, 보다 자세하게는 『三國史記』 列伝第一 「金庾信·上」에,

> 十六年丁未, 是善德王末年, 眞德王元年也, 大臣毗曇·廉宗, 謂女主不能善理, 擧兵欲廢之, 王自內禦之, 毗曇等屯於明活城, 王師營於月城, 攻守十日不解, 丙夜, 大星落於月城,

라 되어 있다. 大臣인 毗曇과 廉宗이 女王으로서는 나라를 다스릴 수 없다고 하여 거병한 셈이다. 이는 앞의 太宗의 말과 동일하다. 비담 등이 高宗의 제안을 방패로 삼아 대의명분을 얻고 그것을 이용하는 형식으로 반란을 일으킨 것인지, 아니면 본질적으로 여왕정치에 대한 불안감이나 불만이 있어서 그것이 한꺼번에 분출한 것인지, 어느 쪽인지는 분명하지 않다.

그러나 비담 등이 병사들에게 제시한 檄에 '吾聞落星之下, 必有流血, 此殆女主敗績之兆也'라는 말이 있고, 이에 대해 병사들이 '呼吼, 聲振天地'했다는 것은 거듭된 백제·고구려의 침공으로 인한 불안감에서 비롯된 것임은 확실하다. 이 비담의 난은 금유신의 출동으로 진압할 수가 있어서 '毗曇等敗走, 追斬之, 夷九族'라는 결과로 끝났다.

외적의 침공이 있고 내부에서도 사회불안을 안고 있는 상황에서 여왕을 추대한 신라의 수뇌진들은 어떻게 생각했던 것일까? 金庾信伝을 보는 한에 있어서는 庾信은 신라각지의 전선을 전전하는 나날이었다. 庾信은 眞平王 建福 12년(595) 출생이기 때문에 毗曇의 亂의 시점에서는 53세가 되어 있었다. 이미 로병에 접어들고 있었다. 금춘추는 45세, 嫡子·法敏의 연령은 불명이나 20세 전후로 생각해도 좋을 것이다. 法敏의 母는 庾信의 妹이다. 庾信과 法敏은 叔父·甥의 관계였다. 新羅의 首脳陣은 이 3인을 중심으로 하는 그룹이었다고 생각해도 좋을 것이다.

眞德王 원년(647) 10월에도 백제의 침공이 있고 庾信은 고전 끝에 겨우 방어할 수 있었다. 2년 3월에도 百濟의 침략이 있어서 腰車城 등 10여 성이 함락되었다. 계속된 백제의 맹공에 신라는 고전을 면치 못하고 있었다.

우선 邯帙許를 唐에 파견해 궁상을 호소케 하였다. 그러나 太宗은 왜 신라는 唐의 연호를 사용치 않고 私年号를 사용하고 있는가, 등의 불만을 말할 뿐 軍兵을 파견하려고는 하지 않았다. 그래서 金春秋는 후사를 庾信에게 맡기고 嫡子・法敏을 데리고 직접 唐으로 향했던 것이다. 春秋는 太宗에게 國學의 견학을 간청했다(「新羅本紀」 眞德王二年).

> 春秋請詣國學, 觀釋奠及講論, 太宗許之, 仍賜御製溫湯及晉祠碑幷新撰晉書,

나아가 春秋는 新羅의 礼服制度를 고쳐 唐의 礼服制度에 따르고 싶다고 요청한다.

> 春秋又請改其章服, 以從中華制, 於是, 內出珍服, 賜春秋及其從者, 詔授春秋爲特進, 文王爲左武衛將軍, 還國.

春秋는 지금까지 몇 차례나 당에 대백제전에의 구원군 파견을 요청했음에도 아직 한 번도 그 바람이 이루어지지 않은 사실을 감안하여 철저하게 당에 순종하는 신라의 자세를 보이려고 생각했던 것이다. 그 결과, 太宗은 마침내 '許以出師'라고 출병을 약속했던 것이다.

그러나 太宗의 말이 실행되리라는 보장은 어디에도 없었다. 그래서 春秋는 '臣有七子, 願使不離聖明宿衛'라 요청하여 嫡子・法敏과 '大監□□'을 唐에 숙위시킬 것을 허락 받았다. 法敏 등의 역할은 唐의 환심을 사는 것임과 동시에 태종이 약속한 것을 지키는지를 감시하는 임무도 겸하고 있었음에 틀림없다.

다음해인 진덕왕 3년, 신라에서는 중화의 의복제도가 실시되었다. 春秋는 말만이 아니라 실제로 太宗 앞에서 약속한 바를 실행한 셈이다. 이는 어느 의미에서는 太宗에 대한 압박이다. 나아가 春秋는 同 4年(650) 6月에 前年에 백제군을 獨力으로 격파한 사실을 高宗에게 보고함과 동시에 '五言太平頌'을 비단에 새겨 高宗에게 헌상했다.

당에서는 太宗이 죽고 高宗으로 교체되어 있었다. '五言太平頌'은 그 황제교체에 즈음한 하례물품 이었는지도 모른다. 거기에는 당의 세력이 왕성한 모습, 고종의 덕이 높다는 점이 찬양되어 있고, '外夷違命者, 剪覆被天殃'이라 하여 당에 적대하는 자는 멸망할 것이라 선언하고 있다.

고종은 皇帝의 자리에 막 취임한 상태여서 동방의 신라에서 축하물이 도착한 사실을 기뻐하여 당에 있던 金法敏을 大府卿에 임명하여 귀국시키고 있다. 春秋는 法敏의 귀국을 기뻐함과 동시에 이번에는 차남인 금인문을 唐에 들여보내 고종의 숙위로 하고 있다. 仁問은 이때 23세였다.[9] 이 春秋의 철저함이 마침내 그 결실을 맺을 때가 온다.

武烈王 2年(655) 정월, 고구려·백제·말갈 연합군이 新羅 북방의 국경지대를 침략해 33성을 탈취했기 때문에 무열왕은 唐에 원군을 요청했다. 이에 대해 唐은 營州都督·程名振을 파견하고 右衛中郎將 蘇定方을 원조하는 형태로 고구려를 공격시킨다. 고구려토벌은 唐의 본래의 목적에 부합되기 때문에 신라의 요청에 응했는지도 모른다. 무열왕 3년에 차남 金仁問이 귀국하자 이번에는 秋7月에 庶子 文王을 당에 파견하고 있다. 春秋는 어디까지라도 근친을 唐 皇帝에게 近侍시킨다는 방침이다.

9) 『三國史記』列伝第四「金仁問」
金仁問, 字仁壽. 太宗大王第二子也. 幼而就學, 多讀儒家之書, 兼涉莊老浮屠之說. 又善隸書射御鄕樂, 行芸純熟, 識量宏弘, 時人推許. 永徽二年, 仁問年二十三歲, 受主命入大唐宿衛.

그러나 그 사이에도 백제의 침공은 지속되고 있었다. 그리고 그에 대한 당의 대응은 차가왔다. 천하의 春秋에게도 초조함이 보이기 시작했다. 「新羅本紀」 武烈王 6년(659) 10월조에는 다음과 같은 일화가 게재되어 있다.

> 冬十月, 王坐朝, 以請兵於唐不報, 憂形於色, 忽有人於王前, 若先臣長春·罷郎者, 言曰, 臣雖枯骨, 猶有報國之心, 昨到大唐, 認得皇帝命大將軍蘇定方等, 領兵以來年五月, 來伐百濟, 以大王勤佇如此, 故玆控告, 言畢而滅, 王大驚異之, 厚賞兩家子孫, 仍命所司, 創漢山州莊義寺, 以資冥福.

武烈王이 당으로부터의 구원병이 오지 않아 걱정에 빠져 있자 長春·罷郎이라는 두 사람이 갑자기 나타나 내년 5월에 唐 皇帝의 명령으로 大將軍 蘇定方이 백제토벌을 위해 올 것이라고 예언했다는 것이다. 물론 이는 훗날의 결과를 바탕으로 창작된 것이겠지만, 그러한 꿈 이야기라도 武烈王은 두 사람의 자손을 후히 대우하고 莊義寺를 건립하여 명복을 빌었다고 한다. 실로 神에 기원하고 부처님께 빌지 않으면 안 될 상황에 있었음을 그대로 표현하고 있다.

그리하여 武烈王의 노력이 결실을 맺어 唐 高宗은 마침내 몸을 일으켜 결국 武烈王 7년 3월, 蘇定方을 神丘道行軍大總管에, 金仁問을 副大總管에 임명하고 水陸 13만의 군을 이끌고 백제토벌을 실시했던 것이다. 武烈王의 次男·仁問이 백제토벌군의 副大總管에 임명되어 있는 점에 武烈王의 長年에 걸친 對唐外交의 결실을 엿볼 수 있을 것이다.

그런데 武烈王의 대외교섭책은 단지 唐에 대해서만 행해진 것이 아니었다. 바로 그 점이야말로 金春秋(武烈王)가 지닌 외교수완의 대단함이라 할 수 있다.

『日本書紀』 大化 3年(647) 是歲條에,

新羅遣上臣大阿飡金春秋等. 送博士小德高向黑麻呂. 小山中中臣連押熊. 來獻孔雀一隻. 鸚鵡一隻. 仍以春秋爲質. 春秋美姿顔善談咲.

라는 기사가 보인다는 점은 이미 지적했다.

大化 3年은 新羅・善德王 16년에 해당한다. 다름아닌 毗曇의 亂이 일어난 해이다. 三池 씨는 金春秋 등의 '日本滯在 기간이 일 년이 채 되지 않는 점' 등을 이유로 그 來朝 기사는 『日本書紀』「편자의 創造이다」[10]라고 이해하고 있으나 그다지 설득력이 없다. 오히려 金春秋 등이 日本에 來朝해 新羅政界에 없는 틈을 타서 비담 등이 반란을 일으켰다고 생각하는 편이 온당할 것이다. 그렇게 생각하면 비담의 亂의 진압에 있어서 春秋가 전혀 등장하지 않고 庾信 혼자서 분전하지 않으면 안 되었던 이유도 자연스럽게 이해된다.

金春秋가 大和의 朝廷에서 본 것은 百濟의 왕자 余豊璋이었다. 풍장은 舒明 3년(631)에 來日하여 벌써 17년째를 맞이하고 있었다. 春秋의 입장에서는 大和朝廷에 百濟王子 풍장이 있었다는 것은 행운이었다. 풍장은 일본외교를 좌우하는 하나의 수단으로 이용 가능한 존재였다.

春秋가 일본에 온 목적은 일본에서 군사적 원조를 얻고자 한 것은 결코 아닐 것이다. 우선 일본외교의 방침을 파악하고 그런 후에 어떻게 자국에 유리한 방향으로 전환시킬 수 있을지를 모색하러 왔다고 하는 점이 최대의 목적일 것이다. 春秋는 고구려의 정권교대 직후에 고구려의 정책방침을 탐색하러 가고 있다. 일본도 乙巳의 変을 거친 직후였다. 孝德新政權이 어떤 정책을 지니고 있는지 자신의 눈으로 직접 확인하러 온 것일 것이다.

보다 적극적으로 생각하면, 일본에게 한반도에서의 삼파전을 방관해 준다면 가장 최상이라고 생각했을 지도 모른다. 관찰해 본 즉, 孝德에게

---

10) 三池賢一, 「『日本書紀』"金春秋の來朝" 記事について」(『駒澤史學』 13, 1966. 후에 上田正昭・井上秀雄編, 『古代の日本と朝鮮』所收, 學生社, 1974).

는 半島에서의 전투에 참가할 의지는 없고, 한반도 삼국과는 유연하게 대응한다고 하는 방침이라는 사실을 알았다. 오히려 新王朝・唐의 제도를 적극적으로 도입하기 위해 친당노선을 추진하려는 모양이었다.[11]

그런데, 백제왕자・豊璋의 존재를 알고 孝徳의 친당노선을 알게 된 春秋의 생각은 一変했다. 신라의 대백제전이 성공한다 하더라도 만신창이이 된 신라와 패전국 백제・고구려가 半島에 넘어져있다. 만약 唐이 친당노선을 취하고 있는 日本에 군사협력을 요청해 日本이 이를 받아들인다면 신라의 운명은 끝날 가능성이 있다. 신라로서는 어떻게 해서든 日本을 對唐戰에 끌어들이지 않으면 안 된다. 여기서 중요한 역할을 하는 것이 풍장이다.

만약 唐이 대백제전에 대군단을 파병한다면 백제가 멸망하는 것은 불을 보듯 빤한 일이다. 그러나 반드시 백제부흥군이 들고일어날 것이다. 그 때, 백제의 왕족이 半島에 남아있지 않다면 필시 이 풍장은 그 우두머리로 추대될 것이다. 풍장이 부흥군의 우두머리가 될 경우, 풍장과의 관계상 일본이 對唐戰에 참전할 가능성이 높아진다.

그러나 一國의 명운을 건 대외전쟁이 한 사람의 망명왕자와의 사적 관계에서 발생할 것을 기대하는 것은 가능성으로서는 낮다고 말하지 않을 수 없다. 日本이 어떻게든 對唐戰爭에 참가하지 않으면 안 되는 이유를 만들어 낼 필요가 신라에는 있었다. 그 방법으로서 이용된 것이 '다음은 내 차례'라는 논리가 아니었을까.

隋・唐의 고구려정토 활동은 일본도 이미 알고 있던 일이었다. 金春秋는 그 다음 단계, 그리고 그 다음다음 단계를 日本에게 자연스럽게 생각하게 만드는 방법을 택한 것은 아닐까. 즉 한반도 산국 가운데 가장 군사력이 있는 고구려가 정벌되면 그 다음은 백제, 그리고 신라가 그 순번이 되며, 半島侵攻이 끝나면 唐의 진격은 日本에까지 이른다는

11) 中村修也,『僞りの大化改新』, 講談社現代新書, 2006.

疑心暗鬼를 日本이 품게 되면 되는 것이다. 그리고 그것은 전혀 가공의 일이 아닌 충분히 상정할 수 있는 사태였던 것이다.

金春秋는 장기간 日本에 체재할 수 있는 입장이 아니다. 그러나 갑자기 이런 이야기를 해도 친당로선을 선택하고 있는 孝德政權에게는 역효과이다. 우선 당장은 신라와 우호관계를 쌓은 다음에 서서히 교육해 가는 수밖에 없다. 서두르면 일을 그르친다, 이다. 春秋는 일단 귀국하여 大化 5년에 다시 金多遂를 파견했다. 금다수는 從者를 三十七人이나 대동하고 있었는데, 조직적으로 대당외교를 교육해 나가기 위한 목적이었을 것이다. 이 단계에서는 아직 당이 대백제전에의 신라에 대한 협력을 명시하고 있지 않다. 고구려도 건재하고 있다. 서두를 필요는 없다.

日本의 추세는 신라에게는 유리한 방향으로 전환했다고 말할 수 있는지도 모른다. 친당노선을 선택한 孝德朝는 단명으로 끝나고, 孝德의 崩御로 정권을 되찾은 齊明朝는 反孝德路線을 선택했다. 齊明에게 명확한 대외노선이 있었는지 어떤지는 불명이나 백제부흥군이 余豊璋의 귀환을 간청했을 때 일방적으로 백제를 지원하고 있다. 中大兄은 냉정하게 판단하고자 했는지도 모르겠지만, 백제・고구려멸망 후의 일본의 장래를 생각할 때 결국은 唐과 대결하지 않으면 안 된다는 결론에 이르렀던 것이다. 唐도 제도를 존경할 수 있고, 그를 모범으로 삼으면 삼을수록 그 군사력은 위협으로 느껴져서 半島에서 唐의 세력을 막아내지 않으면 안 된다고 판단했던 것일 것이다. 이기지는 못할지라도 日本내에서 방어체제를 정비할 시간을 벌 필요는 있었다.[12]

여기에서 金春秋의 활동을 간단히 정리해 두기로 하자.

六四二年　新羅의 大耶城 등이 百濟에 함락됨.
　　　　　同年, 高句麗에서 蓋蘇文이 榮留王을 살해하고 宝藏王을 추대.
　　　　　金春秋, 高句麗에 잠입.

---

12) 中村修也, 「白村江の戰いの意義」『東アジアの古代文化』 133, 2007.

六四五年　日本에서 乙巳의 変이 일어나 孝德政權이 수립.
六四七年　金春秋, 日本에 來訪.
六四八年　金春秋, 法敏과 함께 唐으로 향함.
六四九年　新羅, 金多遂를 日本에 파견.
六五四年　金春秋, 武烈王으로 즉위함.
六六○年　新羅・唐連合軍, 百濟를 멸망시킴.

아마도 648年에 嫡子・法敏과 함께 唐으로 간 시점에서 김춘추는 그 후의 전개를 예상해 원대한 계획을 수립하고 있었던 것은 아닐까.

4. 金春秋의 遠謀

日本이 唐의 영토확장책을 두려워해 백제부흥군에의 참전을 결의한 것이지만, 그 점은 실은 신라도 반드시 생각해보지 않으면 안 되는 대명제였던 것이다. 대백제전을 위한 唐의 군사력을 半島에 끌어들인 신라였으나, 백제에 이어 고구려가 정토되고 난다면 남은 신라를 무너뜨리는 것은 唐의 통일왕조론의 완성으로서 충분히 예상되는 사태였다.

간단한 이야기로, 신라는 단순히 백제를 무너뜨리면 되는 그런 상황이 아니었던 것이다. 더욱이 백제와 고구려가 동맹을 맺은 이상, 신라 한 나라가 양국에 대항하는 것도 불가능했다. 이대로 있다간 백제에 멸망당하고, 唐의 군세를 半島에 끌어들인다면 언젠가 신라는 唐의 괴뢰가 되든가 지배하에 들어갈 뿐이다. 신라는 사면초가의 상황에 놓여있었다고 할 수 있을 것이다.

매우 어려운 일이긴 하지만, 일단 唐의 군세를 半島에 끌어들여 당면과제인 백제를 배제하고 그런 연후에 唐의 군세를 半島에서 추방한다라는 자기중심적인 작전을 생각할 수밖에 없었다. 그것이 金春秋의 遠謀이다. 이를 위해서는,

(1) 唐에서 百濟討伐軍을 이끌어낸다.
(2) 日本을 對唐戰爭에 끌어들인다.
(3) 唐의 高句麗討伐에 표면적으로 협력한다.
(4) 旧百濟・旧高句麗의 人民을 新羅에 포섭시킨다.
(5) 朝鮮半島 전체가 함께 唐軍을 배제한다.

라는 수순을 상정하지 않으면 안 된다.

唐이 신라지배도 상정하고 있는 점은 善德王 12년 9월의 太宗의 '我遣一宗支, 以爲爾國主, 而自不可獨王, 當遣兵營護, 待爾國安'이라는 말에 상징되어 있다. 원래 唐의 東北支配는 직접지배가 아니다. 고구려가 몇 번이나 원정의 대상이 되었던 것은 단순히 唐의 원정이 실패로 끝났기 때문은 아니었다. 철저하게 고구려를 멸망시키지 않고 강복을 받아들여 高句麗의 사죄를 인정해왔기 때문이다. 그것은 백제를 멸망시킨 후 義慈王은 폐위하지만 王子・扶余隆을 세워 웅진도독으로 삼아 劉仁願 都護의 감독 하에 통치를 맡긴 사례에서도 알 수 있다.

新羅가 추세에 떠밀려 결과적으로 唐에 반항했던 것이 아니고, 처음부터 唐의 半島侵攻을 예상해 당을 배제하는 계획을 세우고 있었다는 점은 文武王의 다음 말에서도 추측할 수 있다.

> 文武王 11년 7월,
> 嗚呼, 兩國未定平, 蒙指縱之驅馳, 野獸今盡, 反見烹宰之侵逼, 賊殘百濟, 反蒙雍齒之賞, 殉漢新羅, 已見丁公之誅, 大陽之曜, 雖不廻光, 葵藿本心, 猶懷向日, 摠管禀英雄之秀氣, 抱將相之高材, 七德兼備, 九流涉獵, 恭行天罰, 濫加非罪, 天兵未出, 先問元由, 緣此來書, 敢陳不叛, 請摠管審自商量, 具狀申奏, 雞林州大都督左衛大將軍開府儀同三司上柱國新羅王金法敏白.

백제와 고구려 두 나라를 토벌하기 위해 신라는 唐의 명령대로 전장을 동분서주했음에도 兩國이 토벌되어버리자 이번에는 신라가 당에게 토사구팽 당하여 침략 받으려 하고 있는 불합리를 호소하는 문장이다.

그러나 이는 어디까지나 신라에 유리한 이유를 말하고 있는 문장에 불과하다. 唐의 입장에서 보면, 신라는 당의 군사력이 있었기 때문에 백제를 토벌할 수 있었던 것이며 백제의 舊領을 당의 통치하에 두는 것은 당연하다. 그럼에도 新羅는 旧百濟領을 新羅領으로 삼기 위한 전투행위를 계속하고 있었던 것이다.

'殉漢新羅, 已見丁公之誅'라는 말은 당이 제멋대로 착각했기 때문에 생긴 것이 결코 아니다. 百濟・高句麗 멸망 후에 당연히 일어나야할 일이 발생한 사태이다. 文武王 法敏이 唐에 대해 성실한 신라를 표명하면 할수록 그 말의 뻔뻔함이 明白하게 드러난다. 그 점은 당도 간파하고 있어서 신라의 변명은 무시되고 신라・당 양국 간의 전투가 벌어지게 된다. 「신라본기」 문무왕 11년(671) 9월에서 10월의 기사를 보자.

> 九月, 唐將軍高侃等, 率蕃兵四萬到平壤, 深溝高壘, 侵帶方,
> 冬十月六日, 擊唐漕船七十餘艘, 捉郎將鉗耳大侯, 士卒百餘人, 其淪沒死者, 不可勝數, 級飡當千, 功第一, 授位沙飡.

이러한 사태가 文武王의 시대가 되어 갑자기 생겼다고는 생각되지 않는다. 武烈王 시대에서부터 준비되어 있던 신라의 정책이라 이해해야 할 것이다.

7세기 후반, 한반도는 다름 아닌 戰國時代의 양상을 보이고 있었다. 이러한 때에 한 사람의 영웅이 자신의 포부를 자기 가슴 속에 묻어두고 있었다고 한다면, 그것은 실현되지 않았을 가능성이 높았다. 평화로운 시대에 있어서도 수명 이외에 병사, 사고사는 있을 수 있다. 하물며 戰國의 세상이라면 戰死가 늘 주변을 맴도는 것이다.

그런 까닭에 金春秋도 신라의 장래설계를 자기만의 계획으로 삼지 않고 자식들 특히 嫡子인 法敏에게 말했을 것이고, 자신과 法敏을 지지하는 브레인들에게도 상담했을 것이다. 즉 春秋・法敏・庾信은 공통의 목표 아래 각각의 역할을 다하고 있었다고 생각된다. 당과 연합군을 편성해도 장래에는 신라와 당 사이에 전투가 벌어지는 것은 필연이고, 그 대책을 생각해 둘 필요가 있었다.

신라의 입장에서 자국의 생존책은 唐이 고구려를 완전히 제압하기 전에 당과 좋은 관계를 맺은 다음, 끈질기게 唐에 대항한다는 노선을 택할 수밖에 달리 길은 없었다. 왜냐하면, 唐이 고구려를 단독으로 제압해버리면 그 고구려를 첨병으로 삼아 백제, 신라를 순서대로 제압할 수 있기 때문이다. 唐의 입장에서는 그것이야말로 가장 이상적인 형태이다. 그러나 고구려제압이 隋 이래 몇 번이나 감행되었지만, 아직까지 완전히 제압되지 못한 상황 하에서는 신라의 군사력을 고구려제압에 이용할 수 있다는 것은 唐으로서는 더 이상 없이 고마운 제안인 것이다.

신라는 거기에 모든 것을 걸었다고 보아야 할 것이다. 즉 신라로서는 그냥 앉아 있으면 唐의 동북정책의 희생양이 되는 것은 먼 장래에 확실하다. 그러나 여기서 우선 백제문제를 당의 군사력을 바탕으로 해결하고 半島南部의 통일을 기한다면 지금보다는 세력을 신장시킬 수가 있다. 뿐만 아니라 당과의 동맹국이라는 입지를 확보할 수 있다. 고구려전에는 그다지 전력을 할애하고 싶지 않다고 하는 것이 본심이지만, 이를 밖으로는 나타낼 수 없다. 어디까지나 당에 협력하는 자세를 보여 당의 신라침략을 늦출 필요가 있다.

이와 함께, 지금까지의 당의 동북정책을 보면 완전제압이라 말하면서도 실은 旧王族의 위탁지배를 허가하고 있다. 즉 고구려원정이 몇 차례나 행해졌던 것은 군사적으로 우위에 있으면서도 결국은 고구려지배를 직접 행하지 않고 구고구려왕족에게 허가하는 형식으로 당에 대한 반항을 허용하고 있었기 때문이다.

만약 백제나 고구려의 제압이 완성되더라도 그와 같은 간접지배라면, 어떻게 해서든 그 간접지배를 신라가 포섭하면 충분히 당과 대항할 수 있는 정권을 수립 가능하다, 이것이 바로 金春秋(武烈王)・金法敏(文武王)・金庾信 세 사람이 중심이 되어 그린 그림이 아니었을까? 물론 法敏의 후원자로서 唐에 파견되어 있었던 仁問도 후에 그 계획에 가담했을 것이라는 점은 말할 나위도 없다.

김춘추의 계획대로 만사가 진행된 것은 아닐 것이다. 그러나 결과적으로는 신라는 한반도 통일을 어떻게든 달성할 수 있었고, 일단 끌어들인 당의 세력을 구축하는 데에도 성공했다. 이를 우연이나 행운이라고만 말하는 것은 도리어 어려울 것이다. 김춘추는 자신의 발로 직접 唐으로 갔고, 고구려・일본도 자세히 견학했으며 백제와의 전투에도 출진했다. 결코 왕궁 안에서 鎭座한 채 명령만을 내린 왕이 아니었다. 또한 그의 자식들도 신라 국내에서만 교육된 게 아니라 당이라는 대제국의 황제에게 근시하는 형태로 실천적 유학경험을 지녔다. 그들은 젊은 흡수력으로 당의 사회제도, 군제 등을 몸소 받아들여 온 것이다. 당연히 그들은 당에 있어서는 인질이기도 했다. 父 春秋로부터 위임받은 일은 당 문화의 흡수, 정보의 수집과 동시에 인질로서의 역할이었던 것이다. 이 인질은 단순한 국가적 희생자가 아닌 당에서 군대를 이끌어내기 위한 인질이 아니면 안 되었던 것이다. 그들의 역할은 중요했던 것이다.

김춘추에게 있어서 매우 행운이었던 것은 같은 시대에 김유신이라는 장군이 있었다는 점일 것이다. 『삼국사기』를 읽는 한에 있어서는 庾信은 철인과 같은 무인이었다. 몇 번이고 전투에 나가 몇 번이고 승리와 패배를 맛보면서 결코 지침 없이 전장을 누볐다. 신뢰할 수 있는 장군과 우수한 자식들이 있었기 때문에야말로 김춘추는 면밀하게 장기에 걸친 정책을 전개할 수 있었던 것이다.

5. 결론을 대신하여

7세기, 東아시아의 동란에 종지부를 찍으려는 기운이 높아졌다. 중국에서는 당이 성립하여 東아시아를 통일하려는 움직임이 나타났다. 일본에서도 乙巳의 變이 일어나 孝德에 의한 대외정책의 전환이 시도되었다. 고구려에서는 莫離支인 蓋蘇文이 전제국가를 지향했다. 百濟 義慈王도 半島南部의 통일을 꿈꿨다.

그리고 신라에서는 이러한 모든 시대의 흐름 속에서 신라가 살아남아 半島를 통일할 기회를 잡으려 하는 김춘추라는 인물이 등장했다. 春秋는 우선 자신의 눈으로 타국을 보고 다녔다. 그리고 국내체제를 정비하고 원대한 계획을 세웠다.

(1) 唐의 高句麗征討를 이용한다.

(2) 百濟와 高句麗가 동맹을 맺은 이상 唐의 군사력을 이용하여 百濟・高句麗를 차례로 물리치는 이외에 달리 방법은 없다.

(3) 그때에 후고의 염려를 없애기 위해 日本을 對唐戰에 끌어들일 필요가 있다.

(4) 그러기 위해서는 東아시아 정세를 日本의 수뇌진에게 알려 唐과의 전쟁이 피할 수 없는 일임을 알게 할 필요가 있다.

(5) 百濟에서 파견되어 있는 王子・余豊璋을 이용한다.

(6) 唐은 간접지배방식을 취할 것이기 때문에 百濟遺民・高句麗遺民의 저항을 이용해 서서히 唐의 군대를 피폐시킨다.

(7) 新羅는 唐에 공순한 채 하면서 저항력을 강화해 간다.

아마도 이러한 골자의 계획이 수립되었던 것일 것이다. 이러한 경우, 백촌강 전투는 실은 日本이 스스로 선택한 출병인 것처럼 보여도 신라 金春秋가 세운 계획의 하나이며, 신라에게 일본의 참전은 없어서는 안 되는 일이었다는 사실을 알게 된다. 백촌강 전투가 거의 순수하게 당의 수군과 일본 수군의 싸움이며, 신라가 관여하고 있지 않은 점도 중요한 포인트이다.

신라의 입장에게 백촌강의 해전은 자신들이 참가하는 것이 아니며 어디까지나 일본과 당이 싸워야만 하는 전쟁이었던 것이다. 거기에 참가하는 것은 신라로서는 의미가 없으며 또한 쓸데없이 일본의 원망을 살 필요도 없었던 것이다. 오히려 일본에게는 가능한 한 분전하도록 하고 설사 진다하더라도 당의 水軍에 대한 피해를 최대한 크게 입혔으면 하는 정도의 마음이었는지 모른다.

여기서 최초의 문제로 돌아가자면, 일본에게는 두 가지 선택이 있었다. 하나는 어디까지나 친당노선을 견지하는 것이고, 다른 하나는 백제를 구원하여 백촌강 전투를 치르는 것이었다. 당의 국력·군사력을 생각한다면 전자를 선택하는 것이 현명했을 것이다. 그런데 신라의 정보 전략, 백제 부흥군의 連戰, 反孝德路線이라는 감정론 등의 요인이 후자를 선택하게 하고 말았다. 직접적인 원인을 하나로 좁히는 것은 어려우나, 결과적으로는 금춘추의 원대한 계획대로 日本은 행동하고 말았다고 말할 수 있을 것이다.

대백제전은 신라도 중심이 되어 싸웠으나, 대고구려전에 관해서는 신라는 어디까지나 보조부대로 있으면서 군대를 온존시킬 필요가 있었다. 660년 백제의 사비성 공격도 가능한 한 백제의 민중을 상처 입히지 않고 백제왕가만을 무너뜨려 백제왕조를 멸망시키는 작전이었다고 생각할 수 있다.

唐과 협력해서 전투를 하면서도 너무 많이 승리하여 한반도의 사람들에게 타격을 지나치게 입혀도 신라의 미래에는 마이너스이다. 우선은 半島에서 신라가 일등이 되지 않으면 안 되나 또한 너무 승리를 해서도 안 되는 난제를 잘 해결했던 것이 김유신이라 할 수 있을 것이다.

어떤 의미에서는 唐이라는 강대한 帝國이 탄생하지 않으면 신라는 백제・고구려에 압박당해 가야지역과 같은 운명을 걸었을 가능성도 있다. 또한 隋나 唐이 동북정책을 포기하고 있었더라면 고구려는 강대한 국가가 되어 백제와 신라가 연합할 가능성도 있었다. 더 나아가 생각해 보면 고구려가 백제와 손을 잡으면 신라는 日本과 연합할 수밖에 없고 일본의 정권에게도 커다란 영향이 초래되었을지도 모른다.

역사에는 '가정'은 존재하지 않는다고 하지만, 미래에는 몇 가지의 선택이 있다. 642년의 김춘추에게도 몇 가지의 선택이 있었음에 틀림없다. 그러나 그가 선택한 결과를 검토해보면 내가 추측한 선택을 택했던 것은 아닐까.

〈토론문〉

「東아시아 世界에 있어서 白村江 전투의 자리매김」을 읽고

이재석
(동북아역사재단)

1. 발표 논문의 요지

* 문제제기－백제 구원군의 파견이 왜 이루어졌는지에 대한 근본적인 의문이 논문의 출발점. 즉 唐을 상대로 그다지 이길 승산이 없는 전쟁에 왜 돌입하였는가?
－기존의 일본 연구자의 견해의 문제점을 지적 ; 기본적으로 당－일본 간의 군사력의 격차를 등한시한 논리로서 성립하기 어려움 / 지나치게 일본 중심으로만 생각하는 경향이 있었다.

① 鬼頭淸明－신라의 調 획득이 출병 목적
② 森公章－전쟁에 대한 정보 부족에 기인
③ 遠山美都男－소위 小中華主義를 전제로 한 논리
⇒ 일본이 주역이 아니라 신라를 주역으로 보는 입장을 제창

* 김춘추의 원대한 지략

－백제와 고구려가 손잡은 현실을 토대로 신라가 앞으로 취할 행동방향/방침으로서 아래의 내용을 구상하였으며 결과적으로 대성공을 거두었다.

① 唐의 高句麗征討를 이용한다.

② 百濟와 高句麗가 同盟을 맺은 이상, 唐의 軍事力을 利用하여 百濟・高句麗를 순차적으로 무너뜨리는 방법 이외는 없다.

③ 그 때 후방의 근심을 없애기 위해 日本을 對唐戰에 끌어들일 필요가 있다.

④ 그것을 위해서는 동아시아의 情勢를 일본 수뇌부에 알리고 唐과의 戰爭이 반드시 일어나게 됨을 이해시킬 필요가 있다.

⑤ 일본에 와 있는 百濟 왕자 余豊璋을 이용한다.

⑥ 唐은 間接支配方式을 취할 것이기 때문에 百濟遺民・高句麗遺民의 抵抗을 이용하여 서서히 唐軍을 피폐시킨다.

⑦ 新羅는 唐에 공손한 척 하면서 抵抗力을 강화해간다.

－백촌강의 전투는 일본이 스스로 선택하여 파병한 것처럼 보이나 실은 신라 김춘추의 계획의 하나였다.

－일본은 친당노선 또는 친백제노선의 선택이란 두 가지 길이 있었으나 신라의 정보 전략, 백제부흥군의 연전, 반효덕노선이란 감정론 등의 요인으로 후자를 선택하여 결과적으로 김춘추의 구상 그대로 행동해버렸다.

2. 소감 및 질의 사항

1) 일본이 아닌 신라의 입장에서 사건의 전개를 보는 시점은 평가할

만한 것임. 사건/사실에 대한 종합적이고 정확한 이해를 위해서는 각각의 사건 주체의 입장에서 해석해 보는 것이 유효한 관점이라고 생각함.

그렇지만 일본의 참전 이유는 역시 일본 내부의 문제에서 먼저 찾아야 하지 않는가?

또한 모든 것을 신라의 원대한 계획으로 설명할 수는 없다고 봄. 김춘추의 遠謀로 거론한 내용을 보면, 결과적으로 사건의 한 당사자인 신라의 입장 및 행동을 사후 합리화하여 설명하고 있다는 느낌을 받음.

2) 발표자는 <신라의 정보 전략>, <백제부흥군의 連戰>, <反효덕노선이란 감정론> 등의 요인을 왜군의 참전 배경으로 들었으나, 개인적인 감상으로는 이 부분에 좀 더 역점을 두고 설명을 추가하는 것이 어떨까 하는 생각이 듦.

<신라의 정보 전략>과 관련하여－일본을 대당전에 뛰어들게 한다는 것은 당과 일본이 격돌하게 만든다는 것인데 이것은 당과 연합하고 있는 신라 입장에서 보면 적국이 하나 더 늘어난다는 것을 의미함. 그런데도 신라가 먼저 일본의 참전을 유도한다는 것은 스스로 적국을 끌어들이는 것을 의미하는데 상식적으로 납득하기 어려움. 일본을 親신라노선으로 돌리게 하고자 하였다면 몰라도 反신라노선을 의미하는 反唐노선으로 신라가 주도적으로 유인하였다는 것이 이해의 어려움을 낳음.

<반효덕노선>과 관련하여－왜 제명－천지 정권은 반효덕 노선을 추구하게 되었는가? 외교 노선의 선택 문제는 개인의 성향과는 별개로 지배집단 전체의 이익을 옹호하고 대변하는 방향에서 선택된다고 봄. 그런 관점에서 보면 제명－천지조에 왜 급히 기존의 친당노선에서 반당노선으로 방향 전환이 이루어졌는가가 궁금해짐.

東アジア世界における白村江の戰いの位置づけ

中村修也
(日本 文敎大學)

1. 百濟救援軍派遣への疑問

七世紀は東アジア世界が大變動をきたした世紀である. 中國では隋が統一王朝を作り上げながら, わずか二代で滅亡し, 代わって唐が長期政權を樹立した. 朝鮮半島では, 高句麗・百濟・新羅が, それぞれ領土擴張政策を展開し, 最後は, 新羅が統一王朝の覇者となった. 日本では, 乙巳の變とその巻き返しがあり, 百濟救援軍の派兵, 近江遷都, 壬申の亂を経て, ようやく律令國家の成立をみた. こうして東アジア世界を見たとき, ある種の統一政權への前段階としての大變革期が, 各國で七世紀半ばから後半にかけて起こったといえそうである.

しかし, ここでひとつの疑問が生じる. それは日本による百濟救援軍の派兵である. はたして, この百濟救援軍の派兵は, 日本の変革にとって必要なことであったのであろうか. 不可避の出來事であったのであろうか, ということである.

常識的に考えると, 大唐帝國に對して戰爭をしかけるなど, 日本の破滅を意味する. 百濟救援が朝鮮半島內でのできごとであれば, 對戰相手は新羅や高句麗ということで, ある意味, 極東の局地戰として理解できないこともない. また, 日本の領土擴大政策としての橋頭堡を築くための, 一つの戰略としての派兵と考えることも可能である.

しかし, 對戰國が唐ということになれば, 話は別である. かんたんに言うと勝てる見込みの薄い戰爭になぜ突入したのかという疑問が生じるのである. これまでの硏究では, 次のような理由が考えられていた.

鬼頭淸明氏は, 六五八年に唐へ坂合部連石布等を派遣していることから, 救援軍の派遣は六五八年以降であり, 百濟が滅亡する直前まで, 「唐・新羅との決定的な對立」をできるだけ回避してきたが, 「日本が百濟, 新羅に對してもっていた貢納關係を危險な軍事的出兵をもよおして維持しようとしたところに, 百濟への軍隊の派遣が行われたのであろう」[1]と述べる.

鬼頭氏は, 高句麗廣開土王碑文に描かれた「倭」と後の大和朝廷を區別して考えるという愼重な態度をとっている. そのうえで, 四, 五世紀の倭が朝鮮半島で軍事活動を行い, そのことによって何らかの權益を得ていた. それが, いわゆる「任那日本府」として表現されたと考える. そして, 大和朝廷が, その倭の權益を継承しようとし, 伽耶地域を支配下に收めた新羅から「調」という形で貢納を受けていたが, 六四二年の大耶城の陷落により, 伽耶地域北部が百濟領域となり, 今度は, 百濟から「新羅の調」を得ようとした. それが, 新羅・唐の連合軍の侵攻により, 貢納の危機を迎え, その權益を維持しよう

1) 鬼頭淸明, 『日本古代國家の形成と東アジア』, 校倉書房, 一九七六年, 一四〇頁.

と考えて，百濟救援に參戰したと考えるわけである.[2)]

鬼頭氏の考えは，四世紀以來の半島と倭の關係を視野に入れた，幅廣い視点からの行論であり，說得力があるが，そこには，對唐戰における勝利の可能性が前提とされている. しかし，逆に考えれば，對唐戰の可能性がなければ，鬼頭氏の論は瓦解することになる. 戰爭には絶對がないので，勝利への可能性がゼロとはいえないが，第二次世界大戰への參戰以上に，この場合は可能性が低いのではないであろうか.

第二次世界大戰においては，獨立國であるドイツとイタリアが同盟國として存在した. しかし，百濟救援軍の場合，肝心の百濟は滅亡しており，高句麗も隋・唐戰で疲弊しており，新羅は敵對國として存在した. どこをみても，對唐戰に勝利する要素がみつからないのである.「新羅の調」が，どの程度のものかは明確ではないが，日本一國の運命を賭けるほどのものとは思えない.

次に，森公章氏の考えであるが，森氏は，そもそも日本は東アジアの情勢に疎かったという立場で論を展開している.「倭國にとって六六〇年の百濟滅亡は，不測の事態であった. 百濟復興運動への支援を決定したのも，王子豊璋が「質」として倭國に滯在していたためで，どうも受動的な形で參戰したという感が強い」とし，「倭國は百濟の役に對し，朝鮮半島への出兵，新羅との戰鬪という認識が強く，唐と雌雄を決するという嚴しい狀況を充分に理解していなかったのではないかと危ぶまれる」[3)]とする.

しかし，孝德朝以來，日本が朝鮮半島や中國大陸の動向について注意を拂っていたことは『日本書紀』の記述からも窺える. たとえば，孝德が難波に遷都したのも，對外交涉の便宜を考えたためと思われる. そのうえ，孝德は留學僧の旻と高向玄理を國博士として起用し，唐の情報を多くの豪族の子

2) 鬼頭清明，『白村江 東アジアの動亂と日本』，敎育社歷史新書，一九八一年.
3) 森公章，『「白村江」以後 國家危機と東アジア外交』，講談社選書メチエ，一九九八年，一三四～五頁.

弟に共有させようとしている.

『日本書紀』によると, 大化三年是歲條に, 新羅遣上臣大阿飡金春秋等. 送博士小德高向黑麻呂. 小山中中臣連押熊. 來獻孔雀一隻. 鸚鵡一隻. 仍以春秋爲質. 春秋美姿顏善談咲.

とある. 新羅から金春秋が來訪し, 高向黑麻呂と中臣連押熊が一緒に歸國している. 高向黑麻は玄理のことである. 玄理は大化二年に新羅に派遣されていたのが, この時に歸朝したわけである. さらに金春秋がどの程度の正確な情報を開陳したかは不明だが, 金春秋からも新羅の情報が得られ, それを補うべく玄理と押熊からの情報も得られたはずである.

孝德は, それだけで終わらせず, 翌四年二月壬子朔に「於三韓<三韓, 謂高麗・百濟・新羅>遣學問僧」と, 朝鮮三國に學問僧を派遣して, より多くの情報を得ようとしている. それに對して, 「新羅遣使貢調」と, この歲には新羅が貢調使を派遣してきている. さらに, 五年五月癸卯には, 小花下三輪君色夫・大山上掃部連角麻呂等を新羅に派遣している. これは單なる社交辭令としての使者ではなかったようで, 是歲條を見ると,

是歲. 新羅王遣沙喙部沙飡金多遂爲質. 從者卅七人. <僧一人. 侍郞二人. 丞一人. 達官郞一人. 中客五人. 才伎十人. 譯語一人. 雜傔人十六人. 幷卅七人也.>

とあり, 新羅から金多遂を迎えるためであったらしい. 後述するが, 大化三年の金春秋の來朝により, 孝德政權は新羅と交流する必要性を感じたのである. これまでにない活發さで新羅との交流を行っている.

だが, 孝德の對外交涉は對新羅だけではなかった. たとえば, 白雉五年(六五四)二月には高向玄理を押使として遣唐船二艘を派遣している. 老年にもかかわらず玄理を押使としたのは, 在中國生活が長く, 中國語に堪能な玄理を派遣することで, より正確な唐の情報を得たかったからであろう. ところが玄理は唐で客死してしまう. 孝德の思惑はいささか外れてしまうわけだ

が，孝徳自身もその八ヵ月後に崩御してしまう.

孝徳の崩御で返り咲いた齊明であったが，重祚した女帝の威嚴を示すためか，大土木工事を矢継ぎ早に敢行するも，「狂心の溝」と評され，かえって人臣の評判を落とすことになる. 齊明にとって，最重要案件は中大兄の卽位であり，有間王子の動性は氣になっても，新羅との交流は二の次であったかもしれない.

しかし，皇極朝と違って，齊明朝には中大兄の政治參畫があり，對外交涉がまったく省みられなかったわけではない. その証據に，齊明三年(六五七)に沙門智達たちを，新羅を仲立ちにして唐に派遣しようと試み失敗している. だが，一度の失敗にもめげず，翌年，再度智達たちを派遣して，唐に行かせている.

また，唐に抑留されたとはいえ，唐の情勢を伝えようとした伊吉連博德たちの存在も忘れてはならない. そして，『日本書紀』の記述が正しければ，齊明六年九月癸卯から同十月に至る百濟からの使者によってもたらされた情報は，まさに新羅・唐連合軍の電光石火の襲來を伝えたものであった.

このように見ていくと，とても森氏がいうようなのんびりとした戰況把握は考えられず，日本も早くから大陸と半島の情勢に對する情報を收集しており，唐軍の强さもじゅうぶん熟知していたと考えるべきである.

最後に，遠山美都男氏の『白村江』をとりあげよう. この中で，遠山氏は，白村江の戰いの理由を，仮想帝國主義に求めている. これは石母田正氏以來の小中華主義を下敷きとするものである. 遠山氏は，齊明朝の阿倍氏の東北遠征を國內的夷狄征伐と位置づけて，

日本列島內部において朝貢する夷狄の存在を設定することを終えた大王の政權がつぎに着手するのは，列島外部にあって朝貢を行なう異民族としての諸蕃を創出することであったと思われる. 滅亡した百濟の復興を援助し，再生した百濟を支配下に取り込むという百濟救援戰爭に突入する必然性

は，まさにここにあったといえよう．とする.[4)]

たしかに齊明紀に何度も記述されている阿倍(比羅夫)の東北遠征記事は，國内の北狄征伐というイメージを作り上げている．これが遠山氏の述べるように「水軍の規模や戰力の進步・發達を背景にした一種の軍事演習としての側面」があったかどうかは不明であるが，百濟救援軍の後將軍に阿倍引田比邏夫が入っていることは注目するべきかもしれない．ただし，阿倍比羅夫を東北遠征に派遣させた理由には，有間王子の處分をする際に，有間の母方である有力氏族であり，かつ軍事力をもった阿倍氏を大和から遠ざけようとしたという側面もあろう．

だが，遠山氏の論の本質には，百濟救援軍が成功することを前提としている．その可能性が低かったことはすでに論じたところである．逆に，齊明朝にようやく軍事演習をしなければならない程度の経驗しかない大和朝廷軍に，何度も高句麗遠征を経驗し，中國統一戰を勝ち拔いた唐軍と戰って，どのようにすれば勝利するという前提が得られたのか不思議というほかない．

以上，鬼頭論はわずかな「新羅の朝」という實利を求めたという論であり，森論は戰爭に對する情報不足に起因するという論であり，遠山論は仮想小中華主義を前提とした論であるといえる．これらは論としては成立するが，實際問題として，あまりに敗戰という可能性を低く見た論といえ，当時の日本の軍事力と唐の軍事力の格差を等閑視した論といえよう．

だが，史實として日本は對唐戰爭に踏み切っている．三者の論が成立しないとすれば，いったい何故日本が參戰したか，新たな論を展開する必要がある．

これまで，東アジア史の中でこの白村江の戰いを考えようとしながら，實は日本中心に考えすぎていたというのが問題点だったのではないかと考え

4) 遠山美都男，『白村江 古代東アジア大戰の謎』，講談社現代新書，一九九七年，一〇七頁．

る. この百濟滅亡, 復興運動の失敗の原因を考えるとき, 日本は主役ではなく, 實は新羅こそが主役ではないかと考える. 以下, 新羅を一連の戰爭の主役とした立場で行論を行いたいと考える.

2. 白村江の戰いの記錄

新羅を中心にした場合, 長いスパンで白村江の戰いを考えなければならないが, まずは各記錄に白村江の戰いがどのように描かれているかを檢証してみたい.

もっとも象徵的に描かれているとして取り上げられているのが,『旧唐書』巻八十三列伝第三十四の劉仁軌伝である.

俄而餘豐襲殺福信, 又遣使往高麗及倭國請兵, 以拒官軍, 詔右威衛將軍孫仁師率兵浮海以爲之援, 仁師旣與仁軌等相合, 兵士大振, 於是諸將會議, 或曰, 加林城水陸之衝, 請先擊之, 仁軌曰, 加林險固, 急攻則傷損戰士, 固守則用日持久, 不如先攻周留城, 周留, 賊之巢穴, 群兇所聚, 除惡務本, 須拔其源, 若克周留, 則諸城自下, 於是仁師, 仁願及新羅王金法敏帥陸軍以進, 仁軌乃別率杜爽, 扶餘隆率水軍及糧船, 自熊津江往白江, 會陸軍同趣周留城, 仁軌遇倭兵於白江之口, 四戰捷, 焚其舟四百艘, 煙焰漲天, 海水皆赤, 賊衆大潰, 餘豐脫身而走, 獲其寶劍, 僞王子扶餘忠勝, 忠志等率士女及倭衆幷耽羅國使, 一時並降, 百濟諸城, 皆復歸順, 賊帥遲受信據任存城不降, これを見ると, 百濟復興軍において余豊璋と鬼室福信との間にいざこざがあり, その結果, 豊璋は福信を殺害し, 戰力が低下してしまったので, 高句麗と倭國に援兵を請うた. それに對して, 唐・新羅軍が陸・海兩面から周留城を攻める作戰をとったところ, 海軍の劉仁軌軍が偶然にも熊津江から白村江に向かう途中で「白江之口」で倭國軍と遭遇し, 四度の海戰に及んだという表現がとられている.

ここに記された倭國軍の兵力は,「舟四百艘」である. 同じ場面が『日本書紀』では次のように記されている. 天智二年三月から八月にかけての一連の記事である.

三月. 遣前將軍上毛野君稚子. 間人連大盖. 中將軍巨勢神前臣譯語. 三輪君根麻呂. 後將軍阿倍引田臣比邏夫. 大宅臣鎌柄. 率二萬七千人打新羅.

夏五月癸丑朔. 犬上君＜闕名＞馳告兵事於高麗而還. 見糺解於石城. 糺解仍語福信之罪.

六月. 前將軍上毛野君稚子等. 取新羅沙鼻岐. 奴江二城. 百濟王豐璋嫌福信有謀反心. 以革穿掌而縛. 時難自決. 不知所爲. 乃問諸臣曰. 福信之罪旣如此焉. 可斬不. 於是. 達率德執得曰. 此惡逆人不合放捨. 福信卽唾於執得曰. 腐狗癡奴. 王勒健兒. 斬而醢首.

秋八月壬午朔甲午. 新羅以百濟王斬己良將. 謀直入國先取州柔. 於是. 百濟知賊所計. 謂諸將曰. 今聞. 大日本國之救將廬原君臣率健兒萬餘. 正當越海而至. 願諸將軍等應預圖之. 我欲自往待饗白村.

戊戌. 賊將至於州柔繞其王城. 大唐軍將率戰船一百七十艘. 陣烈於白村江.

戊申. 日本船師初至者. 與大唐船師合戰. 日本不利而退. 大唐堅陣而守.

己酉. 日本諸將與百濟王不觀氣象. 而相謂之曰. 我等爭先彼應自退. 更率日本亂伍中軍之卒進打大唐堅陣之軍. 大唐便自左右夾船繞戰. 須臾之際. 官軍敗績. 赴水溺死者衆. 艫舳不得廻旋. 朴市田來津仰天而誓. 切齒而嗔殺數十人. 於焉戰死. 是時百濟王豐璋與數人乘船逃去高麗.

『日本書紀』の記述も骨子は同じである. 百濟復興軍內部でいざこざがあり, 鬼室福信が排除され, 高句麗にも使いが派遣され, 日本軍と唐軍が白村江で海戰したということである. ただし, 不思議なことに日本側の史料には日本水軍の規模が記されておらず, 唐の水軍が一七〇艘であったことが記されている. それは, 先に見た『旧唐書』でも同じで, 中國側史料には中國水軍の規模ではなく, 對戰相手の倭國軍の規模が記されていた.

どちらも, 相手の船団はいかにも多く, 自軍は力戰したことを伝えるためであろう. 奈良時代の遣唐使船の規模が一隻あたり百數十人とされているのを參考にして, 兩方の史料の人數を仮りに信じたとすると, 日本軍は約四万人～五万人が海戰に參加したことになり, 唐軍は約一万七千人～二万一千人ということになる.

しかし, これでは双方ともに兵力が大きくなりすぎる.

『日本書紀』天智二年三月條の記事では, 日本軍全体の規模は, 二万七千人となっている. これを陸と海に分けると, 多くても一万三, 四千人という計算となる. 一方, 同八月甲午上には,「大日本國之救將廬原君臣率健兒萬餘」とあり, 駿河國の豪族廬原君臣が健兒一万余を率いて白村江に向かったとある. この廬原君臣部隊と唐水軍が予定外に遭遇し, 白村江の海戰となったと考えると, 日本軍の戰力は一万余人となり, 一艘あたり二十五人の小船となる. 強いて考えれば, 主船が數艘あり, それに付き從うかたちで小戰船が四百あまりあったとでも考えるべきか.

とすると, 日本の戰船と唐のそれとは, 單純に同じ規模と考えることはできない. 日本船四〇〇艘に對して唐船一七〇艘となると, 唐船の規模は日本船よりもはるかに大きかったと予想できる.

ただし, これらもあくまで數字遊びの域を出ない.『日本書紀』に記された日本船の數で明記されているのは, 天智元年五月條に, 大將軍大錦中阿曇比邏夫連等. 率船師一百七十艘. 送豐璋等於百濟國.

という記載だけである. この記事は, 余豊璋を百濟に送り返す際の記事であって, 必ずしも最終的な百濟救援軍の水軍のことを記述した場面ではない. しかし, 水軍の實數が記されているのはここだけであることを考えると, あながち一七〇艘という數を無視することもできない. そして偶然かもしれないが, この一七〇艘という數は, 白村江に集結した唐船の數と一致している.『日本書紀』の中で, 日本船か唐船か, どちらか定かではないが一七〇艘という数字だけが伝えられ, その數を兩方に違う場面で利用したのかもしれない.

このように考えると, 一七〇艘や四〇〇艘という數を信じて, 日唐の海戰を予想することはむなしい作業と考えられる. いすれにしても, 双方數百艘の船が白村江でぶつかり合い, 戰闘を繰り廣げたとなると, まさに「海水皆赤」という地獄図が展開したと考えてよかろう.

では, 百濟や新羅の史料では, 白村江の戰いはどのように記述されているであろうか.

まず『三國史記』「百濟本紀」(以下「百濟本紀」と略す)を見ることにしよう.

於是, 仁師仁願及羅王金法敏師陸軍進, 劉仁軌及別帥杜爽扶餘隆帥水軍及粮船, 自熊津江往白江, 以會陸軍, 同趍周留城, 遇倭人白江口, 四戰皆克, 焚其舟四百艘, 煙炎灼天, 海水爲丹, 王扶餘豊脫身而走, 不知所在, 或云奔高句麗,

「百濟本紀」のこの箇所は『旧唐書』をもとにしているため, なんらオリジナルな記事は見受けられない.

次に『三國史記』「新羅本紀」(以下「新羅本紀」と略す)をみよう.

五月, 震靈廟寺門, 百濟故將福信及浮圖道琛, 迎故王子扶餘豊立之, 圍留鎭郎將劉仁願於熊津城, 唐皇帝詔仁軌, 檢校帶方州刺史, 統前都督王文度之衆與我兵, 向百濟營, 轉鬪陷陣, 所向無前, 信等釋仁願圍, 退保任存城, 旣而福信殺道琛, 幷其衆, 招還叛亡, 勢甚張, 仁軌與仁願合, 解甲休士, 乃請益兵, 詔遣右威衛將軍孫仁師率兵四十萬, 至德物島, 就熊津府城, 王領金庾信等二十八, 一云三十, 將軍, 與之合攻豆陵一作良尹城・周留城等諸城, 皆下之, 扶餘豊脫身走, 王子忠勝・忠志等, 率其衆降, 獨遲受信, 據任存城不下, ここでは, 文武王が金庾信たち將軍二十八人とともに熊津城に合流し, 「尹城・周留城等諸城」を攻略したことだけが記され, 白村江の海戰

については一行も記されていない. これを, 事實としてとらえると, 白村江の戰いには新羅軍は參加しておらず, 唐軍と日本軍の戰いであったように推測される.

注目すべきは, 扶余豊(余豊璋)が單身で脫出したという記事が四つの史料で共通していることである. 扶余豊は百濟復興軍の旗頭であるから, 彼の身柄が拘束されるかいなかで勝敗の歸趨が決するので, どの史料も記しているのであろう.

扶余豊は, どうやら白村江の海戰には參加せず, 周留城(州柔城)で陸戰を戰い, そこから脫出したようである. もし, そうだとすると, 白村江で戰ったのは, 想定外に唐軍と出くわした「廬原君臣率健兒萬餘」であった可能性は高まる. しかし, これについては, これ以上の詮索はやめることとする.

むしろ肝心なのは, この白村江の海戰が, 唐にとってどのように意識されていたかである. 白村江の敗戰は, 日本にとって衝撃であり, 天智はその對策に追われ, 近江にまで遷都することになるからである.

ところが, 『旧唐書』巻四本紀第四「高宗(上)」には, これに關する記事は一字たりとも存在しない. 試みに龍朔三年八月の條を引用してみると, 次のようになる.

秋八月癸卯, 彗星見於左攝提, 戊申, 詔百僚極言正諫, 命司元太常伯竇德玄, 司刑太常伯劉祥道等九人爲持節大使, 分行天下, 仍令內外官五品已上各擧所知.

彗星の星占と九人の持節大使の任命記事だけである.

では, 唐は本紀には朝鮮半島の情勢について記事を載せないのかというと, そうではない. この前後の記事を適記してみると, 次のようになる.

顯慶五年 八月庚辰, 蘇定方等討平百濟, 面縛其王扶余義慈, 國分爲五部, 郡三十七, 城二百, 戶七十六萬, 以其地分置熊津等五都督府, 曲赦神丘, 禺夷道總管已下, 賜天下大酺三日.

顯慶五年 十一月戊戌朔, 邢國公蘇定方獻百濟王扶余義慈, 太子隆等五十八人俘於則天門, 責宥之, 乙卯, 狩於許, 鄭之郊.

龍朔元年 夏五月丙申, 令左驍衛大將軍, 涼國公契苾何力爲遼東道大總管, 左武衛大將軍, 邢國公蘇定方爲平壤道大總管, 兵部尙書, 同中書門下三品, 樂安縣公任雅相爲□江道大總管, 以伐高麗.

龍朔元年 是歲, 新羅王金春秋卒, 其子法敏嗣立.

龍朔二年 三月甲申, 自東都還京, 癸丑, 幸同州, 蘇定方破高麗于葦島, 又進攻平壤城, 不克而還.

麟德二年 冬十月 (中略) 癸亥, 高麗王高藏遣其子福男來朝.

唐は高句麗征伐や百濟の滅亡に關して, 本紀に記載するように關心を示していた. ところが倭國についての記事はない. 顯慶五年に熊津道大總管であった蘇定方の列伝にも白村江の海戰記錄はない. 直接日本水軍と戰った「監統水軍」劉仁軌の列伝のみに記錄されている.

これだけではなんとも判斷ができないが, 唐王朝としては, 日本がこの百濟滅亡戰に參戰するとは予想していなかったのではなかろうか. 唐にとって半島問題は, 第一に高句麗問題であった.

高宗が百濟戰に踏み切った理由は二つ. 一つは, 百濟が對新羅戰のために高句麗と同盟關係になったことにある.『旧唐書』卷一九九列伝第一四九「東夷百濟」を見ると,

十六年, 義慈興兵伐新羅四十餘城, 又發兵以守之, 與高麗和親通好, 謀欲取党項城以絶新羅入朝之路, 新羅遣使告急請救, 太宗遣司農丞相里玄獎齎書告諭兩蕃, 示以禍福, 及太宗親征高麗, 百濟懷二, 乘虛襲破新羅十城, 二十二年, 又破其十餘城, 數年之中, 朝貢遂絶.

とある. 百濟の義慈王は高句麗と「和親通好」することによって, 北からの

脅威をなくし，全勢力を伽耶地方の侵略に注げるようにし，新羅領となっていた四十余城を奪い返したのである.

この唐貞觀十六年(六四二)は，高句麗では莫離支の蓋蘇文が榮留王を殺害し，宝藏王を推戴した年であった. 唐の太宗にとって，このような非道な蓋蘇文の振る舞いは，大唐帝國の秩序として許しがたいものがあった. その高句麗と百濟が同盟を結んだということは，直接ではないにしても，百濟も唐の秩序から乖離した存在とみなす要因をもったことを意味した.

二つ目の理由としては，新羅が唐に對して従順な姿勢を見せ續けたことにある. 朝鮮三國の中で，ひとり新羅のみが唐に對して従順であれば，新羅の派兵要求をいつまでも無視することは中國皇帝にはできないことであった. また，新羅もそれを期待していたといえる.

3. 金春秋の外交戰略

唐の高宗が高句麗征討を企てながら，その途中において，百濟戰へ新羅援助のために軍を派遣したことは破格の出來事といえよう. その理由については，前節で簡單に触れたが，ここで改めて，新羅の對唐外交について検討することとする.

そもそも新羅と隋・唐の關係はそれほど親密であったとはいえない. もちろん，隋王朝の成立，唐王朝の成立の際には遣使して，各王朝から册封を受けているが，それは他の百濟・高句麗にしても同様であり，新羅だけに特別なことではなかった.

新羅の親唐政策が活發になるのは，表1をみると眞德二年(六四八)からである. しかし，これ以前に金春秋をして對百濟戰政策を展開させる事件があったとされている. それは善德十一年(六四二)の大耶城陷落事件であ

る.[5]「新羅本紀」によると,

十一年, 春正月, 遣使大唐獻方物, 秋七月, 百濟王義慈大擧兵, 攻取國西四十餘城, 八月, 又與高句麗謀, 欲取党項城, 以絶歸唐之路, 王遣使, 告急於太宗, 是月, 百濟將軍允忠, 領兵攻拔大耶城, 都督伊飡品釋, 舍知竹竹・龍石等死之,

とある. これは先に見た『旧唐書』巻一九九列伝第一四九「東夷百濟」の記事に對応するものである. この時, 百濟に攻め落とされた大耶城の都督品釋の妻は金春秋の娘であった. 記事の續きを見ると,

冬, 王將伐百濟, 以報大耶之役, 乃遣伊飡金春秋於高句麗, 以請師, 初大耶之敗也, 都督品釋之妻死焉, 是春秋之女也, 春秋聞之, 倚柱而立, 終日不瞬, 人物過前而不之省, 旣而言曰, 嗟乎, 大丈夫豈不能呑百濟乎, 便詣王曰, 臣願奉使高句麗, 請兵以報怨於百濟, 王許之,

とあり, 春秋は娘の敵を討たんがために, 善德王に進言して, 高句麗に對百濟戰への協力參加を取り付けに交涉に行きたいと願い出て, 許されている.

しかし, 高句麗交涉は失敗に終わっている. さらに記事の續きを見ると, 高句麗王高臧, 素聞春秋之名, 嚴兵衛而後見之, 春秋進言曰, 今百濟無道, 爲長蛇封豕, 以侵軼我封疆, 寡君願得大國兵馬, 以洗其恥, 乃使下臣致命於下執事, 麗王謂曰, 竹嶺本是我地分, 汝若還竹嶺西北之地, 兵可出焉, 春秋對曰, 臣奉君命乞師, 大王無意救患以善鄰, 但威劫行人, 以要歸地, 臣有死而已, 不知其他, 臧怒其言之不遜, 囚之別館, 春秋潛使人告本國王, 王命大將軍金庾信, 領死士一萬人赴之, 庾信行軍過漢江, 入高句麗南境, 麗王聞之, 放春秋以還, 拜庾信爲押梁州軍主.

とあり, 高句麗宝藏王が「竹嶺西北之地」を返還するのならば, 出兵しようと答えたのに對して, 春秋が「但威劫行人, 以要歸地, 臣有死而已」と言っ

5) 森公章, 『東アジアの動亂と倭國』, 吉川弘文館, 二〇〇六年, 二二七~三〇頁.

て拒否したため，逆に別館に囚われの身となってしまった.

春秋が大耶城陷落による娘の死を悼んだことは，武烈七年(六六〇)に唐・新羅の連合軍で百濟を滅亡させた際，法敏が百濟王子・隆に述べた次の言葉からも察せられる.

十三日，義慈率左右，夜遁走，保熊津城，義慈子隆與大佐平千福等，出降，法敏跪隆於馬前，唾面罵曰，向者，汝父枉殺我妹，埋之獄中，使我二十年間，痛心疾首，今日汝命在吾手中，隆伏地無言，兄の法敏が二十年間も心を痛めていたならば，父親の春秋は一層であったと思われる.

しかし，本当に對百濟戰への情熱を個人的感傷に起因すると素直に認めてしまってよいものであろうか. 春秋ほどの人物が公私混同して，怒りと悲しみのあまり，高句麗に使者に行き，かえって捕囚の身となったというのは，あまりにも單純すぎる話であり，すぐには信じがたい.

第一に，大耶城をはじめとする新羅の四十余城を百濟が攻擊できたのは，高句麗と同盟を組んで後顧の憂いをなくしたからである. それなのに，百濟の同盟國である高句麗に對百濟戰の協力を求めに行くというのは，あまりに考えがなさ過ぎるといわざるを得ない.

果たして金春秋がそのような行動をとるであろうか. はなはだ疑問である. 大耶城陷落が八月，春秋の高句麗行きが冬とされている.「高句麗本紀」によると，蓋蘇文による榮留王の殺害は冬十月となっている.

この三つの出來事が，いかなる順番でなされたかが，いかにも微妙である. もし，大耶城陷落→榮留王殺害→春秋の高句麗來訪という順番であったとするならば，春秋は百濟と同盟した榮留王の死を契機に，今こそ，高句麗を說得するチャンスと考え，乾坤一擲の賭けに出たと考えることもできる.

春秋としては，娘の死の悲しみは悲しみとして，政權を支える者として，今後の新羅の方向性を考えるためにも，政權交代した高句麗の狀況をじかに見聞する必要があると考えた可能性がある. もし，高句麗がこのまま百濟と連携して新羅を壓迫することになれば，新羅の命運は風前の灯とならざるを得ない．危險は承知のうえで，外交交涉のかたちで高句麗に乘り込まざるを得ない狀況に追い込まれていたともいえよう．

金春秋は「新羅本紀」に，

太宗武烈王立，諱春秋，眞智王子伊飡龍春【一云龍樹】之子也，【唐書以爲眞德之弟，誤也】，母天明夫人，眞平王女，妃文明夫人，舒玄角飡女也，王儀表英偉，幼有濟世志，事眞德，位歷伊飡，唐帝授以特進，及眞德薨，羣臣請閼川伊飡攝政，閼川固讓曰，臣老矣，無德行可稱，今之德望崇重，莫若春秋公，實可謂濟世英傑矣，遂奉爲王，春秋三讓，不得已而就位．

とあるように，眞智王の孫であり，龍春の息子である．母は天明夫人といい，眞平王の娘であった．つまり，父・母ともに王族の出身である．日本ならば問題なく王位につけたが，新羅は聖骨でなければ王位につけなかった．春秋は王族でも眞骨でしかなかったのである．そのため新羅では善德王・眞德王と二代つづいて女帝が誕生したといわれる．[6)]

この金春秋に關する研究は日本ではまだ少ないが，七世紀後半の東アジア世界を考える際に，もっとも重要な人物の一人といえよう．三池賢一氏の研究によると，金春秋の生れは眞平王二十五年(六〇三)で，「新羅が低迷期に入りつつあった時期」[7)]ということになる．春秋の若い頃の記錄は殘されておらず，善德十一年(六四二)の四十歲になるまでの履歷は不明である．しかし，彼と共に新羅を統一國家に成長させる金庾信が春秋の父・龍春とともに高句麗娘臂城攻略戰に參加していることが確認できるから，[8)] 彼もまた

---

6) 今西龍「新羅骨品考」(『史林』七一一，一九二五年．後に『新羅史硏究』に所收，國書刊行會，一九七〇年，二〇二頁)，武田幸男「新羅の骨品制社會」(『歷史學硏究』二九九号，一九六五年)．

7) 三池賢一「金春秋小伝」(『駒澤史學』一五号・一六号・一七号，一九六八～七〇年，後に旗田巍・井上秀雄編『古代の朝鮮』に所收，學生社，一九七四年)．ただし，三池氏の行論には問題もあり，私見と異なる箇所も多い．

8) 「新羅本紀」眞平王五十一年八月條に，王遣大將軍龍春，舒玄，副將軍庾信，侵

父や庾信とともに研鑽に勵んでいた可能性を想定できよう.

むしろ女王がつづく王家において才能ある男子王族として，春秋はひとかたの支持勢力を持っていたというべきであろう. さきほどの武烈王即位前紀にも，眞德女王が薨去した際に，群臣が閼川伊飡に攝政を頼んだところ，閼川は固辭して，「今之德望崇重，莫若春秋公，實可謂濟世英傑矣」と春秋を推薦している. 閼川を攝政に推戴しようという勢力の存在があると同時に，その勢力が担ぎ上げようとした閼川自身が春秋の實力を認めていたという現實も存在したというべきであろう.

善德十一年の大耶城陷落の際，春秋の位は伊飡であったが，「高句麗王高臧，素聞春秋之名」とあるように，春秋の名は高句麗王にまで達していた. もちろん『三國史記』の記事をすべて信じるわけにはいかないが，その後の春秋の活躍を勘案すると，蓋然性は高いといえよう. 公私いずれにしても，春秋の活發な外交活動は六四二年から始まることはたしかである.

しかし，結果的には，六四二年の高句麗との外交交渉は失敗に終わっている.

「高句麗本紀」第九・宝藏王・上には，建武王在位第二十五年，蓋蘇文弑之，立臧繼位，新羅謀伐百濟，遣金春秋乞師，不從.

とあるだけである.『三國史記』列伝第九「蓋蘇文」にも，特別な記載はない. 中國側の史料にも金春秋が高句麗に抑留されたという記事は見当たらない. この記事は，「新羅本紀」だけに見出せる記事である. となると，金春秋の高句麗訪問記事は，少し疑ってかかる必要がある. 春秋と宝藏王の會見の場面に莫離支である蓋蘇文が登場しないのも不自然である.

整理すると，

高句麗娘臂城，麗人出城列陣，軍勢甚盛，我軍望之，懼殊無鬪心，云々. とある. 龍春と庾信の具体的な關係については記載されていないが，龍春が大將軍，庾信が副將軍という關係をみると，兩者は協力し合う間柄にあり，しかもこの戰いに勝利していることを考えると，その關係は良好であったといえよう.

① 眞徳十一年の金春秋の高句麗訪問記事は,「新羅本紀」にのみ記載され,「高句麗本紀」・列伝第九, 中國側史料には登場しない.

②「新羅本紀」に記された記述においても, 宝藏王を推戴した眞の實力者である蓋蘇文が登場しない.

③ 抑留されたにもかかわらず, 金庾信の出動で, あっさりと春秋は解放されている.

などの諸点を勘案すると, 金春秋が高句麗を訪れた可能性はあるが, それは公式の訪問ではなく, 抑留という事件もなかった, という可能性がある.

つまり, 金春秋は, 大耶城以下四十城の陷落という非常事態に對して, 今後の方針を立てるべく, 政權交代した高句麗の政治狀況をさぐりに高句麗に潛入し, いささか危險な目にも遭いながら, 金庾信の護衛のもと, 無事に歸國したといったあたりが, 史實に近いのではなかろうか.

高句麗としては, 唐の侵攻が予想される以上, 隣國の百濟と手を結ぶことは絶對要件であった. そのことは,「高句麗本紀」宝藏王三年の, 唐使に對する蓋蘇文の返答にも如實に現れている.

蓋蘇文謂玄奬曰, 我與新羅, 怨隙已久, 往者, 隋人入寇, 新羅乘釁, 奪我地五百里, 其城邑皆據有之, 自非歸我侵地, 兵恐未能已, 玄奬曰, 既往之事, 焉可追論, 今遼東諸城, 本皆中國郡縣, 中國尙且不言, 高句麗豈得必求故地, 莫離支竟不從,

ここには, 嚴然とした高句麗の外交姿勢が貫かれている. 高句麗には新羅とも唐とも妥協する意思はなかったといえよう.

さて, 高句麗の今後の方針が明らかになった以上, 新羅がとるべき道はひとつしか殘されていなかった. 百濟・高句麗連合に, 新羅一國で立ち向かうことは不可能である. ここは, なんとしても唐を味方に引き入れるしか方法はなかったのである.

早速, 新羅は唐へ窮狀を訴えに行く.「新羅本紀」善德王十二年九月條に,

秋九月, 遣使大唐上言, 高句麗・百濟侵凌臣國, 累遭攻襲數十城, 兩國連兵, 期之必取, 將以今玆九月大擧, 下國社稷必不獲全, 謹遣陪臣歸命大國, 願乞偏師, 以存救援, 昨年の百濟の侵略の報告と, 今年九月には再び大規模な侵攻があるであろうという予測を告げると共に,「偏師」を乞い願い,「救援」を依頼しているのである. しかし, 唐は簡單には頷かなかった. 太宗は, 唐が辺境の契丹や靺鞨の兵を遼東に投入すれば, 一時的には新羅は解放されるであろうが, 時間がたてば元通りの狀態となる. また, 新羅軍に唐軍の使用する朱の軍服と朱の幟を与えてもよい. これらを見れば, 高句麗や百濟の軍は逃げ去るであろう. と, 二つの意見を述べた後で, 爾國以婦人爲主, 爲鄰國輕侮, 失主延寇, 靡歲休寧, 我遣一宗支, 以爲爾國主, 而自不可獨王, 當遣兵營護, 待爾國安, 任爾自守, 此爲三策, と, 新羅が「婦人」を王に戴いているから近隣諸國から侮られるのである. それゆえ, わが宗族の一人を遣わすから, 彼を國王としなさい. そうすれば唐としても彼一人を送るわけにはいかないから, 兵を派遣して彼を營護させよう, と提案している.

当然のことながら, これは實質的な唐による新羅乘っ取り策である. 新羅が, この提案を受け入れるわけにはいかなかった. ただし, この太宗の提案は, たんなる提案には終わらなかった. 四年後の眞德女王が卽位するに際して, 毘曇の亂として噴出したのである.「新羅本紀」善德十六年(六四七)條に,「春正月, 毘曇・廉宗等謂, 女主不能善理, 因謀叛擧兵, 不克」とあり, より詳しくは『三國史記』列伝第一「金庾信・上」に, 十六年丁未, 是善德王末年, 眞德王元年也, 大臣毘曇・廉宗, 謂女主不能善理, 擧兵欲廢之, 王自內禦之, 毘曇等屯於明活城, 王師營於月城, 攻守十日不解, 丙夜, 大星落於月城,

とある. 大臣の毘曇と廉宗が女王では國を治めることができないといって擧兵したわけである. これは, 先の高宗の言と同じである. 毘曇たちが, 高宗の提案を楯にして, 大義名分を得て, それを利用する形で反亂したの

か，それとも，本質的に女王政治に對する不安感や不滿があり，それが一氣に噴出したのか，どちらかは不明である.

しかし，毘曇等が兵士に投げかけた檄に，「吾聞落星之下，必有流血，此殆女主敗績之兆也」という言葉があり，これに對して兵士たちが呼吼，「聲振天地」というのは，度重なる百濟・高句麗からの侵攻に起因する不安感から出ていることはたしかである.

この毘曇の亂は，金庾信の出動によって鎭めることができ，「毘曇等敗走，追斬之，夷九族」という結果に落ち着いた.

外敵の侵攻があり，內部でも社會不安を抱えるという狀況で，女王を推戴した新羅の首腦陣たちは，いかに考えたであろうか.「金庾信伝」を見る限りでは，庾信は新羅各地の戰地を点々とする毎日であった．庾信は眞平王の建福十二年(五九五)の生まれとあるから，毘曇の亂の時点では五十三歲になっていた．すでに老兵にさしかかっていた．金春秋は四十五歲，嫡子・法敏の年齢は不明だが，二十歲前後と考えてよかろう．法敏の母は春秋の庾信の妹である．庾信と法敏は叔父・甥の關係にあった．新羅の首腦陣は，この三人を中心とするグループであったと考えてよかろう.

眞德王元年(六四七)十月にも百濟の侵攻があり，庾信は苦戰を强いられ，辛くも防ぐことができた．二年三月にも百濟の侵略があり，腰車城など十余城が陷落させられている．相次ぐ百濟の猛攻に新羅は追い詰められていた.

とりあえず，邯帙許を唐に派遣し，窮狀を訴えさせた．しかし，太宗は，なぜ新羅は唐の年号を使わずに私年号を使用しているのだ，などと嫌味を言うだけで，軍兵を派遣しようとはしなかった.

そこで，金春秋は後事を庾信に託して，嫡子・法敏を連れて，自ら唐に出向くことにしたのである．春秋は，太宗に國學の見學を願い出た(「新羅本紀」眞德王二年).

春秋請詣國學，觀釋奠及講論，太宗許之，仍賜御製溫湯及晉祠碑幷新撰

晉書，さらに，春秋は，新羅の礼服の制度を改めて，唐の礼服の制度に従いたいと申しでる.

春秋又請改其章服，以從中華制，於是，內出珍服，賜春秋及其從者，詔授春秋爲特進，文王爲左武衛將軍，還國.

春秋は，これまで何度も唐に對百濟戰への救援軍派遣を願い出ても，一度として其の願いが達せられなかった事實を踏まえて，徹底して唐に從順な新羅の姿勢を示そうと考えたのである. その結果，太宗はついに，「許以出師」と出兵を約束したのである.

しかし，太宗の言が實行される保障はどこにもなかった. そこで，春秋は「臣有七子，願使不離聖明宿衛」と申し出て，嫡子・法敏と「大監□□」を唐に宿衛させることを許された. 法敏たちの役目は，唐の歡心を買うと同時に，太宗が約束を守るかどうかの監視役も兼ねていたはずである.

翌眞德王三年，新羅では中華の衣服制度が實施された. 春秋は口だけでなく，太宗の前で言ったことを實行したわけである. これは，ある意味，太宗に對するプレッシャーである. さらに春秋は同四年(六五〇)六月に，前年に百濟軍を獨力で擊破したことを高宗に報告すると共に，「五言太平頌」を織り上げ，高宗に獻上した.

唐では太宗が亡くなり，高宗に代替わりしていた. 「五言太平頌」は，その代替わりの祝いの品でもあったのかもしれない. そこには，唐の勢いの盛んなこと，高宗の德の高いことを謳いあげられており，「外夷違命者，剪覆被天殃」と，唐に敵對する者は滅びることを宣言している.

高宗は，皇帝に就いたばかりで，東方の新羅から祝いの品が届いたことを喜び，在唐していた金法敏を大府卿に任じて，歸國させている. 春秋は，法敏の歸國を喜ぶと同時に，今度は次男の金仁問を唐に送り込み，高宗の宿衛としている. 仁問はこのとき二十三歲であった.[9] この春秋のしぶとさ

9)『三國史記』列伝第四「金仁問」；金仁問，字仁壽. 太宗大王第二子也. 幼而就學，

が，ついに實を結ぶときが來る.

武烈王二年(六五五)正月，高句麗・百濟・靺鞨の連合軍が新羅北方の國境地帯を侵略し，三十三城を奪取したため，武烈王は唐に援軍を要請した.それに對して，唐は營州都督・程名振を派遣し，右衛中郎將蘇定方を援助する形で高句麗を攻擊させた. 高句麗討伐は，唐の本來の目的に適うことなので，新羅の要請に答えたのかもしれない.

武烈王三年に次男の金仁問が歸國すると，今度は，秋七月に庶子の文王を唐に派遣している. 春秋は，あくまで身內を唐皇帝に近侍させようという方針である.

しかし，この間にも百濟の侵攻は進んでいた. そして，それに對する唐の對応は冷たかった. さすがの春秋にもあせりが見え始める.「新羅本紀」武烈王六年(六五九)十月條には，次のような逸話が掲載されている.

冬十月，王坐朝，以請兵於唐不報，憂形於色，忽有人於王前，若先臣長春・罷郎者，言曰，臣雖枯骨，猶有報國之心，昨到大唐，認得皇帝命大將軍蘇定方等，領兵以來年五月，來伐百濟，以大王勤佇如此，故玆控告，言畢而滅，王大驚異之，厚賞兩家子孫，仍命所司，創漢山州莊義寺，以資冥福.

武烈王が，唐からの救援軍が來ないために憂色に沈んでいると，長春・罷郎という二人の人物が突然現れて，來年五月に唐の皇帝の命令で大將軍蘇定方が百濟討伐にやってくると予言したというのである. もちろん，これは後の結果をもとに創作されたものであろうが，そのような夢物語でも，武烈王は二人の子孫を厚くもてなし，莊義寺を建立して冥福を祈ったという. まさに神頼み，仏頼みの狀況にあったことを表現している.

そして，武烈王の努力が實り，唐の高宗は重い腰をあげ，ついに武烈王七年三月，蘇定方を神丘道行軍大總管に，金仁問を副大總管に任じて，水

多讀儒家之書，兼涉莊老浮屠之說. 又善隸書射御鄕樂，行芸純熟，識量宏弘，時人推許. 永徽二年，仁問年二十三歲，受主命入大唐宿衛.

陸十三万の軍を率いて百濟討伐を實施したのである. 武烈王の次男・仁問が百濟討伐軍の副大總管に任じられているところに, 武烈王の長年の對唐外交の結實を見出すことができよう.

だが, 武烈王の對外交涉策は, ひとり唐に對してだけ行われたものではなかった.

そこにこそ, 金春秋(武烈王)の外交手腕のすごさがある.

『日本書紀』大化三年(六四七)是歲條に,

新羅遣上臣大阿飡金春秋等. 送博士小德高向黑麻呂. 小山中中臣連押熊. 來獻孔雀一隻. 鸚鵡一隻. 仍以春秋爲質. 春秋美姿顏善談咲.

という記事が見えることはすでに指摘した.

大化三年は新羅・善德王十六年に当たる. まさに毘曇の亂が起った年である. 三池氏は, 金春秋たちの「日本滯在期間が一ケ年に滿たぬ事」などを理由に, その來朝記事は, 『日本書紀』「編者の創造である」[10)]と考えているが, あまり說得力はない. むしろ, 金春秋たちが日本に來朝して, 新羅政界にいなかった隙を狙って毘曇たちが反亂を起こしたと考える方が穩当であろう. そうすれば, 毘曇の亂の鎭壓に当たって, 春秋がまったく登場せず, 庾信ひとりが奮戰しなければならなかった理由もおのずと了解される.

來日した金春秋が, 大和の朝廷で見たのは百濟の王子余豊璋であった. 豊璋は舒明三年(六三一)に來日して, はや十七年目を迎えていた. 春秋にとって, 大和朝廷に百濟王子豊璋がいたことは嬉しい誤算であった. 豊璋は, 日本外交を左右する一齣として利用できる存在であった.

春秋が日本に來た目的は, 日本から軍事的援助を得ようとしてではあるまい. まず, 日本外交の方針を見定め, それから, 自國にいかに有利に方向轉換させ得るかを檢分に來たというところが, せいぜいの目的であろう. 春

10) 三池賢一, 「『日本書紀』金春秋の來朝〃記事について」(『駒澤史學』一三号, 一九六六年, 後に上田正昭・井上秀雄編, 『古代の日本と朝鮮』所收, 學生社, 一九七四年).

秋は, 高句麗の政權交代直後に, 高句麗の政策方針を檢分に行っている. 日本も乙巳の変を経たばかりであった. 孝德新政權がいかなる政策をもっているのか, 自らの目で確かめに來たのであろう.

もっと積極的に考えれば, 日本に朝鮮半島での三つ巴戰を傍觀してもらえると一番ありがたい, と考えていたのかもしれない. 觀察したところ, 孝德には半島での戰闘に參加する意志はなく, 朝鮮三國とは柔軟に對応しようという方針であることがわかった. むしろ, 新王朝・唐の制度を積極的に取り入れるために, 親唐路線を進めようという様子であった.[11)]

だが, 百濟王子・豊璋の存在を知り, 孝德の親唐路線を知り, 春秋の考えは一変した. 新羅の對百濟戰が成功したとしても, 滿身創痍の新羅と敗戰國の百濟・高句麗が半島に橫たわる. もし唐が親唐路線をとっている日本に軍事協力を要請して, 日本がそれに答えたならば, 新羅の命運は盡きる可能性がある. 新羅としては, なんとかして日本を對唐戰に引きずり込まなければならない. そこで重要な役割を果たすのが, 豊璋である.

もし, 唐が對百濟戰に大軍団を派兵したならば, 百濟が滅亡するのは, 火を見るより明らかである. しかし, 必ずや百濟復興軍が立ち上がるであろう. その時, 百濟の王族が半島にいなければ, 必ずやこの豊璋は旗頭にされるはずである. 豊璋が復興軍の旗頭となった場合, 豊璋との關係から日本が對唐戰に參戰する可能性が高くなる.

しかし, 一國の命運を賭けた對外戰爭が, 一人の亡命王子との私的關係から生じることを期待するのは, 可能性として低いといわざるをえない. 日本がどうしても, 對唐戰爭に參戰しなければならない理由を作り上げる必要が新羅にはあった. その方法として用いられたのが, 「明日は我が身」という論理ではなかったか.

隋・唐の高句麗征討活動は, 日本もすでに知るところであった. 金春秋

11) 中村修也, 『僞りの大化改新』, 講談社現代新書, 二〇〇六年.

は，その次の段階，さらに次の段階を日本に自然に考えさせる方法をとったのではないか．つまり，朝鮮三國の中で一番軍事力のある高句麗が征討されれば，次は百濟，そして新羅が順に征討され，半島侵攻が終われば，唐の進擊は日本にまで及ぶという疑心暗鬼を，日本に抱かせればいいのである．そして，それはまったくの架空ではなく，じゅうぶんに想定できる事態でもあった．

金春秋は長く日本に滯在できる立場ではない．しかし，いきなり，このような話をしても親唐路線を選擇している孝德政權には逆効果である．とりあえずは，新羅と友好關係を築いたうえで，徐々に教育していくほかなかった．急いては事を仕損じる，である．春秋はいったん歸國し，大化五年に改めて金多遂を派遣した．金多遂が從者を三十七人も從えていたのは，組織的に對唐外交を教育してゆくためであったろう．

この段階では，まだ，唐が對百濟戰への新羅協力を明示していない．高句麗も健在である．あせる必要はない．

日本の趨勢は，新羅にとって有利な方向に轉換したといえるかもしれない．親唐路線を選擇した孝德朝は短命に終わり，孝德崩御で政權を取り戻した齊明朝は，反孝德路線を選んだ．齊明に明確な對外路線があったかどうかは不明だが，百濟復興軍が余豊璋の返還を懇請した時，一方的に百濟に肩入れしている．中大兄は冷靜に判斷しようとしていたかもしれないが，百濟・高句麗滅亡後の日本の將來を考えたとき，結局は唐と對決せねばならないという結論を出したのであろう．唐も制度が尊敬でき，手本とするものであればあるほど，その軍事力は脅威と感じられ，半島において唐勢力を食い止めねばならないと判斷したのであろう．勝てないまでも，日本における防備体制を整える時間をかせぐ必要はあった．[12)]

ここで，金春秋の活動を簡單に整理しておこう．

---

12) 中村修也，「白村江の戰いの意義」『東アジアの古代文化』一三三号，二〇〇七年．

六四二年 新羅の大耶城等が百濟に陷落させられる.

同年, 高句麗で蓋蘇文が榮留王を殺害して, 宝藏王を推戴.

金春秋, 高句麗に潛入.

六四五年 日本で乙巳の変が起り, 孝德政權が樹立.

六四七年 金春秋, 日本に來訪.

六四八年 金春秋, 法敏とともに唐に出向く.

六四九年 新羅, 金多遂を日本に派遣

六五四年 金春秋, 武烈王として卽位する.

六六〇年 新羅・唐連合軍, 百濟を滅亡させる.

おそらく, 六四八年に嫡子・法敏とともに唐に赴いた時点で, 金春秋は, その後の展開を予想し, 遠大な計畫を立てていたのではなかろうか.

4. 金春秋の遠謀

日本が唐の領土擴張策を恐れて, 百濟復興軍への參戰を決意したわけであるが, それは實は新羅も考えなければならない大命題であったはずである.

對百濟戰のために唐の軍事力を半島に引き入れた新羅であったが, 百濟について高句麗が征討されてしまえば, 殘る新羅を倒すことは, 唐の統一王朝論の完成として, 予想される事態であった.

かんたんな話, 新羅は單純に百濟を倒せばよいという狀況には置かれていなかった. しかも百濟と高句麗が同盟を結んだ以上, 新羅一國で兩國に對抗することも不可能であった.

このままでいれば, 百濟に滅ぼされ, 唐の軍勢を半島に引き入れれば, いずれ新羅は唐の傀儡となるか, 支配下に組み込まれるだけである. 新羅は八方ふさがりの狀況にあったといえよう.

非常に困難なことではあるが，いったん唐の軍勢を半島に引き入れ，当面の問題である百濟を排除し，しかる後に唐の軍勢を半島から追い出す，という虫のいい作戰を考えるほかなかった. それが金春秋の遠謀である. そのためには,

① 唐から百濟討伐軍を引き出す.

② 日本を對唐戰爭に引き込む.

③ 唐の高句麗討伐に表面的には協力する.

④ 旧百濟・旧高句麗の人民を新羅に引き込む.

⑤ 朝鮮半島をあげて唐軍を排除する.

という，手順を想定しなければならない.

唐が新羅の支配も想定していることは，善德王十二年九月の太宗の「我遣一宗支，以爲爾國主，而自不可獨王，當遣兵營護，待爾國安」という言葉に象徵されている. そもそも唐の東北支配は，直接支配ではない. 高句麗が何度も遠征對象とされたのは，單純に唐の遠征が失敗に終わったためではなかった. 徹底的に高句麗を滅亡させることなく，降服に応じて，高句麗の謝罪を認めてきたからである. それは，百濟を滅亡させても，義慈王は廢位するが，王子・扶余隆を立てて熊津都督とし，劉仁願都護の監督下で統治を任せたことからも窺える.

新羅が，成り行きに任せて，結果的に唐に反抗したのではなく，最初から唐の半島侵攻を予想し，唐を排除する計畵を立てていたことは，文武王の次の言葉からも察せられる.

文武王十一年七月

嗚呼，兩國未定平，蒙指縱之驅馳，野獸今盡，反見烹宰之侵逼，賊殘百濟，反蒙雍齒之賞，殉漢新羅，已見丁公之誅，大陽之曜，雖不廻光，葵藿本心，猶懷向日，摠管禀英雄之秀氣，抱將相之高材，七德兼備，九流涉獵，恭

行天罰, 濫加非罪, 天兵未出, 先問元由, 緣此來書, 敢陳不叛, 請摠管審自商量, 具狀申奏,

雞林州大都督左衛大將軍開府儀同三司上柱國新羅王金法敏白.

百濟と高句麗の二國を討伐するために, 新羅は唐の命令どおり戰場を驅け回ったのに, 兩國が討伐されてしまうと, 今度は新羅が唐に烹られ, 侵略されようとしている理不盡さを訴える文章である. しかし, これはあくまで新羅に都合のよい理屈を述べた文章にすぎない. 唐の立場から考えると, 新羅は唐の軍事力があったから百濟を討伐することができたのであり, 百濟の旧領を唐の統治下におくのは当然である. それなのに, 新羅は旧百濟領を新羅領とするべく戰闘行爲を繰り返していたのである.

「殉漢新羅, 已見丁公之誅」というのは, 唐の勝手な勘違いによって起ったことなどでは決してない. 百濟・高句麗の滅亡後に起こるべくして起こった事態である. 文武王法敏が唐に對して誠實である新羅を表明すればするほど, その言葉の白々しさは明白となる. そのことは唐にも察せられ, 新羅の言い分は無視され, 新羅・唐の領國間で戰闘が開かれることになる.「新羅本紀」同年九月から十月の記事をみよう.

九月, 唐將軍高侃等, 率蕃兵四萬到平壤, 深溝高壘, 侵帶方,

冬十月六日, 擊唐漕船七十餘艘, 捉郎將鉗耳大侯, 士卒百餘人, 其淪沒死者, 不可勝數, 級飡當千, 功第一, 授位沙飡.

こうした事態が, 文武王の時代になって急に生じたとは考えられない. 武烈王の時代から準備されていた新羅の政策と考えるべきであろう.

七世紀後半, 朝鮮半島はまさに戰國時代の様相を呈していた. このような時, 一人の英雄が, 自分の抱負を自分の胸のうちに收めてしまっていたならば, それは實現できない可能性が高かった. 平和な時代においても, 壽命以外に病死, 事故死はありうる. まして戰國の世ならば, 戰死が常につきまとう.

それゆえ, 金春秋も, 新羅の將來設計を自分だけの計畫とせず, 息子たち, ことに嫡子の法敏にも語っていたであろうし, 自分と法敏を支えるブレーンたちにも相談していたであろう. つまり, 春秋・法敏・庾信は, 共通の目標の元に, それぞれの役割を果たしていたと考えられる. 唐と連合軍を組んでも, 將來は新羅と唐の間に戰闘が開かれることは必至であり, その對策を考えておく必要があった.

新羅にとって, 自國の生き殘り策は, 唐が高句麗を完全に制壓する前に, 唐と誼を通じ, 友好關係を結んだ上で, 粘り強く, 唐に對抗するという路線を選ぶ以外道はなかった. なぜならば, 唐が高句麗を單獨で制壓してしまえば, その高句麗を尖兵として, 百濟, 新羅を順番に制壓することができるからである. 唐にとっては, それこそが理想的な形である. しかし, 高句麗制壓が, 隋以來何度も行われながら, いまだ完全制壓されていない狀況下においては, 新羅の軍事力を高句麗制壓に利用できることは, 唐にとってもありがたい申し出となる.

新羅は, そこにすべてを賭けたとみるべきであろう.

つまり, 新羅としては, 座していれば, 唐の東北政策の犧牲となることは遠い將來確實である. しかし, ここでまず百濟問題を唐の軍事力をもとに解決し, 半島南部の統一をはかれば, 今よりは勢力を伸張できる. その上で, 唐との同盟國というポジションを確保できる. 高句麗戰には, あまり戰力を割きたくないというのが本音であるが, それは表には出せない. あくまで唐に協力する姿勢を見せ, 唐の新羅侵略を遲らせる必要がある.

と同時に, これまでの唐の東北政策を見ると, 完全制壓といいながら, 實は旧王族の委託支配を許可している. つまり, 高句麗遠征がなんども行われたのは, 軍事的に優位に立ちながら, 結局は, 高句麗支配を直接行うのではなく, もとの高句麗王族に許可する形で, 唐への反抗を許してしまっていたからである.

もし, 百濟や高句麗の制壓が完成しても, 同じように間接支配ならば, いかにしてか, その間接支配を新羅が取り込めば, じゅうぶん唐と對抗できる政權を樹立できる, というのが金春秋(武烈王)・金法敏(文武王)・金庾信三人が中心になって描いた繪ではなかろうか. もちろん法敏の後釜として唐に派遣された仁問も後にその計畫に加わったであろうことは間違いない.

金春秋の考えの通り, すべての事が運んだわけではないであろう. しかし, 結果的には, 新羅は朝鮮半島の統一をまがりなりにも達成することができ, いったんは引き入れた唐の勢力を驅逐することにも成功した.

これを偶然や幸運だけで語ることは, かえって難しいであろう.

金春秋は, 自分の足で唐にでかけ, 高句麗・日本もつぶさに見學し, 百濟との戰鬪にも出陣した. けっして王宮の奥に鎭座したまま命令だけを下す王ではなかった. また, 彼の息子たちも, 新羅一國で育ったわけではなく, 唐という大帝國の皇帝に近侍するかたちで, 實踐的留學経驗をもった. 彼らは, 若い吸收力で唐の社會制度, 軍制などを, その身の內に取り入れてきたことであろう. 当然, 彼らは唐にとって人質でもあった. 父春秋から託された仕事は, 唐の文化の吸收, 情報の收集と同時に, 人質としての役割であったはずである. その人質は, たんなる國家的犠牲者ではなく, 唐から軍隊を引き出す人質でなければならなかった. 彼らの役割は重要であったのだ.

金春秋にとってもっとも幸運だったのは, 同じ時代に金庾信という將軍がいたことであろう.『三國史記』を讀む限りでは, 庾信は鐵人のごとき武人であった. 何度も戰鬪に出かけ, 幾度もの勝利, 敗北を味わいながらも, 決して倦むことなく戰場に出かけていった.

信頼できる將軍と優秀な息子たちがいてこそ, 金春秋は綿密で長期にわたる政策を展開できたのである.

5. まとめにかえて

七世紀, 東アジアの動亂に終止符をうとうという氣運が高まった.

中國では唐が成立し, 東アジアを統一しようという動きが現れた. 日本でも乙巳の変が起こり, 孝徳による政策の轉換が試みられた. 高句麗では莫離支の蓋蘇文が專制國家を目指した. 百濟の義慈王も半島南部の統一を夢見た.

そして, 新羅では, これらすべての流れの中で, 新羅が生き殘り, 半島を統一するチャンスを生かそうとする金春秋という人物が登場した.

春秋は, まず自らの目で他の國々を見て回った. そして國內の体制を整えて, 遠大な計畵を立てた.

① 唐の高句麗征討を利用する.

② 百濟と高句麗が同盟を組んだ以上, 唐の軍事力を利用して, 百濟・高句麗を順に倒す以外方法はない.

③ その際に, 後顧の憂いをなくすために, 日本を對唐戰に引きずり込む必要がある.

④ そのためには, 東アジアの情勢を日本の首腦陣に知らせ, 唐との戰爭が必至のことであることを分からせる必要がある.

⑤ 百濟から來ている王子・余豊璋を利用する.

⑥ 唐は間接支配方式をとるであろうから, 百濟遺民・高句麗遺民の抵抗を利用して, 徐々に唐の軍隊を疲弊させる.

⑦ 新羅は唐に恭順を裝いながら, 抵抗力を强めていく.

おそらくは, このような骨子の計畵が立てられたのであろう.

こうした時, 白村江の戰いとは, じつは日本が自ら選擇して出兵したように見えて, 新羅の金春秋の計畵のひとつであり, 新羅にとって日本の參戰はなくてはならないものだったことがわかる. 白村江の戰いが, ほぼ純粋に唐の水軍と日本の水軍の戰いであり, 新羅が關与していないのも, 重要なポイントである.

新羅にとって, 白村江の海戰は自分たちが參加するものではなく, あくまで日本と唐が戰うべき戰場だったのである. そこに參加することは, 新羅にとって意味はないし, また, 無駄に日本の恨みを買う必要もなかったのである. むしろ, 日本にはできるだけ頑張ってもらって, 負けるにしても唐の水軍へのダメージを大きくしておいてもらいたいくらいの氣持ちであったかもしれない.

ここで最初の問題に立ち戻ると, 日本には二つの選擇肢があった. 一つはあくまで親唐路線を貫くことであり, 他の一つは百濟を救援して白村江の戰いを行うことであった. 唐の國力・軍事力を考えれば, 前者を選擇することが賢明であったはずである. ところが, 新羅の情報戰略, 百濟復興軍の連戰, 反孝德路線という感情論などの要因が, 後者を選ばせてしまった. 直接原因を一つに絞ることはむつかしいが, 結果的には, 金春秋の遠大なる計畫の通りに, 日本は行動してしまったといえよう.

對百濟戰は新羅も中心になって戰ったが, 對高句麗戰に關しては, 新羅はあくまで補助部隊でいて, 軍隊を溫存させる必要があった. 六六〇年の百濟の泗沘城攻擊も, できるだけ百濟の民衆を傷つけることなく, 百濟王家のみを倒し, 百濟王朝を滅亡させる作戰とも考えることができる.

唐と協力して戰鬪をしながら, 勝ちすぎて朝鮮半島の人々に打擊を与えすぎても, 新羅の將來にはマイナスである. まずは, 半島において新羅が第一等とならねばならないが, 勝ちすぎてはいけないという難題をこなしたのが金庾信であるといえよう.

ある意味, 唐という强大な帝國が誕生しなければ, 新羅は百濟・高句麗に壓迫され, 伽耶地域のような運命をたどった可能性もある. また, 隋や唐が東北政策を放棄していれば，高句麗は强大な國家となり，百濟と新羅が連合する可能性もあった．さらに考えれば，高句麗が百濟と手を組めば，新羅は日本と連合するしかなく，日本の政權にも大きな影響が生じたかもしれない．

歷史には「もし」は存在しないといわれるが，未來にはいくつかの選擇肢がある．六四二年の金春秋にもいくつかの選擇肢があったはずである．しかし，彼の選擇した結果を檢討すると，私が推測した選擇肢をえらんだのではなかろうか．

왜구의 表象
-공포와 기억 속의 고려인-

김보한
(단국대학교)

1. 머리말

14세기는 고려의 멸망과 조선의 건국, 원·명의 교체, 무로마치막부의 성립 등 실로 동아시아의 격변기였다. 이 시기의 한일관계 연구에서 고려의 멸망을 가속화시키는 원인으로서, 그리고 무로마치막부의 혼란을 반영하는 잣대로서 왜구와 일본해적을 간과할 수 없다.

따라서 작금의 연구에서는 동아시아 혼란의 중심에 존재하던 왜구와 관련하여 왜구의 발생원인, 주체, 그리고 이들이 몰고 온 사회·정치적 영향 등이 한·일 학자 공통의 연구 주제였다. 먼저 왜구의 주체에 관한 국내의 연구 성과에서는 왜구가 무로마치막부의 사회적 혼란에서 파생되었다고 보는 왜구발생의 일본정세 원인론과[1] 왜구 침입이 가져온 사회적 · 정치적 영향을 중심으로 인적 · 물적 피해와 고려 · 조선의 대응책을 집중적으로 분석한 왜구 대응론 연구가 있다.[2] 반면에 일인학자의 연구에서는 고려에 대한 일본 해적의 가해 행위를 부정하려는 회피론적 연구가 주류를 이룬다고[3] 분석할 수 있다.

그런데 기존의 연구 성과가 모두 피해 당사자인 고려 백성의 고통을 염두에 두고 있지 않는 듯하다. 그 이유는 약탈의 전면에 노출되어 있던 민중의 고통을 기술해 놓은 상세한 역사기록물이 전해지지 않기 때문일 것이다. 그리고 지금까지 연구에서 왜구의 원인과 주체가 일본에 있다고 보는 국내의 연구와 피해 당사국 고려의 혼란에 있다고 책임을 떠넘기는 일본 측의 회피론적 연구가 갖는 정치 · 사회사적 공방이 전체흐름을 주도해 왔기 때문일 것이다.

왜구 침입과 약탈 행위에 대한 최대의 피해자는 고려인이었다. 왜냐하면 왜구의 약탈 대상지역이 고려이며, 그 참혹한 약탈의 현장에는 고려인의 일상이 있었기 때문이다. 이런 의미에서 당시에 피해자 고려인이 갖는 왜구상은 무엇인가. 또 이들이 두려워하던 왜구의 실체는 무엇인가. 결국 고려인이 두려움 속에서 머리에 그려낸 '왜구의 표상'은 한일 양국에서 논란의 대상이 되고 있는 왜구의 주체를 되짚어 보는 테마

---

1) 李領, 『倭寇と日朝關係史硏究』, 東京大學出版會, 1999 ; 「高麗末 倭寇構成員에 관한 考察」 『韓日關係史硏究』 5, 玄音社, 1996 ; 「<庚寅年 倭寇>와 일본의 국내정세」 『國史館論叢』 92, 2000 ; 拙稿, 「一揆와 倭寇」 『日本歷史硏究』 10, 1999 ; 「少貳冬資와 倭寇의 일고찰」 『日本歷史硏究』 13, 2001.

2) 孫弘烈, 「高麗末期의 倭寇」 『史學志』 9, 1975 ; 羅鐘宇, 「高麗末期의 麗 · 日關係－倭寇를 중심으로－」 『全北史學』 4, 1980 ; 李鉉淙, 『講座 韓日關係史』, 현음사, 1994 ; 金琪燮, 「14세기 倭寇의 동향과 고려의 대응」 『韓國民族文化』 9, 1997.

3) 田中健夫, 『中世海外交涉史の硏究』, 東京大學出版會, 1959 ; 「倭寇と東アジア通交圈」 『日本の社會史』, 岩波書店, 1987 ; 田村洋幸, 『中世日朝貿易の硏究』, 三和書房, 1967 ; 太田弘毅 , 「倭寇と結託した朝鮮人－「賊諜」·「奸民」·「詐倭」－」 『藝林』 36-3, 1987.

로서 매우 흥미롭다고 하겠다.

다만, 본 연구에서는 왜구를 고려인의 기억 속에 남아있는 공포심이나 경계심의 대상으로만 다루지 않을 것이다. 왜냐하면 고려인의 관념에는 다양한 '倭人像'이 현재하고 있었기 때문이다. 즉 고려인의 기억에는 공포의 '倭寇像'이 깊게 박혀있지만, 투화해서 남해에 집단거주하던 공존의 '왜인상'도 공존하고 있었기 때문이다. 따라서 고려인이 가지고 있던 '왜구상'은 고정된 관념도 아니고, 일방적인 편견이라고 보기 어렵다. 본 연구는 이 점에 초점을 맞추어 왜인상과 왜구상의 변화과정을 검토해 보고자 한다.

2. 13세기 왜구의 출현과 고려인의 倭人像

왜구가 출현하기 이전부터 고려는 김해에 객관을 설치하고 일본에 매년에 1~2회의 진봉선 파견하여 제한적이고 통제된 교류를 행하고 있었다.[4] 당시 고려의 북쪽에서는 거란・여진의 위협이 계속되고 있었지만, 남쪽에서 왜인은 그다지 위협적인 존재가 아니었다. 그러나 13세기 접어들면서 상황이 일변하였다. 『고려사』의 기록에 의하면 1223년(고종 10) 5월부터 金州를 시작으로 왜구의 침입이 나타나기 시작한다.[5] 이후도 계속되어 1225년(고종 12) 4월 왜선 두 척이 경상도 연해의 州縣에 침입하였고, 고려가 군사를 일으켜 모두 사로잡았다는 기사가 보인다.[6] 다시 1226년(고종 13) 정월 경상도 연해의 州郡을 침입하였고, 거제 현령 陳龍甲이 고려 수군을 이끌고 沙島에서 교전하여 2명을 목 베고 물

4) 『高麗史』 권25, 세가 권25, 원종 4년(1263) 4월.
5) 『高麗史』 권22, 세가 권22, 고종 10년(1223) 5월.
6) 『高麗史』 권22, 세가 권22, 고종 12년(1225) 4월.

리친 사건이 발생한다.[7]

이어서 1227년(고종 14) 4월 금주에 왜구가 침입해 오자 방호 별감 盧旦이 군사를 일으켜 적선 2척을 노획하고 30여 명을 죽인 다음 병장기를 노획하기도 하였다. 같은 해 5월 熊神縣에 침입하였을 때, 별장 鄭金億이 산에 매복하였다가 공격하여 왜구 7명을 죽이자 도망친 사건이 있었다.[8]

이와 같이 13세기 초 5년 동안 5차례 집중적으로 나타난 왜구 침입은 이전 고려사에서는 볼 수 없는 초유의 사건이었다. 이 사건과 관련해서 1227년 고려는 침구를 문책하는 사신을 대마도에 파견하였다. 이때 항의 방문한 고려사신의 면전에서 다자이쇼니(大宰少貳)가 대마도 惡黨 90인을 참수하였다는 내용이 일본 측의 기록인 『햐쿠렌쇼(百錬抄)』에 보인다.[9] 이와 같은 사건 해결방법에서 보았을 때, 다자이후(大宰府)가 해적을 엄히 다스렸고 유화적인 태도로 고려의 금구요구에 매우 적극적으로 응했다는 사실을 알 수 있다.

그렇다면 고려의 왜구 발생은 어디에서 연원한 것일까. 고려로부터 문책성 사신이 파견된 것과 다자이쇼니가 사신의 요구를 적극적으로 수용하는 정황으로 보았을 때, 당연히 고려보다는 일본에서 그 원인을 찾아야 할 것이다. 먼저 그 해답은 가마쿠라시대에 公・武대립에서 촉발된 '죠큐(承久)의 난(1221)'에서 찾을 수 있을 것 같다. 1199년 가마쿠라 막부의 1대 쇼군 미나모토노 요리토모(源頼朝)가 죽자, 武家의 막정은 호죠씨(北條氏)에게로 넘어가고 곧바로 혼란의 소용돌이 속으로 빠져들었다. 이 기회를 이용해서 公家정권의 권력 회복을 꿈꾸던 천황 측의 고토바상황(後鳥羽上皇)이 전국의 무사에게 막부 토벌의 명령을 내리는 일대 정치적 모험을 단행한다.

7) 『高麗史』 권22, 세가 권22, 고종 13년(1226) 정월.
8) 『高麗史』 권22, 세가 권22, 고종 14년(1227) 4·5월.
9) 『百錬抄』 安貞 원년(1227) 7月 21일조.

그러나 죠큐의 난은 겐지(源氏) 쇼군가를 계승하여 무가권력을 장악하고 있던 호죠씨(北條氏)의 승리로 끝났고, 패배한 공가측을 지지하던 西國 무사에게 혹독한 시련으로 다가왔다. 결과적으로 서국의 무사들이 자신의 소령을 몰수당하고 정치적·경제적 기득권을 포기해야 하는 상황으로 내몰리고 만 것이다. 존립의 위기로 내몰린 무사들은 생존을 위해 '해상 무사단'을 이끌고 해적활동을 시작하였고, 그 일부가 고려를 약탈 대상지로 삼아 왜구로 전환하였다.[10] 이러한 연유로 조큐의 난 이후에 고려에서 왜구가 출현하기 시작한 것이다.

그러나 초기의 왜구는 고려 조정이나 고려인에게 그다지 심각한 문제가 아니었던 것 같다. 오히려 13세기 중후반에 장기간 지속된 몽골침입으로 고려의 피폐와 고려인의 고통이 더욱 심각하였던 것으로 짐작된다. 고려의 백성은 몽골 병사를 피하여 바다위의 섬으로 숨어 들어갔고,[11] 육지에 정착할 수가 없어서 풀이 우거지고, 농작물을 제때에 수확할 수 없는 상황이 지속되었다.[12] 30여 년의 긴 환난을 겪으면서 기근까지 겹쳐서 살아남은 자가 1백에 2~3에 불과할 지경이고,[13] 그나마 도망하고 산과 바다로 흩어져서 남아있는 백성이 거의 없어 불러 모을 수도 없는 지경이었다고 『고려사』에 묘사되어 있다.[14]

이런 와중에 1263년(원종 4) 2월 고려에 침입한 왜구가 금주 웅신현 勿島에서 貢船을 약탈하고,[15] 椽島에 쳐들어와 주민들의 의복과 식량 등 생활물자를 빼앗아가는 사건이 발생한다. 이 때문에 같은 해 4월 고려에서 洪泞와 郭王府를 규슈의 다자이후에 파견하였다. 그리고 국서를

---

10) 拙稿, 「동아시아의 經濟 圈域에 있어서 약탈의 주역, 海賊과 倭寇」 『中國史研究』 29, 2004, 158쪽 참조.

11) 『高麗史』 권23, 세가 권23, 고종 22년(1235) 3월.

12) 『高麗史』 권23, 세가 권23, 고종 25년(1238) 12월 ; 고종 29년(1242) 9월.

13) 『高麗史』 권25, 세가 권25, 원종 4년(1263) 4월.

14) 『高麗史』 권26, 세가 권26, 원종 54년(1264) 5월.

15) 『高麗史』 권25, 세가 권25, 원종 4년(1263) 2월 계유조.

보내 "금년 들어 2월 22일 귀국의 배 1척이 이유 없이 우리 국경 내 웅신현 물도에 침입하여 그 섬에 정박 중인 우리나라 공선에 실려 있는 쌀 120석과 紬布 43필을 약탈하여 갔다"고 약탈 행위를 문책하였다.[16] 이런 고려의 요구에 다자이쇼니(大宰少貳) 무토 쓰케요리(武藤資賴)가 적극적으로 응해 주었고, 약탈당한 물품 대신에 쌀 20석·馬麥 30석·우피牛皮 70장을 받아 가지고 귀국하는 것으로 되어 있다.[17] 이와 같이 1227년 사건과 1263년 사건의 해결 양태를 보면, 고려에 왜구가 출현하기 시작한 직후 왜구약탈의 문제가 고려와 다자이후, 고려와 막부와의 외교채널을 통해서 비교적 원만히 해결하고 있음을 알 수 있다.

그러나 이 같은 양국의 원만한 외교적 대응에도 불구하고, 고려가 요구하는 금구는 그다지 큰 성과를 내지 못했던 것 같다. 1265년(원종 6) 고려 조정이 장군 安洪敏 등에게 삼별초를 동원하여 왜구를 방어하도록 명령할 정도로,[18] 왜구의 세력규모와 해상 활동력이 점차 강화되고 있는 것이다. 비슷한 시기에 왜구의 세력규모의 확대 내용은 일본 측 사료에서도 보이고 있다. 1298년(永仁 6) 4월 24일 마쓰우라(松浦) 지방에서 唐船이 항해 도중에 난파당하였고, 히노시마(樋島)에서 선박 7척으로 편성한 백성들과 '각 섬과 포구(島島浦浦)의 선박 무리(船黨 等)'가 선적된 물품을 탈취해 가는 사건이 발생한다. 이 사건이 발생한 이후에 가마쿠라 쇼군가에서 마쓰우라지역의 약소무사들에게 약탈해간 물건을 반환하도록 명령하고 있다.[19] 그리고 앞으로 당선이 표류하면 실려 있던 물건을 돌려주도록 명령하는 다자이쇼니(大宰小貳)의 발송문서도 함께 보인다.[20] 여기에서 주목되는 바는, 이 처럼 가마

16)『高麗史』권25 세가 권25, 원종 4년(1263) 4월.
17)『高麗史』권25 세가 권25, 원종 4년(1263) 8월.
18)『高麗史』권26 세가 권26, 원종 6년(1265) 7월조.
19)『靑方文書』永仁 6年(1298) 6月 29日 ; 拙稿,「一揆와 倭寇」, 56쪽 참조.
20)『靑方文書』永仁 6年(1298) 8月 18日.

쿠라 후반 해적의 규모가 커지고 활동이 점점 대범해져 가고 있다는 사실이다.

이상의 내용을 종합해 보았을 때, 일본 해적의 규모와 활동 확대가 고려 왜구의 그것과 밀접하게 연관되어 있음을 알 수 있다. 따라서 일본 내에서 해적 규모가 점차 집단화하고 확대해 감에 따라 고려에 침입하는 왜구의 규모가 커져가는 현상은 어찌 보면 당연한 결과였다고 볼 수 있다.

그런데 남아있는 기록에 한계가 있기는 하지만, 아직은 왜구가 물품 약탈 이외에 살육이나 납치 등을 자행하지는 않다. 따라서 고려인에게 왜구는 공포의 대상이긴 하지만, 아직 왜인 또는 왜구에 대한 적개심은 그리 크지 않았던 것 같다. 오히려 몽골침입으로 장기간 크게 고통 받고 있던 고려인에게 몽골에 대해서 적개심이나 공포감이 더 크게 작용하지 않았을까 생각한다.

3. 14세기의 왜구의 확대와 倭寇像의 변화

1) 왜구의 확대와 警戒의 倭人像

전반적으로 14세기는 왜구의 규모와 침입횟수가 크게 확대되어 나타나는 시기이다. <표 2>에서 보는 것처럼 14세기 초반 왜구의 침입은 1323년(충숙왕 10) 단 2회 밖에 나타나지 않는다. 그러나 고려 조정이 전라도에 파견한 宋頎가 왜구와 싸워 백여 명을 죽였다는 기록이 남아 있다. 이는 왜구의 인적 구성이 대규모화해 가는 추세에 있음을 보여주는 기록이다.

또 1350년(충정왕 2) 2월 고성・죽말・거제에 왜구가 침입하였을 때 이를 격퇴하여 300여 명을 죽이고, 4월 백여 척이 순천부에 침입하여 조운선 약탈, 5월에는 왜선 66척이 순천부에 침입, 6월에는 20척이 합포에 침입하여 병영을 불사르는 등의 약탈을 자행하고 있다.[21] 또 1351년(충정왕 3) 8월 130여 척의 왜선이 紫燕島와 三木島에 침입하여 민가를 불살랐다고 함께 기록하고 있다.[22] 이것은 14세기에 들어와서 실로 왜구 선단의 규모가 갑자기 커지고 있음을 실감할 수 있는 기록이다. 이와 같이 『고려사』에 "왜구의 침입이 이 때(1350, 경인년)부터 시작되었다"고 할 정도로 규모와 회수가 눈에 띄게 증가하고 있는 것이다.

이 같은 현상은 무로마치막부 장군가의 내홍으로 인해서 1349년(貞和 5) 9월 아시카가 다다후유(足利直冬)가 규슈로 도망쳐 내려오는 시기와 맞물려 있다. 기존에 규슈에 기반을 갖지 못했던 다다후유는 불모지나 다름없던 규슈에서 자기 세력을 구축하고 독자적인 지배지역을 확보하고자 시도하였다. 이 과정에서 규슈의 재지무사는 일족의 분열과 무사계층간의 분열을 맞게 된다. 따라서 다다후유의 규슈 피신이 고려 왜구의 증가로 이어지는 원인이었다.

이후부터 왜구가 대규모화하고 본격적으로 조운선 탈취로 약탈형태가 바뀌고 있었다. 즉 <표 1>에서처럼 1354년(공민왕 3) 4월 전라도 조운선 40여 척 약탈과[23] 1355년(공민왕 4) 4월 전라도 조운선 400여 척 약탈처럼,[24] 그 형태가 상륙 후에 약탈과 방화에서 조운선 탈취로 변화하고 있다. 효과적이고 손쉽게 약탈하기 위하여 세곡이 가득 실린 조운선을 겨냥할 정도로 대범해지고 있는 것이다.

한편 고려 조정은 왜구의 조운선 탈취로 인한 경제적 손실로 크게 고통 받고 있었지만, 한편으로는 투화한 왜인에 대해서 상당히 우호적

21) 『高麗史』 권37 세가 권37, 충정왕 2년(1350) 2·4·5·6월 참조.
22) 『高麗史』 권37 세가 권37, 충정왕 3년(1351) 8월.
23) 『高麗史』 권38 세가 권38, 공민왕 3년(1354) 4월.
24) 『高麗史』 권38 세가 권38, 공민왕 4년(1355) 4월.

으로 수용하고 있었다. 예를 들면 투화한 왜인들을 거제와 남해현에 모여 살게 하였는데, 1369년(공민왕 18) 7월에 배반하여 본국으로 되돌아간 사건이 있다.[25] 또 같은 해 11월에 왜구가 寧州·溫州·禮山·沔州의 조운선을 탈취하였는데, 이는 거제도에 모여 살던 왜인이 도적질한 것으로 기록하고 있다.[26] 또 1375년(우왕 1) 6월에는 왜인 公昌의 무리 16명을 이끌고 투항해 온 일도 있었다.[27] 이처럼 고려 조정은 남해안 일부지역에 왜인들이 모여 사는 집단거주가 허용되고 있었다. 그러나 1358년(공민왕 7) 3월 공민왕이 임지를 이탈한 관리를 꾸짖는 훈계 내용에서[28] 바다 연안에 사는 백성이 왜구로 인해서 고통받고 있음을 알려주는 내용이 있다. 따라서 이때까지 고려가 투항해 오는 왜인과 약탈하는 왜구를 구분하여 회유책과 강경책을 적절하게 활용하고 있음을 알 수 있다.

따라서 고려인과 왜인의 상호인식 문제에 있어서 친밀한 대상일 수도 경계의 대상일 수도 있는 '倭人像'이 아니었을까 생각한다. 아직은 왜구의 무자비한 살인과 납치 같은 심각한 사건이 연출되는 시기가 아니었기 때문에 더욱 그러하다. 그러나 이후에 상황이 악화되어 고려인에게 유화적인 왜인상은 자취를 감추고 잔혹한 왜구상만 남게 되는 이유를 역시 일본의 정치 상황에서 살펴보아야 할 것이다.

〈표 1〉 왜구의 약탈 규모

순번	시 기	약탈 물품과 규모	출 전
1	1350년(충정왕 2) 4월	순천부 漕船 약탈	『고려사』
2	1354년(공민왕 3) 4월	전라도 조선 40여 척	〃

25) 『高麗史』 권41 세가 권41, 공민왕 18년(1369) 7월.
26) 『高麗史』 권41 세가 권41, 공민왕 18년(1369) 11월.
27) 『高麗史』 권133 열전 권46, 신우 원년(1375) 6월.
28) 『高麗史節要』 권27, 공민왕 2년(1358) 3월.

3	1355년(공민왕 4) 4월	전라도 조선 200여 척	〃
4	1358년(공민왕 7) 7월	전라도 조선 불태움	〃
5	1360년(공민왕 9) 윤5월	강화 쌀 4만여 석	〃
6	1361년(공민왕 10) 8월	동래 · 울주 조선 약탈(탈취)	〃
7	1366년(공민왕 15) 9월	양천현 조선 약탈(탈취)	〃
8	1368년(공민왕 17) 11월	대마도 崇宗慶에게 쌀 1천석 하사	〃
9	1369년(공민왕 18) 11월	영주 · 온주 · 예산 · 면주의 조선 약탈(탈취)	〃
10	1370년(공민왕 19) 2월	諸州의 벼 · 조 약탈	〃
11	1372년(공민왕 21) 4월	진명창 약탈	〃
12	1375년(禑王 1) 12월	재물 약탈	〃
13	1376년(禑王 2) 6월	고성현 약탈	〃
14	1376년(禑王 2) 11월	울주 · 회원 · 의창 약탈	〃
15	1377년(禑王 3) 4월	울주 · 양주 · 밀성 약탈	〃
16	1377년(禑王 3) 5월	밀성 촌락 약탈 강화 약탈	〃
17	1380년(禑王 6) 7월	청양 · 신풍 · 홍산 약탈	〃
18	1383년(禑王 9) 10월	安邊府 읍곡현 약탈	〃

2) 왜구의 창궐과 공포의 倭寇像

고려 조정의 유화적인 對왜인 정책에 큰 변화가 찾아온 곳은 1370년대 중반부터의 일이다. 이때부터 왜인에 대한 고려인의 인식은 급속도로 악화되었다. 그 원인에 대해서 『고려사』 · 『고려사절요』에서 다음과 같이 설명하고 있다.

이 사건의 경위는 1375년(우왕 1)으로 거슬러 올라간다. 그해 5월에 왜인 藤經光이 무리를 거느리고 와서 약탈할 것을 협박하면서 양식을 요구하였다. 이에 고려는 이들을 순천과 연기 등지에 분산 배치시키고 관아에서 양식을 공급해 주도록 하였다. 등경광의 무례한 태도에 대해서, 그 해 7월 고려 조정은 밀직부사 金世祐를 보내서 전라도 원수 金先致에게 등경광을 꾀어서 죽이라고 지시하였으나, 모의가 사전에 누설되어 등경광과 그의 부하를 놓치고 말았다.[29] 『고려사』와 『고려사절요』에서는 이전에 왜구가 주 · 군을 침범하면서도 사람은 죽이지 않았는데, 이 뒤로부터 노여움이 격발하여 매번 침범할 때마다 부녀자와 아이들을 모두 죽여서 전라도와 양광도의 바닷가의 고을들이 텅 비게 되었다고 기술하고 있다.

이 사건과 관련하여 1370~1380년대의 왜구의 창궐원인을 등경광의 살해미수 사건과 관련지어 고려 조정의 실정인 것처럼 설명하는 연구가 있다.[30] 그런데 1375년 규슈에서 발생하여 세간의 이목을 끄는 충격적인 사건에서 그 원인을 찾을 수 있다.

규슈의 정세에 큰 충격을 준 사건의 내용은 다음과 같다. 1370년(應安 3) 6월 규슈지역 평정의 임무를 받고 규슈탄다이(九州探題)로 임명된 이마가와 료슌(今川了俊)이 다음해 12월에 규슈로 내려온다. 1372년 8월에는 규슈의 다자이후(大宰府)를 탈환하고, 2년 후 10월에는 남조 세력을 히고국(肥後國)의 기쿠치(菊池)로 몰아세우는데 성공한 다음에 스스로 슈고(守護)가 되어 히고국을 '단다이(探題)의 分國'으로 삼았다.[31]

1375년(永和 원년) 7월 료슌이 남조의 가네요시친왕(懷良親王) · 기쿠치씨(菊池氏)와 히고국의 미즈시마(水島)에서 교전을 벌리고 있었다.[32] 이 때 료슌은 규슈 3대 세력인 오오토모 치카요(大友親世) · 시마즈 우

---

29) 『高麗史節要』 권30, 신우 원년(1375) 5·7월 ; 『高麗史』 권114 열전 권27, 金先致傳.

30) 中村榮孝, 『日朝關係史の研究』 上, 吉川弘文館, 1965, pp.145~146.

31) 『阿蘇文書』 應安 7년(1374) 10월 7일(『南北朝遺文』九州編 5卷 <5134>) '一. 肥後國事 先年守護御拝領候しかとも 今度九州の國國守護人とも多分あらだめられ候之間 當國事も探題の分國二なされ候て 拝領して拝領して候を … (中略) … これは將軍家御ため國のため候間 …(下略)'.

32) 『阿蘇文書』(永和 원년)(1375) 7월 13일(『南北朝遺文』 九州編 5卷 <5211>) '十三日卯時 菊池口水島原ニ陳ヲ取候了 於今者菊池勢一モ人不可出候 …(下略)'.

지히사(島津氏久)·쇼니 후유쓰케(少貳冬資)에게 지원을 요청해야 하는 상황이었다. 그런데 이 전투에서 치쿠젠국(筑前國) 슈고 쇼니 후유쓰케만이 출전하지 않았기 때문에, 우지히사(氏久)에게 부탁하여 후유쓰케가 출전하도록 종용하였다. 그러나 료슌 1375년(永和 원년) 8월 26일 미즈시마 전투에서 출전한 후유쓰케를 진영에서 암살해 버렸다.[33] 이후에 후유쓰케 피살과 동시에 치쿠젠국에서는 쇼니씨(少貳氏) 일족 수백명이 순사하였고,[34] 쇼니씨의 지지기반이 거의 소멸되다시피 되어버렸다. 그 다음 료슌 스스로 슈고가 되어 치쿠젠국 마저도 '단다이의 분국'으로 삼아 규슈에서 전제적 통치기반을 확고히 다져 나갔다.

쇼니 후유쓰케의 피살 사건은 이마가와 료슌이 막부의 권위를 이용해서 지역 권력을 장악하는 과정에서 일어난 사건으로서 규슈에 심각한 정치적 동요를 야기시켰다. 다시 말해서 규슈탄다이 이마가와 료슌의 무리한 전제권력화는 재지세력의 이탈을 가속화시켜 '反 단다이 세력'을 양산시키기에 이른다. 이들이 『고려사』에 전해지는 다자이후의 첩장 내용에서 묘사한 '도망한 무리', 즉 '逋逃輩'이며 <표 2>에서처럼 1370년대 이후 창궐기 왜구의 주체세력인 것이다. 그러므로 고려에서 왜구의 창궐은 규슈의 세력재편 과정에서 파생된 부산물이었다.

---

33) 『花營三代記』 應安 8년(1375) 9월 14일조 '九月十四日. 去八月卄六日午剋 御肥後國軍陣 太宰府少貳冬資 爲探題今川伊與入道被誅之由 使者到來' ; 『薩藩舊記』 前篇 卷28 永和 원년(1375) 8월조 '八月十一日 了俊會 公於水島 少貳冬資不來會 了俊使 公徵之 冬資乃來 二十六日 了俊令賊殺冬資於水島' ; 『太宰少貳系圖』筑後將士軍談 권34 ; 『深江文書』 永和 3년(1377) 3월　일조.

34) 『歷代鎮西志』 永和 원년(1375) 秋 8월조 '秋八月 探題貞世進師 屢相戰於水島 卄六一水島之合戰敗 太宰少貳藤原冬資朝臣討死 年三十九 法諱存覺 一族從者數百人殉死'.

〈표 2〉 왜구의 출몰 빈도 수[35)]

	西紀	A	B	C		西紀	A	B	C
高宗 10년	1223	1	1	1	16	1367	1	1	0
12	1225	1	3	1	18	1369	2	2	1
13	1226	2	2	3(2)	19	1370	2	2	2
14	1227	2	1	2	20	1371	4	4	1
元宗 4	1263	1	1	1	21	1372	19	11	10
6	1265	1	1	1	22	1373	6	7	3
忠烈王 6	1280	1	1	1	23	1374	12	13	10(11)
16	1290	1	1	1	禑王 1	1375	10	16	11 (7)
忠肅王10	1323	2	2	2	2	1376	46	20	39(12)
忠定王 2	1350	7	6	6	3	1377	52	42	54(29)
3	1351	4	3	4	4	1378	48	29	48(22)
恭愍王 1	1352	8	12	7	5	1379	29	23	37(15)
3	1354	1	1	1	6	1380	40	21	40(17)
4	1355	2	2	2	7	1381	21	19	26(19)
6	1357	4	3	4	8	1382	23	14	23(12)
7	1358	10	10	6	9	1383	50	28	47(24)
8	1359	4	5	4	10	1384	19	16	20(12)
9	1360	8	5	5	11	1385	13	16	12
10	1361	10	4	3	13	1387	7	5	7(4)
11	1362	1	2	1	14	1388	20	17	14(11)
12	1363	2	2	1	昌王 1	1389	5	11	5
13	1364	11	12	8(10)	恭讓王 2	1390	6	2	1
14	1365	5	3	5(3)	3	1391	1	1	2
15	1366	3	3	0	4	1392	1	2	1

35) 拙稿, 「一揆와 倭寇」, p.73(A는 羅鐘宇氏의 통계(『韓國中世對日交涉史研究』, 원광대학교 출판국, 1996, p.126), B는 田村洋幸의 통계(『中世日朝貿易の研究』, 三和書房, 1967, pp.36~37). C는 田中健夫의 통계(『中世對外交涉史の研究』, 東京大學出版會, 1957, p.4(단, ( )는 수정을 한 통계임))

이처럼 1375년 이후의 왜구는 규슈 내홍이 주요 원인으로 발생하여 고려인에게 고통의 원흉이었다. 1374년(공민왕 23) 12월 왜구가 密城에 침범하여 관청을 불사르고 사람을 포로로 잡고 재물을 약탈하였다.[36] 1377년(우왕 3) 5월에는 왜구가 고려인 포로를 이용하여 고려관군을 교란 유인하는 작전을 구상하기도 하였으며,[37] 같은 해 6월에는 강화도와 서해에서 고려 백성을 살해한 채 길거리에 버려둔 일도 있었다.[38] 『고려사』의 기록대로 1370년대 중반 이후가 되면 양민의 살해와 약탈, 그리고 납치가 일상적인 행위로 되어버렸다.

한편 고려 백성의 유망과 왜구와의 대치 상황은 고려인들에게 또 다른 큰 고통을 강요하였다. 1383년(우왕 9) 11월 高城浦에서 밤낮없이 왜구가 노략질을 하는데 군사가 없고 식량이 떨어져 백성들이 장기간 대적하는데 어려움이 있음을 호소하고 있다.[39] 1380년(우왕 6) 양광도 藍浦縣에서 왜구로 인하여 백성들이 사방으로 흩어졌으나, 10년 후 1390년(공양왕 2)에 이르러 비로소 鎭城을 설치하고 유망민을 불러 모을 정도로 장기간 그 폐해가 극심하였다.[40]

특히 고려인에게 가장 힘든 일은 왜구에게 포로가 되어 일본으로 잡혀가는 것이었다. 1378년(우왕 4) 7월에 정몽주가 금구 사절로 다자이후를 방문하였고, 이에 대한 답례로 승려 信弘과 무사 69인을 보내왔다.[41] 신홍이 왜구와 兆陽浦에서 싸워 배 한 척을 잡아서 모조리 베고 포로가 되었던 부녀 20여 명을 구출하여 돌려보냈다.[42] 또 1379년(우왕 5) 7월 고려 사신 李自庸이 일본에서 돌아오는데, 규슈탄다이 이마가와

36) 『高麗史節要』 권29, 공민왕 23년(1374) 12월.
37) 『高麗史節要』 권30, 신우 3년(1377) 5월.
38) 『高麗史』 권133 열전 권46, 신우 3년(1377) 6월.
39) 『高麗史』 권135 열전 권48, 신우 9년(1383) 11월.
40) 『高麗史』 권56 지리 양광도 嘉林縣.
41) 『高麗史』 권133 열전 권46, 신우 4년(1378) 6월.
42) 『高麗史節要』 권30, 신우 4년(1378) 7월.

료슌(今川了俊)이 포로였던 고려인 230여 명을 함께 돌려보냈다.[43)]

또 1382년(우왕 8) 2월 일본이 포로가 된 고려인 150명, 다음해 9월에는 120명이 돌아온다.[44)] 이어서 1388년(우왕 14) 7월에 일본 國師 妙葩와 규슈탄다이 이마가와 료슌이 사람을 보내어 방물을 바치고, 포로로 잡혀간 우리 백성 250명을 돌려보내면서 대장경을 요청하였다.[45)]

이제 왜구는 단순한 '경제적 약탈 왜구'의 틀을 깨고 탈취 가능한 모든 것, 심지어는 고려인을 납치해서 노동수단으로 이용하는 '납치 왜구'의 양상으로 급변해 가고 있었다. 따라서 이제는 고려인에게 경계 대상의 한계를 넘어 '공포 왜구'로 탈바꿈해 가도 있었다.

4. 맺음말

이상에서 고려시대 왜구의 출현과 창궐까지의 왜구에 대한 고려인의 인식을 시기별로 검토해 보았다. 13세기부터 『고려사』에 왜구가 기록되기 시작한다. 시간이 경과하면서 일본 내에서 해적 규모가 점차 집단화되어 가고, 고려에 침입하는 왜구의 규모도 커지는 현상이 나타난다. 그러나 아직은 재물을 중심으로 약탈을 자행하고 있었기 때문에 고려인이 갖는 왜인 또는 왜구에 대한 적개심은 그리 크지 않았던 것 같다. 오히려 몽골과의 장기적인 전란 과정에서 몽골에 대해서 적개심이나 공포감이 더 크게 작용하고 있었다.

그런데 14세기에 들어오면 왜구의 규모 확대가 가시적으로 뚜렷하게 나타나기 시작한다. 1323년에 단 2회의 왜구 기사밖에 나타나지 않

43) 『高麗史節要』 권31, 신우 5년(1379) 7·8월.
44) 『高麗史節要』 권31, 신우 8년(1382) 9월 ; 권32, 신우 9년(1383) 9월.
45) 『高麗史節要』 권34, 신우 14년(1388) 7월.

지만, 왜구의 인적 구성이 대규모화해 가는 추세에 있었다. 그리고 1350년 이후부터 왜구의 규모와 침입 회수가 눈에 띄게 증가하면서 경제적 약탈 왜구의 성향을 갖는다.

이와 같은 현상은 무로마치막부 장군가의 내홍으로 인해서 1349년 말에 아시카가 다다후유(足利直冬)가 규슈에 내려오는 사건과 맞물려 있다. 고려 조정은 왜구의 조운선 탈취로 인한 경제적 손실로 고통 받고 있었지만, 한편으로는 투화한 왜인에 대해서 상당히 우호적으로 접근하고 있었다. 예를 들면 투화한 왜인들을 거제와 남해현의 남해안 일부 지역에 왜인들이 모여 사는 집단거주를 배려해 주고 있었다. 그럼에도 바다 연안에 사는 고려인은 왜구로 인해서 고통 받고 있었으므로, 고려인은 왜인에 대한 인식에 있어서 친밀한 대상일 수도 경계의 대상일 수도 있는 이중적 '倭人像'을 갖고 있었다.

그런데 고려의 유화적인 對왜인 정책이 1370년대 중반부터 급격하게 악화되었다. 이 사건의 경위는 1375년 이마가와 료슌(今川了俊)이 쇼니 후유쓰케(少貳冬資)를 피살하고 막부의 권위를 이용해서 전제권력화 하는 과정에서 '反 단다이 세력'이 양산되었기 때문에 왜구가 급격히 증가한다. 이들이 1370년대 중반 이후 창궐기의 왜구 주체세력인 것이다. 그러므로 고려에서 왜구의 창궐은 규슈의 세력재편 과정에서 파생된 부산물이었다.

이제는 왜구에 의한 고려인의 살해와 약탈, 그리고 납치는 일상적인 행위가 되었다. 단순한 '경제적 약탈 왜구'의 틀을 깨고 고려인을 살해하고 납치해서 경제적 수단으로 이용하는 '납치 왜구'로 급변해 가고 있었다. 따라서 이들은 고려인에게 '경계의 왜인'을 뛰어넘어 '공포의 왜구'로 탈바꿈하였던 것이다.

그러나 왜인·왜구에 관한 조선인의 관념에는 또 다른 변화가 찾아오게 된다. 이 연구는 14세기부터 16세기까지 조선인이 갖고 있던 왜구상과 왜인상을 보완함으로써 통시대적으로 검토해야 할 것이다. 이것은 금후의 과제로 미루고자 한다.

〈토론문〉

「왜구의 表象－공포와 기억 속의 고려인－」을 읽고

이재범
(경기대학교)

본 연구는 왜구와 관련된 것이다. 그러나 엄밀하게 말하자면 종전의 연구 경향과는 상당히 차별화된 내용이다. 연구자가 밝히고 있는 바와 같이 종전까지의 왜구연구가 왜구 발생 원인, 왜구 주체, 왜구 침입이 몰고 온 사회적·정치적 영향을 밝히는 등의 연구가 주를 이루었다. 그러나 본 연구는 피해자인 고려인의 왜구에 대한 인식의 변화과정을 추구해 본 독창적인 일면이 있다. 그 결과로 연구자는 왜구의 표상이 고려인에게 크게 세 유형으로 변모해 왔다는 점을 밝히고자 했다. 고려인들은 1358년 이전의 왜구에 대해서는 적개심은 그리 크지 않았었고, 그러나 14세기에 들어오면서 왜구 규모가 확대되고 '경계의 대상'으로 바뀌었으며, 1375년 5월 이후 왜인 藤經光의 유인 암살 미수 사건으로 '위협적인 왜구'로 바뀌었다고 하면서 한편 으로는 일본의 정세변화로 왜구가 급격히 증가하였다고 한다. 그리하여 왜구의 고려인의 살해와 약탈, 그리고 납치는 일상적인 행위가 되었다. 단순한 '경제적 약탈 왜구'의 틀을 깨고 고려인을 살해하고 납치해서 경제적 수단으로 이용하는 '납치 왜구'로 급변한 '공포의 왜구'로 탈바꿈하였다고 한다.

종래의 연구 경향과는 다소 차이가 있는 '기억으로서의 역사를 공유하는 고려인에게 있어서의 왜구의 표상'을 파악하고자 한 점에서 참신

한 연구라고 여겨진다. 토론자로서 몇 가지 점을 질문하고자 한다.

먼저 제목에 관한 것이다. 제목이 '왜구의 표상－공포와 기억 속의 고려인－'이다. 이 제목은 '공포의 표상으로서의 왜구에 대한 고려인의 기억'이라는 의미로 해석된다. 따라서 제목의 변경을 제안해 본다. 대안은 '고려인의 왜구관－공포의 표상－' 혹은 '고려인이 기억하는 왜구－공포의 표상－' 정도가 무난할 것으로 여겨진다.

다음으로 왜구와 왜인의 용어의 개념을 설정해야 할 것 같다. 연구자도 왜구와 왜인의 차이를 구명해야 한다고 하였는데, 사실 왜구와 왜인은 그들의 실체가 달라서 붙여진 호칭이 아니라 그들의 행태에 따라 호칭이 달라진 것이다. 예컨대 등경광의 경우도 왜인에서 왜구로 호칭이 바뀌는 경우이다. 평화로운 왜인이 하루 아침에 왜구로 탈바꿈하는 것이다. 그러므로 이들을 어떻게 구분하여야 하는가하는 문제는 중세왜구만이 아니라 고대에까지도 소급되어야 할 것으로 생각된다. 일본에서는 고대의 왜구는 중세의 왜구와 다르다고 해석한다. 예컨대 광개토왕릉비문에 나오는 '왜구'는 고유명사와 '왜+구(왜가 침구하다)'가 있는데, 이를 모두 일본의 군사를 의미하는 것으로 파악한다. 그러나 이때 이미 고유명사화한 왜구가 비문에 나타난다는 것은 고대에서부터 왜구가 약탈집단 혹은 침구집단으로 활동하였다는 뜻이 된다. 그러므로 고대로부터 일본의 침구행위는 '왜구'로 불러야 마땅할 것으로 보인다. 한편으로는 임진왜란 이전의 왜인도 왜구로 불러야 할 것을 제안해 본다. 실제로 조선에서는 사대교린을 취하여 왜구가 왜인으로 바뀌었지만, 이 무렵 명나라와 아시아의 해상에는 왜구가 창궐해 있었다. 특히 송포당과 같은 조직적 해적 왜구가 존재하고 있었으므로, 왜구라고 하여도 크게 무리는 없을 것으로 여겨진다.

다음으로 왜구의 발생을 일본 국내사정의 변화와 관련지어 연구하는 경향에 대해서는 동감하는 바이지만, 13세기와 14세기 전반기의 왜구는 그 규모나 침입횟수 등을 볼 때 14세기 후반기와는 뚜렷이 구분되어야 할 것으로 생각된다. 14세기 전반기까지의 왜구는 일본열도보다는 대마도나 잇키 또는 그와 가까운 지역에서 침구한 것으로 보아야 할 것 같다. 그러나 14세기 후반기부터는 일본 국내 사정이 가장 큰 영향력을 주었을 것이다. 규모나 횟수가 대형화되고 잦아진다. 100여 척 이상이 준동하는 기록이 자주 보이고 있다.

그리고 1358년(공민왕 7) 3월 공민왕이 임지를 이탈한 관리를 꾸짖는 훈계 내용에서 바다 연안에 사는 백성이 왜구로 인해서 고통 받고 있음을 알려주는 내용으로 고려인과 왜인의 상호인식 문제에 있어서 친밀한 대상이라기보다 '경계의 대상으로서 倭人像'이 아니었을까 생각한다고 하였다. 그리고 아직은 왜구의 무자비한 살인과 납치 같은 심각한 사건이 연출되는 시기가 아니었기 때문에 더욱 그러할 것으로 추정하였는데, 이미 이때 개경에 계엄이 내리고 잦은 침구로 말미암아 부정적인 인식의 도가 연구자가 생각하는 것보다는 더 심화된 상황이 아니었을까?

또 왜구침입의 약탈 규모를 소개하는 <표>를 수록하였는데, 그 밖에 이렇다 할 부연 설명이 없다. 그리고 침구횟수가 없어서 그 전말을 파악하는데, 다소 보완이 필요할 것 같다.

이와 함께 가왜에 대한 문제도 지나칠 수는 없을 것 같다. 가왜는 주로 왜구의 주체를 조선이나 중국에 떠넘기기 위한 방편으로 연구된 경향이 없는 것은 아니지만, 고려인의 왜구 인식론에 있어서도 의미가 있다. 왜 자신들을 가왜라고 하면서 까지 활동을 하였을까? 그 이면에는 왜구에 대한 또 다른 인식이 있었던 것은 아닐까? 예컨대 조선시대에는 왜인들과 교환하는 조선인들이 많아지는데, 고려에서는 그런 경향은 없었는가?

그리고 마지막으로 왜구를 일본 국내의 사정과 연관시킨 연구에 대해서는 충분히 연구사 정리가 되었을 것으로 생각합니다. 이번의 발표문은 아직 논문 체제를 갖추지 않았기 때문에 충분히 보완할 것을 기대합니다.

이상과 같은 몇 가지 우문을 하면서 토론자의 소임을 다할까 합니다.

도요토미 히데요시(豊臣秀吉)像의 창출

池 享
(一橋大)

1. 머리말
2. 대하드라마에 보이는 히데요시상
3. 교과서에 보이는 히데요시상
4. 도요토미 정권·조선 침략 평가의 연구사
5. 결론－도요토미 히데요시상의 현재

1. 머리말

나에게 주어진 과제는 현재 일본인이 갖고 있는 도요토미 히데요시의 이미지가 어떻게 만들어졌는지에 대해 조선 침략과의 관계를 의식하면서 검토하는 것이다. 일본 중세사를 공부하고 있는 것에 지나지 않는 나에게는 감당하기 힘든 과제이지만, 일한의 상호 이해의 심화를 위해 열리는 이번 대회의 의의를 이해하며 역사 연구자의 책임감으로 감히 맡게 되었다. 충분한 내용은 아니지만 논의의 도움이 되기를 바란다.

본 보고에서는 일본인의 도요토미 히데요시상을 형성하는 세 개의 요소를 설정하고 있다. 첫째, 소설이나 영화·텔레비전 드라마 등의 문예・오락 작품이다. 둘째, 학교에서의 역사 교육이다. 셋째, 전문가에 의한 역사 연구이다. 일반 일본인에는 문예・오락 작품으로 그려진 히데요시상이 기본적 이미지가 될 것이다. 동시에 역사 교육, 특히 초등・중등 교육(초등학교~고등학교)에서의 역사교육의 영향도 크다고 할 수 있다. 전문적 역사 연구의 내용은 일반사람들에게 직접적인 영향을 주지는 않지만, 계몽서나 역사 교육을 통해서 영향을 주고 있다. 또 역사 연구의 내용 그 자체도 사회 상황이나 일반 사람들의 의식 상황과 크게 관계하고 있다. 이와 같이 상기의 세 요소 사이에는 고유의 역할과 상호 관계가 있다고 생각된다.

구체적으로 문예・오락 작품에 대해서는 NHK의 대하드라마를 소재로 예를 들었다. 역사 교육에 대해서는 전전시기부터의 역사 교과서를 소재를 채택했다. 역사 연구에 대해서는 도요토미 정권의 조선 침략에 대한 평가를 둘러싼 연구사를 검토하겠다. 마지막으로 이러한 요소들을 의식하면서 논의를 정리하고자 한다.

2. 대하드라마에 보이는 히데요시상

NHK 대하드라마는 주 1회 45분간 방영되어 기본적으로 1년간에 걸쳐 완결되는 장편 역사 드라마이다(다만 1993년은 반년간의 완결로 2작품을 방영했다). 1963년에 시작해 올해의 '風林火山'으로 총 46작품이 방영되었다. 방영시간대는 일요일 오후 8시대라고 하는 골든 시간인데(첫 작품만 월요일 9시대였다), 지금까지의 평균 시청률은 20%대이며(최고 평균 시청률은 1987년의 '獨眼龍政宗'으로 39.7%, 최저 평균 시청률은 1994년의 '花の亂'으로 14.1%, 작년의 '功名が辻'는 20.9%), 중노년층을 중심으로 많은 국민이 시청하고 있다.

무대가 되는 시대는 16세기 후반의 전국~織豊期가 가장 많아 14회로, 그 외 19세기 중반 에도막부 말기~메이지 유신기가 8회로 눈에 띈다. 그 밖에도 12세기 말의 源平爭亂(治承壽永の內亂) 기가 3회 있는데 시대기 전환되는 격동기가 선택되기 쉬운 것을 알 수 있다(17세기 말~18세기 초두의 에도중기=겐로쿠 시대가 4회 있지만 이것은 일본에서 반드시 히트된다고 여겨지는 赤穗사건='忠臣藏'를 테마로 한 것이 예외적이었다). 그 중에서도 전국~織豊期를 테마로 한 작품은 일반적으로 시청률이 높다. 1980년대에는 '獅子の時代', '山河燃ゆ', '春の波濤', 'いのち' 등 근현대사가 테마로 다루어졌지만, 시청률이 높지 않았기 때문인지 지속되지 못했다. 또 90년대에는 쇼와 천황의 사망에 동반하여 '황실 터부'률이 느슨해졌기 때문인지 처음으로 남북조 내란을 다룬 '太平記'가 방영되어 오키나와 · 동북지방이라고 하는 '변경'을 무대로 한 '琉球の嵐', '炎立つ' 등 의욕적인 기획도 볼 수 있었지만 정착되진 못했다. 결국 오늘에 이르기까지 전국~織豊期가 가장 빈번히 다루어지는 결과가 되었다.

그 중에서도 토요토미 히데요시는 극히 빈번히 등장하고 있다. 주인공이 된 것이 '太閤記'(1965), 'おんな太閤記'(1981), '秀吉'(1996) 등 3회로, '忠臣藏'의 大石內藏助를 제외하면 1위이다. 또 주된 조역으로서 등장하는 회수는 8회로, 시청자는 4년에 한 번은 히데요시를 만난다는 계산이다. 히데요시는 역사상 인물로서 源義経 · 織田信長 · 坂本龍馬 등과 함께 인기가 있고, 국민문학 작가로 불리는 吉川英治의 小說『新書太閤記』가 있었기 때문에, 본래는 2작(「花の生涯」 舟橋聖一原作 · 「赤穗浪士」 大佛次郎原作)으로 끝날 것이었던 대하드라마 3작에 '太閤記'가 선택되었다. 덧붙여서 말하자면 평균 시청률은 '太閤記' 31.2%, 'おんな太閤記' 31.8%, '秀吉' 30.5%로 모두가 높은 시청률이다.

히데요시의 인기는 무엇보다도 그가 농민 출신이면서 점차 출세해 결국 천하를 얻으며 '신하로서 최고의 지위에 오르기' 때문이다. '新書太閤記'의 기조도 그러한 성공 이야기이며, 벌써 1957년에는 'サラリーマン出世太閤記'라고 하는 토호 영화가 상영되듯, 자신의 출세 욕망와 겹쳐가며 히데요시를 보고 있던 사람들이 많았다고 생각된다. 또 '太閤記' 방영 당시의 일본 사회는 도쿄 올림픽 직후의 고도 경제성장기이며, '太閤記'도 개통한지 얼마 안 된 토카이도 신간선이 질주 하는 장면으로부터 시작하고 있다. 이러한 개인의 출세와 사회의 발전 양쪽 모두 체현 한 인물로서 히데요시는 이미지 되었던 것이다. 주지하는 바와 같이, 바로 농민의 자제에서 내각총리대신에까지 출세해, '일본 열도 개조 계획'으로 경제성장을 추진하려고 한 타나카 가쿠에(田中角榮)는 '今太閤'라고 불렀다.

히데요시의 캐릭터는 차가움을 느끼게 하는 주인 오다 노부나가(織田信長)와는 대조적으로 미워할 수 없는 애교를 느끼게 한다. 히데요시는 아명을 히요시마루(日吉丸)라고 하여, 히요시 신사의 사자가 원숭이여서인가, 원숭이라고도 불리고 있었다. 실제 초상화를 보면 원숭이얼굴이라고 하기보다는 쥐와 같은 얼굴이며, 노부나가도 'はげネズミ(대머리 쥐)'라고 불렀다고 하지만, 일반적으로는 원숭이얼굴이라고 생각하고 있다. 그 때문에 '太閤記'에서도 원숭이를 닮은 얼굴이라고 해 당시 신국극에 소속해 있던 젊은 배우 오가타 켄(緒方拳)이 히데요시역에 발탁되었다고 한다. 극중에서도 '원숭이'로 불려 히데요시=원숭이는 완전히 정착해 버렸다. 그 후의 히데요시역을 봐도 노부나가역과는 달리 '미남역'이 아닌 독특한 활력을 느끼게 하는 개성적인 배우가 선택되었다. 이것은 노부나가의 짚신을 따뜻하게 해 두거나 키요스죠(清洲城)의 공사나 스노마다죠(墨俣城)의 축성을 신속히 실시하는 등 풍부한 재치로 출세했다는 것을 강조하는 것과 연결되어 있다.

그렇다면 조선 침략은 어떻게 그려져 있는가. 유감스럽게도 나의 기억에는 전혀 없다. 말년에 늙고 추해진 히데요시가 콧물을 떨어뜨리면서 적자인 히데노리(秀頼)의 장래를 '五大老'에 맡기는 모습 밖에 생각해 떠오르지 않는다. 원래 원작 '新書太閤記'는 히데요시가 출세의 절정을 다다르기 직전에 끝나 조선 침략에 관한 기술은 없다. 이러한 경향은 그 후의 작품에도 볼 수 있는데 '위키페디아'에 의하면 '히데요시'에서는 오다 노부나가의 죽음까지는 히데요시의 빛나는 성공담이 전개되지만, 천하를 호령하는 사람이 된 다음은 조선 출병이나 센노리큐(千利休)의 할복 자살 등 히데요시의 그늘 부분에도 주목하는 전개로 되어 있다. 그러나 이야기 자체는 히데요시가 영화의 절정에 있었던 시기, 실제로는(남동생) 고이치로 히데나가(小一郎秀長)나, 어머니(なか, 오오만도코로大政所)가 죽은 시점에서 끝나고 있어 조카 히데츠구(秀次) 일가의 참살이나 조선 출병의 실패 등의 만년의 어두운 부분은 삭제되고 있다. 그 이유로는 NHK가 중화 인민 공화국이나 한국의 국민감정에 배려한 드라마를 만들기의 경향이라고 하거나 와타리 테츠야(渡哲也)가 연기하는 노부나가의 연명 탄원이 쇄도해 스케줄이 바빴기 때문이라고도 한다. 그러나 명확한 근거는 나타나지 않은 채 그 진상은 잘 알려지지 않고 있다. '太閤記'의 경우, 3장에서 언급하듯 말소해야 불편한 기억이라고 생각되어 있다고 생각된다.

이와 같이 이유에는 차이가 있지만 대하드라마상의 토요토미 히데요시는 출세 가도를 돌진하는 성공자로서 그려지고 있고 '만년의 어두운 부분'은 의식적으로 삭제되어 시청자의 기억에는 전혀 남아있지 않는 결과가 되고 있다.

3. 교과서에 보이는 히데요시상

1) 戰前의 국정교과서

메이지 유신 후 학제가 펼쳐지면서 초등학교부터 역사가 과목으로 배울 수 있게 되었다. 그러나 거기에 대응한 역사 교과서의 편집이 늦어져 우선 역대 천황의 업적을 열거한 『史略』, 『日本略史』가 작성되었다. 그 후 민간에서 여러 가지 교과서가 편집되었지만, 기본적으로는 라이 산요(頼山陽)의 『日本外史』 등, 에도시대의 역사서를 아동용으로 고쳐 한자와 가나를 섞은 문장을 섞어 쓴 정도였다. 1880년(메이지 13)에 교육령이 개정됨에 따라 '小學校教則綱領'이 정해져 역사는 "긴요한 사실, 그 외 고금의 인물을 현부와 풍속의 변경 등의 요지를 가르쳐 대략 역사를 전수하려면 힘써 학생으로 하여금 연혁의 원인 결과를 이해시키고 특히 존왕 애국의 의기를 양성할 것을 요한다"고 되어있다. 당시는 검정 제도를 취하고 있어 '綱領'에 의거한 여러 가지 역사 교과서가 편집되었다. 다만, 문부성은 '小學校用歷史編纂旨意書'를 작성해 기본방침과 편찬의 체재를 제시하고 있다. 그 중에서 전국~織豊時代에 대해서는 '応仁의 亂, 武人의 割據, 甲越의 戰, 外交, 政治 및 風俗, 織田信長, 豊臣秀吉, 朝鮮征伐, 關ヶ原의 戰, 外交, 政治 및 風俗'의 항목을 세우게 되어 있었다.

1891년(메이지 24)에 공포된 '小學校教則大綱'에서는 일본사 교육에 대해 "일본 역사는 본방 국체의 요지를 알리게 하고 국민 된 지조를 기르는 것을 요지로 한다. 尋常소학교의 교과에 일본 역사를 더할 때는 향토에 관한 사화를 시작으로 드디어 건국의 체제, 황통의 무궁, 역대 천황의 성업, 충양현철의 사적, 국민의 무용, 문화의 유래 등의 개략을 전수하고 국초부터 현재에 이르기까지 사력의 대요를 알리"라고, 그 목표가 제시되어 있다. 대일본 제국 신민 양성의 사상 교육에 최대의 중요성이 놓인 것이다. 그 후 1902년(메이지 35)에 교과서 채용을 둘러싼 뇌물증여 사건이 일어난 것을 계기로, 교과서 국정 제도가 채택되게 되었다. 이후, 전후 1946년(쇼와 21)에 이르기까지 7기분의 국정교과서가 편집되었다(<표 2> 참조).

각 기의 교과서별 특징을 간단하게 적으면, 제1기(1903)는 충분한 준비가 이루어지지 않은 채 급속히 편집된 것으로 각 시대를 대표하는 인물을 선택해 '과'의 제목으로 달고 그 인물 별 사실을 적는 것을 기본방침으로 했다. 해당 부분에서 선택된 것은 '応仁의 亂, 英雄의 割據, 織田信長, 豊臣秀吉, 德川家康'이다. 긴급히 작성한 배경도 있어 검정 교과서의 내용을 기본적으로 계승하는 것이었다. 제2기(1909)는 급속히 편집된 제1기 교과서를 실제 사용하고 경험한 것에 근거해 개정한 것으로 기본방침은 변함이 없었다. 그러나 이 시기가 러일 전쟁 후의 내셔널리즘 고양기에 해당되어 충효의 도덕이나 황국 사상이 보다 강조되게 되었고 설명이 상세해지고 삽화도 상상화를 가미해 풍부해졌다. 그러나 편집 후 남북조 정윤 문제가 일어났기 때문에, 남북조 병립을 고쳐 써 남조를 '요시노의 조정'이라고 고치는 등 내용이 변경된 수정판이 발행되었다(참고로 한국 병합은 1910년의 일이다).

제3기(1920)는 제1차 세계 대전이 끝난 대정 데모크러시기에 해당해, 아동 측에 선 교육을 목표로 하는 신교육운동이 일어났을 무렵에 편집된 것으로, 그 영향을 받아 보다 알기 쉬운 내용이 되고 있다. 그러나 동시에 사상 교육적 성격은 한층 강화되어 국체의 우월성·황실의 존엄·국민 정신의 함양 등이 강조되었다. 제4기(1934)는 만주 사변 발발 후 아시아 정세의 변화에 의해 수정을 더한 것이지만, 전체적으로 개정은 없다. 다만 문어체로부터 구어체로 고쳐 쓸 수 있어 보다 읽기 쉽게 되었다. 제5기(1940)는 중일 전쟁 개시 후 정세의 변화에 대응하기 위해

단기간에 수정한 것으로 중국 침략의 본격화라고 하는 '국운의 진전'과 '국민정신의 자각'에 의해 '국체명징의 철저'를 꾀하는 것을 기본방침으로 했는데 현저한 개정은 없었다.

제6기(1943)는 "황국의 길에 따라 초등 보통 교육을 실시하여 국민의 기초적 연성을 이룬다"는 것을 목적으로 한 국민 학교 제도의 도입에 의해 그 내용이 크게 변경되었다. '국체 정화'의 '명징', '국민정신'의 '함양', '황국 사명'의 '자각'이 교육의 임무가 되었다. 이러한 입장에서 '황국 사관'이 전면으로 나오고 구성상 인물이 뒤로 물러나며 '황국'의 발전이란 인상을 주게 하는 타이틀이 첨부되었고, 서술도 감동을 주는 글과 이야기적 성격을 강하게 했다. 교재 선택의 기준으로서 대의명분의 명확화・해외 발전의 기개와 도량 양성, 이 두 가지가 중점이 되었다. 다만 이것이 사용된 것은 패전까지의 2년 남짓 동안이었다.

제7기(1946)는 패전에 동반하여 전시 교육이 정지되었고 그 대신 민주주의 교육・문화 국가 건설이 문교정책의 기본으로 된 것에 대응해 편집된 것으로, 'くにのあゆみ나라의 걸음'이라는 제목이 되었다. 따라서 제6기와는 크게 달라져 신화는 제외되었으며 천황에 관한 서술도 개편되었다. 또한 일본인의 해외 발전에 관한 서술이 삭제되었고 전쟁에 관한 서술도 바뀌었다.

이하에서는 도요토미 히데요시의 평가와 조선 침략 문제에 한해서 그 서술 내용을 구체적으로 검토한다. 먼저, 히데요시의 인물 평가에 대해. 우선 그 출신에 대해서는 제1기로부터 제6기까지 '낮은 신분'・'오와리의 가난한 농가' 등, 농민 출신인 것을 기술하고 있다. 또한 그의 자질로서 '지'와 '용'에 우수했다고 하는 지적도 거의 공통적으로 이뤄지고 있다. 이것들은 오제 호안(小瀬甫庵)의 '太閤記'이래 히데요시 상의 정형이며, 전 장에서 지적한 히데요시 이미지는 에도시대를 통해서 형성된 것을 계승하는 것이었다고 할 수 있다. 제3기 이후에는 정이 깊었던 성격이 가미되지만 이것은 전술한 역사 교육 정책의 변화에 의한 것이었다. 덧붙여 제7기에서는 출신과 자질에 대해서는 전혀 언급되지 않고 있다. 업적에 대해서는 전국 평정이 공통적으로 기술되고 있지만, 제7기가 되면 그것이 평화의 실현이라고 평가되어 제 정책도 그 관점에서 자리매김되어 있다. 한편 제3기 이후가 되면, 황실의 존숭이나 원정에 의한 국위의 발양이 등장하고, 제5기와 같이 대외 무역의 활발한 점까지 들 수 있게 된다. 이것도 전술한 역사 교육 정책의 변화에 대응한 것이다. 이러한 점은 제7기에는 완전히 자취를 감췄다.

두 번째로 조선 침략의 목적에 대해. 제1기에서는 "제 외국 또한 우리 조정의 위광 아래 따르게 하기 위해 먼저 조선에 안내역할을 맡기고 이를 통해 명나라를 치려고 했다"(征明嚮導)고 하는 영토 확대욕구를 나타내는 표현을 쓰고 있다. 제2기에서는 "크게 국위를 해외에 선양하려 해"라고 하면서도 "明과 우호관계를 가지려 했다"고 하며 명과의 수호 요구를 들어 명이 요구에 응하지 않았기 때문에 "길을 조선에게 빌려 명을 치려했다"(仮途入明)고 하고 있다. 물론, '가도입명'은 히데요시의 생각이 아니고 대조선 교섭을 담당한 대마도의 소시가 생각해 내 바꿔치기한 것이다. 제5기까지는 이러한 서술인데 당시의 상황을 보면 아시아 침략 정당화의 논리로서 이러한 표현을 취한 것이라고도 생각된다. 제6기가 되면 '일본을 중심으로 한 대동아를 건설한다는 대망'이라고 하며 당시의 국책을 노골적으로 표현한 비역사적 목적이 내걸려 있다. 제7기에서는 다시 영토 확대욕구가 전면에 나와 있다. 또 전반에 걸쳐 조선의 동향으로서 "명의 위세를 두려워해 히데요시의 요구를 거부했다"고 하고 있다. 물론 실제로는 조공 관계를 전제로 한 대의명분에 근거한 거절이었다.

세 번째로 조선 침략 결과에 대한 평가. 제1기~제6기는 여러 장군은 분전 했지만 히데요시가 죽었기 때문에 고인의 명령에 의해 철퇴했다고 하고 있고 군사적 열세는 숨겨져 있다. 그 뿐만 아니라 제6기에서는 "이것을 계기로 국민들의 해외로 향한 마음은 한층 고조되었다"고 하여 사실에 반대되는 평가를 하고 있다. 제7기에서는 "조선남부에서 어려운 전쟁을 계속했습니다"라고 군사적 열세를 인정했고 "이 역으로 7년이 걸렸는데 많은 사람들의 생명과 많은 비용의 낭비만 하게 되었습니다"라고 부정적인 평가를 하고 있다. 이것에는 현실의 패전 경험을 역사에 투영 한 면이 있다. 그 자체는 전쟁 부정・평화의 강조라고 하는 점으로 적극적 의미를 가지고 있었지만, 말하자면 피해자적 시점에서의 평가인데, 조선 사회・민중에 대한 가해의 측면에서는 일절 언급하고 있지 않다.

2) 戰後의 검정 교과서

패전 후 1947년에 교육기본법과 학교 교육법이 공포되어 학교 제도가 변했다. 초등학교(6년제)・중학교(3년제)가 의무 교육이 되었는데, 그 안에 역사는 교과로서 채택되지 못하고 사회과 속에 삽입되었고 사용되는 교과서는 1949년도부터 검정 제도가 실시되었다. 검정 교과서는 학습 지도 요령에 근거해 편집되지만, 학습 지도 요령 자체는 대략적이고, 집필자와 검정관의 역사관 영향을 크게 받게 되었다. 특히 1951년의 샌프란시스코 강화 조약・일・미 안보 조약 체결 이후 재군비를 위한 애국심 교육이 강조되게 되면서 교과서 검정도 강화되어, 1955년에 일본 민주당 교과서 문제 특별 위원회가 팜플렛 '우려될 교과서의 문제'를 발행한 것을 계기로 검정 제도가 강화되었다. 이에 대해 1965년에 이에나가 사부로(家永三郎), 당시 도쿄 교육대학 교수가 스스로가 집필한 고교 일본사 교과서에 대한 검정을 위법이라고 하며 '교과서 검정 소송'을 제소했다. 1970년에 내려진 도쿄 지방재판소의 판결(杉本判決)은 해당 검정 처분을 위헌・위법이라고 인정했다. 이 영향을 받아 교과서에 집필자 의향이 반영되기 쉬워졌는데, 특히 1981년 검정으로 일본의 아시아 '침략'을 '진출'이라고 고쳐 쓰게 한 문제가 아시아제국으로부터 비판을 받아 검정 기준에 '근린 제국 조항'이 설치되면서 아시아・전쟁 관계의 기술은 큰 폭으로 변화해(개선되어), 난징대학살・종군위안부・강제 연행등도 기술되게 되었다. 그러나 1990년대 중순부터 '자유주의 사관'파로부터의 '자학 사관'비판이 강해져, '새 역사교과서를 만드는 모임'이 교과서를 발행하게 되면서 상기의 문제를 적극적으로 기술한 교과서의 채택이 줄어들었고 '중용'적인 교과서의 채택이 증가하는 현상도 일어나고 있다. 또 2007년의 검정으로 오키나와 전에서 군의 강제에 의해 행해진 주민의 '집단 자결'에 관한 기술이 삭제되어 오키나와 현민의 강한 분노를 산 것은 기억에 새롭다.

그 중에서 도요토미 히데요시와 조선 침략에 관한 기술은 어떻게 바뀌어 갔는가. 히데요시에 관해서는 여전히 농민 출신인 것이 거의 공통적으로 쓰여졌고 일부에서는 뛰어난 재치의 소유자인 것도 기술되어 있지만 전체적으로는 단순한 무장 간의 패권 분쟁이 아닌, 사회・일반 민중에게 시야를 넓혀 토요토미 정권으로서의 업적・정책을 기조에 서술하게 되었다. 그 기둥이 되는 것은 전국 통일의 달성과 토지 조사・무기몰수에 의한 연공 징수・무장해제 등 병농 분리에 의한 신분 통제・지배 강화였다. 그 만큼 히데요시의 개성적인 면은 뒷자리로 물러났다고 할 수 있다.

그렇다면 조선 침략에 대해서는 어떤가. 우선, 초등학교 교과서에 대해서 살펴보자(<표 3> 참조). 1950년대를 보면 양심적인 집필자에 의해서 편집된 中教출판 이외는 조선침략에 대해 전혀 언급되어 있지 않다. 이러한 中教출판도 54년판에서는 조선 사람들의 싸움이나 일본군의 고전이 기술되어 있지만, 59년판에서는 축소되어 저항・고전한 기술도 사라져 전전에 가까운 내용이 되었다. 60년대가 되어도 기술은 있지만,

간략하고 목적은 애매하며 저항이나 고전이 언급되어 있는 곳은 없다. 70년대가 되면 정복・저항・고전・실패라고 하는 말을 볼 수 있듯 서서히 변화해 가고 있다. 그것이 80년대가 되면 정복・가해(조선 국토・민중의 피해)・저항・실패가 간략하면서 명확하게 기술되어 있다.

중학교 교과서도, 서술은 상세하게 되어 있지만 기본적으로는 같은 경향을 볼 수 있다(<표 4> 참조). 1950년대에서는 대외관계사를 포함한 대표적 일본사 연구자에 의해 편집된 일본 서적 51년판이 정복・국토의 황폐・도공의 연행 등을 포함해 상세하게 언급하고 있는 것 이외에는 간단하게만 기록되어 있다. 또 침략의 목적도 무역 요구라고 하여 전전의 영향이 크게 작용하고 있고, 고전・가해 등의 관점도 없다. 일본서적도 56년판이 되면, 타사와 일률적으로 되어버린다. 60년대에도 같은 경향을 볼 수 있는데 도쿄 서적은 상세하게 언급하고 있지만 서술내용은 불안정하다. 70년대가 되면 그 목적으로 정복이 명기되었고 '조선 의용군'의 '반항'이나 조선 측의 손해, 일본 측의 고전, 도공의 연행을 기술하는 것도 있는데(일본 서적), 이 시기까지 각 사마다 그 내용에는 격차가 있다. 그것이 80년대가 되면, 거의 일률적으로 되어 버린다. 또 항목의 결정 방법도 '조선 출병'(1975)으로부터 '조선 침략'(1986)으로 바뀌는 예도 있다(일본 서적). 이것으로 대체적인 서술의 기본이 확정되었지만, 2000년대에 들어가면서 조선군이 되는 일본 병의 기술도 나타나고 있다(시미즈 서원).

이와 같이 초중학교의 교과서도 당초는 조선 침략에 대해 은폐 내지는 간단하게 다루어지고 있었는데, 1980년대에는 오늘과 연결되는 내용이 되었다. 그러나 문제는 도요토미 정권 전체 서술 중에서 조선 침략 위치의 설정이 불명확하다는 데 있다. 즉 조선 침략이 국내 정책과 분리되어 있어 그 역사적 의미 부여가 불충분한 채로 되어 있고 침략을 일반적으로만 다루고 있는 인상을 받는다. 이것은 다음에 말하는 연구

동향과도 관련이 있다. 또 인물론이 뒷자리로 물러난 면도 있어서인가, 일반 일본인에게 있어서 히데요시의 이미지를 다루는 데에 교과서의 기술은 그리 중요한 요소가 되지 못하고 있다고 생각된다.

4. 도요토미 정권 · 조선 침략 평가의 연구사

히데요시의 조선 침략에 대한 목적 · 평가에 관해서는 에도시대 이래 여러가지로 논의되어 왔다. 이르게는 에도초기의 연호 연간(1624~1643)에 「朝鮮征伐記」를 저술한 호리 마사오키(堀正意, 후지와라 세이카의 문하생)는 "명성을 삼국에 나타내다"라고 하는 조선국왕 앞으로 보낸 서간의 문면을 소개하면서, 히데요시의 장남 츠르마츠(鶴松)의 요절이 직접적 계기가 되었다고 하고 있다. 또 야마가 소코(山鹿素行)는 「武家事記」에서 진구코고(神功皇后)의 '三韓征伐'과 병렬시켜 "본조의 무위를 외국에 알렸다"고 하고 있다. 한편 가이바라 에키켄(貝原益軒)은 「懲備錄」 번역의 서문에서 '탐병' · '교병' · '분병'을 겸한 것으로, '의병'은 아니었다고 하고 있다. 또 라이 산요는 「日本外史」에서 전국 여러 장군의 공명심과 전투력을 밖으로 돌리게 하는 것이라는 냉정한 견해로 보았다. 그러나 후기에 구미 세력의 압력이 높아져 해안 방비 문제가 중요시 되는 것과 동시에 조선을 정복의 대상으로 하는 국학 등의 침략 주의적 의식이 높아졌고, 이것이 메이지 초기의 정한론으로 연결되어 갔다.

근대 역사학에 의한 본격적 조선 침략 연구로서는, 1905년의 러일전쟁이 한창인 가운데 사학회가 간행한 「弘安文祿征戰偉績」가 있다. 이것은 전의의 고양을 의도한 것으로 조선뿐만이 아니라 '당 · 천축 · 남만까지도' 정복하려는 기도가 있었음을 강조하고 있는데 외교 문서의 검토에 근거하고 있는 것이 그 특징이다. 그로 인해 당・천축・남만 정복 기도설을 전개한 실증 역사가 다나카 요시나리(田中義成)는 1925년에 발간한 『豊臣時代史』를 내놓아 앞에서와 같이 외교 사료(화해 조건서 등)에 근거해 감합무역 부활요구설(그 알선을 하지 않았던 조선을 '정벌'하려고 했다)을 밝혔다. 또 츠지 젠노스케(辻善之助)는 「豊臣秀吉の支那朝鮮征伐の原因」(1910)에서 같은 주장을 전개하고 있었다. 그러나 보다 넓게 사료를 섭렵하여 조선 침략의 전모를 밝히려 했던 이케우치 히로시(池內宏)는 『文祿慶長の役』(본편 1914・별편 1936)을 저술하고, 감합 무역 부활 요구설을 비판하며 공명심설(삼국에 명성을 나타내다)을 주장했다. 또한 다보하시 쿄(田保橋潔, 1933), 나카무라 히데타카(中村榮孝, 1935)도 각각의 실증 연구에 근거해 동일하게 감합 무역 부활 요구설을 비판하며 영토 확장설을 주장했다. 이와 같이 조선 침략을 긍정하는 점에서는 공통되지만, 그 목적에 관해서는 다양한 설이 분립해, 그것이 역사 교육을 반영하고 있었던 것은 전장에서 검토한 바와 같다.

패전 후에는 하타다 타카시(旗田巍)가 『朝鮮史』(1951)를 저술해 조선 민족 입장에서 침략 서술을 했는데 그 성과는 초기 검정 교과서에도 반영되었다고 생각된다. 그런데 이것을 일본사측에서 보면 '전후 역사학'에 있어서 도요토미 정권 연구와 조선 침략 연구가 반드시 밀접하게 결합되어 있었다고는 말할 수 없다. 그 원인은 '전후 역사학'의 방법적 문제에 있었다고 생각된다. 주지하는 바와 같이, '전후 역사학'은 마르크스주의에 근거하는 사회 구성사를 방법적 기초로 하고 있어, 사회 구성체의 발전을 기축으로 역사를 파악하려 했다. 그 자체는 권력자의 交代史가 아니고, 민중이 사는 사회를 기본으로 하여 보다 풍부하고 총체적인 역사상을 만들어 냈다고 말할 수 있지만, 거기에는 다음과 같은 문제점도 같이 존재하고 있었다. 해당 문제와의 관계로 말하면, 사회 구성

체론을 채택함으로 인해 기본적으로 일국 단위에서 역사를 파악하려고 하는 경향이 있다. 그 때문에 자칫하면 '대외관계사'는 소홀하게 된다. 토요토미 정권에 대해서는 봉건제의 성립・확립과의 관계에서 기본적 평가가 내려졌다. 특히 일본 근세사 연구에서는 아라키 모리아키(安良城盛昭)씨의 태합 검지 봉건 혁명설(태합 검지에 의해 소경영 농민의 토지 소유(경작)권이 보장되어 본격적인 봉건영주-농민 관계가 형성되었다고 하는 설)이 압도적 영향력을 가져, 토요토미 정권은 노예제를 부정하는 봉건제를 확립했다고 하는 역사를 전진시키는 혁명(혁신)적 정권이라고 평가되게 되었다.

조선 침략도 그것과의 관계로 의미를 부여할 수 있게 되었다. 1960년대에는 막번제 국가론이 왕성했지만 일본 근세사 연구를 대표하는 사사키 쥰노스케(佐々木潤之介)는 토요토미 정권에 관한 개설에 대해 "봉건제 성립의 제 지표로서 사회체제의 전개가 왜 조선 침략과 표리 해야 했나"라고 문제를 제기해, "단순히 조선을 시작으로 하는 외교 관계나, 통일 군주로서의 히데요시의 개인적 성격에만 그 근원을 요구하는 것은 올바르지 않다"라고 하는데 이어, "대명 사이의 대립, 무역 진출의 요구가 조선 출병의 직접적인 원인이었다"고 하면서 "조선 침략의 과정에서 국내에서는 이른바 통일을 위한 정책이 급속히 떠밀려 진행되었다"고 강조했다. 구체적으로는 인물을 조사하고 태합 검지를 통한 수확량제의 정비 등을 들었다(사사키, 1965). 같은 일본 근세사 연구를 대표하는 아사오 나오히로(朝尾直弘)도 역사학 연구회 대회 보고에 대해 도요토미 정권은 "대외 침략이라고 하는 국가적 사업을 구실로 군사 동원을 실시하려고"했고, "조선 출병은 … 도요토미 정권의 병역 동원의 수단으로 이용되었다"고 주장했다(아사오, 1964). 또 미키 세이이치로(三鬼清一郎)는 조선 침략에의 군사 동원을 통해 수확량제 병역 체계가 정비된 경과를 구체적으로 밝히고 "국내 통일의 진전과 한국 출병의 준비가 병행해서 진행되어 태합 검지의 시행 원리와 대외 침략의 논리가 결합되어 있던 것 등의 의미가 밝혀지지 않으면" 조선 침략의 평가는 불가능하다고 했다(미키, 1966).

시대를 내려와 도요토미 정권이 전국기적 쟁란 상황을 극복해 평화 질서를 만들어 낸 측면을 높이 평가하는 '豊臣平和令'론을 밝힌 후지키 히사시(藤木久志)는 "도요토미 정권의 조선 침략 특징은 … 그것이 일관되게 국내 통일책에도 그대로 강행되었던 것에서 찾을 수 있다"고 했다. 즉 조선에 대한 복속 명령을 일본 대명에 대해서 내 놓은 '惣無事令'(영토 분쟁의 무력에 의한 해결을 금지하고 도요토미 정권의 재정에 따를 것을 명기한 것)의 연장에 자리 매김 하고, 조선 침략은 이 명령에 따르지 않았던 것에 대한 '정벌'이라고 의식되었다고 한 것이다. 그리고 "국내 통일책 즉 총무사령의 확대를 꾀하는 일본 측에 아마 외국 의식이란 것은 없고, 또 패전 철퇴 후에도 패배 의식보다는 오히려 바다를 넘어 정벌의 고양을 남겼다"고 하는 평가를 이끌어내고 있다(후지키). 이것은 히데요시가 조선・류큐・대만(高山)・르손(필리핀제도)에 대해서는 복속 요구를 행하여 명에 대한 감합 무역의 부활=교역 요구와는 달랐던 것에 주목한 견해이다. 또 미키 세이이치로는 도요토미 정권이 조선에도 수확량제를 도입하려고 했다가 실패한 것을 논하고 있다(미키, 1974). 이러한 것들은 국내 정책의 논리로 히데요시의 조선 침략 의도를 설명하고자 한 견해인데 연구의 구체화가 진행되었다고 말할 수 있지만, 이러한 국가・민족의 차이를 무시한 정책의 평가는 반드시 명확하지는 않다.

한편, 1970년대 이후 동아시아 국제관계론적 시점이 도입되어 새로운 견해가 제시되었다. 사사키 쥰노스케는 "구래의 동아시아 국제 질서 해체의 진전이 우리나라의 사회변동에 어떠한 규정성을 주었고 또한 우리나라 사회변동이 구래의 동아시아 질서의 해체를 어떻게 진행했는가라고 하는 관점"으로 연구를 진행시킬 필요성을 말해, '동아시아 질서에의 반역'으로서의 '대륙 침략'이라는 전망을 논했다(사사키, 1971). 아사오 나오히로도 16세기 명제국의 쇠퇴에 동반하여 동아시아 국제 질서의 해체 및 그 일부로서의 일본 전국 동란이라고 하는 상황을 근거로 해 새로운 이념에 근거하는 국가의 재편성과 동아시아 제국간의 새로운 질서 재건의 과정 안에 통일 정권의 성립과 조선 침략을 자리 매김 했다. 노부나가－히데요시가 국외 세력의 손을 빌리지 않고 자력에 의해서 '천하 통일'을 완수한 것이 자주 독립 의식에 근거하는 '일본형 화이의식'을 낳는 기반이 되어, 명확한 대외 인식이 아닌 문민 우위의 '쵸슈노쿠니(長袖國, 公家의 나라)'에 대한 '무위'의 나라로서 우월 의식에 근거한 침략이 이뤄졌다고 봤다(아사오, 1970).

최근에는 이러한 방향이 한층 더 구체화・명확화하게 되어 가고 있다. 중국 명・청시대사를 전공하는 기시모토 미오(岸本美緖)는 "16세기 후반부터 17세기 전반의 동아시아・동남아시아는 명을 중심으로 하는 국제 교역 질서의 해체와 과열하는 상업 붐 속에서 신흥의 상업=군사 세력이 급속히 신장해 생존을 걸고 충돌한 시기였다"고 한다. 16세기 중국 북방에서의 군사 긴장과 일본의 은 산출의 폭발적 증가가 요인이 되어 일대 상업 붐이 일어났고 명 제국을 중심으로 하는 국제 질서가 동요하는 가운데 동・동남아시아의 주변지역에서 교역의 이익을 경제적 기반으로 하는 신흥 군사 세력이 대두해 국가 형성을 행했다는 동향이다. 일본에서도 '은을 주력 교역품으로 하는 일본 대외 교역의 융성' 가운데 통일 정권 성립의 움직임이 추진되었다고 한다(덧붙여 조선의 국제 교역 붐에의 관여는 수동적・간접적이었다고 되어 있다). 이러한 상황을 근거로 해 기시모토는 "조선・중국까지도 지배하에 넣으려 한 히데요시의 조선 침략은 끓어오르는 도가니와 같이 나라의 경계가 애매하게 되어 있던 16세기의 '왜구적 상황'이 낳은 가장 돌출적 군사 행동의 하나였다"고 평가하고 있다(기시모토).

이러한 상황은 명왕조의 멸망 후, 북쪽의 육상 세력인 여진(만주) 족과 남쪽의 해상 세력인 정씨 세력의 격돌을 거쳐 청왕조의 지배가 확립되는 것(일본에서는 쇄국제가 성립한다)으로 종식된다. 일본 중세사를 전공하는 무라이 쇼스케(村井章介)는 이것을 "히데요시가 뿌린 씨앗을 청이 수확했다고 말할 수 있을지도 모른다"는 평가를 하고 있다. 무라이는 기시모토와 같은 상황인식에서 "16세기의 동아시아에는 … 군사력의 고도 집중에 의한 새로운 국가 형성의 움직임이 태어났다. 그 축이 된 것이 일본의 전국 동란으로부터 통일 권력의 형성과 여진족의 통일이라는 두 개의 국가 형성이다"고 보고 있다. 일본에서는 사회의 고도 군사화가 진행되었고 지배층에는 무력에 기반된 일종의 자신감이 생겨나 그것이 국제사회에 있어서 일본의 자기의식으로 돌아오게 되어, 조선이나 명에 대해서도 강경한 행동을 취하게 되었다고 보고 있는 것이다. 그래서 "전국 동란을 이겨 내 천하를 호령하는 인물이 된 도요토미 히데요시가 보다 큰 자신과 자존 의식을 가지고 국제사회에 임한 것은 당연한 결과였다"는 것이다. 이 점은 아사오의 의견과 공통되고 있다.

이리하여 조선 침략이 16~17세기 동아시아사 전체 안에 자리매김된 것이 오늘에 도달된 단계라고 생각된다. 그 내용은 연구 수준뿐만 아니라, 역사 교육 연구회편 『日本と韓國の歴史教科書を讀む視点』(梨の木社, 2000年)이나, 역사 교육 연구회(일본) · 역사 교과서 연구회(한국) 편 『日韓歴史共通教材 · 日韓交流の歴史』(明石書店, 2007年) 등, 최근에 활발하게 된 일한 공동 편집된 역사 교재의 내용에도 반영되고 있다.

5. 결론－도요토미 히데요시상의 현재

이상, 세 개의 요소에서 일본인의 도요토미 히데요시 이미지 형성에 대해 검토해 왔다. 역사 연구에 동아시아 국제 관계론의 도입은 히데요시의 조선 침략을 근대의 제국주의적 침략과 공통되는 침략・가해・저항이라고 하는 일반성에서가 아닌, 16세기 말 동아시아에서 생긴 사태라고 하는 특수성으로도 이해할 수 있도록 했다. 그에 의해 역사적 의미가 국내・국외라고 하는 테두리를 넘은 동아시아 총체 안에서 밝혀지게 되었다. 그렇다면 히데요시는 구래의 동아시아 질서에의 반역자, 혹은 새로운 질서 형성의 선구자로서 여진족의 누르하치, 폰・타이지와 같은 성격을 붙여도 좋은 것일까. 동아시아 국제 관계론은 히데요시의 조선 침략의 객관적 조건을 분명히 한 것이라고 할 수 있다. 그러나 히데요시의 주관적 의도나 현실의 행위는 그것만으로 설명될 수 없으며 히데요시 혹은 일본 민족의 특수성도 고려하지 않으면 안 된다. 이 때 중요한 것은 그의 일본=神國意識과 무위에 기반한 문관 우위의 '長袖國'에의 우월 의식이다. 또 아마 중세 이래 '삼국(천축・당・본조) 사관'에 근거해 조선의 복속을 당연시하는 것, 조선 멸시도 중요하다. 여기에서 조선에 대해 수확량제・'惣無事'라는 일본 내 논리의 반입을 도모하는 등, 아사오가 지적하듯이 히데요시에게는 정확한 대외 인식이 결여되어 있었다고 하지 않을 수 없다. 이 점은 누르하치나 폰・타이지가 명의 관료・군인과 제휴하고 세력을 확대해 간 것과 대조적이다. 게다가 중요한 것은 조선 침략의 패배에 의해서도 '일본형 화이의식'이 불식 되지 않고 계승되어 그 우월 의식을 지지하는 것으로 히데요시의 조선 침략이 기억되고 있다는 것이다. 그것은 근대 일본의 식민지 정책의 특징인 동화(황민화) 정책에까지 계속 이어졌다고 말할 수 있겠다. 이러한 점을 비판적으로 수용한 히데요시상의 형성이 향후에도 중요하다고 생각된다.

이 보다 또 다른 문제는, 전술한 것 같이 일한 공동의 역사교재 만들기 등의 선진적인 대처가 있다고는 하나 일반적인 교과서에 대해서는 침략이라고 하는 기술은 있지만 그것이 국내 정책과는 분리되어 히데요시의 새로운 국가・질서 형성자라고 하는 '내향의 얼굴'과 침략자라고 하는 '외향의 얼굴'이 통일되어 있지 않고 전체적으로는 침략자로서의 측면이 뒷자리로 물러나고 있다는 것이다. 그것이 앞서 말한 것과 같은 텔레비전 드라마 등에서 형성되는 히데요시 이미지와 결합되어 히데요시상으로부터 조선 침략이 '은폐'되고 있는 현실이 존재하고 있는데에 있지 않을까. 이러한 기억의 망각으로는 진정한 의미의 일한 상호 이해가 실현되지 않는다고 생각되지만 그것을 극복하는 것은 용이하지 않다. 일본사 연구자에 대해서는 앞서 말한 바와 같은 방향으로 연구를 진행시켜 그 성과를 기회 있을 때 마다 보급해 가는 일이 요구될 것이다. 그것은 우회하는 것처럼 보이지만 전술 한바와 같이 연구동향이 일반 사람들의 역사의식에 영향을 주고 있는 것은 확실하기 때문이다.

〈表 1〉 NHK대하드라마로 본 豊臣秀吉

年度	타이틀	時代	秀吉役	信長役	家康役	테마
63	花の生涯	幕末				井伊直弼
64	赤穂浪士	江戸中期				忠臣藏
65	太閤記	織豊期	緒方拳	高橋幸治	尾上菊藏	
66	源義経	平安末～鎌倉				源平爭亂
67	三姉妹	幕末～明治維新				
68	龍馬がゆく	幕末				
69	天と地と	戰國期	浜田光夫	杉良太郎	松山政路	上杉謙信
70	樅の木は殘った	江戸初期				伊達家內紛

71	春の坂道	江戸初期				柳生家
72	新平家物語	平安末～鎌倉				源平爭亂
73	國盗り物語	戰國～織豊期	火野正平	高橋英樹	寺尾聰	齋藤道三
74	勝海舟	幕末～明治維新				勝海舟
75	元祿太平記	江戸中期				忠臣藏
76	風と雲と虹と	平安前期				平將門
77	花神	幕末～明治維新				大村益次郎
78	黄金の日々	戰國～織豊期	緒方拳	高橋幸治	兒玉清	ルソン助左衛門
79	草燃える	鎌倉前期				北條政子
80	獅子の時代	明治前期				自由民權運動
81	おんな太閤記	戰國～織豊期	西田敏行	藤岡弘	フランキー堺	
82	峠の群像	江戸中期				忠臣藏
83	徳川家康	戰國～織豊期	武田鐵矢	役所廣司	瀧田榮	
84	山河燃ゆ	現代				アメリカ移民
85	春の波濤	明治時代				川上音次郎
86	いのち	戰後				女医
87	獨眼龍政宗	戰國～江戸初期	勝新太郎		津川雅彦	伊達政宗
88	武田信玄	戰國期		石橋凌	中村橋之助	武田信玄
89	春日局	江戸初期				徳川家光乳母
90	翔ぶが如く	幕末～明治維新				大久保利通
91	太平記	鎌倉末～南北朝				足利尊氏
92	信長	戰國～織豊期	中村トオル	緒方直人	郷ひろみ	
93前半	琉球の嵐	戰國～近世初期				琉球王國
93後半	炎立つ	平安中期				東北の內亂
94	花の亂	室町中期				応仁の亂
95	八代將軍吉宗	江戸中期				徳川吉宗
96	秀吉	戰國～織豊期	竹中直人	渡哲也	西村雅彦	
97	毛利元就	戰國期				毛利元就
98	徳川慶喜	幕末～明治維新				徳川慶喜
99	元祿繚亂	江戸中期				忠臣藏
00	葵徳川三代	江戸初期			津川雅彦	家康～家光
01	北條時宗	鎌倉後期				蒙古襲來
02	利家とまつ	戰國～織豊期	香川照之	反町隆史	高嶋政宏	前田利家
03	武藏	織豊～江戸初期				宮本武藏
04	新撰組	幕末～明治維新				新撰組
05	義経	平安末～鎌倉期				

06	功名が辻	戰國～江戶初期	柄本明	舘ひろし	西田敏行	山內一豊の妻
07	風林火山	戰國期				武田信玄

注：____은 秀吉가 主人公인 作品, ____은 秀吉가 주로 조연인 作品.

〈表 2〉 尋常小学校 / 国民学校国定历史教科書에 나타난 豊臣秀吉・朝鮮侵略의 記述

	豊臣秀吉의 評価	朝鮮侵略의 目的	結果 評価
第一期・一九〇三年	豊臣秀吉도 또한 尾張에서 나오다. 초기에는 木下藤吉郎이란 이름으로 信長 밑에서 낮은 신분으로 일했으나 智, 勇과 더불어 사람들에게 인정받아 점차 중요한 임무를 맡게된다. …(全國制覇) 왕인의 난 이래 백이십여년간 계속되는 대란으로 , 처음으로 평정되고 일본 전국이 모두 평화롭게 되었다.	국내는 이미 평정했으나 秀吉는 제외국 또한 우리 조정의 위광 아래 따르게 하기 위해 먼저 조선에 안내역할을 맡기고 이를 통해 명나라를 치려고 했다. …그러나 조선이 이를 거절하여…	秀吉는 63세로 병사했는데 諸將들은 모두 유명에 의해 돌아왔다.
第二期・一九〇九年	豊臣秀吉는 尾張의 農家에서 났다. 처음에는 木下藤吉郎란 이름으로 信長 아래 천한 신분이었으나 智勇가 다른 이들보다 뛰어나 점차 중용되었다. …(全國制覇) 왕인의 난이래 백이십여년간 계속되는 대란, 처음으로 평정되고 일본 전국이 모두 평화롭게 되었다.	秀吉는 크게 국위를 해외에 선양하려 해, 國內가 점차 평정되기에 이르자 먼저 明과 우호관계를 가지려 했고 조선으로 하여금 이런 뜻을 전하려 했다 … 그러나 명은 우리의 요구에 응하지 않아 秀吉는 즉시 朝鮮의 육로를 통해 명을 치려했다. 그리고 조선왕에게 이 뜻을 전했으나 조선왕은 명의 위엄을 두려워하여 이를 따르지 않았다.	秀吉는 병으로 사망했는데 諸將들은 모두 유명을 따라 병사를 모아 회군하니 전후 7년에 이르는 외정은 이렇게 끝을 고했다.
第三期・一九二〇年	豊臣秀吉는 尾張의 가난한 농가에서 태어났다. … 秀吉는 천한 신분으로 시작했으나 그 智勇으로 국내를 평정하고 皇室을 존중하며 人民은 안정시키고 나아가 외정 군을 일으켜 국위를 해외에 빛나게 한 호걸이었다. 그리고 그 한편으로 극히 친절한 사람이기도 했다(親孝行・主人思い).	秀吉는 이미 국내를 평정하고 나아가 明과 우호를 맺으려 해, 조선으로 하여금 이런 뜻을 전하려 했다. 그러나 명은 우리의 요구에 응하지 않았고 이에 秀吉는 조선의 육로를 이용해 이를 치려했으나 조선은 명을 두려워해 따르지 않았다.	이미 秀吉는 병에 걸렸다. 慶長三年, 六十三歲로 伏見城에서 세상을 뜨다. 出征한 諸將들은 遺言에 따라 병사들을 회군시키고…
第四期・一九三四	豊臣秀吉는 尾張의 가난한 농가에서 태어났다. … 秀吉는 천한 신분에서 시작했으나 뛰어난 智勇으로 국내를 평정하고 깊이 황실을 존중하고 인민을 안정시켰다. 게다가 外征의 군을 일으켜 국	秀吉는 국내를 완전히 평정하고 나아가 명과의 교류를 맺고자 하여 조선에게 이를 소개하도록 요청했다. 그러나 명은 우리의 뜻을 들으려 하지 않아 秀吉는 조선으로 하여금 안	이 때 공교롭게도 秀吉는 병에 걸려 慶長三年, 63세로伏見城에서 세상을 떴다. 出征한 諸將들은 遺言에 따라 각자 병사들을 회군시켰다…

年	위를 해외까지 빛나게 한 호걸이었다. 그러나 또 다른 한편으로는 극히 친절하고 인정이 많은 사람이었다.	내역을 맡겨 명을 치려했지만 조선은 명이 두려워 이를 거절했다.	
第五期・一九四〇年	豊臣秀吉는 尾張의 가난한 농가에서 태어났다. … 秀吉의 뜻은 이렇듯 이뤄지진 않았으나 우리의 국위는 멀리 외국에 다다르니 국민의 의기도 크게 올랐다. 따라서 멀리 국외로 무역에 나가는 경우도 많아졌다. 일세의 영웅이었던 秀吉는 다른 면에서는 극히 따뜻한 마음의 사람으로…	國內가 완전히 평정되자 秀吉는 朝鮮에 중재를 하게 하여 明과 교류를 맺고자 했다. 그러나 명은 우리의 뜻을 들으려 하지 않아 秀吉는 조선으로 하여금 안내역을 맡기고 명을 치려했지만 조선은 명의 위세가 두려워 이를 거절했다.	마침 秀吉는 病에 걸렸고 慶長三年月, 결국 伏見城에서 六十三歲로 세상을 떴다. 出征한 諸將들은 秀吉의 遺言에 의해 각자 병사들을 돌려보냈다.
第六期・一九四三年	織田信長의 뒤를 이어 국내를 평정하는 위업을 이루고 나아가 세계의 형세에 눈을 돌려 국위를 해외에 빛나게 한 것은 豊臣秀吉입니다. 秀吉는 尾張의 가난한 농가에서 태어났습니다. … 평소 武勇에 마음을 다하고 … 현명했으며 성실하여 … 이렇게 全國平定의 위업을 완성해 … 信長가 그 대에 뿌린 씨는 秀吉에 의해 훌륭히 꽃을 피웠던 것입니다. … 秀吉는 또 한편으로 극히 효심이 깊은 사람이었습니다.	秀吉는 국내 평정의 사업을 진행시키면서 일찍이 다음과 같은 생각을 했습니다. 그것은 조선, 지나는 물론, 필리핀이나 인도까지도 이끌어 일본을 중심으로 한 대동아를 건설한다는 대망이었습니다. 국내가 평정되자 드디어 조선을 중재로하여 명과의 교섭을 시작했습니다. … 조선은 명의 위세를 꺼려 우리의 뜻에 응하지 않았습니다. 그래서 秀吉는 … 먼저 조선에 출병하여 나아가 명을 치려 생각했습니다.	秀吉는 병에 걸려 慶長三年 八月, 결국 六十三歲로 세상을 떠났습니다. 遺言에 의해 出征한 諸將들은 각자 병사들을 모아 귀환했습니다. … 이리하여 秀吉의 大望은 아깝게도 꺾어졌습니다만, 이것을 계기로 국민들의 해외로 향한 마음은 한층 고조되었습니다.
第七期・一九四六年	信長의 뜻을 이어 이것을(全國統一) 이룬 것이 秀吉입니다. … 応仁의 난으로부터 百三十年 남짓 국내는 겨우 평화롭게 되었습니다.… 信長나 秀吉는 항상 나라 전체를 위해 생각했고 여러 가지 새로운 정치를 했습니다. … 세상의 평화를 위해서는 각자 자신의 일에 힘을 최선을 다하는 것이 중요합니다. 그래서 秀吉는 무사 이외의 사람들로부터 칼이나 창, 철포를 내게 했습니다. 이리하여 무기를 든 자와 들지 않은 자의 구분을 확실히 했습니다. 농민은 평화롭게 농사에 전념하면 되는 것입니다. 이것을 가타가리라고 합니다.	秀吉는 일찍이 해외에서는 일찍이 해외에 힘을 넓히려 생각했습니다. 전국을 통일한 후 명을 치려 계획하며 조선으로 하여금 길 안내를 원했습니다. 그러나 조선은 명의 위세를 두려워 듣지 않았기 때문에 먼저 이를 치기로 했습니다.	이번(「慶長의 役」)은 文祿의 役과 같이 잘 이뤄지지 않았지만 조선의 남부에서 어려운 전쟁을 계속했습니다. 그 가운데 秀吉가 죽었기 때문에 유언에 따라 장군들은 모두 나라로 돌아갔습니다. … 이 역으로 7년이 걸렸는데 많은 사람들의 생명과 많은 비용의 낭비만 하게 되었습니다.

〈表 3〉 小学校社会科教科書에 보이는 朝鮮侵略의 記述

	日本書籍	東京書籍	中教出版
一九五〇年代	記述없음	記述없음	16世紀 말, 秀吉는 두 번이나 조선으로 군대를 보내 조선, 명의 연합군과 싸웠습니다. 한 때는 북조선까지 쳐들어갔으나 조선 사람들은 나라를 지키며 용감히 싸웠습니다. 게다가 秀吉의 해군에 져서 물건을 옮길 수가 없게 되어 끝에는 형편없는 꼴이 되었다. 그 가운데 秀吉가 죽어버려 군대는 그를 계기로 조선에서 떠났다(54年). 오사카성을 세워 국내를 통일한 秀吉는 大陸까지 進出하려고 하여 두 번에 걸쳐 조선에 출병했습니다. 그러나 秀吉는 전쟁 가운데 죽어 이를 계기로 군대를 거두었습니다(59年).
一九六〇年代	秀吉는 천하를 통일한 기세를 몰아 두 번이나 조선에 출병했습니다만 그 싸움이 끝나기 전에 죽었습니다.	秀吉는 또 대륙에도 손을 뻗으려 조선에 두 번이나 병사들을 보냈습니다. 그러나 전쟁이 끝나기 전에 秀吉는 죽었기에 군대는 일본으로 돌아왔습니다.	秀吉는 국내를 통일하더니 대륙에도 힘을 펼치려 두 번에 걸쳐 조선에 군대를 보냈습니다. 그러나 그 전쟁이 끝나기 전에 죽었습니다.
一九七〇年代	秀吉는 무역에 힘을 들여 … 또한 조선을 정복하려고 했지만 실패했습니다.	秀吉는 또한 해외에도 눈을 돌려 남방으로 나가 무역선을 보호했습니다. 또한 명을 정복하려고 조선에 두 번이나 대군을 내보냈습니다만 그것은 실패로 끝났습니다. 이에 대해 명의 원군이나 조선 사람들은 격렬하게 저항했습니다. 곧이어 秀吉가 병사하여 군대를 돌렸습니다(76年檢定). 秀吉는 어린 아들의 장래를 염려하면서 병사하였습니다(79年檢定).	秀吉は, 國內ばかりでなく, 海外にも目を向け, 南方の國々との貿易を保護するいっぽう, 大陸へ力をのばそうとして, 二度も朝鮮に兵を出しました. しかし, 秀吉は戰いのとちゅうで死に, 兵を引きあげたので, ったかいはそのまま終わりました. 朝鮮 사람들이나 명(中國)의 원군의 격렬한 저항에 고전하여 실패로 끝났습니다(77年).
一九八〇年代	天下를 통일한 秀吉는 명(中國)의 정복을 계획하여 조선도 이에 따르게 하였으나 거절당해 두 번이나 조선을 쳐들어갔습니다. 그러나 조선의 민중의 격렬한 저항에 골치를 앓고 힘을 만회한 조선의 수군과 명의 원군에 져서 계획은 실패로 끝났습니다.	同上	天下를 통일한 기세를 몰아 秀吉는 中國(明)을 정복하려 조선에 안내를 명령했습니다만 조선을 이에 응하지 않았습니다. 그래서 두 번이나 조선에 대군을 보냈습니다. 그러나 조선의 사람들과 명의 원군의 격렬한 저항에 골치를 앓았습니다. 그래서 秀吉가 죽자 모든 일본군은 돌아갔습니다. 이 秀吉의 조선침략은 조선의 사

			람들에 커다란 고통을 줄뿐 아니라 豊臣氏의 힘을 쇠퇴하게 되었습니다.
一九九〇年代	1980年代에 가세한 諸大名의 군세 15万人정도를 상륙시켰습니다. 처음에는 明과의 국경 가까이까지 침입했습니다만, 조선민중의 저항과 힘을 만회한 조선의 수군 등에 패배하여 두 번의 조선 침략은 실패로 끝났습니다. 秀吉는 이 전쟁 가운데 죽었습니다.	이윽고 秀吉의 야심은 해외로 눈을 돌리게 되어 中國(明)을 정복하려고 두 번에 걸쳐 朝鮮에 침략했습니다. 이 침략으로 국토는 황폐해져 많은 조선인이 살해되거나 일본에 끌려 왔습니다. 그러나 조선군과 조선 사람들의 반격이나 명의 원군에 의해 퇴각하였고 秀吉는 그 가운데 大阪城으로 병사하였습니다.	秀吉는 천하를 통일한위세로 명을 정복하려 생각했습니다. 중개를 부탁했으나 조선이 응하지 않았기에 朝鮮半島에 두 번이나 대군을 보냈습니다. 이 때 陶磁器나 印刷의 기술자가 일본에 끌려왔습니다. 日本軍은 朝鮮 사람들이나 명의 군대의 격렬한 저항을 받아 고전했습니다. 그 전쟁은 조선의 국토는 황폐해졌고 秀吉의 힘도 약해졌습니다.

〈表 4〉 中学校社会科教科書에 나타난 朝鮮侵略의 記述

	日本書籍	東京書籍	清水書院
一九五〇年代	秀吉는 … 明과의 무역을 계획했습니다만 명이 요구에 응하지 않았기 때문에 무력에 의해 해결하려고 조선반도에 출병했습니다. 가장 큰 出兵의 목적은 무역만이 아닌 명을 정복하고 영토를 넓히려고 생각했던 것이다. 1592年(文祿元)의 第一回 조선출병은 즉시 경성을 무너뜨리고 만주와의 국경을 넘을 정도였지만 그러는 가운데 강화하게 되어 일단 군대를 철수시켰다. 秀吉는 明이 패배한 것으로 여러 조건을 냈지만 명의 사절이 가져온 조건은 秀吉가 명에 복종할 것이었다. 이렇게 講和가 정리되지 않았으므로 다시 출병했으나 이윽고 1598年(慶長 3)에 秀吉가 사망해서 전군을 철수시켰다. / 이렇게 전후 7年에 걸친 戰爭은 허무하게도 다수의 인명을 잃었고 조선의 국토를 황폐시켰으나 明도 朝鮮에 대군을 보내 전후에도 오랫동안 조선에 주둔했는데 경제상의 부담도 컸고 이윽고 멸망하게 되는 원인이 되었다. / 이 전쟁 때 제 대명이 조선에서 도공을 데리고 온 것은 각지에 도업이 일어나는 기초가 되었다. … 또한 이 때에 조선에서 활자 인쇄의 기술도 전해졌고 동활자로 몇가지 서적이 출판되었다(51年). 게다가 秀吉는 明과의 무역을 계획했고 더욱	또한 秀吉는 멀리 인도, 필리핀, 대만 등에 편지를 보냈고 무역을 번성하게 되었다. 게다가 조선에 두 번이나 군대를 보냈고 조선이나 명과 싸웠다. 그러나 갑자기 秀吉가 죽었기 때문에 철군했다.	또한 인도, 필리핀, 대만 등에는 편지를 보내어 통상을 행했고 게다가 명과의 무역도 원했는데 명이 받아들이지 않은 것을 계기로 조선에 출병하여 명과의 전쟁을 일으켰다. 그러나 그 가운데 秀吉가 병사했기 때문에 철군했다.

	이 명의 정복을 세웠고 그 시작으로 명을 따르고 있던 조선에 2회에 걸쳐 출병했다. 그러나 그는 군대가 조선과 명의 연합군과 싸워 진전이 어려운 가운데 사망했다(56年).		
一九六〇年代		秀吉는 국내를 통일하는 데에 만족하지 않고 명으로도 진출하려 생각했다. 그리고 그 행로인 조선에 두 번에 걸쳐 대군을 보내 명이나 조선군과 싸웠다. 그러나 두 번째의 전쟁은 불리하게 되었고 그 사이 秀吉가 병사했으므로 군대를 철수시켰다. / 이 두 번에 걸친 싸움으로 조선은 크게 손해를 입었고 명도 국력이 떨어졌다. 일본에서도 이 출병은 전쟁의 비용이 많아져, 豊臣씨의 몰락을 재촉하게 되었다(61年). 秀吉는 전국을 통일하자 명에도 진출하려 생각했다. 그 중개를 조선이 거절하자 秀吉는 두 번에 걸쳐 조선에 대군을 보내 명이나 조선군과 싸웠다. 그러나 두 번째의 싸움은 불리하게 되었고 그 사이 秀吉가 병사하여 전군이 철수했다. / 명은 이 전쟁과 왜구 등으로 고전하다 그 세력이 쇠퇴하고 내란으로 멸망하였고 이윽고 남하한 만주인이 청을 세웠다. 일본에서도 이 출병으로 경제 상 큰 부담을 가졌다. 또한 제 대명들 간에 불화가 일어나 豊臣씨의 세력은 약해졌다(65年).	
一九七〇年代	國內를 통일한 秀吉는 필리핀에 조공을 요구했고 대만에도 조공을 요구하는 사신을 보냈다. 게다가 中國(明)을 정보시키려 생각해 군대의 통행을 인정하게 하려 조선에 요청했다. 이에 대해 조선은 명에 명을 따르고 있는 관계도 있어 회답을 주지 않았는데 秀吉는 \諸大名에 출진을 명했다. 日本軍은 즉시 首都京城(서울), 그 외 지역을 점령했다. 그러나 朝鮮義勇軍(人民軍)의 반항이 각지에서 일어났고 수군의 힘도 강하게 된데다 明의 원군도 조선에 와 진격은 어렵게 되었다. / 그래서 日		이어서 秀吉는 명으로의 진출을 각해 먼저 명과의 국교 개시 중가 조선에 요구했다. 그러나 조선이 를 거절했기에 두 번 걸쳐 諸大名 군을 조선에 보내 조선이나 명의 과 싸웠다. 그런데 이 전쟁이 끝 기 전에 秀吉가 병사하여 제 대명 군대를 거두었고 秀吉의 출병은 패했다(71年). …이 싸움은 조선 사람들에 큰 손를 입힘과 동시에 豊臣씨의 세력

	本軍은 明과 휴전했고 병사들을 철군시켰다. 그러나 강화의 조건에 대해 의견이 모아지지 않아 다시 한번 출병했다. 朝鮮・明의 연합군에 골치가 아파하는 때에 秀吉가 유언 하고 사망하여 전군은 귀국했다. 이 싸움을 각각 文祿의 役, 慶長의 役라고 한다. 이 전쟁을 한 조선인의 피해는 컸다(71年). …前後 6年에 걸친 이 싸움으로 조선의 손해는 컸으며 마을과 촌락은 황폐해졌고 시체는 산처럼 쌓여 오랫동안 버려졌다고 한다. 또한 도공 등 많은 기술자가 일본에 끌려왔다. 九州의 有田燒 등은 이런 사람들이 시작한 것이었다(75年).		약화시키는 결과가 되었다(78年).
一九八○年代	자신의 위광을 외국에까지 보이고자 한 秀吉는 국내 통일을 이뤘고 명을 정복하려했다. 그를 위해 秀吉는 1592年, 諸大名의 군세를 15만 명 가까이 조선에 침입시켰고 곧이어 漢城(지금의 서울) 등을 점령하여 명의 국경 가까이 공격했다. 그러나 조선의 민중도 각지에서 일어났고 이윽고 수군의 힘도 증가된 데다 명의 원군도 있어 일본군은 밀리게 되었다. 그래서 秀吉는 휴전하고 강화에 대한 교섭에 들어갔다. 그러나 강화는 성립되지 않았고 秀吉는 다시 전쟁을 시작했다. 이번에든 朝鮮・明의 연합군에 크게 고전했다. 이 때 秀吉가 죽었고 전군은 철수했다. / 日本軍에 따라갈 것을 명령받은 1사람의 승려는 일본군의 잔악한 행위를 보고 "들도 산도 불탔고 사람을 잘랐으며 사람의 목을 묶었다. 이에 부모는 자식을 한탄스럽게 생각하고 자식은 부모를 찾아 헤매는 비참한 광경을 봤다"고 일기에 적고 있다.	秀吉는 또한 국내의 통일만으로 만족하지 않고 명에도 진출하려 생각했다. 그리고 그 길의 통로에 해당하는 조선에 두 번에 걸쳐 대군을 보냈고 명이나 조선군과 싸웠다. 그러나 점령한 지역에서도 의병이라고 불리는 조선 민중의 무장저항을 만났고 정차 전쟁은 불리하게 된데다 秀吉가 병사하여 군대를 철수시켰다. / 이 두 번에 걸친 싸움으로 조선은 크게 손해를 당했고 명도 국력이 약화되었다. 일본도 이 출병으로 전쟁 비용이 들어 豊臣씨의 몰락을 서두르게 하였다.	秀吉는 九州 평정에 성공하자 명이나 조선으로의 진출을 꾀하였고 또한 인도 필리핀 대만에 편지를 보내 조공을 보낼 것을 요구했다. / 명으로의 진출을 생각하자 秀吉는 먼저 조선에 내공을 요구했다. 조선은 이에 응하지 않았기에 1592年(文祿元) 秀吉는 16만이나 되는 병사를 보내 조선에 침입해 조선군이나 명의 원군과 싸웠다. 그러나 조선의 의용군이나 민중의 강한 저항을 만나자 강화를 맺었고 秀吉軍은 일본에 돌아갔다. 이 출병의 배후에는 諸大名의 영토 확장욕, 상인의 이욕 등이 얽혀있었다고 생각된다. / 더욱이 五年後, 秀吉는 재차 조선에 병사를 보냈는데 이 싸움이 계속되는 가운데 秀吉는 병사했기에 諸大名은 군사를 돌렸다. / 이 두 번에 걸친 싸움에서 군수품이나 군마를 모은 농민과 병사를 조선까지 옮긴 어민의 부담은 컸다. / 前後 七年間이나 전장이 되어버린 조선에서는 병사를 시작으로 다수의 인명을 잃었고 국토는 황폐화되었으며 많은 문화재도 파괴되어 큰 손해를 봤다. / 한편 출병한 일본의 서국 제 대명의 다수는 조선의 도공을 데려와 영토 내 도자

			기를 만들게 했다. 그 외 조선의 책이나 미술을 가져왔고 우리나 의 문화에도 영향을 끼쳤다.
一九九〇年代	자신의 세력을 외국에까지 넓히려고 생각한 秀吉는 국내통일을 이루자 명을 정복하고자 했다. 이를 위해 秀吉는 1592年, 諸大名의 군세 15만여 명을 조선에 침입시켰다. 일본군은 즉시 漢城(지금의 서울) 등을 점령해 명의 국경가까이 공격했다. 그러나 조선의 민중이 각지에서 일어났고 이윽고 수군의 힘을 증가해오며 게다가 명의 원군도 있어 일본군은 물러났다. 이 때 秀吉는 휴전해 강화에 대해 교섭했다. 그러나 강화는 성립되지 않았기 때문에 秀吉는 또 다시 전쟁을 시작했다. 이 전쟁에서 일본군은 이렇다 할 전과를 올리지 못했다. 이 때 秀吉가 사망하여 전군이 철수했다. / 日本軍에 따라 갈 것을 명받은 승려는 일본군의 잔악한 행위를 보고 "들도 산도 불탔고 사람을 잘랐으며 사람의 목을 묶었다. 이에 부모는 자식을 한탄스럽게 생각하고 자식은 부모를 찾아 헤매는 비참한 광경을 봤다"고 일기에 적고 있다.	(秀吉는) 對馬의 宗氏에 朝鮮을 일본에 복속시키고자 명을 내렸고 일본에 온 조선 사절에 명을 공격하도록 협력할 것을 요청했다. … 秀吉는 조선이 요청을 거절하자 먼저 조선에 군을 보내기로 했다. 1592年(文祿元), 秀吉의 명령을 받은 대명들은 부산에 상륙하여 首都 漢城(현재의 서울)을 점령하고 小西行長는 평양까지 진격했다. 일본군은 철포로 무장했고 또한 당시의 조선정부는 내부에서 대립이 있어 효과적인 대응을 할 수 없었다. / 그러나 각지에서 민중에 의한 의병이 저항운동을 일으켰고 명도 조선에 구원 군사를 보냈다. 조선남부에서는 이순신의 수군이 일본의 수군을 물리쳐 일본군의 자유로운 행동을 빼앗았다. / 이로 인해 일단 휴전하여 명과의 강화를 진행하려 했으나 그 내용에 불만을 가진 秀吉는 다시 출병을 명령했다. 일본군은 처음부터 고전하였는데 秀吉가 병사하자 全軍에 철군을 명령했다. / 이 7년에 걸친 싸움으로 조선에서는 많은 사람들이 살해당했고 일본에 끌려왔으며 전토는 황폐했다. 명도 원군을 보낸 탓에 국력이 떨어졌다. 일본의 무사와 농민도 무거운 부담에 힘들어했고 대명의 불화도 표면화하여 豊臣氏 몰락의 원인이 되었다. / 조선에서 끌려온 도공에 의해 훌륭한 기술이 전해져 … 후에 각지에서 명산이 되는 자기나 도기가 탄생했다.	秀吉는 조선이나 류큐에 대해 조 을 요구했고 명에의 침략을 세워 · 1592年(文祿元)에는 조선이 이것 응하지 않자 秀吉는 조선에 대군 보냈다. 일본군은 한성에서 평양 진출했는데 조선 각지의 민주 봉 나 이순신의 수군, 명의 원군 등 강한 저항을 만나 각지에서 고전 다(文祿の役). 강화 뒤에 1597年(長 2), 재차 秀吉는 출병했는데 다 해 秀吉가 병사함으로 일본은 철 했다(慶長の役). 이 두 번에 걸친 병으로 대명이 받은 부담이나 타 은 컸으며 豊臣씨의 쇠퇴를 앞당 게 되었다. / 前後 七年間이나 침 을 받은 조선에서는 많은 인명이 앗겼으며 다수의 조선인 포로가 본에 끌려왔다. 國土나 문화재도 폐하게 되어 많은 피해를 입었 또한 조선에 원군을 파견한 명은 멸망했고 그를 대신하여 청이 성 했다(96年). 7年間에 걸친 침략을 받은 조선에 는 국토나 문화재가 황폐하게 되 고 산업이 파멸되었으며 일반 민 을 포함한 많은 사람들이 인명을 었다. 또한 유학자나 도공 등 2만 이상의 조선인이 포로로 일본에 려왔는데 조선의 앞선 기법이 일 에 전해졌다. … 朝鮮을 공격한 본의 무장 중에는 조선의 문화에 동하여 조선군에 편이 된 인물도 었다(01年).

〈토론문〉

池 享「豊臣秀吉像の創出」

이계황
(인하대학교)

본 논문은 토요토미 히데요시상이 패전전에서 현재에 이르기까지 어떻게 형성되어 왔는가, 그리고 그렇게 형성된 히데요시상은 어떠한 것이었는가를 다루고 있다. 우선 히게요시상을 형성하는 요소로 1)소설 등의 문학 작품, 2)학교에서의 역사교육, 3)전문가에 의한 역사연구를 들고, 본 본문에서는 1)NHK의 대하드라마, 2)역사 교과서, 3)역사학자들의 임진왜란 연구를 소재로, 그것을 분석하여 히데요시상의 창출과의 관련성을 논하고 있다.

· 본 논문은 NHK를 볼 수 없는 한국인들에게 NHK 대하드라마에 자주 방영되는 히데요시상을 이해하는데 큰 도움이 되었다는 점, 그리고 전문가가 아니면 관심을 가지기 어려운 교과서, 특히 패전전의 교과서에 나타난 임진왜란에 대한 기술을 알 수 있었다는 점, 그리고 임진왜란 원인에 대한 일본학계의 제학설을 일목요연하게 소개, 일본학계의 연구 성과를 알 수 있었다는 점에서 대단히 유의의한 발표였다고 생각한다.

· 전국－직풍정권을 소재로 한 NHK 대하드라마에 대해 ; 4년 1회 꼴로 방영, 이렇듯 자주 제작 방영되고 높은 인기를 유지했던 이유는 이 시기가 일본 역사상의 최대의 변혁기로 다이나믹성을 가지고 있고,

그 속에서 살아가던 인물들의 강열한 개성, 그리고 역경을 이겨나간 인물들의 열정/격정성 등을 들 수 있겠다. 그 중에서도 노부나가, 히데요시, 도쿠가와 이에야스, 특히 히데요시의 삶은 극적 효과가 매우 크다. 그럼에도 불구하고 4년 1회 꼴로 방영되는 것은 단순히 시청율의 문제라고만 보기는 어렵다. NHK가 공영방송으로 시기 시기의 현실적 문제의식을 가지고 대하드라마를 제작하였다고 볼 수도 있다. 만약 그러하다면, 각 시기 시기에 어떠한 사회문제/분위기가 있었을까 궁금해진다.

· 패전 후 소학교 교과서에서 50년대에는 조선인의 저항과 일본군의 고전이 기술되었으나, 1960년대에는 기술은 있지만, 간략하고 목적이 애매, 조선의 저항과 일본군의 고전이 기술이 없다는 점이 지적되어 있다. 그 이유는 무엇일까가 궁금해진다. 그리고 1970년대의 임진왜란의 기술이 정복, 저항, 고전, 실패를 중심으로 기술된 것, 1980년대의 기술이 한일간의 관계에 의해(인국조항)에 의해 정복, 가해, 저항, 실패한 것이라면, 이것은 일본 교과서의 기술이 외재적 요인에 의해 좌우되고 있고 있다는 점을 나타내며, 이는 1990년대 이후의 기술에서 소위 "'중용'적 교과서의 채용이 증가"한다는 점도 역사 교육의 외재적 요소를 나타내는 것으로 볼 수 있다. 이러한 것은 일본 교과서가 주체의 결여와 타자에 대한 인식의 결여를 나타내고 있다고 보인다. 이에 대한 선생님은 어떻게 보고 계신지 궁금하다.

· 마르크스주의 역사 방법론에 입각한 1960년대의 막번체제론에 입각한 임진왜란 원인의 설명이 일국사의 시야에서 역사학을 전개하는 한계점을 가지고 있었다는 측면은 말씀하신대로 이나, 그렇다고 1970년대 이후의 국제관계론적 시점의 도입이 임진왜란의 원인을 설명할 수 있는 대안이 될 수 있는가 하는 점에 의문이 든다. 히데요시정권의 '대륙침략'의 목적지가 명에 있다고 보는 견해를 지지하면서 국제관계론적 시점으로 설명하다면, 피해 당사국 조선은 국제관계에 희생된 것으로 위

치될 수 밖에 없다. 국제관계론의 시점에서 보면, 일본과 중국은 동아시아사에 위치하나, 조선은 동아시아사에 위치할 수 없는 것은 아닌가하는 의문이 든다.

豊臣秀吉像の創出

池　享
(一橋大)

1. はじめに
2. 大河ドラマに見る秀吉像
3. 教科書に見る秀吉像
4. 豊臣政權・朝鮮侵略評價の研究史
5. おわりに豊臣秀吉像の現在

1. はじめに

私に与えられた課題は，現在の日本人が抱いている豊臣秀吉のイメージが，どのように作り出されたのかを，朝鮮侵略との關わりを意識して検討することである．日本中世史を勉强しているに過ぎない私にとっては手に余る課題だが，日韓の相互理解を深める上で今回の大會がもつ意義を理解し，歷史研究者の責任として敢えてお引き受けした次第である．十分な內容ではないが，議論の一助となれば幸いである．

本報告では，日本人の豊臣秀吉像を形成する三つの要素を設定している．第一に，小說や映畵・テレビドラマなどの文芸・娯樂作品である．第二に，學校における歷史教育である．第三に，專門家による歷史研究である. 一般の日本人にとっては, 文芸・娯樂作品で描かれた秀吉像がイメージの基本となるだろう. 同時に, 歴史教育, とりわけ初等・中等教育(小學校～高等學校)における歴史教育の影響も大きいと考えられる. 専門的歴史研究の内容は一般の人々には直接の影響を与えないが, 啓蒙書や歴史教育を通じて影響を与えている. また, 歴史研究の内容自体も社會状況や一般の人々の意識状況と大きく關係している. このように, 三者の間には固有の役割と相互關係があると考えられる.

具体的には, 文芸・娯樂作品については, NHKの大河ドラマを題材として取り上げる. 歴史教育については, 戰前からの歴史教科書を題材として取り上げる. 歴史研究については, 豊臣政權・朝鮮侵略の評価をめぐる研究史を検討する. 最後に, これらを踏まえて, さしあたりの結論をまとめたい.

2. 大河ドラマに見る秀吉像

NHK大河ドラマは, 週1回45分間放映され基本的に1年間で完結する長編歴史ドラマである(ただし1993年は, 半年完結を2作放映した). 1963年に始まり, 今年の「風林火山」で46作目となる. 時間帯は日曜日の午後8時台というゴールデンアワーだが(第1作のみ月曜日9時台), これまでの平均視聴率は20%台であり(最高平均視聴率は1987年の「獨眼龍政宗」で39.7%, 最低平均視聴率は1994年の「花の亂」で14.1%, 昨年の「功名が辻」は20.9%), 中高年層を中心に多くの國民が視聴している.

舞台となる時代は, 16世紀後半の戰國～織豊期が最も多く14回で, 他には19世紀半ばの幕末～明治維新期の8回が目立つ. 他にも12世紀末の源平爭亂(治承壽永の內亂)期が3回あり, 時代が轉換する激動期が選ばれやすいことを示している(17世紀末～18世紀初頭の江戶中期＝元祿時代が4

回あるが，これは日本では必ずヒットするとされている赤穂事件＝「忠臣藏」をテーマとしたものであり，例外的である)．この中でも，戰國～織豊期をテーマにした作品は一般的に視聽率が高い．1980年代には「獅子の時代」・「山河燃ゆ」・「春の波濤」・「いのち」など近現代史がテーマに取り上げられたが，視聽率が高くなかったためか長續きしなかった．また90年代には，昭和天皇の死去に伴い「皇室タブー」が緩んだためか，はじめて南北朝內亂を扱った「太平記」が放映され，沖縄・東北地方という「辺境」を舞台とした「琉球の嵐」・「炎立つ」など意欲的な企畫も見られたが，定着はしなかった．結局，今日に至るまで戰國～織豊期が最も頻繁に取り上げられる結果となっている．

その中でも，豊臣秀吉はきわめて頻繁に登場している．主人公となったのが，「太閤記」(1965年)・「おんな太閤記」(1981年)・「秀吉」(1996年)の3回で，「忠臣藏」の大石內藏助を除けば第1位である．また，主な脇役として登場する回數は8回で，視聽者は4年に1度は秀吉にお目にかかる計算となる．秀吉は歷史上の人物として，源義経・織田信長・坂本龍馬などとともに人氣があり，國民文學作家と呼ばれる吉川英治の小說『新書太閤記』があったため，本來は2作(「花の生涯」舟橋聖一原作・「赤穗浪士」大佛次郎原作)で終わるはずだった大河ドラマの第3作に「太閤記」が選ばれたようである．ちなみに平均視聽率は，「太閤記」31.2%，「おんな太閤記」31.8%，「秀吉」30.5%といずれも高い．

秀吉の人氣は，何よりも農民の出身でありながら，次々と出世して遂に天下をとり「位人臣を極め」たことによっている．『新書太閤記』の基調もそうした成功物語であり，すでに1957年には「サラリーマン出世太閤記」という東宝映畫が上映されていたように，自らの出世願望と重ね合わせて秀吉を見ていた人たちも多かったと思われる．また，「太閤記」放映当時の日本社會は東京オリンピック直後の高度經濟成長期であり，「太閤記」も開通したばかりの東海道新幹線が疾走するシーンから始まっている．こうした，個人の出世と社會の發展を二つながら体現した人物として，秀吉はイメージされたのである．周知のように，まさに農民の子弟から內閣總理大臣にまで出世し，「日本列島改造計畫」で経濟成長を推進しようとした田中角榮は，「今太閤」と呼ばれた．

秀吉のキャラクターは，冷たさを感じさせる主人の織田信長とは對照的に，憎めない愛嬌を感じさせる．秀吉は幼名を日吉丸といい，日吉神社の使いが猿だとされていることからか，サルとも呼ばれていた．實際の肖像畵を見ると，サル顔というよりはネズミ顔であり，信長も「はげネズミ」と呼んでいたようだが，一般にはサル顔と思われている．そのため，「太閤記」でもサルに似た顔ということで，当時新國劇に所屬していた若手の緒方拳が秀吉役に抜擢されたという．劇中でも「サル」・「サル」と呼ばれ，秀吉＝「サル」はすっかり定着してしまった．その後の秀吉役を見ても，信長役とは違い，「二枚目」ではなく獨特の活力を感じさせる個性的な俳優が選ばれている．これは，信長の草履を暖めておいたり，清洲城の普請や墨俣城の築城を迅速に行うなど，豊かな才覺により出世したという点の强調につながっている．

それでは，朝鮮侵略はどのように描かれていたか? 殘念ながら，私の記憶には全くない．最晩年の老いさらばえた秀吉が，鼻水を垂らしながら嫡子秀頼の行く末を「五大老」に託した姿しか思い浮かばない．そもそも，原作の『新書太閤記』は秀吉が頂点を極める直前で終わっており，朝鮮侵略に關する記述はない．こうした傾向は後の作品にも見られ，「ウィキペディア」によれば，「秀吉」では「織田信長の死までは秀吉の光り輝くサクセスストーリーが展開されるが，天下人となった後は朝鮮出兵や千利休の切腹など，秀吉の陰の部分にも注目する展開になっている．しかし，話自体は秀吉が榮華を極めていた時期，史實からすると(弟の)小一郎秀長や，母・なか(大政所)

が亡くなった時点で終了し，甥・秀次一家の慘殺や朝鮮出兵の失敗などの晩年の暗い部分はカットされた. この理由としては，NHKが中華人民共和國や韓國の國民感情に配慮したドラマ作りをする傾向なったからとも，渡(哲也)演ずる信長の延命嘆願が殺到しスケジュールが押したからだとも言われる.」しかし，明確な根據は示されておらず，眞相は良くわからない.「太閤記」の場合は，二で述べるように抹消すべき忌まわしい記憶と考えられていたと思われる.

このように，理由は違っているが，大河ドラマ上の豊臣秀吉は，出世街道を驀進する成功者として描かれており,「晩年の暗い部分」は意識的にカットされ，視聴者の記憶には全く殘らない結果となっている.

3. 教科書に見る秀吉像

1）戰前の國定教科書

明治維新後に學制が布かれると，小學校から歷史が科目として敎えられることとなった. しかし，それに對応した歷史教科書の編集は遲れ，とりあえず歷代天皇の事績を列擧した『史略』・『日本略史』が作成された. その後，民間で樣々な教科書が編集されたが，基本的には賴山陽『日本外史』など，江戸時代の歷史書を兒童向けに仮名交じり文に書き改めた程度のものだった. 1880年(明治13)に教育令が改正されたのに伴って「小學校教則綱領」が定められ，歷史は「緊要の事實，その他古今の人物の賢否と風俗の變更等の大要を授くべし，およそ歷史を授けるには，務めて生徒をして沿革の原因結果を了解せしめ，殊に尊皇愛國の志氣を養成せんことを要す」とされた. 当時は檢定制度をとっていたので，「綱領」に基づいて樣々な歷史教科書が編集された. ただし，文部省は「小學校用歷史編纂旨意書」を作成し，基本方針と編纂の体裁を示している. その中で, 戰國～織豊時代については,「応仁の亂, 武人の割據, 甲越の戰, 外交, 政治及び風俗, 織田信長, 豊臣秀吉, 朝鮮征伐, 關ヶ原の戰, 外交, 政治及び風俗」の項目を建てることとされている.

1891年(明治24)に公布された「小學校教則大綱」では, 日本史教育について「日本歷史は本邦國体の大要を知らしめて, 國民たるの志操を養うをもって要旨とす. 尋常小學校の教科に日本歷史を加えるときは, 鄕土に關する史談より始め, ようやく建國の体制, 皇統の無窮, 歷代天皇の盛業, 忠良賢哲の事蹟, 國民の武勇, 文化の由來等の概略を授けて, 國初より現時に至るまでの事歷の大要を知らしむべし」と, その目標を示した. 大日本帝國臣民養成の思想教育に最大の眼目が置かれたのである. その後, 1902年(明治35)に教科書採用をめぐる贈收賄事件が起こったのをきっかけに, 教科書國定制度が取られることとなった. 以後, 戰後の1946(昭和21)に至るまで, 七期分の國定教科書が編集された(表2參照).

各期教科書の特徵を簡單に記すと, 第一期(1903年)は, 十分な準備が成されておらず急速に編集されたもので, 各時代を代表する人物を選んで「課」の題名とし, 人によって事實を記することを基本方針とした. 該当部分で選ばれたのは「応仁の亂, 英雄の割據, 織田信長, 豊臣秀吉, 德川家康」である. 緊急だったこともあり, 検定教科書の內容を基本的に引き継ぐものだった. 第二期(1909年)は, 急速に編集された第一期教科書を實際の使用経驗に基づき改訂したもので, 基本方針は変わっていない. しかし, 日露戰爭後のナショナリズム高揚期にあたり, 忠孝の道德や皇國思想がより强調されるようになり, 說明が詳しくなり挿繪も想像畵を加えて豊富となった. しかし, 編集後南北朝正閏問題が起きたため, 南北朝並立を書き改め, 南朝を「吉野の朝廷」と書き改め內容も変更した修正版が發行された. (なお, 韓國併合が行われたのは1910年である).

第三期(1920年)は, 第一次世界大戰が終わった大正デモクラシー期にあたり, 兒童の側に立った教育を目指す新教育運動が起こった頃に編集されたもので, その影響を受けてより分かりやすい內容となっている. しかし同時に, 思想教育的性格は一層强められ, 國体の優越性・皇室の尊嚴・國民精神の涵養等が强調された. 第四期(1934年)は, 滿州事変勃發後のアジア情勢の变化により修正を加えたものだが, 全体としての改訂はない. ただし, 文語体から口語体へと書き改められ, より讀みやすくなっている. 第五期(1940年)は, 日中戰爭開始後の情勢の変化に對応するため, 短期間で修正が行われたもので, 中國侵略の本格化という「國運の進展」と「國民精神の自覺」により, 「國体明徵の徹底」を図ることを基本方針としたが, 著しい改訂はなかった.

第六期(1943年)は, 「皇國の道に則りて初等普通教育を施し, 國民の基礎的錬成を爲す」ことを目的とする國民學校制度の導入により, 內容が大きく変更された. 「國体の精華」の「明徵」, 「國民精神」の「涵養」, 「皇國の使命」の「自覺」が教育の任務とされた. こうした立場から, 「皇國史觀」が前面に押し出され, 構成においても人物が後景にしりぞき, 「皇國」の發展を印象づけるタイトルが付されるようになり, 叙述も感動を与える讀み物的性格を强くした. 教材選擇の基準として, 大義名分の明確化・海外發展の氣宇養成の二つが重点とされた. ただし, 使用されたのは敗戰までの二年あまりである.

第七期(1946年)は, 敗戰に伴って戰時教育が停止され, かわって民主主義教育・文化國家建設が文教政策の基本とされたことに對応して編集されたもので, 「くにのあゆみ」と題されている. したがって, 第六期とは大きく異なっており, 神話は除かれ天皇に關する叙述の改編された. また, 日本人の海外發展の叙述が削除され, 戰爭叙述も変わった.

以下では, 豊臣秀吉の評価と朝鮮侵略問題に限って, 叙述內容を具体的に検討する. 第一に, 秀吉の人物評価について. まず出自については, 第一期から第六期まで「低き身分」・「尾張の貧しい農家」など, 農民出身であることが述べられている. また, 資質として「智」と「勇」に勝れているという指摘もほぼ共通している. これらは小瀬甫庵『太閤記』以來の秀吉像の定型であり, 一で指摘した秀吉イメージは, 江戶時代を通じて形成されたそれを引き継ぐものであったといえる. 第三期以降は情深さが加えられるが, これは前述した歴史教育政策の変化によるものである. なお, 第七期では出自・資質については全く触れられていない. 事績については, 全國平定が共通しているが, 第七期になるとそれが平和の實現と評価され, 諸政策もその観点から位置付けられている. 一方第三期以降になると, 皇室の尊崇や外征による國威の發揚が登場し, 第五期のように對外貿易の活發化まで擧げられるようになる. これも, 前述した歴史教育政策の変化に對応したものである. こうした点は, 第七期には全く姿を消している.

第二に, 朝鮮侵略の目的について. 第一期では「諸外國をも, わが朝廷のご威光のもとに, 従わしめんとし, まづ, 朝鮮にあんないせしめて, 明國を伐たんとせり」(征明嚮導)と領土擴大欲と取られる表現をしている. 第二期では「大いに國威を發揚せんと欲し」としつつも, 「明と好を修めんとし」と明との修好要求を擧げ, 明が要求に応じなかったため, 「路を朝鮮にかりて明を伐たんとせし」(仮途入明)としている. もちろん, 「仮途入明」は秀吉の考えではなく對朝鮮交渉を担当した對馬の宗氏がひねり出したすりかえである. 第五期までこのトーンだが, 当時の狀況から見るとアジア侵略正当化の論理として, このような表現をとったものとも思われる. 第六期になると, 「日本を中心とする大東亞を建設するという大きな望み」という当時の國策を露骨に表現した非歴史的目的が掲げられている. 第七期では再び領土擴大欲が前面に出ている. また, すべてにわたり, 朝鮮の動向として「明の威勢を恐れて秀吉の要求を拒否した」としている. もちろん, 實際には朝貢關係を前提とした大義名分に基づく拒絶だった.

第三に, 朝鮮侵略の結果の評価について. 第一期～第六期は, 諸將は奮戰したが秀吉が死んだため, 遺命により撤退したとしており, 軍事的劣勢は隱されている. それどころか, 第六期では「これを機會に, 國民の海外發展心は, 一段と高まりました」と, 事實に反した評価を行っている. 第七期では, 「朝鮮の南部で苦しい戰いが續きました」と軍事的劣勢を認め, 「この役は, 七年もかかって, 多くの人の命とたくさんの費用をむだにしただけでした」と否定的に評価している. これは, 現實の敗戰経驗を歴史に投影した面がある. それ自体は, 戰争否定・平和の强調という点で積極的意味を持っていたが, いわば被害者的視点からの評価であり, 朝鮮社會・民衆に對する加害の側面には一切触れられていない.

2) 戰後の検定教科書

敗戰後の1947年に教育基本法と學校教育法が公布され, 學校制度が変化した. 小學校(6年制)・中學校(3年制)が義務教育となったが, そのなかで歴史は教科とはされずに社會科のなかに組み込まれ, 使用される教科書については1949年度から検定制度が實施された. 検定教科書は, 學習指導要領に基づいて編集されるが, 學習指導要領自体は大綱的であり, 執筆者と検定官の歴史観の影響を大きく受けることとなる. 特に, 1951年のサンフランシスコ講和條約・日米安保條約締結以後, 再軍備のための愛國心教育が强調されるようになると, 教科書検定も强められ, 1955年に日本民主党教科書問題特別委員會がパンフレット「うれうべき教科書の問題」を發行したのを契機に検定制度が强化された. これに對し, 1965年に家永三郎東京教育大學教授(当時)が, 自らが執筆した高校日本史教科書に對する検定を違法とする「教科書検定訴訟」を提訴した. 1970年に下された東京地方裁判所の判決(杉本判決)は, 当該検定處分を違憲・違法と認定した. この影響を受けて, 教科書に執筆者の意向が反映されやすくなったが, 特に1981年検定で日本のアジア「侵略」を「進出」と書き直させた問題がアジア諸國からの批判を受け, 検定基準に「近隣諸國條項」が設けられると, アジア・戰爭關係の記述は大幅に変化し(改善され), 南京大虐殺・「從軍慰安婦」・强制連行なども記述されるようになった. しかし, 1990年代中頃から「自由主義史觀」派からの「自虐史觀」批判が强まり, 「新しい歴史教科書をつくる會」が教科書を發行するようになると, 上記問題を積極的に記述した教科書の採擇が減り, 「中庸」的な教科書の採擇が增えるという現象も起きている. また2007年の検定で, 沖縄戰での軍の强制による住民の「集団自決」の記述が削除され, 沖縄縣民の强い怒りをかったことは記憶に新しい.

その中で, 豊臣秀吉と朝鮮侵略に關する記述は, どのように変わっていったのか. 秀吉に關しては, 依然として農民出身であることはほぼ共通に書かれ, 一部では優れた才覺の持ち主であることも記述されているが, 全体としては, 單なる武將間の覇權爭いではなく, 社會・一般民衆に視野を廣げ, 豊臣政權としての事績・政策を基調に叙述されるようになった. その柱となるのは, 全國統一の達成と, 検地・刀狩りにより年貢徵收・武装解除など兵農分離による身分統制・支配强化である. その分だけ, 秀吉の個性は後景に退いたといえる.

それでは, 朝鮮侵略についてはどうだろうか. まず, 小學校教科書について見てみる(<表 3> 參照). 1950年代を見ると, 良心的な執筆者によって編集された中教出版以外は, 全く触れられていない. その中教出版も, 54年版では朝鮮の人々の戰いや日本軍の苦戰が述べられているが, 59年版では縮小され抵抗・苦戰のの記述も消え, 戰前に近い內容になった. 60年代になっても, 記述はあるものの, 簡略で目的は曖昧, 抵抗や苦戰には触れられず內容がない. 70年代になると, 征服・抵抗・苦戰・失敗という語が見られるように, 徐々に変化してきている. それが80年代になると, 征服・

加害(朝鮮國土・民衆の被害)・抵抗・失敗が簡略ながら明確に記述されるようになっている.

中學校教科書も, 叙述は詳しくなっているが, 基本的には同様の傾向が見られる(<表 4> 參照). 1950年代では, 對外關係史をふくむ代表的日本史研究者によって編集された日本書籍の51年版が, 征服・國土の荒廢・陶工の連行などを含めて詳しく述べている以外は, 簡單に触れるだけである. また, 侵略の目的も貿易要求という戰前の影響が大きく, 苦戰・加害等の觀点もない. 日本書籍も56年版になると, 他と横並びになってしまった. 60年代にも同様の傾向が見られ, 東京書籍は詳しくなったが, 叙述內容は不安定である. 70年代になると, 目的として征服が明記され, 「朝鮮義勇軍」の「反抗」や, 朝鮮側の損害, 日本側の苦戰, 陶工の連行が述べられるものもあったが(日本書籍), まだ內容にはばらつきがある. それが80年代になると, ほぼ横並びになっている. また項目の建て方も, 「朝鮮出兵」(1975年)から「朝鮮侵略」(1986年)へと変えられている例もある(日本書籍). これでだいたい叙述の基本が確定されたが, 2000年代にはいると, 朝鮮軍に味方する日本兵の記述も現れている(清水書院).

このように, 小・中學校の教科書とも, 当初は朝鮮侵略について隱蔽ないしは簡單に扱われていたが, 1980年代には今日につながる內容となった. しかし問題として, 豊臣政權全体の叙述の中での朝鮮侵略の位置づけの不明確さが擧げられる. つまり, 朝鮮侵略が國內政策と切り離されており, その歷史的意味づけが不十分なまま, 侵略一般として扱われている印象を受ける. これは, 次に述べる研究動向とも關連している. また, 人物論が後景に退いたこともあってか, 一般の日本人にとっての秀吉イメージの中では, 教科書の記述はあまり重要な要素となっていないと思われる.

4. 豊臣政權・朝鮮侵略評價の研究史

秀吉の朝鮮侵略の目的・評価については, 江戸時代以來さまざまに論じられてきた. 早くは寛永年間(1624~1643)に「朝鮮征伐記」を著した堀正意(藤原惺窩の門弟)は, 「佳名を三國に顯す」という朝鮮國王宛の書簡の文面を紹介しつつ, 第一子鶴松の夭折が直接的契機となったとしている. また山鹿素行は「武家事記」で, 神功皇后の「三韓征伐」と並べて, 「本朝の武威を異域に赫」したとしている. いっぽう貝原益軒は, 「懲★錄」翻譯の序文で「貪兵」・「驕兵」・「忿兵」を兼ねたもので, 「義兵」ではないとしている. また賴山陽は『日本外史』で戰國諸將の功名心と戰鬪力を外にそらすものという醒めた見方をしている. しかし, 後期に歐米勢力の壓力が高まり海防問題が重要化するとともに, 朝鮮を征服の對象とする國學などの侵略主義的意識が高まり, 明治初期の征韓論へとつながっていった.

近代歷史學による本格的朝鮮侵略研究としては, 1905年の日露戰爭のさなかに史學會が刊行した『弘安文祿征戰偉績』がある. これは, 戰意昂揚を意図したもので, 朝鮮だけでなく「唐・天竺・南蛮までも」征服する企図があったことを强調しているが, 外交文書の檢討に基づいているところが特徵である. そのため, 唐・天竺・南蛮征服企図說を展開した實証史家田中義成は, 1925年に公刊した『豊臣時代史』で, 同じく外交史料(和議條件書など)に基づき, 勘合貿易復活要求說(その斡旋をしなかった朝鮮を「征伐」しようとした)を打ち出した. また辻善之助は, 「豊臣秀吉の支那朝鮮征伐の原因」(1910年)で同様の主張を展開していた. しかし, より廣く史料を涉獵して朝鮮侵略の全容を明らかにしようとした池內宏は, 『文祿慶長の役』(正編1914・別編1936)を著して, 勘合貿易復活要求說を批判し功名心說(三國に佳名を顯す)を主張した. また, 田保橋潔(1933年), 中村榮孝(1935年)も, それぞれの實証研究に基づき, 同じく勘合貿易復活要求説を批判し, 領土擴張説を主張した. このように, 朝鮮侵略を肯定する点では共通するものの, その目的に關しては多様な説が分立し, それが歴史教育のも反映していたことは, 前章の検討から明らかといえよう.

敗戰後は, 旗田巍が『朝鮮史』(1951年)を著して朝鮮民族側に立った侵略叙述を行い, その成果は初期の検定教科書にも反映したと思われるが, 日本史側からすると,「戰後歴史學」において豊臣政権研究と朝鮮侵略研究とは必ずしも密接に結びついていたとはいえない. その原因は,「戰後歴史學」の方法的問題にあったと思われる. 周知のように,「戰後歴史學」はマルクス主義に基づく社會構成史を方法的基礎としており, 社會構成体の發展を基軸に歴史をとらえようとしていた. それ自体は, 權力者の交代史ではなく, 民衆の生きる社會を基本におき, より豊かで總体的な歴史像を作り出したといえるが, そこには問題点も存在していた. 当該問題との關係でいえば, 社會構成体論を採用することにより, 基本的に一國單位で歴史をとらえようとする傾向である. そのために, ややもすれば「對外關係史」は等閑に付されることとなった. 豊臣政權については, 封建制の成立・確立との關係で基本的評価が下された. 特に日本近世史研究においては, 安良城盛昭氏の太閤検地封建革命説(太閤検地により小経營農民の土地所有(耕作)權が保障され, 本格的な封建領主－農民關係が形成されることとなったとする説)が壓倒的影響力を持ち, 豊臣政權は奴隷制を否定し封建制を確立させるという, 歴史を前進させる革命(革新)的政權と評価されるようになった.

朝鮮侵略も, それとの關係で意味付けられるようになった. 1960年代には幕藩制國家論が盛んとなるが, 日本近世史研究を代表する佐々木潤之介は豊臣政權に關する概説において,「封建制成立の諸指標としての社會体制の展開が, 何故, 朝鮮侵略と表裏しなければならなかったか」と問題提起し,「たんに朝鮮をはじめとする外交關係や, 統一君主としての秀吉の個人的性格のみに, その根源を求めることは正しくない」としたうえで,「大名間の對立, 貿易進出の要求が朝鮮出兵の直接的な原因だった」とし,「朝鮮侵略の過程で, 國内では, いわゆる統一のための政策が, 急速におし進められた」ことを强調している. 具体的には, 人改め, 太閤檢地を通じた石高制の整備などである(佐々木1965). 同じく日本近世史硏究を代表する朝尾直弘も, 歴史學硏究會大會報告において, 豊臣政權は「對外侵略という國家的事業を口實に軍事動員を行おうと」し,「朝鮮出兵は … 豊臣政權の軍役動員の槓桿として利用された」と主張した(朝尾1964). また三鬼清一郎は, 朝鮮侵略への軍事動員を通じて石高制軍役体系が整備された経過を具体的に明らかにし,「國内統一の進展と朝鮮出兵の準備とが並行して進められ, 太閤檢地の施行原理と對外侵略の論理が結びついていたことなどの意味が明らかにされなければ」朝鮮侵略の評価はできないとした(三鬼1966).

時代は下るが, 豊臣政權が戰國期的爭亂狀況を克服し平和秩序を作り出した側面を高く評価する「豊臣平和令」論を打ち出した藤木久志は,「豊臣政權の朝鮮侵略の特質は, … それが一貫して國内統一策のそのままの持ち出しとして强行されたことに求められる」とした. つまり, 朝鮮に對する服屬命令を, 日本の大名に對して出された「惣無事令」(領土紛爭の武力による解決を禁止し, 豊臣政權の裁定に從うことを命じたもの)の延長に位置付け, 朝鮮侵略は, この命令に從わなかったことに對する「征伐」と意識されていたするのである. そこから,「國内統一策つまり惣無事令の擴大を計る日本側におそらく外國意識はなく, また敗戰撤退の後にも敗北の意識よりはむしろ海を越えた征伐の昂揚を殘した」という評価を導き出している(藤木). これは, 秀吉が朝鮮・琉球・台湾(高山)・ルソンに對しては服屬要求を行い, 明に對する勘合貿易の復活＝交易要求とは異なっていたことに着目した見解である. また三鬼清一郎は, 豊臣政權が朝鮮にも石高制を導入しようとして失敗したことを論じている(三鬼1974). これらは, 國内政策の論理で秀吉の朝鮮侵略の意図を説明しようとする見解であり, 研究の具体化が進んだといえるが, このような國家・民族の違いを無視した政策の評価は必ずしも明確でなかった.

一方で, 1970年代以降東アジア國際關係論的視点が導入され, 新たな見方が提示されるようになっている. 佐々木潤之介は, 「旧來の東アジア國際秩序の解体の進展が我が國の社會変動にどのような規定性を与え, かつ, 我が國の社會変動が旧來の東アジア秩序の解体をどのように進めるのかという觀点」から研究を進める必要性を說き, 「東アジア秩序への反逆」としての「大陸侵略」という見通しを述べた(佐々木1971). 朝尾直弘も, 16世紀の明帝國の衰退に伴う東アジア國際秩序の解体, およびその一部としての日本の戰國動亂という状況を踏まえ, 新たな理念に基づく國家の再編成と東アジア諸國間の新しい秩序再建の過程の中に統一政權の成立と朝鮮侵略を位置付けた. 信長－秀吉が國外勢力の手を借りず自力によって「天下統一」を成し遂げたことが, 自主獨立意識に基づく「日本型華夷意識」を生み出す基盤となり, 明確な對外認識ではなく, 文民優位の「長袖國」に對する「武威」の國の優越意識に基づいて侵略が行われたとした(朝尾1970).

近年は, こうした方向がさらに具体化・明確化されるようになっている. 中國明清時代史を專攻する岸本美緖は, 「一六世紀後半から一七世紀前半の東アジア・東南アジアは, 明を中心とする國際交易秩序の解体と過熱する商業ブームのなかで, 新興の商業＝軍事勢力が急速に伸張し, 生き殘りを賭けて衝突した時期であった」とする. 16世紀に中國北方での軍事緊張と日本での銀産出の爆發的增加を要因として一大商業ブームが起こり, 明帝國を中心とする國際秩序が動搖する中, 東・東南アジアの「周辺」地域で交易の利益を経濟的基盤とする新興軍事勢力が台頭し國家形成を行う動向である. 日本でも, 「銀を主力交易品とする日本の對外交易の隆盛」の中で統一政權成立の動きが推進されたとする. (なお, 朝鮮の國際交易ブームへの關与は，受動的・間接的だったとされている.）こうした狀況を踏まえ，岸本は「朝鮮・中國までをも支配下に入れようとした秀吉の朝鮮侵略は，煮えたぎる坩堝のごとく國の境が曖昧になっていた一六世紀の『倭寇的狀況』が生み出した最も突出した軍事行動の一つであった」と評価している.（岸本）

こうした狀況は，明王朝の滅亡後，北の陸上勢力である女眞(滿州)族と，南の海上勢力である鄭氏勢力の激突を経て清王朝が支配が確立する(日本では鎖國制が成立する)ことにより終息することになる．日本中世史を專攻する村井章介は，これを「秀吉のまいた種を淸が刈り取ったといえるかもしれない」と評価している．村井は，岸本と同じ狀況認識から，「一六世紀の東アジアには，… 軍事力の高度な集中によるあらたな國家形成の動きが生まれた．その軸になるのが，日本の戰國動亂から統一權力の形成と，女眞族の統一と國家形成の二つである」としている．日本では社會の高度な軍事化が進み，支配層に武力に支えられた一種の自信が生まれ，それが國際社會における日本の自己意識にもはねかえり，朝鮮や明に對しても强氣の行動に出るようになったという．そこで，「戰國動亂を勝ち拔いて天下人となった豊臣秀吉が，より大きな自信と自尊意識をもって國際社會に臨んだのは，当然のなりゆきだった」のである．この点は朝尾と共通している.

こうして，朝鮮侵略が16～17世紀東アジア史全体の中に位置付けられるようになったのが，今日の到達段階であると思われる．その內容は，研究レベルだけでなく，歷史教育研究會編『日本と韓國の歷史教科書を讀む視点』(梨の木社，2000年)や，歷史教育研究會(日本)・歷史教科書研究會(韓國)編『日韓歷史共通教材・日韓交流の歷史』(明石書店，2007年)など，近年活發になった日韓共同で編集された歷史教材の內容にも反映されている.

5. おわりに豊臣秀吉像の現在

以上, 三つの要素から日本人の豊臣秀吉イメージ形成について検討してきた. 歴史研究における東アジア國際關係論の導入は, 秀吉の朝鮮侵略を, 近代の帝國主義的侵略と共通する侵略・加害・抵抗という一般性からだけでなく, 16世紀末東アジアにおいて生じた事態という特殊性からも理解することを可能とした. それにより, その歴史的意味が國內・國外という枠を越えた東アジア總体の中で明らかにされることとなった. それでは秀吉は, 旧來の東アジア秩序への反逆者, あるいは新たな秩序形成の先驅者として, 女眞族のヌルハチ・ホン・タイジと同じように性格付けてよいのだろうか. 東アジア國際關係論は, 秀吉の朝鮮侵略の客觀的條件を明らかにしたものといえる. しかし, 秀吉の主觀的意図や現實の行爲はそれだけでは說明できないのであり, 秀吉あるいは日本民族の特殊性も考慮に入れなければならない. その際に重要なのは, 彼の日本＝神國意識と武威に裏付けられた文官優位の「長袖國」への優越意識である. また, 恐らく中世以來の「三國(天竺・唐・本朝)史觀」に基づき朝鮮の服屬を当然視する, 朝鮮蔑視も重要である. ここから, 朝鮮に對し石高制・「惣無事」といった日本國內の論理の持ち込みが図られるのであり, 朝尾が指摘するように, 秀吉には正確な對外認識が欠如していたといわざるをえない. この点は, ヌルハチやホン・タイジが明の官僚・軍人と連携して勢力を擴大していったのと對照的である. しかも重要なのは, 朝鮮侵略の敗北によっても「日本型華夷意識」は拂拭されずに継承され, その優越意識を支えるものとして秀吉の朝鮮侵略の記憶があったことである. それは, 近代日本の植民地政策の特徵である同化(皇民化)政策にまで續いているといえよう. こうした点を批判的に組み込んだ秀吉像の形成が, 今後も重要であると思われる.

より問題なのは，前述したような日韓共同での歴史教材作りなどの先進的な取り組みがあるとはいえ，一般的な教科書においては，侵略という記述はあるものの，それが國內政策とは切り離され，秀吉の新たな國家・秩序の形成者という「內向けの顔」と侵略者という「外向けの顔」が統一されておらず，全体としては侵略者としての側面が後景に退いていることである．それが，最初に述べたようなテレビドラマなどから形成される秀吉イメージと結びついて，秀吉像から朝鮮侵略が「隱蔽」されている現實が存在しているのではないかと思われる．こうした記憶の忘却からは，眞の意味での日韓相互理解は實現しないと思われるが，それを克服するのは容易ではない．日本史研究者に對しては，直前で述べたような方向で研究を進め，その成果を機會あるごとに普及していくことが求められよう．それは迂遠のようにも思われるが，すでに見てきたように，研究動向が一般の人々の歴史意識に影響を与えてきたことは確かなのである．

〈表 1〉NHK大河ドラマに見る豊臣秀吉

年度	タイトル	時代	秀吉役	信長役	家康役	テーマ
63	花の生涯	幕末				井伊直弼
64	赤穗浪士	江戶中期				忠臣藏
65	太閤記	織豊期	緒方拳	高橋幸治	尾上菊藏	
66	源義経	平安末～鎌倉				源平爭亂
67	三姉妹	幕末～明治維新				
68	龍馬がゆく	幕末				
69	天と地と	戰國期	浜田光夫	杉良太郎	松山政路	上杉謙信
70	樅の木は殘った	江戶初期				伊達家內紛
71	春の坂道	江戶初期				柳生家
72	新平家物語	平安末～鎌倉				源平爭亂
73	國盜り物語	戰國～織豊期	火野正平	高橋英樹	寺尾聰	齋藤道三
74	勝海舟	幕末～明治維新				勝海舟

75	元祿太平記	江戶中期				忠臣藏
76	風と雲と虹と	平安前期				平將門
77	花神	幕末～明治維新				大村益次郎
78	黃金の日々	戰國～織豊期	緒方拳	高橋幸治	兒玉淸	ルソン助左衛門
79	草燃える	鎌倉前期				北條政子
80	獅子の時代	明治前期				自由民權運動
81	おんな太閤記	戰國～織豊期	西田敏行	藤岡弘	フランキー堺	
82	峠の群像	江戶中期				忠臣藏
83	德川家康	戰國～織豊期	武田鐵矢	役所廣司	瀧田榮	
84	山河燃ゆ	現代				アメリカ移民
85	春の波濤	明治時代				川上音次郎
86	いのち	戰後				女医
87	獨眼龍政宗	戰國～江戶初期	勝新太郎		津川雅彥	伊達政宗
88	武田信玄	戰國期		石橋凌	中村橋之助	武田信玄
89	春日局	江戶初期				德川家光乳母
90	翔ぶが如く	幕末～明治維新				大久保利通
91	太平記	鎌倉末～南北朝				足利尊氏
92	信長	戰國～織豊期	中村トオル	緒方直人	鄕ひろみ	
93前半	琉球の嵐	戰國～近世初期				琉球王國
93後半	炎立つ	平安中期				東北の內亂
94	花の亂	室町中期				応仁の亂
95	八代將軍吉宗	江戶中期				德川吉宗
96	秀吉	戰國～織豊期	竹中直人	渡哲也	西村雅彥	
97	毛利元就	戰國期				毛利元就
98	德川慶喜	幕末～明治維新				德川慶喜
99	元祿繚亂	江戶中期				忠臣藏
00	葵德川三代	江戶初期			津川雅彥	家康～家光
01	北條時宗	鎌倉後期				蒙古襲來
02	利家とまつ	戰國～織豊期	香川照之	反町隆史	高嶋政宏	前田利家
03	武藏	織豊～江戶初期				宮本武藏
04	新撰組	幕末～明治維新				新撰組
05	義経	平安末～鎌倉期				
06	功名が辻	戰國～江戶初期	柄本明	舘ひろし	西田敏行	山內一豊の妻
07	風林火山	戰國期				武田信玄

注：_____は秀吉が主人公の作品, _____は秀吉が主な脇役の作品.

〈表 2〉

尋常小学校 / 国民学校国定历史教科書における豊臣秀吉・朝鮮侵略の記述

	豊臣秀吉の評価	朝鮮侵略の目的	結果の評価
第一期・一九〇三年	豊臣秀吉も，また，尾張より出たり．はじめ，木下藤吉郎といい，信長に仕えて，低き身分のものなりしが，智，勇，ならびに，人にすぐれたりしかば，しだいに，重く用いられ…(全國制覇)応仁の亂このかた，百二十余年間うちつづきたりし大亂，はじめて，しづまり，日本全國，ことごとく，平ぎたり．	國内，すでに平ぎしかば，秀吉は，諸外國をも，わが朝廷のご威光のもとに，従わしめんとし，まづ，朝鮮にあんないせしめて，明國を伐たんとせり．…しかるに，朝鮮，これをこばみしかば…	秀吉は，年六十三にて，病死したれば，諸將は，みな，遺命によりて，召し返されたり．
第二期・一九〇九年	豊臣秀吉は，尾張の農家より出づ．初め木下藤吉郎と称し，信長に仕えて賤役に服したりしが，智勇人に勝れたりしかば，次第に重く用いられて…(全國制覇)応仁の亂より後百二十余年の間うちつづきたりし大亂，はじめて，しづまりたり．	秀吉は大いに國威を海外に發揚せんと欲し，國内漸く平定するに及び，先づ明と好を修めんとし，朝鮮をして旨を彼に通ぜしめ，…しかるに明は，我が要求に応ぜず，秀吉乃ち路を朝鮮にかりて明を伐たんとし，旨を朝鮮王に諭せしが，王は明の威を恐れて之に従わざりき．	秀吉病みて薨ぜしかば，諸將皆遺命によりて兵を收め，前後七年に渉りたる外征の師はここにその終を告げたり．
第三期・一九二〇年	豊臣秀吉は，尾張の貧しき農家に生まれる．…秀吉は，輕き身分より起こり，その智勇を以て國内を平らげ，皇室を尊び人民を安んじ，更に外征の軍を起こして，國威を海外にかがやかしたる豪傑なり．されど一方には，又極めてやさしき人なりき(親孝行・主人思い)．	秀吉既に國内を平らげたれば，更に明と交を修めんとし，朝鮮をして其の意を通ぜしむ．然るに明我が求めに応ぜざるにより，秀吉は道を朝鮮にかりて之を伐たんとせしが，朝鮮は明を恐れて従わざりき．	既にして秀吉病にかかり，慶長三年，六十三歳を以て伏見城に薨ぜり．出征の諸將遺言によりて兵をかへせしに…
第四期・一九三四年	豊臣秀吉は，尾張の貧しい農家に生まれた．…秀吉は，ひくい身分から起こって，すぐれた智勇をもって國内を平らげ，深く皇室を尊び，人民を安んじ，その上，外征の軍を起こして，國威を海外にまでかがやかした豪傑である．けれども，また一方では，きわめてやさしい，情け深い人であった．	秀吉は，國内をすっかり平らげたので，さらに明と交を結ぼうと考え，朝鮮にその紹介をたのんだ．けれども，明はわが申し入れを聽かないので，秀吉は，朝鮮に案内させてこれを伐とうとしたが，朝鮮は明を恐れて，これを拒絶した．	このころ，はからずも秀吉は病氣にかかって，慶長三年，六十三歳で，伏見城でなくなった．出征の諸將は，遺言によってそれぞれ兵をかえした…
第五期・一九四〇年	豊臣秀吉は，尾張の貧しい農家に生まれた．…秀吉の志はかようにしてはたされなかったが，わが國威は遠く海外に及び，國民の意氣も大いに上がった．したがって，遠く國外へ貿易に出かけるものが多くなった．一世の英雄であった秀吉は，一面きわめて心のやさしい人で…	國内がすっかりしづまると，秀吉は朝鮮を仲立ちとして，明と交を結ぼうとした．しかし，明はわが申し入れを聽かなかったので，秀吉は，朝鮮に案内をさせて明を討とうとしたが，朝鮮は，明の勢いに恐れて，これを拒んだ．	たまたま秀吉は，病にかかって，慶長三年八月，ついに伏見城で六十三歳でなくなった．出征の諸將は，秀吉の遺言によってそれぞれ兵をかえした．
第六	織田信長のあとをうけて，海内平定の遺業	秀吉は，海内平定の事業を進めながら，	秀吉は病にかかり，慶長三年八月，つ

期・一九四三年	をはたし，更に世界の形勢に目を放って，國威を海外にかがやかしたのは，豊臣秀吉であります．秀吉は，尾張の貧しい農家に生まれました．…つねづね武勇に心がけ…賢くまじめで…ここに全國平定の業が完成し…信長が御代のしづめとなるようにまいた種は，秀吉によって，見事な花と咲いたのであります．…秀吉は，一面きわめて孝心に厚い人でありました．	早くも，その次のことを考えていました．それは，朝鮮・支那はもちろん，フィリピンやインドまでも従えて，日本を中心とする大東亞を建設するという，大きな望みでありました．國内がしづまると，いよいよ朝鮮を仲立ちとして，明との交渉を始めようとしました．…朝鮮は，明の威勢をはばかって，わが申し入れに応じません．そこで秀吉は…まず朝鮮に出兵し，進んで明を討とうと考えました．	いに六十三歳でなくなりました．遺言によって，出征の諸將は，それぞれ兵をまとめて歸還しました．…こうして，秀吉の大望は，惜しくもくじけましたが，これを機會に，國民の海外發展心は，一段と高まりました．
第七期・一九四六年	信長の志をついで，これ(全國統一)を成しとげたのが，秀吉であります．…応仁の亂から百三十年あまりで，國内はようやく平和になりました．…信長や秀吉は，いつも國全体のためを考えて，いろいろ新しい政治をしました． …世の中を平和にするには，それぞれ自分の仕事に力を入れさせることが大せつであります．それで秀吉は，武士以外のものから，刀や槍や鐵砲をさし出させました．これで武器を持つものと，持たないものとの區別がはっきりしました．農民は，平和に農業をはげめばよいことになったわけです．これを刀狩りといいます．	秀吉は，早くから海外に力をのばそうと思っていました．全國を統一したのち，明をうつはかりごとを立て，朝鮮にその道案内をたのみました．けれども朝鮮は，明の勢いを恐れて聞き入れませんでしたので，まづこれをうつことにしました．	今度(「慶長の役」)は，文祿の役のようにうまく行かず，朝鮮の南部で苦しい戰いが續きました．そのうちに秀吉が死んだので，ゆいごんにしたがって，將士はみな國に歸りました．…この役は，七年もかかって，多くの人の命とたくさんの費用をむだにしただけでありました．

〈表 3〉小学校社会科教科書における朝鮮侵略の記述

	日本書籍	東京書籍	中教出版
一九五〇年代	記述なし	記述なし	16世紀のすえ，秀吉は二度も朝鮮へ軍隊をくり出して，朝鮮，明の連合軍とたたかった．一時は北朝鮮まで攻めこんだが，朝鮮の人々は國をまもって勇ましくたたかった．そのうえ，秀吉の海軍が負けて，しなものが運べなくなり，しまいにはさんざんなめにあった．そのうちに秀吉が死んでしまったので，軍隊はそれをしおに，朝鮮からひきあげた(54年)． 大阪城をきずいて，國内を統一した秀吉は，大陸まで進出しようとし，二度にわたって朝鮮に出兵しました．けれども，秀吉は，戰いのなかばで死んでしまい，それをしおに，軍隊も引き上げました(59年)．

一九六〇年代	秀吉は, 天下を統一した勢いで, 二度も朝鮮に出兵しましたが, その戰いが終わらないうちに死にました.	秀吉はまた, 大陸にも手をのばそうとして朝鮮に二度兵を送りました. しかし, 戰いの終わらないうちに, 秀吉は死んだので, 軍隊は日本に引きあげました.	秀吉は, 國內を統一すると, 大陸にも力をのばそうとして, 二度にわたって朝鮮に兵を出しました. しかし, その戰いが終わらないうちに死にました.
一九七〇年代	秀吉は, 貿易に力を入れ … また, 朝鮮を征服しようとしましたが, これは失敗しました.	秀吉は, また, 海外にも目をむけ, 南方に出かける貿易船を保護しました. また, 明を征服しようとして, 朝鮮へ二度も大軍を出しましたが, これは失敗に終わりました. これに對して, 明の援軍や朝鮮の人々ははげしく抵抗しました. まもなく, 秀吉が病死したので, 兵は引きあげました(76年檢定). 秀吉は, 幼いあとつぎの將來を心配しながら病死しました(79年檢定)	秀吉は, 國內ばかりでなく, 海外にも目を向け, 南方の國々との貿易を保護するいっぽう, 大陸へ力をのばそうとして, 二度も朝鮮に兵を出しました. しかし, 秀吉は戰いのとちゅうで死に, 兵を引きあげたので, ったかいはそのまま終わりました. 朝鮮の人々や明(中國)の援軍のはげしい抵抗に苦戰し, 失敗におわりました(77年).
一九八〇年代	天下を統一した秀吉は, 明(中國)の征服をくわだて朝鮮もそれにしたがわせようとしたが斷られ, 二度も朝鮮にせめこみました. しかし, 朝鮮の民衆のはげしい抵抗になやまされ, 力を盛り返した朝鮮の水軍と明の援軍に敗れて, 計畫は失敗に終わりました.	同上	天下を統一した勢いにった秀吉は, 中國(明)を征服しようと, 朝鮮に案內を命じましたが, 朝鮮は応じませんでした. そこで, 2度も朝鮮に大軍を送りました. しかし, 朝鮮の人々や明の援軍のはげしい抵抗になやまされました. そして秀吉がなくなると, すべての日本軍は引き上げました. この秀吉の朝鮮侵略は 朝鮮の人々に大きな苦しみをあたえたばかりでなく, 豊臣氏の力もおとろえさせました.
一九九〇年代	1980年代に加えて諸大名の軍勢15万人ほどを上陸させました. はじめは, 明との國境近くまで侵入しましたが, 朝鮮民衆の抵抗や, 力を盛り返した朝鮮の水軍などの敗れ, 二度の朝鮮侵略は失敗に終わりました. 秀吉は, この戰いのさなかに死にました.	やがて秀吉の野心は海外に向けられるようになり, 中國(明)を征服しようとして, 二度にわたって朝鮮に攻め込みました. この侵略で國土は破かいされ, 多くの朝鮮人が殺害されたり, 日本に連れてこられたりしました. しかし, 朝鮮軍と朝鮮の人々の反撃や, 明の援軍によって退けられ, 秀吉はその最中, 大阪城で病死しました.	秀吉は, 天下を統一した勢いをかって, 明を征服しようと考えました. 仲介を求めた朝鮮が, 応じなかったため, 朝鮮半島に二度も大軍を送りました. このとき, 陶磁器や印刷の職人が日本に連れてこられました. 日本軍は, 朝鮮の人々や明の軍隊のはげしい抵抗にあい, 苦戰しました. この戰いは, 朝鮮の國土をあらし, 秀吉の力も弱めました.

〈表 4〉 中学校社会科教科書における朝鮮侵略の記述

	日本書籍	東京書籍	清水書院
一九五〇年代	秀吉は…明との貿易も計畵したが， 明が要求に応じなかったので， 武力によって解決しようとして朝鮮半島に出兵した. もっとも，出兵の目的は貿易だけでなく，明を征服して領土を廣めようという考えもあったのである. 1592年(文祿元)の第一回朝鮮出兵はたちまち京城を陥れ， 滿州との國境を越えるほどであったが， そのうちに講和することになり，いったん兵を引き上げた. 秀吉は明が敗北したものとして， いろいろの條件を出したのであるが，明の使節の持ってきた條件は， 秀吉が明に服従することとなっていた. こうして講和が整わないので，再び出兵したが，やがて1598年(慶長3)に秀吉がなくなったので， 全軍を撤退した. / こうして前後 7 年にわたる戰爭は， いたずらに多數の人命を失い，朝鮮の國土を荒らしたばかりであったが， 明も朝鮮に大軍を送り， 戰後も長く朝鮮に駐屯させていたので，經濟上の負担も大きく，やがて滅亡する原因となった. / この戰爭のときに，諸大名が朝鮮から陶工を連れ歸ったことは， 各地に陶業の起こる基となった. …またこのときに朝鮮から活字印刷の技術も伝わって，銅活字や木活字で幾種類かの書籍が出版された(51年) さらに秀吉は，明との貿易を計畵し，さらに明の征服をくわだて，そのはじめとして，明にしたがっていた朝鮮に， 二回にわたって出兵した. しかし，かれは，その軍が朝鮮と明との連合軍と戰って，ゆきなやんでいるときに死んだ(56年).	また秀吉は，遠くインド，フィリピン，台湾などに手紙を送って， 貿易を盛んにしようとした. さらに朝鮮に2度も兵を送って， 朝鮮や明と戰った. しかし急に秀吉が死んだので，兵は引き上げた.	またインド， フィリピン， 台湾などにも手紙を送って通商を行おうとし，さらに明との貿易も求めたが， 明が受け入れなかったのがきっかけとなって，朝鮮に出兵し明との戰いをおこした. しかしこの間に秀吉が病死したため戰いのなかばで兵を引き上げた.
一九六〇年代		秀吉は，國内の統一だけで滿足せず，明にも進出しようと考えた. そして，その道すじにあたる朝鮮に 2 度にわたって大軍を送り，明や朝鮮の軍と戰った. しかし，2度目の戰いは不利になり，そのうえ，秀吉が病死したので，兵を引き上げた. / この2度にわたる	

		戰いで，朝鮮は大きな損害を受け，明も國力がおとろえた．日本でも，この出兵は戰費がかさみ，豊臣氏の没落を早めることとなった(61年). 秀吉は，全國を統一すると，明にも進出しようと考えた．その取り次ぎを朝鮮が斷ると，秀吉は2度にわたって朝鮮に大軍を送り，明や朝鮮の軍と戰った．しかし２度目の戰いは不利になり，そのうえ秀吉が病死したため全軍はひきあげた．/ 明はこの戰爭や倭寇などに苦しめられ，勢いがおとろえて內亂でほろび，やがて，南下した滿州人が淸をたてた．日本でも，この出兵は経濟上大きな負担であった．また，諸大名に間に不和が起こり，豊臣氏の勢力を弱めることとなった(65年).	
一九七〇年代	國內を統一した秀吉はフィリピンに朝貢を求め，台湾にも朝貢を求める使者を出そうとした．さらに中國(明)を征服しようと考え，軍隊の通行を認めるように朝鮮に申し入れた．これに對し朝鮮は明に従っていた關係もあって回答をよこさなかったが，秀吉は，諸大名に出陣を命じた．日本軍はたちまち首都京城(ソウル)その他を占領した．しかし，やがて朝鮮義勇軍(人民軍)の反抗が各地でおこり，水軍の力も強くなったうえに，明の援軍も朝鮮にきたので，進撃はむずかしくなった．/ そこで日本軍は，明と休戰して兵を引きあげた．しかし，講和の條件について話し合いがまとまらず，ふたたび出兵した．けれども，朝鮮・明の連合軍になやまされているときに，秀吉が遺言して死んだので，全軍が歸國した．この戰いをそれぞれ文祿の役，慶長の役という．この戰いでうけた朝鮮人の被害は大きかった(71年). …前後６年にわたるこの戰いで，朝鮮の損害は大きく，町も村も荒れはてて，死体はうず高く積まれ，長い間野ざらしであったという．また，陶工など多くの技術者が日本は連れてこられた．九州の有田燒などは，これらの人々が始めたものである(75年).		ついで秀吉は明への進出を考え，まず，明との國交の開始の取り次ぎを朝鮮に求めた．しかし，朝鮮がこれをことわったために，２度に綿手諸大名の軍を朝鮮に送り，朝鮮や明の軍と戰った．ところが，この戰爭が終わらないうちに秀吉が病死したので，諸大名は兵を引きあげて，秀吉の出兵は失敗した(71年). …この戰いは，朝鮮の人々に大きな損害を与えるとともに，豊臣氏の勢力を弱める結果となった(78年).

一九八〇年代	自分の威光を外國にまで示そうと考えた秀吉は, 國內統一をなしとげると明を征服しようとした. そのため秀吉は, 1592年, 諸大名の軍勢一五万人あまりを朝鮮に侵入させ, まもなく漢城(今のソウル)などを占領し, 明の國境近くまで攻め込んだ. しかし, 朝鮮の民衆も各地で立ち上がり, やがて水軍の力も增してきたうえに, 明の援軍もあって, 日本軍はおしもどされた. そこで秀吉は休戰し, 講和についての話し合いに入った. しかし講和は成立しなかったので, 秀吉はふたたび戰爭を始めた. こんどは朝鮮・明の連合軍にさんざん苦しめられた. そのとき秀吉が死んだので, 全軍がひきあげた. / 日本軍に從って行くことを命じられたひとりの僧は, 日本軍の殘虐な振舞に出くわし, 「野も山も燒き拂い, 人を切り, 人の頸をしばる. そのため, 親は子どもをなげき思い, 子どもは親をさがしまわるあわれな光景を見た」と日記に記した.	秀吉は, また, 國內の統一だけで滿足せず, 明にも進出しようと考えた. そして, その道すじにあたる朝鮮に, 二度にわたって大軍を送り, 明や朝鮮の軍と戰った. しかし, 占領した地域でも, 義兵とよばれる朝鮮民衆の武裝抵抗にあって, しだいに戰いは不利になり, そのうえ, 秀吉が病死したので, 兵を引きあげた. / この二度にわたる戰いで, 朝鮮は大きな損害をうけ, 明も國力がおとろえた. 日本も, この出兵で戰費がかさみ, 豊臣氏の沒落を早めることになった.	秀吉は, 九州平定に成功すると, 明や朝鮮への進出をはかり, また, インド・フィリピン・台湾に手紙を送り, 貢ぎ物を持ってくるように求めた. / 明への進出を考えると, 秀吉はまず朝鮮に來貢を求めた. 朝鮮がこれに応じなかったので, 1592年(文祿元), 秀吉は一六万もの兵を送って朝鮮に侵入し, 朝鮮軍や明の援軍と戰った. しかし, 朝鮮の義勇軍や民衆の強い抵抗にあうと, 和議を結んで, 秀吉軍は日本に引きあけた. この出兵の背後には, 諸大名の領土擴張欲, 商人の利欲などがからんでいたと考えられる. / さらに五年後秀吉はふたたび朝鮮に兵を送ったがこの戰いの續いているときに秀吉は病沒したので, 諸大名は兵を引きあげた / この二度にわたる戰いで, 軍需品や軍馬を集めた農民と, 兵士を朝鮮まで輸送した漁民の負担は大きかった. 前後七年間も戰場とされた朝鮮では兵士をはじめ多數の人命が奪われ國土は荒らされ, 多くの文化財も破壊されて, 大きな損害を出した. / いっぽ出兵した日本の西國諸大名の多くは朝鮮の陶工を連れて歸り, 領國內で陶磁器を作らせた. このほか, 朝鮮の書物や美術をも持ち歸ったので, 我が國の文化にも影響を与えた.
一九九〇年代	自分の勢力を外國にまでのばそうと考えていた秀吉は, 國內統一をなしとげると明を征服しようとした. そのため秀吉は, 1592年, 諸大名の軍勢一五万人あまりを朝鮮に侵入させた. 日本軍は, まもなく漢城(今のソウル)などを占領し, 明の國境近くまで攻め込んだ. しかし, 朝鮮の民衆が各地で立ち上がり, やがて水軍の力も增してきたうえに, 明の援軍もあって, 日本軍はおしもどされた. そこで秀吉は休戰し, 講和についての話し合いに入った. しかし講和は成立しなかったので, 秀吉はふたたび戰爭を	(秀吉は)對馬の宗氏に朝鮮を日本に服屬させるように命じ, 日本に來た朝鮮使節に, 明を攻める協力をするように要請した. …秀吉は, 朝鮮が申し入れを斷ると, まず朝鮮に兵を出すことにした. 1592年(文祿元), 秀吉の命令を受けた大名たちは, 釜山に上陸し, 首都漢城(現在のソウル)を占領し, 小西行長は平壤まで進んだ. 日本軍は鐵砲で武裝しており, また当時の朝鮮政府は內部で對立しており, 有効な對応がとれなかったのである. / しかし, 各地で民衆による義兵が抵抗運動をおこし, 明も朝鮮に救援の	秀吉は, 朝鮮や琉球に對して貢ぎ物を差し出すことを求め, 明への侵略をくわだてて, …1592年(文祿元)には, 朝鮮がこれに応じなかったとして, 秀吉は朝鮮に大軍を送った. 日本軍は漢城から平壤へと進出したが, 朝鮮各地の民主蜂起や, 李舜臣の水軍, 明の援軍などの強い抵抗にあい各地で苦戰した(文祿の役). 和議のあと, 1597年(慶長2), ふたたび秀吉は出兵したが, 翌年秀吉が病死したので, 日本は兵を引きあげた(慶長の役). この二度に

	はじめた. この戰いでは, 日本軍はさしたる戰果をあげることができなかった. そのとき秀吉が死んだので, 全軍がひきあげた. / 日本軍に従って行くことを命じられたひとりの僧は, 日本軍の殘虐な振舞に出くわし,「野も山も燒き拂い, 人を切り, 人の頸をしばる. そのため, 親は子どもをなげき思い, 子どもは親をさがしまわるあわれな光景を見た」と日記に記した.	兵を送った. 朝鮮南部では, 李舜臣の水軍が日本の水軍を打ち破り, 日本軍の自由な行動を奪った. / このため, いったん休戰して明との講和が進められたが, その內容に不滿を持った秀吉は, ふたたび出兵を命じた. 日本軍ははじめから苦戰し, 秀吉が病死すると, 全軍に引き上げが命じられた. / この七年にわたる戰いで, 朝鮮では, 多くの人々が殺されたり, 日本に連行されたりし, 全土は荒れはてた. 明も援軍のため, 國力がおとろえた. 日本の武士や農民も重い負担に苦しみ, 大名の不和も表面化して, 豊臣氏没落の原因となった. / 朝鮮から連行された陶工によって, 優れた技術が伝えられ, …のちに各地で名産となる磁器や陶器が生まれた.	たる出兵で, 大名のうけた負担や打撃は大きく, 豊臣氏の衰退を早めることとなった. / 前後七年間も侵略をうけた朝鮮では, 多くの人命が奪われ, 多數の朝鮮人捕虜が日本に連れてこられた. 國土や文化財も荒らされ, 大きな被害を受けた. また朝鮮に援軍を派遣した明は, まもなく滅亡し, かわって清が成立した(96年). ７年間にわたる侵略を受けた朝鮮では, 國土や文化財が荒らされ, 産業を破壊され, 一般民衆をふくむ多くの人命がうばわれた. また, 儒學者や陶工など, 2万人以上の朝鮮人が捕虜として日本に連れてこられたが, 朝鮮のすすんだ儒學や陶磁器の技法が日本に伝えられた. … 朝鮮に攻め込んだ日本の武将のなかには, 朝鮮の文化に感心して朝鮮軍に味方した者もいた(01年).

侵略의 表象－한국에서 본 伊藤博文

방광석
(고려대학교)

1. 머리말
2. '을사조약'의 체결과 통감부 설치
3. '시정개선' 정책과 그에 대한 한국인의 반응
4. 황제권의 통제와 '정미7조약'
5. 一進會와 이토의 통감 사임
6. 맺음말

1. 머리말

일본에서 이토 히로부미(伊藤博文)는 근대일본 건설의 최대공로자로 '추앙'받고 있다. 메이지유신(明治維新) 이후 서양의 제도와 문물을 적극적으로 도입해 근대화폐제도의 확립, 내각제와 화족제의 창설, 헌법제정, 청일전쟁 등을 주도하면서 서양제국주의 국가와 대등한 근대국가를 건설한 주도해나갔다는 점을 감안하면 일본에서 이러한 평가는 일면 당연하다고 할 수 있다. 반면에 한국에서와 같은 침략의 '원흉', 즉 제국주의자 내지 침략자로서의 이미지는 거의 없다. 그것은 일본에서 '통감정치' 등 한국침략에 관여한 이토의 모습이 제대로 조명되지 못한 것과 관련이 있다. 근대국가의 건설과정은 물론 '통감정치'의 실태 등 한국침략과의 관련성을 아울러 검토해야만 이토에 대한 올바른 평가가 가능할 것이다.

이토가 한국침략에 직접 관여하게 된 것은 러일전쟁 무렵부터이다. 1904년 2월 러일전쟁이 발발하자 일본은 즉각 조선과 한일의정서를 맺고 조선정부가 일본군대의 주둔권과 조선에서 '자유행동'을 인정하게 했다.[1] 또 같은 해 5월에는 '對韓施設綱領'을 각료회의에서 결정하여 한일의정서의 내용을 대폭 확장하는 정책을 채용하였다. 즉 군대의 주둔, 외교권의 장악, 재정의 감독, 교통기관과 통신기관의 장악 등 여러 가지 특권을 획득하여 조선의 보호국화를 실현하였다.[2] 8월에는 제1차 한일협약을 체결하여 재정, 외교고문의 고용과 외교교섭에서 조선정부가 일본정부와 사전에 협의하도록 의무화하였다.[3] 다음해 1905년에는 '보호권확립'을 각료회의에서 결정하는 한편, 순차적으로 열강에게서 조선 보호국화의 승인을 얻었다. 이러한 준비작업을 거친 뒤에 일본은 이토 히로부미를 조선에 파견하여 제2차 한일협약을 통해 조선의 외교권을 빼앗고 통감부를 설치하게 하였던 것이다.

본고에서는 1905년 이후 이토의 대한정책을 시기별로 파악하면서 그에 대한 한국 측의 인식과 대응을 살펴봄으로써, 한국민의 입장에서 이토가 주도한 일본의 '보호통치'가 어떻게 받아들여졌는지를 시론적 입장에서 검토하고자 한다.[4]

---

1) 『日本外交史年表竝主要文書』 上卷, 原書房, 1966, 223~224쪽.
2) 위의 책, 224~228쪽.
3) 위의 책, 231쪽.
4) 이토의 대한정책에 대해서는 위정척사파, 개화파, 친일파 등 지배층 내에서도 각 세력별로 입장과 대응을 달리 했지만, 본고에서는 일반 대중(지식인과 민중)의 인식과 대응에 초점을 맞추고자 한다.

2. '을사조약'의 체결과 통감부 설치

1905년의 '을사조약'을 통해 대한제국은 정식으로 일본에 외교권을 넘겨주었으나 이미 1904년 2월에 체결된 한일의정서 이후 외교권은 제한을 받고 있었다. 러일전쟁을 시작한 일본은 러시아와 대한제국의 외교관계를 강제로 단절시켰고 대한제국의 해외공관도 철수시켜 각국 주재 일본대표에게 업무를 위임케 하였다. 또한 일본은 1905년 4월 8일 각료회의를 통해 앞으로 한국의 외교관계를 일본이 대행하기로 하였다. 그리고 시정감독, 재한일본인의 보호, 감독의 명목으로 駐箚官의 파견을 결정하였다. 그러나 '보호권'의 성립은 서양 열강의 이해와 밀접한 관련을 갖고 있어 가쓰라-태프트 밀약, 제2차 영일동맹, 포츠머스강화조약을 통해 미국, 영국, 러시아에 한국에 대한 지도, 감리, 보호의 권리를 승인받은 이후에야 본격적으로 실행에 착수할 수 있었다. 11월 10일 이토 히로부미가 메이지천황의 특사로 파견되었다.[5)]

이토는 서울에 도착하자 곧바로 고종을 알현해 '보호조약'의 체결을 요구했다. 고종은 여러 가지 구실을 대며 이를 저지하려고 했으나 이토의 강경한 자세에 뒤로 물러서게 되었다. 이토는 외교권만 위탁하면 內政은 완전히 자치할 수 있다고 호언하면서 결정을 미룰수록 더 큰 불행이 있을 것이라고 협박해 결국 조약안을 정부에서 의논한 뒤 재가를 청하겠다는 고종의 칙명을 받아냈다.

11월 16일 정부대신을 한 자리에 불러 협박하여 마침내 18일 주한일본공사 하야시 곤스케(林權助)와 외부대신 朴齊純 사이에서 협약이

---

5) 통감부 설치과정에 관해서는 강창석, 『조선 통감부 연구』, 국학자료원, 1994 ; 서영희, 「대한제국의 보호국화와 일제 통감부」 『역사비평』 2000년 가을호 참조.

조인되었다. 협약 내용은 앞으로 일본 외무성이 대한제국의 대외관계 사무를 지휘, 감리하여 재외 한국인의 신변과 이익을 보호하고 대한제국과 각국 간의 기존조약을 이행할 것이며, 한국정부는 일본정부의 중개 없이 국제적 성질의 조약이나 계약을 맺지 못한다는 것과, 다른 하나는 일본정부의 대표자로 한국 황제 밑에 1명의 통감을 두되 '오로지 외교에 관한 사항'만을 관리하기 위해 서울에 주재하며, 개항장과 기타 일본정부가 필요하다고 인정하는 곳에 이사관을 설치하여 종래의 일본 영사에게 속하던 일체의 직권 및 협약을 완전히 실행하는데 필요한 일체의 사무를 관리하게 한다는 내용이다.

협약 체결 이후 일본은 이 사실을 서둘러 통보했고 대한제국에 주재하던 각국 외교사절들은 12월 초까지 대부분 한국을 떠났다. 각국 주재 대한제국 외교관들은 정부로부터 철수명령이나 협약 체결을 통지받은 바 없다며 철수와 외교서류의 인계를 거부하며 저항했으나, 국제사회는 이미 일본의 보호권을 승인한 상태였다.

이토는 조약 체결 직후 통감부 설치를 서둘렀다. 대내외적으로 일본의 대한정책을 움직일 수 없는 공고한 사실로 확정할 필요가 있다고 주장하면서 통감부 관제초안을 상신했다. 일본정부는 이토의 제안을 그대로 수용하여 11월 22일 통감부 및 이사청 설치에 관한 칙령 240호를 발포했다. 통감부 설치를 기정사실화하기 위해 구체적인 관제 내용이 확정되기도 전에 미리 통감부 및 이사청 설치에 관한 칙령을 공포한 것이다.

한편 特派大使 이토가 귀국한 후 일본정부 내에서는 통감부를 文治조직으로 하자는 의견과 武官조직으로 하자는 의견이 대립되어 논란이 벌어졌으나, 결국 통감부를 외무성으로부터 분리하여 천황 직속으로 두기로 합의하였고 문관인 통감이 한국주차군에 대해 명령권을 갖게 하였다.

12월 20일 일본칙령 267호 '통감부 및 이사청 관제'가 공포되었다. 이에 따르면 통감은 원칙적으로 한국에서 일본정부를 대표하여 각국 영사관 및 외국인에 관한 사무를 통할하고 한국의 시정사무 중 외국인에 관계된 것을 감독하는 외교 대행자로 규정되었다. 또한 "통감은 한국정부에 용빙된 일본제국 관리를 감독한다"는 조항을 통해 한국 내정에 대한 간섭권을 확보하였다. 즉, 한일의정서 제1조의 시정개선 권고조항 이래 고문협약 등을 통해 다수의 고문관을 파견, 시정개선이라는 명목으로 한국 내정의 각 부문을 장악하고 있는 상태에서, 통감이 이러한 고문통치의 감독권을 부여받음으로써 교묘하게 한국 내정에 간여할 수 있는 길을 열었던 것이다.

1906년 1월 31일 일본공사관 및 영사관이 폐지되고 2월 1일부터 통감부와 이사청 업무가 공식적으로 시작되었다. 통감업무가 시작된 뒤에도 이토 통감은 바로 부임하지 않고 하세가와 요시미치(長谷川好道) 한국주차군 사령관이 임시로 직무를 대리하고 있었다. 1906년 3월 2일에야 한국에 도착한 이토는 3월 9일 초대통감으로서 고종을 정식으로 알현하고 업무를 시작했다.

일본 측의 강압적 분위기 아래 체결된 을사조약 조인과정은 한국민에게 어떻게 비쳤을까? 『梅泉野錄』에는 다음과 같이 기록되어 있다.

> 伊藤博文이 도착하자 도성은 흉흉하여 무슨 변이 일어나지 않을까 하고 의심하였다. 그리고 내부대신 李址鎔, 외부대신 朴齊純, 군부대신 李根澤, 학부대신 李完用, 농부대신 權重顯 등은 혹 음침한 곳에서 관망을 하기도 하고, 혹은 남모르게 내통하고 있기도 하였다. 그러므로 도성 사람들은 그들을 주목하고 있었는데 이날 밤 具完善, 朴鏞和 등이 일본인을 인도하여 대궐 담장을 포위한 후 대포를 설치하고 伊藤博文은 林權助, 長谷川 등과 함께 고종 앞으로 가서 5條新約을 내놓으며 고종에게 서명하기를 요구하였으나 고종은 윤허하지 않았다. 구완선은 겁을 주면서 "이렇게 벽력이 내려져야 항복을 하겠습니까?"라고 하므로 고종은 벌벌 떨면서 결정을 하지 못하고 있었다. 이때 이지용 등이 入侍하자 참정 한규설은 분통을 터뜨리며 "나라가 망하더라도 이 조약은 윤허할 수 없습니다"라고 하므로 伊藤博文은 온갖 위협과 유혹을 하였다. 고종은 "이것은 外部의 일이므로 대신들에게 물

> 어 보시오"라고 하자 박제순은 주사를 불러 외부의 인장을 가져오게 하여 날인하였다. 이때 고종도 서명하지 않았고 한규설도 날인하지 않았으며 날인한 사람은 오직 외부대신 이하 각부 대신이었다.[6]

을사조약 체결과정의 강압적인 분위기를 생생하게 느낄 수 있다. 또한 張志淵의 皇城新聞은 '勒約始末'을 상세히 보도하여 한국민에게 알렸다. 중요 부분을 인용하면 다음과 같다.

> 21일 하오 2시. 公使 林權助를 시켜 각 대신들을 공관으로 불러 간절히 요구하자 각 대신들도 반대를 하였다. 이에 林權助는 어전에서 회의를 개최하자고 간청하였으나 각 대신들은 사절하고 모두 대궐로 들어갔다. 林權助가 그들의 뒤를 따라 들어가자 대신들은 회의를 개최하여 모두 '否'자를 써 보였다. 林權助는 옆에서 지켜보고 있었다.
>
> 그 후 일병들은 대궐로 들어와 漱玉軒을 鐵桶처럼 포위하여 銃劍이 森列하였다. 이때 長谷川과 伊藤博文이 들어와 다시 회의를 개최하였으나 參政 韓圭卨은 완고히 고집하며 불가함을 주장하였다. 伊藤博文은 한규설의 손을 잡고 간청하고, 또 宮內府大臣 李址鎔으로 하여금 폐하의 알현을 청하게 하였다. 이때 고종은 목이 아프다는 핑계로 거절하자 伊藤博文은 강력히 요청하였다. 고종은 "알현할 필요가 없으니 정부로 가서 대신들과 협의하라"고 하였다. 伊藤博文은 할 수 없이 물러나와 "폐하가 이미 협의를 허락하셨다"고 하면서 즉시 회의를 개최하기 위하여 자신이 직접 정부의 主事를 불러 그 案件을 草案하도록 하였다.
>
> 韓圭卨은 한결같이 반대를 하였다. 법부대신 李夏榮과 탁지부대신 閔泳綺는 '否'자를 쓰고 외부대신 朴齊純도 '否'자를 썼다. 그리고 '否'자 밑에 다시 註를 달아 右件의 字句를 만일 변개하면 당연히 인준이 된다고 하였다. 이등박문은 그것이 어찌 어렵겠느냐고 하며 붓으로 치우고 2, 3군데를 고쳐 놓았다. 그리고 다시 회의를 개최하게 하였다. 이때 참정 한규설과 法部, 탁지부, 兩大臣은 또 '否'자를 쓰고 기타 다른 사람들은 '可'자를 썼다. 한규설은 몸을 일으켜 고종을 알현하려고 하였으나 들어가지 못하고 결국 夾室로 들어갔다.[7]

---

6) 黃玹 著, 金濬 譯, 『完譯 梅泉野錄』, 敎文社, 1994, 613~614쪽.

7) 『完譯 梅泉野錄』, 617~618쪽.

1906년 6월 前判書 崔益鉉도 일본정부에 편지를 보내, 이토 히로부미, 하야시 곤스케, 하세가와 요시미치 등이 병사를 이끌고 궁궐로 들어가 억지로 조약을 맺은 것을 일본의 열네 번째 죄상으로 지적하고 있다.[8)]

한편 당시 한국민의 의사를 대변하던 『大韓每日申報』도 '보호조약' 체결과 이토의 통감 부임에 대해 그 부당성을 주장했다. 즉, 1906년 2월 6일자 논설을 통하여 통감의 한국에서의 위치와 권한이 한일간의 조약에 근거하지 않은 부당성을 논박하여 통감 자체를 부정했다. 통감의 권한과 책임은 국제정치 관례상 열강들의 승인이 있어야 하나 그러하지 못하며, 근본적으로 한일간에 자유의사에 의해 체결된 조약에 근거하여야 함에도 한국민의 저항을 우려하여 그러하지도 못한 상태에서 통감부가 설치되고 통감권한이 설정되는 것은 근원적으로 적법적이지 못하다는 것이다. 또한 통감의 한국에 대한 정책의 근본적인 목적은 한국 국정을 완전 장악하기 위한 것이다. 한국에서 통감의 권한은 한국민과 국토를 장악하기 위해 행사하여 통감이 국정의 조언자가 아니라 지배자임을 재강조하며 이에 대한 국민의 각성을 촉구하고 있다.[9)]

『대한매일신보』는 애초 이토가 特派大使로 임명되자 이를 계기로 한국 내정에 간섭하게 될 것이라고 경계하면서 일본이 한국의 독립을 약속하는 대한정책을 마련할 것을 주장하였다. 그러나 일본이 을사조약을 강제로 체결하여 한국을 '보호국화'하자 을사조약 체결은 종래 러일전쟁 시기 동안 일본이 주장했던 동양평화론과 인종주의론에 대한 배반이며, 한국의 '併呑'을 의미하는 것이라 하였다.[10)]

---

8) 『完譯 梅泉野錄』, 670쪽 ; 鄭喬 저, 趙珖 편, 김우철 역주, 『대한계년사』 8, 소명출판, 2004, 38쪽. 『梅泉野錄』와 『大韓季年史』에서는 이밖에도 보호조약의 條文, 洪萬植, 閔泳煥, 趙秉世 등의 순사 소식, 의병봉기 상황을 자세히 전하고 있다.

9) 『大韓每日申報』, 1906년 8월 19일자 논설.

10) 『大韓每日申報』, 1906년 11월 21일, 22일자 논설.

이토가 한국통감으로 결정된 된 데 대해, 일본당국이 한국에서 일본의 세력을 확대하고 나아가 한국을 병탄하기 위해서는 일본 국내의 분열된 국론을 통일시킬 수 있는 인물은 이토가 적임자라고 보았다. 특히 이토가 온건한 성품으로 일본의 정책에 대한 한국민의 저항을 최소화하기 위한 점진적인 정책을 추진할 수 있다며 그를 통감으로 선정하게 된 배경을 분석하고 있다.[11] 또한 러시아와 대립하여 만주와 한국에서의 일본의 이익을 확보하기 위한 정책을 추진하기 위해 이토를 통감으로 한국에 파견하였다고도 보았다.[12]

통감으로 부임한 이후 이토는, 한국 국정을 개량, 장려하여 한국 황실의 尊安을 유지하고 자치능력을 배양하여 자주권을 확립하고자 하는 데 자신의 의무가 있음을 강조하고 있으나, 『대한매일신보』는 한국에서 통감은 이미 한국의 실질적인 지배권을 확보하고 한국 국정과 외무를 관장할 수 있는 지위에 있음을 지적하고 있다. 즉, 이토가 대한정책에 있어 실질적인 '지도' 책임을 맡고 있으며 그 궁극적인 목적은 한국을 무력으로 '병합', '흡수'하는데 있다고 보았다.[13]

열강들의 아시아에 대한 정책에서 영국은 일본과 정책의 맥을 같이 할 뿐 아니라 한국에서 정치, 군사, 경제적인 면에서 일본의 우위권을 인정하고 있으며, 이에 비해 미국은 중립적인 위치를 고수하고 있음을 지적한 것은 주목된다. 이러한 국제적인 관계를 보도하고 있는 『대한매일신보』는 일본이 한국 보호권을 행사할 수 있도록 묵인하고 있는 열강들의 태도를 비판하고 향후 다른 열강들도 한국에 대해 일본과 같은 선례를 추구할 것이라고 우려하고 있다.[14]

---

11) 『大韓每日申報』, 1906년 8월 8일자 논설.
12) 『大韓每日申報』, 1906년 6월 19일자 논설.
13) 『大韓每日申報』, 1906년 3월 9일자 논설.
14) 『大韓每日申報』, 1906년 7월 11일자 논설.

3. '시정개선' 정책과 그에 대한 한국인의 반응

이토는 한국의 시정개선을 위한 급무로서 차관문제, 보통교육의 보급, 지방경찰력의 확장을 들면서 각 대신들과 협의하여 구체안을 만든 후 재가를 받아 실행하겠다고 통고했다. 이토가 첫 번째 황제 알현에서부터 통감 본연의 업무인 외교에 대해서는 일체 언급하지 않고 시정개선만을 강조한 배경에는 내정을 장악하려는 의도가 있었던 것으로 보인다. 통감부의 내정 장악 의도는 통감부 산하기구를 보면 명확하다. 정작 외교분야는 소홀히 한 채 각종 경제적 침탈을 위한 기구들과 이를 뒷받침할 만한 경찰조직이 만들어졌다. 출범 당시 총무부, 농상공부, 경무부 등 3부체제에서 1907년 3월 5일 외무부가 신설되었고 법제심사회가 설치되었다.

한편 기존의 고문관, 참여관, 보좌관, 고문경찰 등은 그 신분 여하에 상관없이 통감의 지휘 통솔을 받게 되었다. 아직 통감부가 대한제국의 통치권을 완전히 장악하지 못한 상태에서 기존의 고문기구를 통해 간접적으로 내정에 간여하는 통감부의 권력행사 방식이었다.

그리고 한국정부에 통감부의 의사를 직접 전달하기 위해서는 '한국시정개선에 관한 협의회'를 이용했다. 이 시정개선협의회는 법적 근거는 없었지만 이토가 부임한 직후 1906년 3월 13일 제1회 협의회를 개최한 이래 통감이 직접 한국정부 대신들을 통감 관사에 소집하여 정책의 방향을 제시하고 그 집행을 강요하는 자리로 이용되었다.[15] 한국정부 측에서는 참정대신 이하 각 대신이 모두 참석하였고, 통감부 측에서

---

15) 시정개선협의회는 1909년 12월 28일까지 총 97회에 걸쳐 개최되었는데, 이토가 참석한 것은 1909년 5월 15일의 제77차 협의회까지이다. 이 협의회의 기록은 金正明編, 『日韓外交資料集成』 上, 中, 下(巖南堂書店, 1965)에 「大臣會議筆記」란 제목으로 연재되어 있다.

는 주로 총무장관과 비서관, 서기관 등이 배석했다.

이러한 시정개선 정책에 대해 『大韓每日申報』는 시정개선정책이 본격적으로 추진되면서 재정정책, 우편과 전신사무, 철도의 부설, 이민정책 등이 결국 일본의 경제적 이익만을 도모할 뿐이라고 인식했다.[16] 1907년 5월 2일자 논설에서는 "한국에서 감행하는 일본정부의 各異한 設策"을 ①도로의 건축 및 개수, ②수도부설, ③교육확장, ④병원설립, ⑤경찰신책, ⑥황권 내 개량, ⑦지방행정개선, ⑧사법제도, 법정구분개량, ⑨재정정비, ⑩신법률기초, ⑪기타 제반개량의 11가지로 나누어 분류하고 이러한 정책을 추진하는 근본 목적은 한국을 위함이 아니라 한국에서 일본의 세력을 확대하고 나아가 병합을 위한 기반을 마련하기 위함이라고 비판하고 있다.[17]

그리고 통감의 대한정책은 침략적인 방법으로 추진되어 한국의 모든 기관을 일본의 재정상 이익을 위한 방향으로 운용하고 있다고 비판하였다. 한국에 채용되어 각 부처의 관리가 된 일본인들에게 본국에서 보다 서너 배에 달하는 보수를 지급하고 있는 것은 일본의 대한정책이 그들의 재정상 이익을 위한 방향으로 운용되고 있는 한 단면이라고 보았다.[18]

그러나 한편으로는 당초 기대를 거는 기사도 있었다.[19] 이집트에 대한 영국의 정책을 예로 들어 이토의 시정개선정책이 한국의 독립과 문명화를 도울 수 있는 방향으로 돌아설 것을 기대하고 건의하였다.[20] 즉

---

16) 『大韓每日申報』 1906년 8월 5일, 11월 9일 논설.

17) 『大韓每日申報』 1907년 5월 3일자 논설 「韓國內政改良」. 이토의 시정개선정책에 대한 『大韓每日申報』의 대응에 관해서는 박수연, 「統監 伊藤博文의 對韓政策과 이에 대한 愛國啓蒙派의 認識」 『한국민족운동사연구』 20, 1998, 241~254쪽 참조.

18) 『大韓每日申報』 1908년 1월 14일자 논설 「政策의 變更」.

19) 『大韓每日申報』 1906년 3월 11일 잡보 ; 4월 20일 잡보.

20) 『大韓每日申報』 1907년 4월 25일 논설 「日本의 眞實友人」, 5월 9일자 논설 「韓國과 伊藤侯爵」.

일본이 '시정개선'이라는 명목으로 한반도에 대한 지배권을 공고히 하려는 의도를 비판적으로 인식하면서도, 이를 통해 한국도 문명국으로 나아갈 수 있기를 기대한다는 이중적인 인식을 갖고 있었다고 할 수 있다.

한편 통감부의 정책에 일방적으로 끌려다니는 지배층에 대해 각성을 촉구하기도 했다. 한국의 각부 대신들이 국가를 위해 하는 일 없이 봉급만 축내고 있음을 신랄하게 비난하고,[21] 이토는 시정개선에 관한 대신회의를 통감관저에서 주기적으로 개최하였는데 이는 사전에 통감이 결정한 사실을 각 대신들이 추인하는 형식으로 진행되어 통감이 추진하는 정책 추진의 합법성과 정당성을 공식적으로 인정하는 결과를 초래하였다고 그들의 친일행위를 지탄했다.[22]

통감부는 시정개선에 소요되는 경비를 일본재정으로 감당할 수 없어 차관으로 충당할 것을 계획했다. 이 차관도입에 대해 대한매일신보는 설령 차관도입이 필요하다면 한국의 독립이 보장되는 상태에서 도입하여야 상환이 가능할 것임을 주장하여 차관도입의 배경과 과정의 부당성을 부각했다.[23] 특히 한국 경제계의 비참한 현실과 고갈된 국고, 그리고 곤란을 겪고 있는 민생을 고려하면 '仁川水道' 등을 위해 차관을 낭비하는 것은 분명 한국 내 일본인의 편의만을 위한 것이고 차관에 대한 상환이자 등의 차관조건이 불합리함을 지적하고 비판했다.[24] 또한 재정고문 메가타 다네타로(目賀田種太郎)를 한국 재정을 완전 장악하여 한국경제의 곤란과 다중한 채무를 부담하여 그들의 뜻대로 한국을 조종할 수 있도록 하였던 사람으로 지목하고, 아울러 한국 탁지부대신, 협판 등 관속들의 무능을 질타하고 있다.[25]

---

21) 『大韓每日申報』 1906년 1월 5일자 논설 「勸告政府諸會」.
22) 『大韓每日申報』 1907년 6월 7일자 논설 「馴化內閣」.
23) 『大韓每日申報』 1906년 2월 13일자 논설.
24) 『大韓每日申報』 1906년 4월 10일자 논설.
25) 『大韓每日申報』 1907년 4월 7일자 논설 「金庫歸日說」.

4. 황제권의 통제와 '정미7조약'

통감부는 초기 고문부를 통한 시정감독 방식으로 한국정부를 어느 정도 장악할 수 있었지만 황제권을 배경으로 독자적 위상을 확보하고 있던 궁내부의 권력행사를 완전히 봉쇄할 수는 없었다. 황제 측의 반발로 황실재산에 대한 실제적인 정리에도 착수하지 못했으며 각 대신에 대한 고종의 영향력도 건재하였다.

특히 고종은 '을사조약' 이래 일제에 의해 성립된 친일내각을 불신임하는 방법으로 정국의 불안을 조성하면서 끊임없이 주권회복을 시도했다. 사실 친일내각은 통감부의 보호에도 불구하고 을사조약 반대 시위자들의 운동으로 매우 불안한 상태였다. 고종은 이토가 자주 일본으로 귀국해 자리를 비우는 틈을 타서 친일내각을 붕괴시킬 공작을 추진하는 경우가 많았다.

이에 대해 통감부는 일찍부터 황제권을 통제하려고 했다. 하세가와 요시미치 주차군사령관은 열강 사절들의 황제 알현을 통제하여 한국의 황제통치권을 임의로 제한했다. 또한 고종이 배후에서 배일운동에 자금을 지원하는 등 직간접적으로 연관되어 있다고 판단한 이토는 황제의 알현을 통제하여 외부와의 접촉을 차단하려 하였다. 소위 황실의 존엄과 안녕을 유지한다는 명분으로 실시하였던 宮禁肅淸이다. 즉 일본 병졸과 순경을 궁궐 내에 배치하여 황제의 접견을 철저히 차단하였다.

이에 대해 『大韓每日申報』는 한국 황실의 존엄과 안녕을 유지 보증한다는 내용의 한일간 조약을 체결된 지 4개월도 되지 않아 일본이 스스로 이를 위배하는 것이며 한국민으로 하여금 일본에 대한 신의를 믿을 수 없게 하는 것으로 일본은 마땅히 교정해야 한다[26]고 주장했다.

---

26) 『大韓每日申報』 1906년 2월 7일과 3월 6일 논설, "客年 臘月에 伊藤侯가

또한 궁궐내의 문제는 궁내부의 대신과 고문관의 책임인데 의병의 소요를 이유로 군사력을 동원함은 부당하다고 강조하고 있다. 황제가 누구를 알현하든 그것은 황제의 고유권한으로 통감에게 황제의 알현을 결정할 권한이 없음을 비난하고 있다.[27]

그리고 통감의 한국 국정 간여로 황제권이 크게 제한되어 한국 황제는 마치 감옥에 있는 정황과 흡사하다고 지적하고, 또 정부 대신들의 황제 알현까지 차단하여 황제권을 약화시키고자 하는 통감의 정책의 이중성을 비판하여 통감이 표방하는 한국 황실의 안녕과 존엄을 보장한다는 것은 모두 사실이 아님을 지적하고 반박하고 있다.[28]

이토는 1907년 5월 22일 박제순 내각을 경질하고 일찍부터 고종 폐위를 주장해온 이완용을 참정대신으로 발탁했다 아울러 6월 14일에는 '내각관제'를 전격적으로 발포했다. 일본의 내각 관제를 모델로 한 새 관제에서 내각총리대신은 명실 공히 정부의 수반으로서 이전의 의정부 참정에 비해 권한이 대폭 강화되었다.

곧이어 고종이 헤이그에 밀사를 파견한 사실이 알려지자 일본은 이를 빌미로 황제폐위를 단행했다. 1907년 7월 19일 고종의 황태자 대리 조칙이 발포되었다. 양위를 한 것은 아니었지만 20일 통감부는 서둘러 양위식을 거행하고 세계 각국에도 알려 고종의 퇴위를 기정사실화했다. 이후 치안유지를 이유로 서울에 병력을 파견하는 등 강압적인 분위기 속에서 7월 24일 제3차 한일협약(정미7조약)이 체결되었다. 이 협약에서는 "한국정부는 시정개선에 관해 통감의 지도를 받는다"는 점을 제1

演說하되 該條約에 若干添句가 有한 바 其一句는 日本이 韓國皇室尊嚴安寧의 維持를 保證함이라 하였더라 此諾之成이 尙未滿四朔이어날 長谷川大將이 其句語及效力을 卽自抛棄로다 同氏가 以日本代表人으로 隣邦皇帝를 任意制抑하니 日本의 自國代表者의 失策을 宜其矯正할지로다."

27) 『大韓每日申報』 1906년 7월 18일자 논설 「皇闕」.

28) 『大韓每日申報』 1906년 8월 15일자 논설.

조에 명시해 통감의 한국내정 간여를 공식화했다. 통감은 명실 공히 한국 내정의 최고 감독권자가 되었고, 일본인을 직접 한국관리로 임명할 수 있는 권리를 확보했다.

'정미7조약'에 관해『梅泉野錄』에서는 이토가 이 조약을 체결할 때 옛날 내각의 朴齊純, 李址鎔 등과 상의하자 그들은 사양하기를 "우리들은 5조약을 체결한 이후 위로는 황제를 우러러볼 수 없고, 아래로는 국민을 대할 수 없어 몸을 움츠리며 오늘까지 지내왔는데 지금 또 이 안에 참여하는 것은 어렵지 않겠는가?"라고 하였는데 오직 이완용만이 강력히 호응하였다고 적고 있다.[29)]『大韓每日申報』는 '정미7조약'의 체결로 차관정치가 시작되자 을사조약 때보다 한국의 자주성이 침해당하게 되었다고 인식하였다.[30)]

한편『梅泉野錄』에 따르면 고종의 양위 후 이토가 고종을 일본으로 보내려고 한다는 소식이 퍼지자 한국민들은 결사대를 조직해 이를 저지했다.

> 伊藤博文이 고종을 일본으로 송치하기 위해 별도로 만든 차를 대궐 밖에 숨겨 놓고 고종에게 그 차를 타라고 위협하였다. 이때 都民들은 그 소문을 듣고 남녀노소가 방망이와 몽둥이를 가지고 달려와 잠시 사이에 길거리를 메우고, 또 각 학교 학생들도 서로 연락하여 조수처럼 몰려오며 고함을 지르고 사투를 벌일 기세를 보이므로, 이등박문은 노도 같은 군중이 결사적으로 몰려든 것을 보고 즉시 그 음모를 중지하였다.
>
> 도민들 중에, 기약 없이 鍾街에 모인 사람들이 수만 명이나 되었다. 그들은 '決死會'라고 쓴 깃대를 앞세우고 정부로 가서 그 이유를 물었으나 일본인들이 저지하였다. 이에 그들은 萬人疏를 올리자는 여론을 벌인 후 그 상소문을 쓰려고 하였으나, 일본인들은 총검을 휘두르며 말을 타고 결사회원들이 모여 있는 곳을 돌격하므로 시위대의 병사 수십 명은 결사회와 합류하여 피를 마시며 맹세하고, 일본인에게 총을 발사하여 일본인 3명을 사살하

29)『完譯 梅泉野錄』, 741쪽.
30)『大韓每日申報』1907년 8월 6일자 논설「韓日協約에 對ᄒᆞ야 何에 從事ᄒᆞᆯ고」.

였다. 이때 우리 국민도 많은 사상자를 냈다.[31]

또한 7월 20일 인민 수백 명이 藥峴에 있는 이완용의 집에 불을 질러 모두 태워 버려 이완용내각의 대신들은 물론 다른 대신들도 모두 집 재산을 다른 곳으로 옮겨두고 제 집을 텅 비어두었다. 中樞院 고문인 李址鎔은 식구와 재산을 성북동 정자로 옮겼는데 21일 밤 성북동 인민들이 불을 질러 모두 태워 버리는 등[32] 고종의 양위를 전후해 한국민의 반발이 거세지게 되었다.

5. 一進會와 이토의 통감 사임

이토는 통감부의 정치적 기반 확대를 위해 宋秉畯을 비롯한 일진회 세력을 육성했다. 1904년 창립 초기에 일본군부의 지원 아래에서 활동했던 일진회는 이토 통감의 부임과 함께 통감부의 휘하로 들어갔다. 1906년 10월 이토가 통감부 국정조사촉탁으로 데리고 온 우치다 료헤이(內田良平)가 일진회 고문으로 취임하면서부터 적극적으로 일진회를 이용하는 방향으로 선회했다. 우치다는 송병준을 이완용 내각의 농상공부대신으로 입각시켜 친일내각 내에서도 가장 적극적으로 고종 폐위를 이끌어내는데 결정적인 역할을 하게 했다.

그러나 고종 폐위와 '정미조약' 체결에 성공한 이토는 점차 일진회를 멀리하기 시작했다. 전국적인 의병봉기가 일어나면서 일진회가 반일운동의 공격목표가 되자 이용가치가 떨어지고 오히려 통감부 통치에 부담이 된다고 판단했기 때문이다. 이완용은 통감부와의 밀착관계를 기반

31) 『完譯 梅泉野錄』, 737~738쪽.

32) 고종의 양위과정과 한국민의 반응에 대해서는 『대한계년사』 8, 146~162쪽에 상세히 기록되어 있다.

으로 권력을 독식하면서 송병준을 궁지에 몰아넣었다. 송병준은 이때부터 이토를 합방에 소극적인 점진주의자라고 비난하면서 합방급진론자인 우치다와 함께 일본군부의 강경파 등의 사주를 받아 이토 퇴진운동을 시작했다. 이토의 대한정책이 온건하기 때문에 헤이그밀사사건 등이 일어났으며 병합만이 장래의 화근을 없앨 수 있다는 것이 합방급진론자들의 주장이었다.

『大韓每日申報』는 이토가 통감으로 확정되자 장차 일진회가 이용될 것을 우려하여 이토가 일진회를 해산시킬 것을 희망하였다.[33] 그러나 이토가 일진회를 해산시키지 않고 구속되었던 일진회장 宋秉畯이 석방된 후에도 일진회의 친일적인 행동이 계속되자 이토 통감이 일진회를 이용하고 있다는 것을 간파하게 되었다. 특히 이토가 間島經營에 이들을 이용하여 침략정책을 수행할 것이라는 점을 경계하고 있었다.[34] 그리고 이토가 일진회뿐만 아니라 소수 친일세력 또는 협력세력으로 한국정부를 조직하여 이들을 이용하고 대가를 준다고 보았다.[35]

1909년에 들어 이토는 純宗황제를 데리고 남북순행길에 오르는 등 통감정치의 안정을 과시하고자 마지막 노력을 다했다. 純宗은 1월 17일 부산을 순시하고 23일 서울로 還御하였는데 유언비어가 유포되어 "일본인이 순종을 협박하여 그들의 나라로 간다"고 하였다. 이에 부산 상인 수만 명은 부산항에 모여 죽어도 大駕를 호위하겠다는 기색을 보였으나 결국 무사히 지났다고 한다. 당시 이토는 여러 국민들에게 양국의

33) 『大韓每日申報』 1906년 1월 18일자, 4월 14일, 4월 17일자 논설 「一進會」.
34) 『大韓每日申報』 1906년 8월 16일 논설 「間島問題」.
35) 『大韓每日申報』 1906년 6월 6일 잡보. 『梅泉野錄』에서는 을사조약 체결 당시 이토가 뇌물 공세를 폈다고 한다. "이 때 伊藤博文은 3백만 원을 가지고 와서 정부에 고루 뇌물을 주어 조약이 성립되기를 꾀하였다. 이에 諸賊들 중 탐욕이 있는 사람들은 그 돈으로 많은 田庄을 마련한 후 고향으로 돌아가 편안한 생활을 하였다. 權重顯 같은 사람이 이에 해당하며 李根澤, 李齊純 등도 이런 기회로 인하여 猝富가 되었다(『完譯 梅泉野錄』, 625쪽)."

交誼를 누누이 말했음에도 군중들은 흉흉하여 무슨 변이 일어날 것 같으므로 伊藤博文은 후회하였다고 한다.[36] 이토의 '보호통치'의 실패를 상징적으로 보여주는 사건이라고 할 수 있다. 결국 이토는 4월에 들어 가쓰라 타로(桂太郞)와 고무라 쥬타로(小村壽太郞) 외상이 추진하던 한국병합 방침에 동의한다는 뜻을 밝히고 6월 14일자로 소네 아라스케(曾彌荒助)에게 후임 통감직을 넘겨주게 된다.

6. 맺음말

이토는 1909년 10월 26일 하얼빈에서 안중근의 저격으로 사망했다. 이토의 죽음에 대해 일본 朝野는 모두 경악했고 國葬으로 성대하게 장례를 치뤘다. 한국정부에서는 조문단을 파견하였고 이완용 등 친일각료는 직접 大連으로 찾아가 문상을 하기도 했다. 민간에서 추도회나 사죄단을 조직한 경우도 있다.

그러나 대부분의 한국인은 안중근의 이토 사살을 침략자의 처단으로 받아들이고 안중근이 내건 15개 항목의 이토 죄상에 동감을 느끼고 있었을 것이다.[37] 고종도 이토의 사망소식을 듣고 뒤에서 기뻐하였다고 한다.[38] 『大韓每日申報』는 이토가 하얼빈에서 안중근에게 피살당하자 한국인 간에 어떤 이는 박수갈채를 치면서 소네 통감을 암살하고자 했다면서 간접적으로 이토의 죽음을 기뻐하고, 이 기회를 틈타 친일 매국

---

36) 『完譯 梅泉野錄』, 823~824쪽.

37) 이토의 대한정책에 대한 한국민의 대응에서 안중근의 인식과 행동이 차지하는 비중은 크지만 그에 대해서는 많은 연구성과가 있으므로 본고에서는 검토하지 않았다.

38) 『完譯 梅泉野錄』, 865쪽. "太皇帝가 伊藤博文이 사망하였다는 소식을 듣고 크게 기뻐하는 기색을 지으며 오랫동안 談笑를 하였다."

주구들이 일본정부에 사죄단을 보내 정치적, 경제적인 이득을 얻고자 하는 것을 경계하였다. 특히 이토의 죽음으로 일본의 대한정책이 병합정책으로 변경될 것을 가장 우려하고 있었다.[39)]

이상에서는 이토의 대한정책을 시기별로 추적하면서 그에 대한 한국민의 대응과 이토에 대한 인식의 일단을 살펴보았다. 전체적으로 일관성을 갖는 것은 아니지만, 한국민에게 이토는 일본의 한 개인정치가가 아니라 한반도를 장악, 지배하려는 일본정책을 전면에서 주도하는 인물로 받아들여졌으며, 일본 정부 내의 문치파와 무관파의 구별은 '피보호국' 한국에서는 거의 의미를 갖지 않았던 것으로 보인다. 한국민은 이토의 일방적이고 강압적인 '보호통치'에 소극적이든 적극적이든 반발하며 의병투쟁과 국채보상운동 등 저항을 전개해나갔다고 할 수 있다.

---

39) 『大韓每日申報』 1909년 10월 28일 잡보.

〈토론문〉

「침략의 표상－한국에서 본 伊藤博文」을 읽고

김동명
(국민대학교)

본 논문은 일본에서 근대일본 건설의 최대공로자로 인정받고 있는 이토 히로부미가 한국을 침략하는 과정에서 추진한 정책에 관해 한국인들이 어떻게 받아들였는지에 관해 당시 한국의 기록을 통해 규명하고 있다. 이는 그 동안 일본 학계에서 이토의 국내에서의 근대 일본 건설 과정에만 초점을 맞추고 대외팽창, 특히 한국의 보호국화와 병합 과정에서의 그의 침략성과 관련해서는 거의 연구하지 않아온 상황을 감안할 때, 이토에 대한 올바른 평가를 위한 본격적인 작업이라는 점에서 연구사적 의의를 높이 평가할 수 있다.

그러나 다음과 같은 점에 관해서는 약간의 의문이 들며, 보완하는 것이 논문의 완성도를 높이기 위해 필요하다고 생각됨.

첫째로, 반드시 이토를 중심으로 한 이 시기의 정책에 관한 연구가 아니더라도, 이 시기의 일본의 침략 정책에 관해서 특히 한국 학계에서는 위정척사운동과 애국계몽운동 등을 중심으로 다양한 연구가 이루어졌으므로, 이들 선행 연구에 관한 소개가 있었으면 함.

둘째로, 한국 측의 인식과 대응을 알아보기 위해 『매천야록』, 『황성신문』, 『대한매일신보』 등 매우 제한된 자료만을 사용하고 있는데, 자료를 다변화하든지 아니면 최소한 이들 자료를 선택한 이유에 대해 설명해 줄 필요가 있음.

셋째로, 당시 이토의 정책에 대한 한국 측의 인식과 대응은 매우 다양했다고 생각됨. 여기서 밝힌 '한반도를 장악, 지배하려는 일본정책을 전면에서 주도하는 인물'이라는 데에는 대체로 일치했다고 하더라도, 구체적인 정책의 내용이나 시기에 따라 각기 다른 세력들이 존재했다고 생각됨. 전면 저항・반대하는 세력(위정척사파), 비판적 지지・협력하는 세력(개화파), 적극 협력하는 세력(일진회 등 친일개화파) 등이 정책 또는 시기에 따라 인식을 달리하며 대응도 유동적이었을 것임.

마지막으로, 결론에서 안중근을 약간 언급하고 있을 뿐인데, 아마도 너무 많은 기존 연구가 있어서 일부러 피했는지는 모르지만, 안중근의 관점을 비교적 자세히 소개하는 것이 필요하다고 생각됨. 특히 안중근의 이토의 정책 변화에 다른 생각의 변화에 주목할 필요가 있다고 사료됨.

조선인 특공대원의 기억

남상구
(동북아역사재단)

1. 머리말

翡翠빛 하늘가에
보이지 않는 소리를 드르며
二千萬 同胞의 피가 沸騰한다.

우리 지금 물끓듯 感激함은
松井伍長의 壯하고 嚴한 죽엄이어라.

11月29日!
우리 松井伍長이

거룩한 죽음을 ○○한 이날
해와 달이 ○○쓰랴

(노천명 '神翼－松井伍長靈前에－' 중에서)

수백 척의 비행기와
대포와 폭발탄과
머리털이 샛노란 벌레 같은 병정을 싣고
우리의 땅과 목숨을 뺏으러 온
원수 영미의 항공모함을
그대
몸뚱이로 내려져서 깨었는가?
깨뜨리며 깨뜨리며 자네도 깨졌는가－

장하도다
우리의 육군항공 오장(伍長) 마쓰이 히데오여
너로 하여 향기로운 삼천리의 산천이여
한결 더 짙푸르른 우리의 하늘이여

(서정주 '松井伍長頌歌' 중에서)

일본 육군 특별공격대(이하 특공대로 표기)[1)]의 일원으로 참가하여 전사한[2)] 인재웅(일본명 松井秀雄)을 찬양한 노천명의 '神翼－松井伍長

1) 특별공격대란 폭탄을 탑재한 항공기 등을 이용한 몸체공격으로, 가미카제로 널리 알려져 있다. 그러나 가미카제란 해군 항공특별공격대를 지칭하는 것으로, 육군 항공특별공격대의 경우에는 富嶽隊,万朶隊, '第○振武隊' 등의 명칭으로 불려졌다. 또한 특공대에는 항공기에 의한 방법 이외에도 인간어뢰(回天), 모터보트(震洋,マルレ), 특수잠함정, 잠수부(伏龍), 무동력 특공 전용기(櫻花) 등이 동원되었다. 선행연구에 의해 밝혀진 조선인 특공대원은 1명을 제외하면 모두 항공기에 의한 육군특별공격대이다.

靈前에－'[3])와 서정주의 '松井伍長頌歌'[4])이다. 『每日新報』는 1944년 12월 2일 '松井伍長을 따르자'라는 사설을 시작으로 조선인 특공대원의 죽음을 대대적으로 보도하였다. 특히 인재웅은 지속적으로 신문에 관련 기사가 게재되어 조선인을 전쟁에 적극적으로 동원하기 위한 선전수단으로 이용되었다.[5]) 인재웅에 관한 기사를 보면 그는 다른 조선인 특공

2) 인재웅은 당시 전사한 것으로 보도되었으나, 실제로는 미군에 의해 구조, 포로가 되었다가 1946년 귀국한다(『동아일보』 1946.1.10).

3) 『每日新報』 1944.12.6.

4) 『每日新報』 1944.12.9.

5) 인재웅과 관련된 每日新報의 기사를 정리하면 다음과 같다.

연월일	면	기사제목
19441202	1	<社說>松井伍長을 따르자
	2	二千六百萬肉彈總突擊의 先鋒-半島에 靖國의 神鷲－萬古不滅, 松井伍長의 盡忠情神－
	2	그 뒤를 딸으자－崇高, 一億讚仰의 目標-長屋軍報道部長談-
	2	開城出身으로 陸軍航空入學-伍長略歷-
	2	光榮으로 찬 松井家-各處에서 弔問과 香奠으로 忠魂弔慰-
	2	家族의 낫이 섯다－그의 嚴親元治氏 談－
	2	젊은 英魂에 報答은 增產과 勤勞와 貯蓄－韓總長檄－
	2	感激과 感謝뿐-빗내자 半島同胞의 자랑－遠藤政務總監 談－
	2	이번에 出擊합니다-必殺不生還의 氣魄－淡々, 大義에 殉하는 松井伍長絶筆－
	2	念願은 一機로 一艦－靖國隊神鷲의 鬪魂 追憶하는 戰友들－
1203	2	半島의 神鷲松井伍長을 딸자－各界代表의 感激談－
	2	內鮮一體의 精華-銃後도 松井伍長을 본밧자－瀨戶京畿道知事 談－
	2	全校生徒總蹶起-第二第三松井伍長輩出－元開高教長談－
	2	母親責任도 重大－富山茂氏夫人淑子女士談－
	2	오즉 感激할뿐!－木山徵中校長談－
	2	그의 뒤를 잇자!-青少年에 期待한다－京山景○中學教長談－
	2	教育者로 자랑－見原校洞國民學校長談－
	2	長屋報道部長弔問
	2	難忘"最後의 作別"－伍長의 堂叔母追憶談－
	2	憤激을 새로히－肉彈勇士의 뒤를 따르자－甘粕次長의 班常會 放送－
1204	2	總督,總監慰問使－江原社會課長松井家에－
	2	半島軍神딸자－松井伍長의 忠魂－長屋報道部長放送－
	2	忠魂에 報答하자－和永府尹開城府民에 檄－
	2	우리가 모다 特攻隊로-童心에 盡忠의 熱火－本社를 訪問 弔意金 寄託－神鷲의 뒤를 잇자! 校洞校學童들 盟誓
	2	家庭文化－특공대의 뒤 따르자－
1205	2	두 軍神 어머니 對面－總督夫人弔問에 松井伍長母堂感激

대원에 비해서도 특별한 존재로 취급되었는데, 이는 가히 조선에 있어서 軍神의 탄생이라 할 만하다. 노천명과 서정주의 시도 그 일환이었다. 인재웅의 죽음이 당시 사회적으로 어떻게 평가되었는지는 총독부가 유족에게 3천5백 원의 채권을 보내고 조의금으로 2만 원이 모였다고 하는 기사에 상징적으로 나타나 있다.[6] 이렇듯 조선인 특공대원의 죽음은 조

	2	瀨戶知事도 弔問
	2	吉夢에 誕生된 神鷲－(上) 純忠, 人生二十의 松井伍長 一代記－
1206	2	模型機製作에 特才－(中) 純忠, 人生二十의松井伍長 一代記－
	2	半島勇士도 空挺隊로－輸送機의 必死突擊-敵陣에 ○○한 神洲男兒의 勇猛－
	2	軍神搖籃의 基地-松井神鷲 感激의 追憶－增原伍長談/高坂伍長談－
	2	大空서 英靈弔慰－金原操縱士弔問飛行－
1207	2	芳魂은 大空에 不滅－(下) 純忠, 人生二十의松井伍長 一代記－
1208	3	松井精神을 顯揚－開城서 三代記念事業－
	4	靈前에 弔慰의 花環－倉茂日婦總長松井伍長遺族慰問－
1209	2	忠靈을 永遠히 慰安－半島武勳顯彰會組織-全鮮新聞社共同主催로－
	2	松井伍長 生家에 弔問飛行
1211	2	松井伍長生家弔問－春川中學校學生들이－
1215	2	異邦잇는 靑年들 松井伍長弔意金
1220	2	松井神鷲에 보답 / 開城에서 愛國機－軍部에 十萬円을 獻納－
1221	2	神鷲松井機代身을 獻納－開城九萬府民의 赤誠－
1223	2	半島勞務戰士들－松田伍長弔意金－
1228	1	武功天聽上達-靖國隊十神鷲에 恩賞－松井伍長少尉로 特進－
	2	松井伍長少尉로 特進-破格의 恩典에 感激-全半島에 神鷲
	2	二千六白萬의 자랑－海田大佐談－
	2	皇恩에 感泣－光榮 말하는 嚴親元治氏－
	2	瑞原東大門區長松田少尉遺族弔問
19450114	2	故松井少尉慰靈祭－開城東本願寺서 嚴肅執行－
0121	2	應徵士의 赤誠－松井少尉家慰問－
0123	1	松井軍神兩親來社
0127	2	兩神鷲靈前에 內地서 弔慰金
0203	2	感激에 잠긴 두 神兵家－松井家를 차저온 林裕○氏－
0215	2	松井少尉遺族蹶起－어머니는 女工으로 누이동생은 女子挺身隊를 志願－
	2	松井少尉府民葬－二十日 開城中學에서－
0222	2	半島의 神鷲 松井秀雄少尉 告別式－忠魂은 萬古에 不滅－
	2	英靈, 鄕土에 神鎭-交友들의 奉頌歌 合唱-
	2	神州正氣의 象徵 內鮮上下를 感動－總督弔辭－
0521	2	松井神鷲感謝號－江原道서－

6) 『동아일보』 1946.1.10.

선인을 전쟁에 적극적으로 동원하기 위한 수단으로서 언론을 통해 선전되었고 사회적으로도 주목을 받았다.[7]

그러나 일본의 패전으로 전쟁이 끝난 이후 이들은 한국에서도 일본에서도 기억되지 못하는 존재가 된다. 이들이 다시 세간의 주목을 받게 되는 것은 2000년 이후이다. 특공대원에 대해 공개적으로 감사의 뜻을 표명한 고이즈미 준이치로(小泉純一郎) 전 총리의 야스쿠니 신사 참배와 2001년 개봉된 후루하타 야스오(降旗康男) 감독의 '호타루'에 등장하는 조선인 특공대원 김선재를 통해서였다.[8]

조선인 특공대원에 관한 선행연구의 특징은 첫째, 조선인 특공대원의 동원실태 및 심리상태를 밝히는 데 중점을 두고 연구가 이루어졌다는 점이다.[9] 이향철과 배영미・노기 카오리(野木香里)의 연구에 의해 조선인 특공대원 개개인에 관한 문헌자료와 관련 증언이 정리되었고, 이를 바탕으로 개인별 동원실태 및 심리상태의 일단이 밝혀진 점은 특기할만하다. 상기 연구는 조선인이 특공대로 지원한 동기를 식민지하에서 조선인이 받은 민족적 차별에서 찾고 있으며, 이들이 끝까지 조선인

---

7) 항공 특공대 전사자수는 육해군 합계 3,940명으로 추정된다(吉田裕, 『日本の軍隊』, 岩波書店, 2002, 221쪽). 이 중 조선인은 17명에 불과하며, 이들 중 『毎日新報』에 기사화된 사람은 6명에 불과하다. 그러나 이들의 죽음이 언론을 통해 적극적으로 선전되었다는 점을 고려할 때 이들의 존재가 당시 많은 사람들에게 알려져 있었다고 추측할 수 있다.

8) 한국 개봉은 2002.1.18.

9) 대표적인 연구로는 裵姈美・野木香里, 「特攻隊員とされた朝鮮人」(『季刊 戰爭責任研究 第56号(2007年夏季号)』), 裵姈美・野木香里・酒井裕美, 「朝鮮人特攻隊員に關する一考察」(森村敏己編, 『視角表象と集合的記憶－歴史・現在・戰爭』, 旬報社, 2006), 裵姈美・노기 카오리(野木香里), 『日帝末期 朝鮮人』 特攻隊員의 '志願'과 '特攻死'」(『한일민족문제연구』 제13호, 2007.12), 이향철, 「카미카제 특공대와 한국인 대원」(오오누키 에미코 지음/이향철 옮김, 『죽으라면 죽으리라－카미카제 특공대의 사상과 행동－』, 우물이 있는 집, 2007), 표영수, 「'大東亞聖戰大碑'와 7인의 한국인 특공대」(일제강점하강제동원피해진상규명위원회 진상보고서, 2006.9)를 들 수 있다.

으로서의 아이덴티티를 잃지 않았다는 점을 강조하고 있다.

단, 이향철의 연구는 민족적 차별에 중점을 둔 결과 전시동원 정책과 민족차별의 관계를 상반되는 것으로 설명하고 있다. 그는 일본이 특공대원으로 사망한 노용우의 유골을 반환하지 않은 이유에 대해 관계자의 증언을 토대로 'B-29의 몸체공격 및 격추라는 일본인조차 불가능한 수훈을 세운 사람이 조선인이라는 것이 알려지는 것을 두려워한 결과'로 보인다고 설명한다.[10] 그러나 『每日新報』 1945년 7월 8일자 1면에 "敵編隊長機에 突擊-半島學鷲 河田少尉의 武勳 上見", 2면에 "感狀 빛나는 半島學鷲의 자랑"이라는 기사가 게재되었다. 민족적 차별이 존재했기 때문에 조선인 특공대원의 수훈을 공개하지 않은 것이 아니라, 거꾸로 민족적 차별이 존재했기 때문에 조선인 특공대원의 수훈에 대한 선전을 통해 전시동원을 원활히 수행하고자 했던 것이다.

둘째, 조선인 특공대원의 기억에 관한 연구로는 배영미・노기 카오리(野木香里)・사카이 히로미(酒井裕美)의 연구가 있다.[11] 동 연구는 조선인 특공대원에 대한 기억의 특징으로 일본의 경우는 식민지 지배에 관한 역사인식이 결여되어 있다는 점을, 한국의 경우는 '친일문제'를 잣대로 하여 특공대원을 비난하고 있다는 점을 지적하고 있다.

일본에서도 특공대에 관한 연구는 특공대원들의 내면적인 심리상태 및 사상에 관한 연구가 중심으로, 그들이 어떻게 기억되어져 왔는가하는 외적인 부분에 대한 연구는 상대적으로 저조한 실정이다. 일본인 특공대원의 기억에 관한 연구로는 후쿠마 요시아끼(福間義明)의 연구 성과가 주목할 만하다.[12]

---

10) 이향철, 「카미카제 특공대와 한국인 대원」(오오누키 에미코 지음/이향철 옮김, 『죽으라면 죽으리라－카미카제 특공대의 사상과 행동－』, 우물이 있는 집, 2007), 428쪽.

11) 裵姈美・野木香里・酒井裕美, 「朝鮮人特攻隊員に關する一考察」(森村敏己編, 『視角表象と集合的記憶－歷史・現在・戰爭』, 旬報社, 2006).

본고는 조선인 특공대원들의 죽음이 아시아태평양전쟁 종결 후 한국과 일본에서 어떻게 기억되어져 왔는지를 검토하고자 한다.

2. 조선인 특공대원의 실태

배영미・노기 카오리(野木香里)・사카이 히로미(酒井裕美)와 이향철의 선행연구를 통해 밝혀진 조선인 특공대원 사망자는 <표 1>과 같다.

〈표 1〉 조선인 특공대원 사망자

성명	전사 연월일	연령	출신기별	부대명	계급	출격 기종	전사 장소	신문기사 (每日新報)
林長守	44.12.7	20	少飛13기	勤皇隊	伍長→ ④少尉	2식복좌 전투기	오르못크만	○
(野山在旭)	45.1.30	21	特幹	飛行第15戰隊 (海15戰隊)	불명 (伍長)	불명	필리핀 나스그부만	
(岩本光守)	45.3.26	20	航養12기	獨飛第23中隊	軍曹→ ③少尉	3식전투기	那覇西方洋上	
朴東薰 (大河正明)	45.3.29	18	少飛15기	第41飛行隊	伍長→ ④少尉	99식습격기	沖縄本島海域	○
崔貞根 (高山昇)	45.4.2	24	陸士56기	飛行第66戰隊	中尉→ ②少佐	99식습격기	沖縄周辺洋上	
金尙弼 (結城尙弼)	45.4.3	25	特操1기	誠第32飛行隊	少尉→ ②大尉	99식습격기	沖縄西方洋上	
(河東繁)	45.4.16	불명	少飛14기	第106振武隊	伍長→ ④少尉	97식전투기	沖縄周辺洋上	
李允範 (平木義範)	45.4.22	23	航養5기	第80振武隊	曹長→ ②少尉	99식습격기	沖縄周辺洋上	
(木村正碩)	45.4.28	불명	少飛15기	第77振武隊	伍長→ ④少尉	97식전투기	沖縄周辺洋上	

12) 福間義明,『殉國と反逆－「特攻」の語りの戰後史』(青弓社, 2007), 中村秀之,「特攻表象論」(『岩波講座 アジア・太平洋戰爭5 戰場の諸相』, 2006).

卓庚鉉 (光山文博)	45.5.11	24	特操1기	第51振武隊	少尉→ ②大尉	1식전투 기	沖縄飛行場西 海面	
李賢在 (廣岡賢在)	45.5.27	18	少飛14기	第431振武隊	伍長→ ④少尉	97식전 투기	沖縄周辺洋上	
金光永 (金田光永)	45.5.28	18	少飛14기	第431振武隊	伍長→ ④少尉	97식전 투기	沖縄周辺洋上	
盧龍愚 (河田清治)	45.5.29	20	特操1기	飛行第5戰隊	少尉→ ②大尉	2식복좌 전투기	御前崎上空	○
(石橋志郎)	45.5.29	27	特操1기	飛行第20戰隊	少尉→ ②大尉	1식전투 기	沖縄周辺洋上	○
韓鼎實 (清原實)	45.6.6	20	少飛15기	第113振武隊	伍長→ ④少尉	97식전 투기	沖縄周辺洋上	○
인재웅 (松井秀雄)	44. 11.29	20	少飛13기	靖國隊	伍長→ ④少尉	1식전투 기	필리핀 레이테만	○

少飛: 육군소년비행병, 特操: 특별조종견습사관, 航養: 체신성 민간항공기승원 양성소, 陸士: 육군사관학교, 特幹: 특별간부후보생

인재웅의 경우는 살아 돌아왔음에도 불구하고 그대로 사망자로 처리되었고 야스쿠니 신사에 합사까지 된다.

한편 해군 출신 조선인 특공대원이 없는 이유에 대해 야마구치 무네유키(山口宗之)는 해군이 조선인을 채용하지 않았기 때문이라고 주장한다.[13] 그러나 표영수에 따르면 1944년 11월 해군으로 동원된 조선인 가운데 50명이 해군특별병종비행예과연습생 제1기로 선발되어 대만인 50명과 함께 가고시마(鹿兒島) 항공대에서 훈련을 거쳐 1945년 6월 츠치우라(土浦) 항공대에 배치되었다고 한다.[14] 전쟁이 좀 더 장기화되었다면 해군에서도 조선인 특공대원이 나왔을 가능성은 존재했던 것이다.

조선인 특공대원이 특공기로 사용한 기종을 오끼나와전에서 특공기로 사용된 기종 비교하면 <표 2>와 같다.[15]

13) 山口宗之, 「「朝鮮・台湾出身特攻戰死者」海軍ゼロの背景」『日本史研究』, 2007.5.
14) 표영수, 앞의 책, 10~11쪽.
15) 知覽特攻慰靈顯彰會, 『魂魄の記錄』, 2004, 67쪽.

〈표 2〉 특별공격에 사용된 기종

기종	가고시마 치란	오끼나와전 전체	조선인
97식전투기	172	179	5
98식직접협동정찰기	3	29	
99식습격기	36	167	4
99식고등연습기	35	35	
1식전투기	120	166	3
2식복좌전투기	15	35	2
3식전투기	49	103	1
4식전투기	2	118	
기타	0	36	
합계	432기	868기	15기

특공에 사용된 기종을 보면 민족에 따른 차별은 보이지 않는다. 그러나 주목할 점은 1945년도에 소년 비행병 출신이 탑승했던 기종이 99식 습격기와 97식 전투기라는 점이다. 최고속도가 443km인 99식 습격기와, 470km인 97식 전투기에 250kg의 폭탄을 탑재한 채, 미 해군의 주력 전투기로 최고속도가 597km인 F6F와 672km인 F4U를 피해 몸체 공격을 감행한다는 자체가 군사적으로는 무모한 작전이었다고 할 수 있다.[16]

3. 일본에 있어서 조선인 특공대원의 기억

1) 일본에 있어서 특공대원에 대한 관심의 증가

패전 이후 일본에서 특공대 사망자는 '殉國'과 '무의미한 죽음(犬死)'이라는 평가를 축으로 하여 논의된다.[17] 특히 다음 <표 3>에 보이듯

16) 吉田裕, 앞의 책, 222쪽.

17) 福間義明, 『殉國と反逆－「特攻」の語りの戰後史』, 靑弓社, 2007.

이 2001년 이후 특공대에 대한 관심이 급증한다.

〈표 3〉 특공대 관련 잡지기사 추이

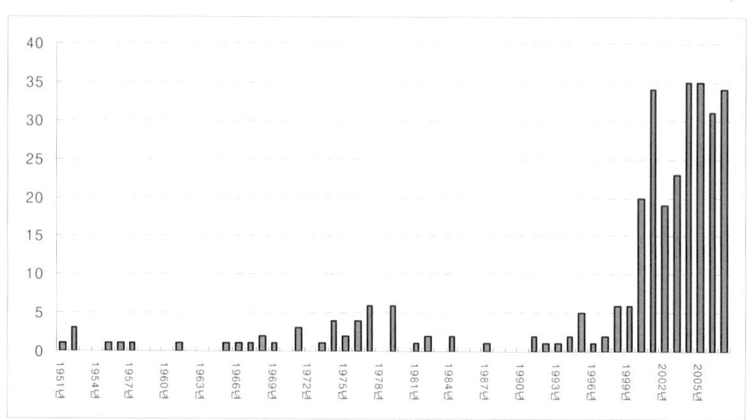

출처: 일본국립국회도서관(http://www.ndl.go.jp/jp/data/diet.html)

2001년 이후 특공대원에 대한 관심이 급증한 이유는 첫째, 특공대원을 소재로 한 영화를 제작한 이시하라 신타로(石原慎太郎) 도쿄도 지사의 "가혹한 시대를 살았던 일본인의 아름다운 모습을 남기고 싶다"[18]는 설명, 고바야시 요시노리(小林よしのり)의 "특공대는 조국, 향토, 가족, 천황 등 '公'을 지키기 위해 목숨을 바쳤다", "그들은 公을 위해서 개인을 버렸다"는 설명[19]에 보이듯이 보수파의 국가 정체성과 공동체 붕괴에 대한 위기위식이 '멸사봉공'의 상징으로서의 특공대원에 대한 관심을 증가시키는 원인이 되었다고 볼 수 있다.

우파의 특공대원에 대한 인식은 '새로운 역사교과서를 만드는 모임'

18) 이시하라 신타로(石原慎太郎) 현 도쿄도 지사가 각본을 쓰고 총지휘를 한 영화 '나는 너를 위해 죽으로 간다'(2007년 개봉) 공식 홈페이지 (http://www.chiran1945.jp/)

19) 小林よしのり, 『新ゴーマニズム宣言 戰爭論』, 幻冬舎, 1998.

(이하 '새역모'로 표기)이 만든 역사교과서인 『새로운 역사교과서』(후소샤)에도 잘 드러나 있다. 2001년 검정을 통과한 교과서에는 특공대에 대한 설명, 사진, 특공대원의 유서가 2페이지에 걸쳐 기술되었다. 특공대원은 국가와 가족을 위한 순수한 마음으로 목숨을 바쳤다는 것이 주된 내용으로 국가를 위해 개인을 희생하는 것은 가치가 있다는 메시지를 전달하고 있다. 교과서 기술의 구체적인 내용은 아래와 같다.

◎出撃する特攻隊
女学生の見送りを受け飛び立つ戦闘機(鹿児島県知覧基地)。

暗転する戦局　1942(昭和17)年6月，ミッドウェー海戦で，日本の連合艦隊はアメリカ海軍に敗北した。ここから米軍の反攻が始まった。8月，ガダルカナル島(ソロモン諸島)に米軍が上陸。死闘の末，翌年2月に日本軍は撤退した。アリューシャン列島のアッツ島では，わずか2000名の日本軍守備隊が2万の米軍を相手に一歩も引かず，弾丸や米の補給が途絶えても抵抗を続け，玉砕していった。こうして，南太平洋からニューギニアをへて中部太平洋のマリアナ諸島の島々で，日本軍は降伏することなく，次々と玉砕していったのである。

1944(昭和19)年秋には，米軍がフィリピンに進攻した。マリアナ諸島の一つのサイパン島から，爆撃機B29が日本本土への空襲を開始した。同年10月，ついに日本軍は全世界を驚愕させる作戦を敢行した。レイテ沖海戦で，「神風特別攻撃隊」(特攻)がアメリカ海軍艦船に組織的な体当たり攻撃を行ったのである。追いつめられた日本軍は，飛行機や潜航艇で敵艦に死を覚悟した特攻をくり返していった。飛行機だけでも，その数は2500機

278

特攻隊員の遺書

故郷で生まれた自分の妹に残した手紙
(19歳で沖縄で戦死した宮崎勝)
「ヤスコチャン，トッコウタイノ ニイサンハ シラナイダロウ。ニイサンモ ヤスコチャンハ シラナイヨ。マイニチ タウシュウデ ゴウイダロウ。ニイサンガ カタキヲ ウッテヤルカラ デカイグンカンニ タイアタリスルヨ。ソノトキハ フミコチャント ゴウチンゴウチンヲ ウタッテ ニイサンヲ ヨロコバセテネ」

遺詠
(23歳で沖縄で戦死した緒方襄)
出撃に際して
懐しの町 懐しの人
今吾れすべてを捨てて
国家の安危に
赴かんとす
悠久の大義に生きんとし
今吾れここに突撃を開始す
魂魄国に帰り
身は桜花のごとく散らんも
悠久に護国の鬼と化さん
いざさらば
われは栄ある山桜
母の御もとに帰り咲かなむ

■日本はなぜ，アメリカと戦争したのだろうか。これまでの学習をふり返って，まとめてみよう。また，戦争中の人々の気持ちを，上の特攻隊員の遺書や，当時の回想録などを読んで考えてみよう。

を超えた。

1945(昭和20)年4月には，沖縄本島でアメリカ軍とのはげしい戦闘が始まった。日本軍は戦艦大和をくり出し，最後の海上特攻隊を出撃させたが，猛攻を受け，大和は沖縄に到達できず撃沈された。沖縄では，鉄血勤皇隊の少年やひめゆり部隊の少女たちまでが勇敢に戦って，一般住民約9万4000人が生命を失い，10万人に近い兵士が戦死した。

：大東亜戦争，太平洋戦争　279

〈사진설명〉 출격하는 특공대 / 여학생의 배웅을 받고 출격하는 전투기 (가고시마현 치란기지)

[내용] 暗轉하는 戰局

동년 10월 일본은 마침내 전 세계를 경악시키는 작전을 감행했다. 레이티만 해전에서 '신풍특별공격대'(특공)가 아메리카 해군 함선에 조직적으로 몸체 공격을 감행했던 것이다. 궁지에 몰린 일본군은 비행기와 잠함정으로 적함에 죽음을 각오하고 특공을 계속했다. 비행기만으로도 그 수는 2500기가 넘는다.

특공대원의 유서

고향에서 태어난 자신의 동생에게 남긴 편지(19세에 오키나와에서 전사한 宮崎騰)	遺詠 (23세에 오키나와에서 전사한 緒方襄)
야스코, 특공대의 오빠를 모르겠지. 오빠도 야스코를 알지 못하지. 매일 공습 때문에 무섭지. 오빠가 원수를 갚아줄게. 커다란 적의 모함에 몸체공격을 할거다. 그 때는 후미코와 함께 굉침(轟沈) 굉침(轟沈) 노래를 불러 오빠를 즐겁게 해줘야 돼.	출격에 즈음하여 그리운 마을 그리운 사람 이제 내 모든 것을 버리고 국가의 安危에 바치고자 한다. 영원한 대의에 살기 위해 이제 나는 돌격을 개시한다. 혼백은 나라로 돌아오고 몸은 벚꽃처럼 지지만 영원히 호국의 신이 되려한다. 자, 안녕

■일본은 왜, 아메리카와 전쟁을 했던 것일까. 이제까지의 학습을 뒤돌아보면서 정리해 보자. 또한 전쟁중의 사람들의 마음을, 상기 특공대원의 유서와 당시 회상록 등을 읽고 생각해 보자.

2005년도 검정통과 교과서에도 유서는 삭제되었으나 위와 동일한 사진에 "<출격하는 특공대> 전장에서도 궁지에 몰린 일본은 비행기와 잠함정으로 적함에 대해 죽음을 각오하고 몸체 공격을 하는 특별공격대(특공)를 조직했다. 사진은 가고시마현 치란기지에서 여학생의 배웅을 받으며 출격하는 특공대의 전투기"라고 기술되어 있다.

둘째, 재임기간 중 높은 지지율을 유지한 고이즈미 준이치로(小泉純一郎) 전 총리[20]가 취임 초에 "총리가 된 지금 어려운 일이 있으면 특공기에 탔던 청년들의 마음가짐과 나 자신을 비교한다. (중략) 그러면

20) 총리 재임기간 2001.4.26~2006.4.26.

지금 내가 겪고 있는 어려움은 아무 것도 아니라는 생각이 들어 다시 박차고 일어선다"고 특공대원의 죽음을 강조함에 따라 특공대에 대한 관심도 고조되었다.

셋째, 2001년 9·11테러를 미국의 일부 언론이 일본의 가미카제 특공대에 비유한 것이 우파에게 특공대를 적극적으로 옹호하는 동기를 부여하였다.

2) 조선인 특공대원에 대한 기억의 재생산

조선인 특공대원 중에서 현재 일본에 가장 잘 알려진 인물은 후루하타 야스오(降旗康男) 감독의 영화 '호타루'의 소재가 되었던 탁경현(일본명 光山博文)일 것이다.[21] 탁경현은 특별조종견습사관 1기생으로 1945년 5월 11일 6시 33분 오끼나와 서해상에서 전사하는데, 출격 전날 아리랑을 불렀다는 일화로 유명하다.

〈표 4〉 탁경현과 관련된 추도·기념시설

번호	시설명	전시내용	
1	특공평화관음		1952년 건립 ※ 4600여 명의 이름을 기록한 두루마리를 관음상 내부에 보관 東京都世田谷區·世田谷觀音寺

21) 영화 '나는 너를 위해 죽으로 간다'에도 가네야마(金山) 소위라는 등장인물로 나옴.

22) 표영수, 「'大東亞聖戰大碑'와 7인의 한국인 특공대」, 일제강점하강제동원피해진상규명위원회 진상보고서, 2006.9.

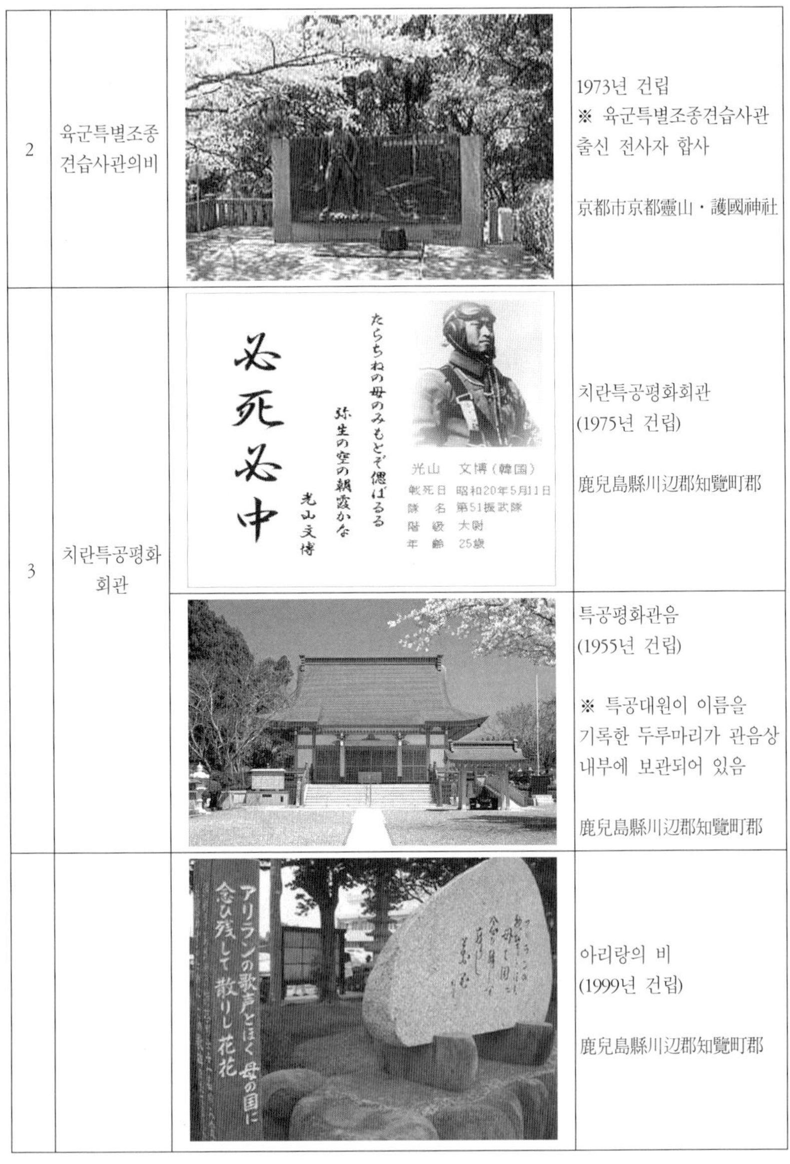

2	육군특별조종견습사관의비		1973년 건립 ※ 육군특별조종견습사관 출신 전사자 합사 京都市京都靈山・護國神社
3	치란특공평화회관		치란특공평화회관 (1975년 건립) 鹿兒島縣川辺郡知覽町郡
			특공평화관음 (1955년 건립) ※ 특공대원이 이름을 기록한 두루마리가 관음상 내부에 보관되어 있음 鹿兒島縣川辺郡知覽町郡
3			아리랑의 비 (1999년 건립) 鹿兒島縣川辺郡知覽町郡

4	오끼나와 평화의 초석		1995년 건립 ※ 탁경현의 이름도 새겨져 있음 沖縄縣糸滿市
5	대동아 성전대비		2000년 건립 ※단체각명 목록 중 '卓庚鉉第五一振武隊'가 있음 (총 7명의 조선인 특공대원 이름이 각명됨22)) 石川縣金澤市・石川縣護國 神社
6	야스쿠니 신사		특공용사의 상 (1999년 건립) 특공용사를 찬양하는 碑 (2005년 건립) 東京都千代田區
			'야스쿠니의 신들(전시실16)'에 전시되어 있는 사진과 동일한 (2002년)

7	귀향 기원비		쿠로다 후쿠미(黑田福美) 건립 ※ 2008년 5월 10일 제막식을 할 예정이었으나 시민단체의 반대로 제막식은 취소되었으며, 사천시가 5월 13일 철거 비문(한국어와 일본어 병기) 경남 사천시 서포면 외구리

탁경현에 대한 기억을 매개로 하여 일본에서 조선인 특공대원이 어떻게 기억되어 왔는지 살펴보기로 하겠다. 먼저 탁경현과 관련된 주요 추도・기념시설을 정리하면 <표 4>와 같다.

오끼나와의 평화의 초석, 치란의 아리랑의 비, 쿠로다 후쿠미가 건설한 추모비를 제외하면, 각 시설들은 아래와 같이 특공대원을 국가를 위한 죽음, 즉 殉國으로 높이 평가하고 있다.

> 1천 용사의 영혼을 영원히 받들어 모시고 그 정신을 顯揚하여 조국평화와 부흥을 기원함[23](치란 특공평화관음)

> 펜을 조종관으로 바꾼 學鷲는 전황이 급박하고 조국이 그야말로 위급존망을 맞이하자 특별공격대의 주력이 되어 결연하게 필리핀, 오끼나와, 본토의 수호에 殉死하고 (중략) 悠久의 대의에 殉死했다.[24] (육군특별조종견습사관의 비)

> 계 5843명의 육해군인은 敢然하게 적함선 등에 돌입 산화하여 오늘날의 평화와 번영을 이룩한 우리 일본의 초석이 되었다. 그 지순 숭고한 순국 정신은 국민 모두가 敬仰 추도하고 영원히 기억해야 한다. (특공용사를 찬양하는 碑)

23) 特攻隊慰靈顯彰會, 『特別攻擊隊』, 1990, 320쪽.
24) 特攻隊慰靈顯彰會, 앞의 책, 371쪽.

여기에는 특공대원 개개인의 목소리는 찾아볼 수 없고 단지 국가를 위해 殉國한 특공대원 집단이 존재할 뿐이다. 따라서 탁경현의 기억도 조선인 특공대원 탁경현으로 기억되고 있는 것이 아니라 일본을 위해 순국한 특공대원 일반의 기억에 묻혀진다.

대동아성전비의 碑文을 보면 여기서 한걸음 더 나아가 "방방곡곡의 赤誠을 모아 신성한 전쟁의 비를 나라를 지키는 이곳에 세우니 왜곡되어지고 있는 祖國 이를 구하기를 바라며 (중략) 聖戰의 노래 드높이 남기는 글을 남기니 찬양하나니 영원히 빛나리 大東亞戰爭"이라고 일본의 침략전쟁을 적극적으로 미화하고 있다. 이 비에는 조선인 특공대원 7명의 실명이 새겨져 있는데, 이것은 일본의 특공대원으로 전사한 사람 중에는 조선인도 있었다는 사실을 부각시킴으로써 아시아태평양전쟁과 특공대의 정당성을 확보하고자 하는 의도로 보인다. 이러한 의도는 '第五一振武隊'의 대장이 아라키 하루오(荒木春雄)였음[25]에도 불구하고 '卓庚鉉第五一振武隊'로 각인한 것에 잘 드러나 있다. 일본의 침략전쟁과 특공대를 정당화하기 위한 수단으로서 조선인 특공대원의 기억이 재생산·소비되고 있는 것이다.

A급 전범 도조 히데키(東條英機)의 손녀 도조 유우코(東條由布子)의 "한국인들은 일한 합병이라는 민족적 슬픔이 있었지만, 그런 슬픔을 극복하고 일본 군인으로서 열심히 싸워주었는데 그것에 진심으로 감사한다. 민족의 슬픔을 넘어서 가미카제 특공대에 자원했던 조선인도 있었다는 사실을 우리 일본인들도 알고 감사해야 한다"[26]는 발언은 이러한 일본 보수파의 조선인 특공대원에 대한 인식을 상징적으로 보여준다.

조선인 특공대원이 조선인이기 때문에 받았던 개인적 차별에 대해

25) 押尾一彦, 『特別攻擊隊の記錄<陸軍編>』, 光人社, 2005.
26) 『한겨레 21(669호)』, 2007.7.19.

서 언급을 하는 경우에도 아카바네 레이코(赤羽礼子)의 "내일 출격하고 적함에 돌격한다. 무엇을 위해. 조국을 지키기 위하여. 그러나 그 조국은 일본은 아니다. 일본과 운명공동체인 조국 조선인 것이다"라는 발언[27]에 보이듯이 전시하에서 조선과 일본은 운명공동체였다는 인식이 전제가 되고 있다. 그러나 이러한 주장에는 일본인 특공대원으로 전사했음에도 불구하고 전후에는 국적이 바뀌었다는 이유만으로 그 유족이 아무런 보상도 받지 못하는 부조리에 대한 문제의식은 전혀 찾아볼 수 없다.

한편 오끼나와의 평화의 초석과 쿠로다 후쿠미가 건립한 추모비는 전쟁은 비참하다는 전제하에 탁경현을 개인으로서 기억·추도하고 있다.

4. 한국에 있어서 조선인 특공대원의 기억

한국에서 식민지에 대한 기억은 독립운동을 중심으로 재생산되었다. 독립운동 관련 기념시설의 건설 추이를 보면 <표 5>와 같다. 1980년대 이후 독립운동에 대한 기억이 기념시설 건설을 통해 광범위하게 재생산되었음을 알 수 있다. 그러나 조선인 특공대원을 비롯한 일본제국의 군인, 군속으로 동원되었던 피해자와 관련된 기념시설은 만들어지지 않는다.[28]

27) 赤羽礼子・石井宏, 『ホタル帰る』, 草思社, 2001, 135쪽.
28) 예외적으로 1999년 8월 경상북도 영양군에 오키나와로 강제징용된 조선인 피해자들을 위한 '한의 비'가 건설된 사례가 있다(『연합뉴스』 2005.4.13).

〈표 5〉 독립운동 관련 기념시설의 건설 추이

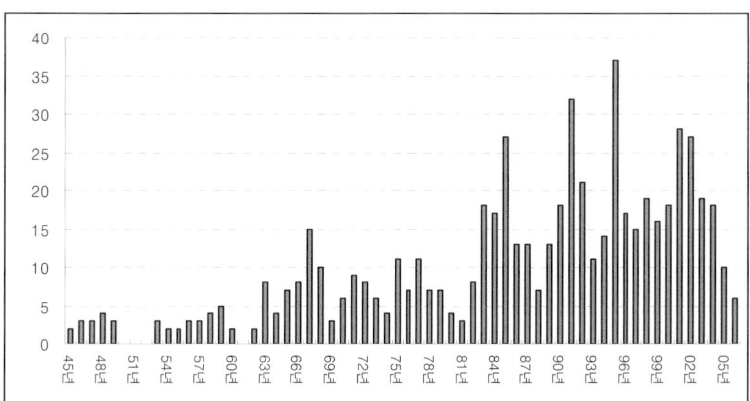

출처 : 국가보훈처(http://narasarang.mpva.go.kr) 자료를 근거로 작성

일본의 특공대에 대한 한국사회의 인식은 군국주의의 상징이라는 것이다. 한국에서 가미카제특공대가 신문기사에 오르내리기 시작한 것은 1990년대 이후로, '가미카제 후예로 북적댄 야스쿠니신사'(『조선일보』 1997.8.20), 한쪽에서는 '가미카제(神風)', '인간어뢰' 등 특공대의 공적을 찬양하는 그림전시회가 열렸다(『동아일보』, 1999.8.15) 등의 기사에 보이듯이 야스쿠니 신사가 군국주의의 상징적 장소임을 보여주는 도구로서 사용된다.

이는 2004년 한일 정상회담 장소로 예정되었던 가고시마(鹿兒島)현이 "가미카제 특공대의 발진기지로 군국주의 색채가 짙다"는 이유로 정치권 일각에서 장소변경 주장이 나오고 한국 정부 내에서 장소변경이 논의가 되었다는 사실에도 상징적으로 나타나 있다.[29] 이러한 인식의 토대 위에 조선인 특공대원에 대한 기억도 만들어 졌던 것이다.

조선인 특공대원이 한국 사회에서 어떻게 기억되고 있는지에 대해 먼저, 후루하타 감독의 영화 '호타루'에 대한 한국 언론의 평가를 통해

29) 『연합뉴스』 2004.11.3, 11.11.

검토하고자 한다.

후루하타 감독은 한국 언론과의 인터뷰에서 "전사한 한국인이 반딧불이 되어 고향에 돌아온다는, 어떤 이중적인 의미를 지닌다. 세상에 뭔가를 남기고 싶지만 남기지 못하고 죽은 사람들, 그들이 남기지 못한 것들을 영화에 담고 싶었다", "전쟁으로 목숨을 빼앗기지 않을 수 없었던 건 일본인이나 한국인이나 마찬가지였다. 그걸 보여주기 위해 일본병사들의 고통과, 조선인으로 특공대에 온 한국인들의 괴로움을 함께 담아보고 싶었다"[30]고 제작 의도를 설명했다. 그는 영화를 통해 전쟁으로 인해 목숨을 빼앗긴 개개인이 세상에 무엇을 남기고자 했는가를 그려 내고자 했고 그 소재의 하나가 조선인 특공대원이었다.

그러나 영화 '호타루'에 대한 한국 언론의 평가는 "한국 식민지지배에 대한 용서와 화해의 악수를 청해온다",[31] "'이 정도면 화해의 제스처가 될 것'이라고 생각하는 일본인들의 안일한 역사인식을 보는 것 같다"[32] 등에 보이듯이 감독의 식민지지배에 대한 역사인식 문제에 초점이 맞추어졌다.[33] 언론의 '호타루'에 대한 전반적인 평가는 일본의 식민지지배에 대한 역사인식이 부족하다는 내용이 주를 이루고 있는데 대표적인 평가는 아래와 같다.

> "전쟁의 피해자였던 한국인에 대해 일본인이 내미는 화해의 메시지로 읽힌다. 하지만 여전히 타국의 전쟁에 끌려 나가 비참한 최후를 맞아야 했던 한국인에 대한 역사왜곡적인 시선과 결국 자신들의 회한을 달래기 위해 타인의 상처까지 끌어들이는 감상주의는 여전하다"[34]

---

30) 『CINE21』 2001.3.13.

31) 『조선닷컴』 2002.1.10.

32) 『CINE21』 2002.1.15.

33) 이시하라 신타로가 총지휘한 영화 '나는 너를 위해 죽으로 간다'에도 탁경현의 이야기가 나오는데, 언론보도를 보면 영화자체에 대한 비판은 있어도 조선인 특공대원 문제에 대한 언급은 전혀 없다.

34) 『오마이뉴스』 2005.8.12.

"그렇지만 영화가 끝났는데도 뭔가 미진하고 공허하다. 깔끔한 영상과 아릿한 感傷만으로는 한과 증오로 얼룩진 한·일 과거사의 엄청난 무게를 지탱하기가 어렵기 때문일까"[35)]

"일본에서는 '가미가제의 참상을 반성한 영화'로 평가 받았지만 한국에서는 '군국주의를 미화했다'는 비판을 들어 양국민의 인식차를 실감하게 했다."[36)]

또한 "이 주인공이 그때의 '내선일체' 정책에 동조하는 인물이었으리라 짐작하기는 그리 어렵지 않다. '일본제죽주의' 운운하는 대사는 점령국 일본과 '조국'의 이해를 하나로 보는 뒷 대사에 비추어볼 때 그다지 의미 없이 들린다"[37)]와 "한편 그것은 조선의 독립을 위한 자신의 소신이기도 했지만, 결과적으로 일제를 위한 결행이었다. 그러기에 일본에 협력해서 독립을 쟁취하려던 그의 생각, 그의 출격은 민족을 위한 장렬한 항전이나 평화를 주창하는 휴머니즘적 성격을 부여받을 수 없는 한계를 지닌다"[38)]는 평가는 한국 사회가 조선인 특공대원을 일본을 위해 목숨을 바친 자, 즉 '친일파'로서만 인식하고 있음을 보여준다. 한국 사회는 일본이 감독이 만들어낸 조선인 특공대원에 대한 기억을 일본인의 역사인식을 가름하기 위한 척도로서만 받아들였던 것이다.

다음으로 탁경현의 추모비 건설을 둘러싼 대립에 대한 검토를 통해 조선인 특공대원의 기억 문제를 검토하고자 한다. 1984년 일본인 미츠야먀 미노루(光山稔)가 특공대원이었던 탁경현의 위령비를 그의 고향인 경상남도 사천군 서포면에 건립하려 했으나 신문이 "가미가제 특공대원을 미화한다"고 비판하고, 지역 관공서가 허가를 하지 않아 건립하지 못했다고 한다.[39)] 그로부터 약 20년이 지난 2008년 5월 일본의 知韓派

35) 『한국경제』 2002.1.17.
36) 『한국일보』 2004.11.7.
37) 『CINE21』 2001.6.21.
38) 『경향신문』 2006.5.3.
39) 裵姶美・野木香里・酒井裕美, 「朝鮮人特攻隊員に關する一考察」(森村敏已編,

여배우로 알려진 쿠로다 후쿠미(黑田福美)가 사천시의 협력을 얻어서 탁경현의 추모비 건립을 추진하였다.[40] 쿠로다의 추모비 건설 움직임은 한국 언론에도 보도되었으나 이를 비판하거나 반대하는 기사는 없었다.

그러나 추모비의 제막식을 며칠 앞두고 사천시 의회, 사천진보연합, 그리고 민족문제연구소 등이 비 건립에 반대한다는 입장을 표명했다. 결국 제막식은 취소되었고, 추모비도 철거되었다.[41]

추모비 건립 반대 논리는 첫째, "당시 일본 군대에 자원입대한 사람을 어떻게 이 나라에서 마치 유공자처럼 기릴 수 있느냐"(이삼수 사천시의원)[42]라는 발언에 보이듯이 추모비가 탁경현의 공적을 기리기 위한 것이라는 식의 오해도 작용했지만, 결국은 특공대원은 자원하여 일본의 군대에 들어가 일제(천황)를 위해 목숨을 바쳤기 때문에 탁경현을 위한 비를 건립하는 것은 부당하다는 것이다. 대표적인 주장은 아래와 같다.

> "어느 나라 사람이건 가미카제는 일본천황에게 충성을 다한 극우였다. 한국 사람이라 하더라도 자의든 타의든 일본천황을 위해 맹세했다면 가미카제의 한 조직원이었다. 일본을 위해 죽은 사람을 어떻게 기린다는 것이냐"(김형갑 광복회울산경남연합지부장)[43]

『視角表象と集合的記憶－歴史・現在・戰爭』, 旬報社, 2006, 275쪽.

40) 한국관광공사 도쿄지사가 2차대전 당시 일본의 자살특공대(가미카제)에 징집돼 덧없이 생을 마감한 한국인 탁경현(卓庚鉉)씨의 넋을 위로하기 위해 오는 5월 경남 사천에 세워지는 위령비를 일본 여행객 모집에 적극 활용키로 했다고 한다. 관광공사는 양국간 아픈 역사를 상징적으로 보여주는 탁씨의 사연을 한일 교류 확산의 계기로 삼기로 하고 일본내 여행사들과 함께 다양한 여행상품 개발에 나섰다고 한다(『연합뉴스』 2008.3.24).

41) 사천진보연합은 "위령비 건립을 결정한 책임자로서 사천시장은 사천시민들에게 공개사과할 것"과 "10일로 예정되어 있는 제막식 행사를 중단할 것", "서포면에 세워져 있는 탁경현 위령비를 즉각 철거할 것"을 촉구(『오마이뉴스』 2008.5.9).

42) 『오마이뉴스』 2008.5.5.

43) 『오마이뉴스』 2008.5.7.

"그는 일본의 육군 장교가 되기 위해 예비사관학교에 자원입대해 황군으로서 천황을 위해 일본의 꽃으로 진 조선인 출신 특공대원이었다는 것 또한 사실이다(사천진보연합)."[44)]

이들 주장을 보면, 탁경현 개인이 구체적으로 어떻게 특공대로 동원되었고 어떤 생각을 하고 있었는지는 중요시 되지 않는다. 다만 이제까지 만들어진 일본인 특공대에 대한 인식을 토대로 특공대의 일원으로서의 탁경현을 단죄하고 있다.

또한 특공대원에 대한 평가는 과거의 행적에 그치지 않고 "유족들의 의사와 무관하게 탁경현이 충량한 황군의 병사로 도조 히데키를 비롯한 A급전범과 함께 야스쿠니신사에 합사되어 있으며, 일본의 전쟁영웅으로 현창되고 있다는 점을 고려하지 않을 수 없다"[45)], "그의 혼은 야스쿠니 신사에 모셔져 이따금 일본 총리의 참배를 받기도 한다. 비행모를 착용한 그의 사진도 신사 한쪽의 유슈칸(遊就館)에 걸려 있다"[46)]라는 발언에 나타나 있듯이 탁경현이 현재 야스쿠니 신사에 합사되어 있다는 사실이 추모비 건설 반대의 주요한 이유 중의 하나로 제기되었다. 그러나 야스쿠니 신사 합사는 야스쿠니 신사측이 일방적으로 진행한 것이다. 또한 탁경현이 '전쟁 영웅'으로 평가되고 있다는 것 자체가 조선인 특공대원이 입은 피해가 과거의 문제가 아니라 현재진행형의 문제라는 것을 보여주는 것은 아닐까.

한편 민족문제연구소의 성명서는 탁경현에 대해 오끼나와현민이나 연합국에서 보면 가해자로서의 측면도 있으나 "철저한 황민화교육하에서 강요된 '지원'에 의해 동원되었으며, 거부할 수 없는 출격명령에 몸부림치다 젊은 나이에 비극적 삶을 마감하였다"고 피해자로서의 성격

44) 사천진보연합 2008.5.6. [가미카제특공대원 탁경현의 위령비 건립 반대 기자회견문]
45) 민족문제연구소 2008.5.7.
46) 『중앙일보』 2008.6.2.

도 인정하고 있다.[47)]

둘째, 추모비의 건립 문제를 일본 정부의 역사왜곡 문제, 과거사 사죄 문제와 연계시켜 반대하는 논리이다. 쿠로다는 추모비 건립의 의의를 한일 우호증진과 탁경현을 비롯한 사천지역 전쟁 피해자의 영혼을 위로한다는 점에 중점을 두었으나, 반대하는 측은 아래 주장에 나타나 있듯이 일본의 과거사 문제 해결 없이는 비의 건립은 불가하다는 입장이다. 즉 개인의 기억도 집단적 기억의 토대 위에서만 인정받을 수 있다는 논리이다.

> "일본이 여전히 우리의 역사를 왜곡하고 있는 상황에서 검증절차도 거치지 않고 사천시가 나서서 부지와 기반조성을 지원하는 것은 후과를 생각하지 못한 섣부른 행정처사가 아닐 수 없다"(사천진보연합),[48)] "일본 수상과 각료의 야스쿠니신사 참배가 계속되고 일본 정부의 역사왜곡이 시정되지 않고 있는 현실을 볼 때, 일본군 '위안부'를 비롯한 한국인 전쟁 희생자들의 상처가 치유되지 않은 채 남아있는 현 시점에서"(민족문제연구소),[49)] "위령비를 꼭 세워야 한다면 일본이 전쟁을 일으킨 것에 대한 사과부터 먼저 해야 한다. 비문을 봐도 그런 내용은 전혀 없다"(이정희 사천시의원)[50)]

5. 맺음말

쿠로다 후쿠미는 탁경현 추모비 건립 의도에 대해 "'이름을 빼앗긴 민족의 슬픔'을 호소하는 그를 위해서 비록 자그맣게나마 태어난 고향에 본명을 새겨 넣은 비석을 세워 그 영혼을 위로하고 싶다"[51)]고 설명

47) 민족문제연구소 2008.5.7. [육군특별공격대원 탁경현의 위령비 건립에 대한 우리의 입장]

48) 사천진보연합 2008.5.6.

49) 민족문제연구소 2008.5.7.

50) 『오마이뉴스』 2008.5.5.

했다. 쿠로다는 이름마저 빼앗기고 일본인으로서 죽어간 개인의 슬픔에 중점을 두고 특공대원 탁경현을 기억하고자 하는 것이다. 또한 탁경현 개인에 대한 관심에서 출발한 추모비 건설 노력이 "처음에는 한명의 병사를 위령하는 비석을 생각했었는데, 점차 태평양전쟁에서 희생된 모든 분들을 위령하고자 생각하게 되었습니다"[52]라는 발언과 추모비의 비문[53]에 보이듯이 사천지역의 태평양전쟁 희생자 모두에게로 관심이 확대되었다는 점은 주목할 만하다.

그러나 쿠로다가 건립한 탁경현 추모비가 철거된 원인으로는 한국인의 경직된 민족주의뿐만 아니라 쿠로다가 반대단체와의 소통과정을 제대로 거치지 못해다는 점을 들 수 있다. 일본인의 시선으로 바라보는 조선인 특공대원에 대한 기억이 한국인의 시선에서 바라보는 특공대원에 대한 기억과 충돌하리라는 것은 충분히 예상할 수 있는 일이었다. 그럼에도 불구하고 선의와 한일간 우호를 내세워 충분한 소통 없이 추모비 건설을 진행시킨 것은 특공대로 표면화된 식민지 지배에 대한 기억이 갖는 현재적 의미, 즉 과거의 문제가 아닌 현재진행형의 문제로서의 기억이 갖는 의미를 과소평가했기 때문이라 여겨진다.

그런 점에서 오키나와전에서 희생된 한국인 군속을 위한 '한의 비'를 한일공동사업으로 경상북도 영양과 오키나와(沖縄)현 요미탄(讀谷)촌에 건립하는 사업에 참가한 적이 있는 태평양전쟁피해자보상추진협의회 사무국장 김은식의 경험은 시사하는 바가 크다. 한국에 한국인 피해자를 위한 '한의 비'를 건립할 때도 광복회, 순국선열유족회, 6·25참전

51) 제막식에서 발표할 예정이었던 쿠로다의 식사(쿠로다의 사건경위 설명)

52) 상동.

53) 쿠로다가 건립했던 추모비의 앞면에는 "태평양전쟁 때 사천에서도 많은 이들이 희생되다 전쟁 때문에 소중한 목숨을 잃은 모든 이들의 명복을 비노니 영혼이나마 영원히 평안하게 잠드소서", 뒷면에는 "평화스러운 서포에서 태어나 낯선 땅 오끼나와에서 생을 마친 탁경현 영혼이나마 그리던 고향 딴 산하로 돌아와 편안하게 잠드소서"라고 쓰여져 있다.

용사회 등의 단체들이 “일본을 위해 희생된 사람들의 추도비를 나라의 독립을 위해 희생된 사람들의 비와 같이 세울 수 없다”는 이유로 반대했다고 한다. 김은식에 따르면 이들을 설득하기 위해 “아침 6시 집을 출발해서 경북 영양에 도착하면 오후 1시가 되었다. 간단하게 김밥으로 점심을 때우고 2~3시간 지역민들과 토론을 하고 집에 돌아오면 밤 12시가 되었다. 그런 지리한 협상을 10여 차례 진행했다”고 한다. 이 사례는 기억의 충돌이라는 문제를 풀어나가는데 있어서 소통이 가지는 중요성을 보여준다.

조선인 특공대원의 기억은 개인의 기억으로서가 아니라 사회의 집단기억이라는 측면이 강하게 작용하고 있다. 쿠로다는 현재 철거된 탁경현 추모비의 재건립을 위해 노력하고 있다고 한다. 단지 추모비를 재건립하는 것에 그치지 않고 보다 많은 소통을 통해 충돌하는 기억의 문제를 어떻게 해결할 것인가 하는 해법을 찾는 것이 중요할 것이다.

〈토론문〉

「조선인 특공대원의 기억」을 읽고

김종식
(아주대학교)

조선인 특공대원에 대한 연구는 기존에 주로 특공대원들의 내면심리 상태와 사상에 관한 연구가 중심이었다. 본 발표는 조선인 특공대원이 어떻게 기억되어졌고, 기억되고 있는가라는 현재적인 관점에서 연구되었다. 이것은 특공대원의 문제를 과거의 역사 문제만이 아닌 현재를 살아가고 있는 우리의 문제로 인식하게 하는 것으로, 오늘날 한일관계와 한일의 역사인식의 문제가 응축되어 나타난 것이다. 이러한 점에서 본 발표는 역사학계와 일반사회의 관심을 끌 만한 연구발표라고 생각된다.

일본에서의 조선인 특공대원의 기억과 한국에서의 조선인 특공대원의 기억은 다를 수 밖에 없다. 일본에서 특공대원의 기억은 국가 정체성 재생산의 유력한 수단으로 자리잡고 있다. 다른 한편으로는 전쟁의 비참함을 잘 드러내 주는, 전쟁에서 무력한 한 개인을 이해할 수 있는 평화교육의 소재로도 이해된다. 그 속에서 조선인 특공대원은 일본제국 내의 일부인 조선과 조선내의 고향을 위해 죽은 순국자이며, 다른 한편으로(1945년 이후의 관점이지만) 다른 민족의 일원으로 일본의 운명공동체의 일원이 되어 싸웠다는 연민의 대상이며, 전쟁 속에 희생된 개인의 존재로도 이해되기도 한다.

한국에서 조선인 특공대원의 기억은 기본적으로 한국의 일본에 대한 역사인식과 연동되어 있다. 일본에서 특공대원이 국가 정체성의 재생산 수단으로 이해된다면 조선인 특공대원도 일본 군국주의의 동조자로 이해되고 있다. 즉 친일파로 받아들여지고 있다. 일본과 같이 전쟁 속에서 희생된 개인으로 이해되지 못하는 것은 한국에서 전쟁과 전쟁속의 개인이라는 문제에 앞서 식민지 조선과 조선의 독립이라는 관점이 우선하기 때문이다.

일본에서 일본제국과 식민지조선의 관계를 이해하지 못한 역사인식의 결핍은 결국 조선인 특공대원에 대한 연민의 정에 그치고, 일본인과 같은 전쟁속의 개인이라는 보편적인 주제로 환원하였다. 한국에서 일본제국과 식민지조선과 관계에만 치우쳐 보편적인 전쟁속의 개인이라는 부분을 소홀히 하였다.

그러나 고려할 점은 전쟁과 식민지정책과의 관련성이다. 중일전쟁이후의 전쟁과 일본제국주의의 식민지조선에 대한 동화정책의 강화는 동시적으로 진행되었다. 전쟁의 격화와 동화정책의 강화는 세트로 진행되었다. 이런 점에서 식민지 조선의 조선인 특공대원 이해는 식민지 동화정책의 연장선상에서 이해할 수 밖에 없는 역사적 한계를 지니고 있다.

전쟁의 격화와 식민지 동화정책의 강화라는 관점이 전후의 일본과 한국의 조선인 특공대원의 기억방식을 결정지은 것이 아닌가 생각된다. 일본에서는 식민지 조선을 동화의 관점에서 바라보고 조선인 특공대원을 국가 정체성의 범주 안에 넣거나, 연민과 전쟁속의 한 개인으로 바라보게 만들었다. 한국에서는 식민지 동화정책의 연장으로 조선인 특공대원을 바라보게 만들고 그러한 관점에서 그들을 기억하였다.

발표자의 조선인 특공대원에 대한 차별의 관점과 식민지 조선의 민족을 우선하는 독립의 관점과는 조금 다른 의견을 개진하였다. 발표자의 의견을 듣고 싶다.

그 외 몇가지 구체적인 문제를 묻고 싶다.

첫째, 10쪽의 「대동아성전비」에 있어서 "탁경현이 '第五一振武隊'의 대장이 아니었음에도 불구하고 '卓庚鉉第五一振武隊'로 각인한 것에 잘 드러나 있다"라고 하였는데 위의 표현으로는 탁경현이 대장인지 아닌지 분명히 드러나고 있지 않다. 좀 더 보충설명을 부탁드린다.

둘째, 10쪽의 조선인 특공대원의 유족에 대한 보상문제가 어떻게 진행되고 있는지 알고 싶다.

셋째, 2007년 9월의 여배우 구로다 후쿠미의 추모비 건립건은 그 후 어떻게 진행되었는지 알고 싶다. 특히 추모비 건립주체가 개인인지 아니면 단체인지 좀 더 구체적인 후일담을 듣고 싶다.

넷째, 영화 「호타루」에 대한 간단한 소개를 부탁한다.

편집후기

21세기의 벽두에 새로운 동반자 관계를 다짐했던 한일 양국의 미래가 그렇게 밝아 보이지 않는다. 2005년 <한일우정의 해>를 뒤로 하면서, 역사교과서 왜곡문제나 독도문제는 한일관계를 더욱 어렵게 만들어 가고 있다.

과거 2000년간, 한일양국은 무수한 역사적 경험을 공유하고 있다. 그러나 그것을 기억하는 양상은 정치적 목적이나 시대상황에 따라 변질되어 역사적 실상을 왜곡했던 것이 사실이며, 특히 양 민족간의 전쟁에 대한 기억은 가해자와 피해자의 상반된 입장에서 깊은 상처와 피해의식을 재생산해 가고 있다. 그리고 그러한 기억들이 역사의 잔영으로 실체를 왜곡시켜 간다. 현재 양국간에 첨예한 갈등인 역사교과서 왜곡문제나 독도문제도 결국 이러한 현상과 무관하지 않다. 이 책은 이러한 문제의식 속에서 기획된 국제심포지엄의 결과물이다.

이 책의 발간으로 한일관계사학회에서는 13번째의 단행본을 출간하게 되었다. 『한일관계사논저목록』(현음사, 1993)을 비롯하여, 『독도와 대마도』(지성의 샘, 1996), 『한일양국의 상호인식』(국학자료원, 1998), 『한국과 일본－왜곡과 콤플랙스역사－』(자작나무, 1998), 『교린제성』(국학자료원, 2001), 『조선시대 표류민연구』(국학자료원, 2001), 『한일관계사연구의 회고와 전망』(국학자료원, 2001), 『『조선왕조실록』 속의 한국과 일본』(경인문화사, 2003), 『한일도자문화의 교류양상』(경인문화사, 2004),

『동아시아속의 고구려와 왜』(경인문화사, 2007), 『동아시아영토와 민족문제』(경인문화사, 2008), 『일본역사서의 왜곡과 진실』(경인문화사, 2008)의 뒤를 이은 것이다. 2005년에 『한일관계 2천년』(3권)을 제외하고 모두 국제심포지엄의 결과물이다.

앞으로도 우리 <한일관계사학회>에서는 매년 국제심포지엄을 지속적으로 개최할 것이며, 그 결과물을 <경인 한일관계 연구총서>로 발간해 갈 것이다. 한일관계사연구에 관심과 기대를 가진 모든 분들로부터 지도와 편달을 기원한다.

2008. 8.

손 승 철

필자소개

○ 주제발표

坂上康俊(日本 九州大學)
中村修也(日本 文教大學)
김보한(단국대학교)
池 享(日本 一橋大)
방광석(고려대학교)
남상구(동북아역사재단)

○ 토론

이재석(동북아역사재단)
이재범(경기대학교)
이계황(인하대학교)
김동명(국민대학교)
김종식(아주대학교)

전쟁과 기억속의 한일관계

초판 인쇄 ‖ 2008년 9월 10일
초판 발행 ‖ 2008년 9월 20일

엮은이 ‖ 한일관계사학회·동북아역사재단 편
펴낸이 ‖ 한정희
펴낸곳 ‖ 경인문화사
출판등록 ‖ 1973년 11월 8일 제10-18호
편집 ‖ 신학태 김소라 김경주 장호희 김하림 한정주 문영주
영업 ‖ 이화표 관리 ‖ 하재일

주소 ‖ 서울특별시 마포구 마포동 324-3
전화 ‖ 718-4831 팩스 ‖ 703-9711
홈페이지 ‖ www.kyunginp.co.kr / 한국학서적.kr
이메일 ‖ kyunginp@chol.com

ISBN 978-89-499-0580-8 93910
값 14,000원